[新訳] ガリア戦記

ユリウス・カエサル
中倉玄喜 翻訳・解説

PHP文庫

○本表紙図柄＝ロゼッタ・ストーン（大英博物館蔵）
○本表紙デザイン＋紋章＝上田晃郷

文庫版はしがき

ロシアがウクライナに侵攻してから二年と九ヶ月。すでに兵士だけでなく市民や社会基盤においても、双方にきわめて深刻な犠牲や被害が出ている。しかし、未だに戦いが終息する兆しは見られない。

そもそもロシアによるウクライナ侵攻の動機は、いったい何なのか？　この侵略を主導しているロシアの大統領ウラジーミル・プーチン氏の思惑《おもわく》はどこに在るのか？

自国防衛のためであろうか、領土奪還あるいは支配地拡大のためだろうか、正確なところは分からない。だが、いずれにせよ、さまざまな政略的要因に触発された、権力者としてのかれの野心がこれに大きく係わっていること、このことだけは、おそらく否めないだろう。

軍事的偉業をめざすのは、野心的権力者の特徴である。そして勝者側の人民もまた、そうした偉業を成し遂げた人物を〝英雄〟として讃え、その名を自国の歴史に刻み、その名声を不朽のものとしてきた。

西洋三大歴史家の一人、エドワード・ギボンも、著書『ローマ帝国衰亡史』の中で、「歴史が人類の恩人にたいしてより危害者にたいして、より大きな称賛をあたえ続けるかぎり、優れて高邁《こうまい》な精神の持ち主でさえ、軍事的栄光をめざすという悪癖は変わらないであろう」と述べているが、その通りである。

本書『ガリア戦記』の著者ユリウス・カエサル（紀元前100年生まれ）も、まさにそうした英雄の一人であった。

しかしながら、戦いが積極的な自国防衛のためであった当時と今とでは、その要因は大きく異なる。

「ローマは一日にして成らず」の格言どおり、建国（伝承・前753年）以来、多くの周辺部族との間で、六百年以上にも亘《わた》って営々と戦いを続けて領土を拡げていたローマ。

また、そうした長きに及ぶ戦いの常態化によってローマ人の強い習い性ともなっていた情熱的な尚武心《しょうぶ》。そしてカエサルの時代においても、広がった領土の防衛のため、さらなる軍事行動が必須であったこと。

これらを思えば、同じ戦争でも、たとえ指導者の野心が大きな動因の一つであったとしても、昔と今ではその性格が明らかに違うことに、読者諸賢も大いに頷《うなず》かれよう。

当初、カエサルがガリアへ赴《おもむ》いた理由は、遠征のためではなかった。かなり以前からすでにローマの植民地であった、とりわけ「ガリア・トランサルピナ」（本文「プロウィンキア」）に総督として赴任するためであった。

ところが、到着するや、周辺部族の不穏《ふおん》な動きやかれらの間の争いを知り、またそのことで弱小部族からの歎願《たんがん》などもあって、事態の平定が総督カエサルにとって主たる任務となり、それを端緒としてかれの征服事業がガリア全土へと及ぶことになったのである。

ローマ人によるガリアの征服は、以後その地域に顕著な開化と発展とをもたらした。

ラテン語は当地においても行政のための言葉となった。また、ローマから書物や習うべき風習が入ったことによって、属州民の文化的レベルは著しく上がった。そしてなにより、それまで蛮族同士の争いが絶えなかったガリアに平和が生まれた。このことは特筆に価《あたい》する。

およそ戦争について考えるとき、現代の戦争、たとえば先に挙げたロシアのウクライナ侵攻とカエサルのガリア征服事業との間に、動機や意義の点で大きな違いがあることを、読者諸賢におかれても、ここでもまた改めて思わされるのではあるまいか。

さらに、歴史的な視点からも見ても『ガリア戦記』の価値は大きい。すなわち、勝者の戦況報告としてだけではなく、かの地の蛮族が文字という文字を持たず、自らの存在を確たる記録として遺すことがなかったために、このカエサルの記録は当時のガリアの様子を伝えてくれる貴重な資料ともなっている。

さらにもうひとつ、後世のわれわれは、自らの戦いを記し留めたカエサルの行為から、ある貴重な教訓とも言うべきものを汲《く》みとることができる。

それは何か？――それは〝筆の力〟である。

かれの記録がなければ、現在の西欧の中心諸国が当時どのような様子だったのか、皆目《かいもく》分からなかったところだろう。おそらく普段はそれほど意識されていないものの、〝筆の力〟はまさに想像以上に大きい。


「人も王朝も滅びる。されど文体は遺る」（古代ローマの歴史家　タキトゥス）

この場合、文体は文字あるいは文字で記されたものと解釈してよい。文章の優劣などは問題ではない。出版物か個人的な書きものか、などの区別もない。

誰であれ、書いて伝えるということは、何事についても、遠い子孫にまで思考や事象をより良く伝達できる手段である。

さらに、二十一世紀に生きるわれわれにとって非常に幸いなことに、今日の〝デジタル技術〟が、書物以上に保存・伝達の完全性と恒久化とを可能にしている。

以上のことは、大いに記憶に価することではないだろうか。

本書『[新訳]ガリア戦記』は、単行本の初刊（２００８年）、普及版〈上・下〉（２０１３年）を経て今回、手にとり易い文庫版の形で刊行されることになった。

本書では、カエサルの行動その他についての様々な歴史的背景が「解説」のところで詳しく紹介されている。そうした背景を予《あらかじ》め知ることで、『戦記』についての理解が深まる。類書と較べた本書ＰＨＰ研究所版の特色でもある。

さあ、読者諸賢よ、これからはるかに時空を越えて古代ローマの時代へと入り、ユリウス・カエサルの偉業を存分に味わわれたい。

はしがき

「ガリアは全体が三つの地域に分かれている」
(Gallia《ガッリア》 est《エストゥ》 omnis《オムニス》 divisa《ディーウィーサ》 in《イン》 partes《パルテース》 tres《トゥレース》)

本書『ガリア戦記』の冒頭をなす右の件《くだり》は、世界史上もっとも有名な書き出しといわれている。そのような古典を、さいわいにも、われわれはこれから読もうとしている。二千年以上も前の人々の血をわかせ、以来今日《こんにち》まで多くの読者を魅了してきた戦いの物語を、われわれはまさにこれから読みはじめる。このこと自体、なにはさておき、感動的なことかもしれない。これほどの書物をこうして実際に手にとる機会など、生涯でもめったにないことを思えば。

しかも、内容は意外にやさしい。前述のような名声から想像されがちな、近寄りがたいところは、まったくない。ローマ史は初めての読者でも十分よく分かる。その理由は、なにより戦記として、文字どおり、事件や戦闘の具体的な記述であることと、それに、本書の文章が非常に分かりやすいことによるものである。

なかでも後者、つまり、文章の分かりやすさは、『ガリア戦記』の一大特長であり、文章に関するカエサルの基本姿勢を反映している。かれは日頃よく口にしていたそうだ。「一般の人々が知らないような難しい言葉や表現は、船が暗礁を避けるように、注意してこれを避けなければならない」と。

したがって、本書のばあいは、一般の古典のばあいとは違って、気軽な気持ちで紐解かれるとよい。

では、今度は、肝腎な、書物としての価値について見てみよう。なぜ、たんなる遠征の記録がこれほど注目をあつめてきたのだろうか？　どこにそうした価値や魅力があるのだろうか？　こうした点である。理由としては、大別して、次の三つを挙げることができる。

そのうち最大の理由は、なんといっても、著者ユリウス・カエサルその人に由来する。

ご存じのとおり、古代ローマは、この英雄の活躍によって大きく領土を広げた。具体的に述べると、ガリア遠征に関係する新領土だけでも、今日のフランスのほか、オランダ南部、ベルギー、ライン河以西のドイツ、それにスイスのほぼ全土を含む広大な地域におよび、その後には、あのクレオパトラで有名な豊かな穀倉地帯、エジプトをも手に入れた。

版図の拡大だけではない。かれの登場によって、長期にわたった国内の政治抗争には終止符がうたれ、国家の政体にも変革をみた。それまでの貴族中心の共和制から一人の実力者を頂点とする元首制へと向かうことになったのである。以後ローマは、この新政体のもと、いわゆる「ローマ帝国」として久しく繁栄し、今日われわれが目にしている西洋文明の礎をきずく。

『ガリア戦記』とは、このような人物が自分の征服事業についてみずから記し、書物として世に出したものにほかならない。こうした事例は、ほかにない。史上名立たる英雄のなかで唯一の例である。このことはいくら強調しても、強調しすぎることはないだろう。

二番目の理由としては、歴史資料としての価値が挙げられる。まず、これなくしては、今日ローマ史では常識となっている情報のなかの一部が致命的に欠落する。たとえば、軍隊の部隊編成や使用武器については、第三者の記録や考古学的研究によって知ることができても、実際の戦闘における部隊や兵士の細かな動きや、戦略会議の模様や戦況の推移とそれをめぐる当事者たちの思慮や言動などについては、どうして他が知ることができようか。これらを伝えることができたのは、ひとりカエサルだけであった。

また、もうひとつ特筆されるべきことは、本書が当時のガリアの様子をつたえる唯一の史料だという点である。それは、当地の住民であったケルタエ人（ケルト人）――ローマ人がいうガリー人もこれに属する――には、書き物というものがなかったからである。

そうしたかれらの先史の時代に、カエサルは八年間もこの地にあって、全土を縦横にかけめぐり、さまざまな部族と出遭い、さまざまなことを見聞きし、そしてそうした見聞の一部を本書のなかに記した。今日のフランスをはじめとする前述の西欧諸国は、『ガリア戦記』があればこそ、自分たちの国の当時を知ることができるのである。

右のことはまた、当然、一次情報であることをも意味している。そのため、ローマ史の研究家はかならずこれに向かう。そしてこのことは、われわれ一般読者にとっても、特別な機会であることを示唆している。つまり、専門の歴史家と〝おなじ足場〟に立つ。こういうことは他ではあり得ない。

以上、ふたつの理由だけで、『ガリア戦記』が不朽の書物となるには十分であったろう。しかるに、これにさらなる魅力が加わって、本書は文学的な古典としても、高く評価されるにいたっている。

その魅力、つまり三番目の理由とは、いったい何であろうか。それは文章の魅力である。

分かり易いことについては、すでに述べた。ここでいう文章の魅力とは、それにくわえ、本書でカエサルがもちいた独特な文体をいう。当時ローマ第一の文章家であったキケロは、これを絶賛した。同時代の他の知識人も、多くがこれを賞賛した。以来、『ガリア戦記』は名文として通っている。

だが、じつのところ、これは名文ではない。少なくとも一般に名文として誰ももつ印象とは、だいぶかけ離れている。カエサル自身も、いわゆる名文で書こうとはしなかった。では、文章家として簡潔に書いたのか。そうでもない。むしろ実務家が野外の現場でメモでもとるかのように手短に書いたという方が、印象としてはより近いだろう。と同時に、自分のことを言うのに「カエサル」と呼び、まるで筆者が別にいるかのように三人称で綴った。

こうした書き方をしたについては、カエサルにしたたかな計算があってのことである。それは当時の政治的背景とも絡んでいて、じつに興味ぶかく、ローマ史をよく知るうえでも重要な情報なので、次の「解説」のところで少しくわしく述べる。

いずれにせよ、このカエサルの遠征記は、公となるや、ローマ市民を狂喜させた。人々はこれを貪《むさぼ》り読んだ。それは文体の勝利でもあった。偉大な軍事的英雄がこういうところにまで見せた才能と知略。それが実際にどんなものなのか、まもなく知ることができる。

以上、『ガリア戦記』が一大古典となるにいたった主な理由について見てきた。われわれは、いまや本書の価値をふかく認識するにいたった。本書の価値が十分に理解されたいま、もはやこれ以上の説明は不要とおもわれる。そこで、本文へ向けて道をいそごう。

［新訳］ガリア戦記——目次

解説

第一巻（紀元前五八年）

第二巻（紀元前五七年）

第三巻（紀元前五七～五六年）

第四巻（紀元前五五年）

第八巻（紀元前五一〜五〇年）

ガリア全図
(　　)内は現代名
メナピイ族
ウシペテス族
テンクテリ族
スガンブリ族
エブロネス族
バケニスの森
ネルウィイ族
アトゥアトゥキ族
ウビイ族
ゲルマニア
モサ河
(ムーズ)
ガリア・
ベルギカ
スエビ族
アルドゥエンナの森
マルコマンニ族
トレウェリ族
ウォセグス山
レヌス河
(ライン)
ドゥロコルトルム
(ランス)
マトロナ河
(マルヌ)
アクソナ河
(エーヌ)
ダヌウィウス河
(ドナウ)
レウキ族
ヘルキュニアの森
アゲディンクム
(サンス)
トゥリンギ族
リンゴネス族
アレシア(アリーズ=サント・レーヌ)
ウェゾンティオ
(ブザンソン)
ブリガンティヌス湖
(ボーデン)
ビブラクテ
(オータン)
セクアニ族
アラル河
(ソーヌ)
ユラ山
ヘルウェティイ族
アルプス山脈
レマンヌス湖
(レマン)
ゲナウァ
(ジュネーブ)
アッロブロゲス族
ルグドゥヌム
(リヨン)
ウィエンナ
(ヴィエンヌ)
パドゥス河
(ポー)
オケルム
ガリア・キサルピナ
ロダヌス河
(ローヌ)
ラウェンナ
(ラヴェンナ)
ルビコン川
ガリア・
トランサルピナ
ルカ
(ルッカ)
アルヌス河
(アルノ)
マッシリア
(マルセーユ)
地中海
ローマ

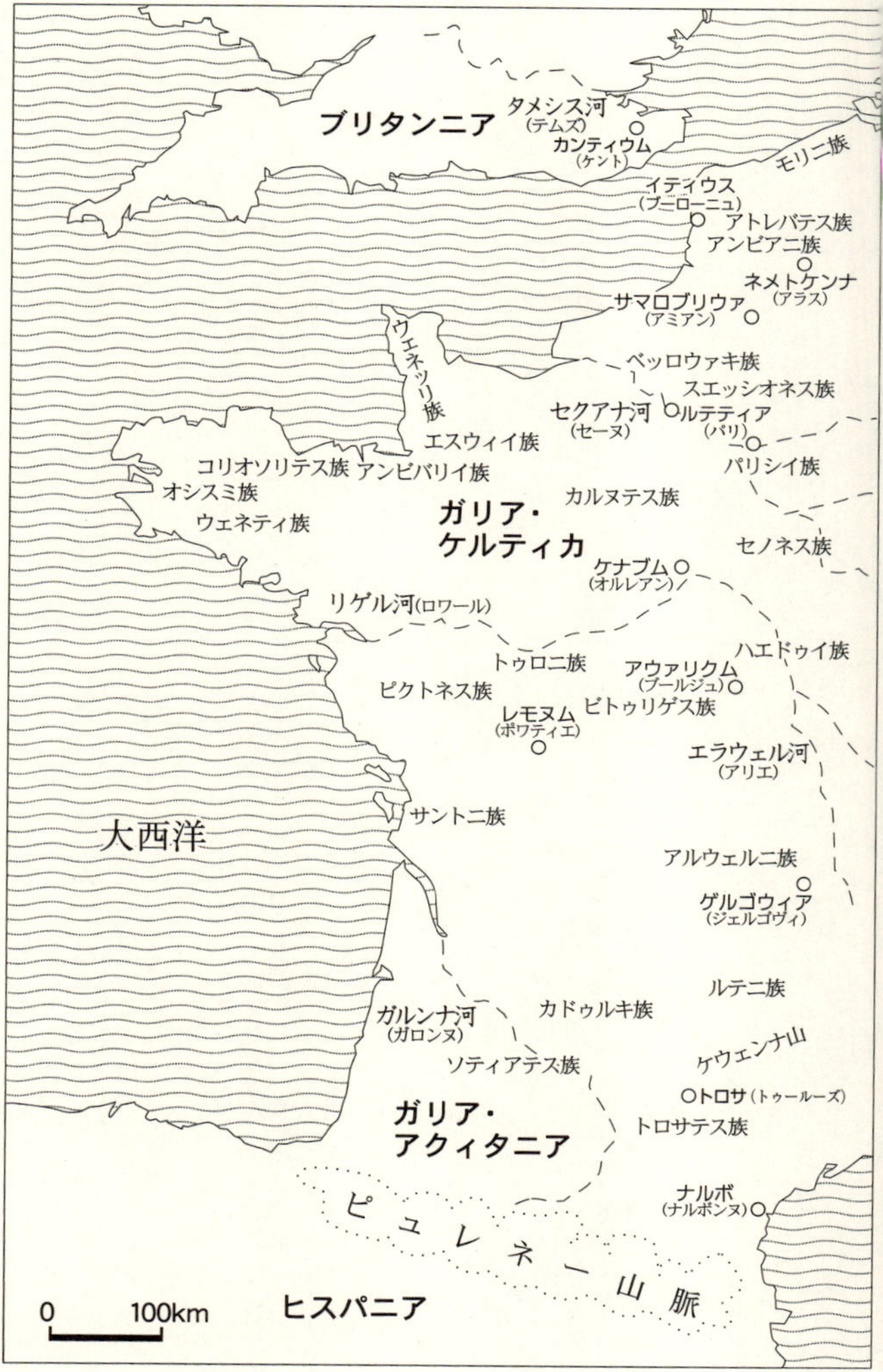

ブリタンニア
タメシス河
(テムズ)
カンティウム
(ケント)
モリニ族
イティウス
(ブーローニュ)
アトレバテス族
アンビアニ族
ネメトケンナ
(アラス)
サマロブリウァ
(アミアン)
ウェネッリ族
ベッロウァキ族
スエッシオネス族
セクアナ河
(セーヌ)
ルテティア
(パリ)
エスウィイ族
コリオソリテス族
アンビバリイ族
パリシイ族
オシスミ族
カルヌテス族
ウェネティ族
ガリア・
ケルティカ
セノネス族
ケナブム
(オルレアン)
リゲル河(ロワール)
ハエドゥイ族
トゥロニ族
アウァリクム
(ブールジュ)
ピクトネス族
レモヌム
(ポワティエ)
ビトゥリゲス族
エラウェル河
(アリエ)
サントニ族
大西洋
アルウェルニ族
ゲルゴウィア
(ジェルゴヴィ)
ルテニ族
カドゥルキ族
ガルンナ河
(ガロンヌ)
ケウェンナ山
ソティアテス族
トロサ(トゥールーズ)
ガリア・
アクィタニア
トロサテス族
ナルボ
(ナルボンヌ)
ピュレネー山脈
0
100km
ヒスパニア

解説

われわれは、これから、われわれ自身が古代ローマの市民となる。つまり、われわれ自身がローマ市民となって、本書を味わおうと思う。そのためには、背景事情を少し頭に入れておく必要がある。

そこで、この「解説」では、共和政末期のローマの状況、ガリー人とローマ人との歴史的関係、カエサルの人物像とガリア遠征にいたった経緯、ローマ軍の概要、それに本書刊行の動機など、これらを急ぎ足で見てゆくことにする。

では、さっそく、二千余年の時間をこえて、当時の地中海世界へと飛び、古代ローマへと入る。

共和政末期のローマ

　カエサルが生まれたのは、ちょうど前一〇〇年。ローマの建国は、伝説では前七五三年、歴史学では前六〇〇年ごろとされているから、当時はすでにその建国からおよそ五百年の歳月を経ていたことになる。

　当初ローマは王政であったが、これが七代続いたあと廃止され、それに代わって貴族主導の共和政となり、以来ずっとこの体制のもとで歩んできた。そしてこの間、ローマは、特権を独占する少数の貴族と、そうした独占をうち破ろうとする大多数の平民とが、交渉と妥協とをくり返しながら、対外的には一致団結して当たり、少しずつ発展してきたのである。

　しかし、カエサルが生まれたころには、平民が貴族と対等に交渉するといった共和政の真の姿は、とうに昔のこと。平民の力は相対的にはるかに低下していた。領土が海外へ広がるにつれ、出征地も故郷から遠くはなれるようになったことで、ローマ市民の中核をなしていた自営の小作農民のなかには、農業経営の困難さから、土地を手放し、没落する者が数多くいたからである。共同体のために身を賭《と》して戦ってきた者たちが、繁栄の恩恵にあずかれないばかりか、かえって困窮するはめとなったのである。また、当然のことながら、出征したまま帰らぬ人となる者たちも少なくなかった。平民の間に恨みの声が募っていた。

こうした状況にたいし、公有地の再配分や新領土への植民などによって解決をはかろうとする動きもあったが、さまざまな政治的対立のため、なかなか思うような成果が上がらなかった。

一方、国の発展にともない、大いにその果実を享受していた者たちがいた。それは従来の富裕層、いわゆるノビレス（有名人）と呼ばれた者たちであった。このノビレスとは、前四世紀ごろ、それまでの旧貴族（パトリキ）のなかの有力な一部と、当時実業界で大成功をおさめていた平民の富裕層とが合体して、あらたな指導層を形成していた者たちを指した言葉である。かれらは執政官や総督などの高級政務官職を独占し、それによってさまざまな利益を享受していた。

右に述べた没落農民が手放した土地を買い占め、奴隷を使って広大な農園の経営をはじめたのも、かれらであった。その頃のことだが、奴隷市場として当時もっとも有名であったデロス島では、毎日数万人もの被征服民が売買されていたといわれる。

右のような事例のほか、共和政の根幹にかかわる選挙制度や徴兵の問題など、従来のやり方では解決できない問題が山積しつつあった。にもかかわらず、平民の窮状で、共同体の活力は失われていく。見る者の目には、ローマの先行きに暗雲が見えた。多くの者が改革の必要を感じていた。

ここに、指導層の間で、打開策をめぐって閥族《ばつぞく》派（オプティマテス）と民衆派（ポプラレス）という対立が生まれてくる。

閥族派とは、それまでの体制を維持しつつ、その枠内において改革をはかろうとした保守派のことである。元老院議員の多数がこれに属した。そのため、元老院派とも呼ばれる。以後、この「解説」でも、保守派のことを指すばあいは、「元老院派」という呼び名を用いることにする。

それにたいし民衆派とは、民会を重んじ、平民の声を共同体の運営によく反映させることによってあらたな活力を引き出そうとした元老院議員のなかの少数、急進派のことである。ただ、ここで注意を要するのは、「民衆派」といっても、民衆を主体とした、今日でいう社会主義的な体制をめざす政治集団のことではなく、あくまで従来の体制のなかで保守派とは違った国策を志向していた元老院議員たちを指した言葉だということである。

以上のような国内情勢のなか、マリウスという人物があらわれ、改革の口火をきる。ちなみに、マリウスはカエサルの伯母ユリアの夫にあたる。

それまで、ローマ軍団の主力である重装歩兵は、必要な装備その他が自前とされていたことから、一定の財産を有するローマ市民、つまり、おもに土地所有の農民から構成されていた。それにたいしマリウスは、土地を失って無産市民となっていた者たちをあつめて、これに軍事訓練をほどこし、職業としての兵士に仕立てあげ、この者たちで強力な軍隊を編成したのである（「マリウスの兵制改革」）。

そしてこの新編成の軍隊を使って、数々の軍功をあげた。なかでも、そのころ北から侵攻してきてローマ軍をなんども撃破していたゲルマン系のキンブリ族とテウトニ族を、亡国の瀬戸際で迎え撃ち、これを壊滅させたのは、とくに輝かしい功績であった。
その後かれは、これらの兵士たちを退役させ、その際には、退役後の生活の手段として征服地の土地を分けあたえ、かれらを植民者として海外へ送り出した。以後、このマリウスのやり方は、共和政が終わるまで、引き継がれていくことになる。将軍と兵士の結びつきが強くなり、ローマ軍団が将軍の私兵も同然となる傾向も、ここに端を発している。

マリウスは平民の出であったが、生涯に七度も執政官となり、その間に民衆派のノビレスとして、政治面でも数々の改革をおこなった。しかし、これには反対派（元老院派）の者たちに流血の惨事をもたらすという暴挙がともない、ローマ市民がかつて見たこともない、内戦という争いをもたらすことになった。というのも、かつてマリウスの副官であった将軍のスッラが、つづいて頭角をあらわし、元老院派としてマリウスの政策を撤廃したばかりか、民衆派の者たちを血祭りにあげるという復讐に出たからである。マリウスも一時海外へ逃れた。

その後、この両者の争いは一転、二転したが、やがてマリウスが急死（前八六年）。そしてそのあと長く独裁的な強権をふるったスッラも、ついには奇病を得て亡くなった（前七八年）。だが、二人が演じた激しい政争の火種は、残されたままだった。

こうしていよいよカエサルの時代へと入る。スッラの死から十年が過ぎた前六八年。カエサル（三十二歳）は、財務官として遠ヒスパニアへ赴任する。財務官とは、それ以降、造営官、法務官、執政官、前執政官（属州総督）と、順次上がっていく栄進コースの最初の位階である。

この頃のカエサルは、まだ取るに足らない存在であった。かれの前には、すでに華々しく名を成していた人々がいた。ポンペイウスとクラッスス、それにキケロである。共和政末期のローマ史を飾るこの三者は、言うまでもなく、カエサルのその後の人生と深い係わりをもってくる。そこで、簡単にそれぞれの人物像を見ておきたい。

まず、ポンペイウス（前一〇六～四八年）。ポンペイウスは、カエサルと六歳しか違わないが、ローマ世界において早くからすでに英雄的な存在になっていた。その経歴をみると、たしかに華々しい。

弱冠二十三歳のときに、スッラの配下で活躍。私兵の三個軍団をひきいてマリウス派の掃蕩《そうとう》に手柄をたてた。そしてこの功績にたいして、本来なら法務官以上の者にしか許されていなかった凱旋式をスッラにみとめさせ、これを盛大に行なっている。

つづいて、ヒスパニアで長年にわたり抵抗をつづけていたマリウス派の総督セルトリウスの討伐を数年でなし遂げたうえ、しかもその帰国途中に、もう一人の実力者クラッススがすでに鎮圧していた剣奴《けんど》の乱（「スパルタクスの乱」）の残党をかたづけた。そしてこれにより、はや二度目の凱旋式をものにしている（前七一年）。

次は、元老院からあたえられた五百隻の艦船と約十二万の軍隊をひきいて、そのころ地中海を荒らしまわっていた海賊の掃蕩に向かい、三年はかかると思われたこの作戦を、わずか三ヶ月でかたづけた（前六七年）。それはカエサルが一介の財務官として遠ヒスパニアに赴任した翌年のことである。

さらにはその後、別の将軍が攻めあぐねていたポントゥス国の王ミトリダテスの討伐も指揮して、これもなし遂げたほか、この機会にポントゥスやシリアを属州とし、アルメニアを属国とするなど、ローマの領土や覇権を大いに東方へ広げた。こうしてポンペイウスは、ようやく前六二年末、大英雄としてローマにもどる。

ポンペイウスは誠実で、社交性もあり、しかも若い頃はとくに美男であった。伝えられるところによると、そのころすでにギリシアの彫刻に接していたローマの人々は、かれをアレキサンダー大王に似ていると噂しあっていたそうだ。また、かれと一夜をともにした遊女が、その翌朝の別れのときには離れがたい思いになっていた、というエピソードなども残っている。

だが、状況が変われば、人の心も変わる。その例にもれずと言えようか、ポンペイウスには政治的野心はなかったのだが、元老院は、あまりにも傑出することになったその存在にたいする危機感から、かれが東方でおこなった政策や退役兵にたいする土地の分配要求をみとめなかった。

ポンペイウスは元老院に失望する。そしてこのことが、やがてかれを元老院派からひき離し、カエサルと手を組ませる要因となるのである。

クラッスス（前一一五〜五三年）。ポンペイウスよりさらに十歳ほど年上のクラッススは、執政官や将軍としてより、むしろローマ一の大富豪として歴史に名をなしている。生まれは貴族ではなく、平民層の最上部を構成していた「騎士」と呼ばれる身分の出である。かれは先の内戦の際、父と兄弟をマリウス派の手によって殺されていた。そのため、かれもスッラの幕僚としてマリウス派と戦っている。

かれは当時、元老院議員には禁じられていた実業の世界でひろく成功を収めて、巨万の富を築いていた。その規模は、なんと、当時のローマの国家予算の二倍ほどもあったらしい。

資産の内容について一例を挙げると、ローマ市内の一般住宅の大半がクラッススのものだったという。当時ローマ市内には貧困層の住宅がひしめき合い、高層化や貧弱な作りのため、自然に崩れたり、火災にみまわれたりすることが少なくなかった。クラッススは、そうしたところを買いとり、これを新築して賃貸するといったやり方で途方もない規模の不動産を所有するにいたっていた。この事業のためにかれが抱えていた消防隊、建築士、大工などの数は、五百人以上にも上っていた。

ローマ市内の住宅については、初歩的な建築基準はあったものの、今日でいう消防署のような公的な組織はなかった。利敏《りざと》いクラッススは、そこに目をつけたのである。

また、もうひとつ、かれの蓄財に大きく寄与したものとして、属州における徴税の請負がある。今日でいう税務署にあたる機関をもっていなかったローマは、徴税業務を民間に請け負わせていたが、クラッススはこれをひろく引きうけて、莫大な手数料収入を得ていた。税の取立てなどでは、かなり酷なこともやったようだ。それに、かれが巨富を築くことができたのも、もとはといえば、スッラがマリウス派の者たちから没収した資産を安値で買いとったことにはじまる。ポンペイウスは、そうして財をなしたクラッススを軽蔑していた。

ただ、かれは守銭奴であったわけではない。この種の人間によく見られるように、考え方がきわめて実利的であったにすぎない。人気取りのためと思われるにせよ、寄付など、金を出すべきところには出している。それにたいし、一方の売名行為でもある公共の建築物のために私費を投じるようなことはしなかった。かれによれば、後世にまでも残るその魅力ゆえに、散財につながるおそれがあったからである。要するに、あくまで現実主義者であったと言えようか。

古代では、男は英雄を強く意識していた。祖先の偉業をふかく胸に刻んでいて、自分も祖先に伍《ご》したいとか、祖先を越えたいなどという思いは、ひとかどの人物であれば、だれにでもあった。

古代ローマでも、法務官職や執政官職の経験者の多くが、そうした名誉すなわち軍事的栄光の機会をもとめていた。クラッススのばあいも、例外ではなかった。いやむしろ、ひとしお求めていた。かれは前七〇年にすでにポンペイウスとともに執政官にもなっていたし、それになにより、富についてはすでに十二分に持っていただけに、かれにとって欲しいものといえば、あとは名誉しかなかったからである。

クラッススは思うよう、軍功ではつねにポンペイウスの後塵《こうじん》を拝していて、太陽のまえの月のように影が薄い。奴隷の反乱を鎮圧した功績など、二流の功績。名を残すには、もっと決定的な偉業が必要だ。年齢を考えると、それほど時間的な余裕はない。なんとか、機会がないものか、と。

そしてこの焦りが、カエサルとの接近をもたらし、やがてカエサルの仲介でポンペイウスとさえ手を組ませることになるのである。ローマ史でいう「第一回三頭政治」がそれである（前六〇年）。

この盟約によって、クラッススは前五五年にポンペイウスとともにふたたび執政官となり、ついにその機会を手にする。そして翌年、シリア総督として宿敵パルティアを討つべく大軍をひきいて当地へと向かった。ところが、そこで、ローマにとってもクラッスス自身にとっても、大きな悲劇が起こるのである。それは、カエサルがガリアへ発ってから六年目のことであった。

キケロ(前一〇六〜四三年)。キケロはご存知のとおり、ローマ最大の雄弁家、政治家、哲学者である。年齢はポンペイウスと同じ。家柄は騎士階級。

キケロという姓は、ラテン語でヒヨコ豆の意味だが、このことについて、かれが若いころ、友人から、この奇妙な名をもう少し聞こえの良い名に変えてはどうかと言われたことがあった。それにたいしキケロは、その忠告をしりぞけ、いつかきっと自分がこの家門の名を有名にしてみせると答えたそうである。

そしてその通り、やがてかれは雄弁と学識でもって名をなした。先に述べた「栄進コース」についてみると、その階段を着実に上がって、前六六年には法務官となっている。

当時、こうしたキケロのような新進気鋭の士は、それまで知名な人物、つまり高級政務官を出したことがない家柄の出身ということで、「ホモ・ノウス」(新人の意)と呼ばれた。

だが、次に執政官職をもとめる段になると、そうした大した家柄でもないことから、貴族たちの抵抗にあい、選任されるにはいたらなかった。そこでキケロは、ポンペイウスに協力をもとめた。そしてかれをミトリダテス討伐の指揮官に推すことを見返りに、次の選挙でポンペイウスが動員した退役兵の票によって執政官職を得た。

翌年（前六三年）、キケロがその職につくと、かれの名声をいっそう高めることになった事件が起こる。いわゆる「カティリーナ陰謀事件」のことである。これは、自堕落な生活で大きな負債をかかえこんでいたカティリーナという貴族が、追いつめられたすえに、今風にいえばクーデターを目論んだ事件である。元老院議員の殺害、首都の制圧など、着々と準備が進められていた。

かねてからカティリーナに不穏な空気を感じていた執政官キケロは、諜報の者たちを通じてこれを確認。ただちに反乱軍を鎮圧するとともに、カティリーナを捕らえ、ただちに死刑に処した。

キケロの名声は、ますます高まった。キケロの絶頂期である。だが、雄弁が自制を欠くと、それはしばしば必要以上に相手の胸をえぐる。かれは真面目ではあったものの、よく辛らつな言葉で論敵を傷つけていた。このあと降りかかった災難は、そうした辛らつな言葉がまねいた災難と言えなくもない。

それはともかく、ある事件――この後の「カエサル」の項で触れるボナ女神祭のときの事件――がもとでキケロに恨みをもっていた一人が、その後護民官となるや、復讐に出たのである。クロディウスというこの民衆派の若者は、先の陰謀事件の際に、キケロが民会に諮《はか》らず、元老院の議決だけでカティリーナを極刑に処したことを上げ、ローマ市民権を侵害したものだとして、かれを糾弾した（前五八年）。

キケロは首都から追放された。邸宅は焼きはらわれ、その他の資産も競売に付された。もちろん、これには元老院派と民衆派の対立がからんでいる。かれはポンペイウスに助けをもとめたが、色よい返事は得られなかった。元老院派にかたむいていたキケロが退役兵への土地の分配を阻んでいたことから、ポンペイウスはかれを快く思わないようになっていたのである。むしろクロディウスを支持していた。

しかし、この追放は一年半ほどで終わる。用心棒の集団のような私警団までつくって元老院派の若者たちとの間で暴力沙汰をひきおこすなど、振舞いが横暴になっていたクロディウスが、そのために失脚したからである。代わって、元老院主導の平和な治世をめざしていたキケロは、「救国の父」としてローマ市民に歓呼をもって迎えられた。

ところが、帰国したキケロを待っていたものは、以前とは異なる状況であった。時代の変化はさらに加速され、もはやローマの政治が元老院を中心におこなわれる時代ではなく、実力者たちが国政を左右する時代となっていた。

キケロは落胆する。しかし、運命の妙ともいうべきか、その不運ゆえにこそ、キケロは歴史的天職を果たすことができたのだとも言えよう。なぜなら、今日、かれがギリシア文化の橋渡しをしたと言われているのも、また、かれがラテン文学黄金期をもっとも代表する著作家として歴史に輝かしい名を遺しているのも、自宅に引き籠らざるを得なかった、そうした晩年に著わした数々の優れた著作によるところが大きいからである。

一方、実力者としての前述の三頭の間にも、勢力のバランスに微妙な変化がきざしはじめていた。ローマ世界における第一人者としてのポンペイウスの存在や、その次の有力者としてのクラッススの存在には、表面上は変わりなかったものの、後輩格のカエサルがしだいに実力をつけていたのだ。

その後発のカエサルは、先の盟約を背景に、前五九年には執政官、その翌年にはガリア本土を含む三つの属州の総督となっていく。すなわち、本書『ガリア戦記』の話は、ここから始まる。

ガリアとガリー人

ガリアの範囲については、今日の地理をもとに、すでにご紹介したとおりである。そこで、ここでは、当時のガリアの様子について、少し見ておきたい。

ただ、そのまえに、ラテン語について一言。

ラテン語の響き

これからは、当然のことながら、ラテン語がたくさん出てくる。普通なら、少し煩《わずら》わしく感じられるところかもしれない。しかし、ここではラテン語に接するよい機会としてとらえ、むしろ積極的に親しむ気持ちで臨んでみてはいかがだろうか。ローマ史や西洋史を読むうえで、今後なにかの役に立つ。

たとえば、パリシイ族という部族の名が出てきたとする。そして内容から、この部族が現在のパリ市のあたりに住んでいたことを知る。すると、パリという都市の名がこの部族の名前から来たということが分かり、古代と現代とがわれわれの頭のなかで結びつく。

また、言葉はなにより響きである。音は、共感という点で、直接われわれの情動へとつながる。たとえば、地名をラテン語で言うとする。すると、脳裏には、古風な感じの音がひびく。同じ場所をさす現代の西洋諸語の響きとは違う。この違いは、心象風景の違いを生む。

その例として、かりにセクアナ河(現セーヌ河)が出てきたとしよう。これをセクアナ河というとき、それは広漠たる原野をながれる大河を想わせる。そこには橋もなく、特別な地点をのぞいては、人影もほとんど見られない。今日のセーヌ河というときの印象とは、まったく異なる原初の風景が想われるのである。ローマ市民のなかにセーヌという音はなく、あの大河はひとえにセクアナであった。

そういうわけなので、ここでは、かれらが口にした音をつとめて共有することにしよう。

それに、われわれ日本人には、欧米人にくらべて、ラテン語についてひとつ幸運なことがある。それは、わが国ではラテン語の発音をその通りに発音しているということである。このことは、すなわち、ラテン文学の黄金期とされている、キケロやカエサルが活躍した時代の発音だということにほかならない。

言語学上、あの時代のラテン語の発音の解明は、近代まで待たなければならなかった。わが国が明治になって本格的にこの古典語に接したことが、この点ではかえって幸いしたのである。

昔からラテン語に接していた欧米では、同じ綴りであっても、その国の言語の発音の仕方にならう習慣があって、本来の発音としばしば大きく違った読み方をしている。たとえば、キケロという名を例にとると、英語ではシセロゥ、ドイツ語ではツィツェロー、フランス語ではシセロ、イタリア語ではチチェロ、という具合である。

しかし、わが国のように、いわゆるローマ字読みにした方が正しいラテン語の発音により近いのである。ただし、この訳書では、不要な煩雑さを避けるため、ラテン語の発音に不可欠な長短の区別までは、かならずしも表記しなかった。すなわち、「ガッリア」は「ガリア」、「ヒスパーニア」は「ヒスパニア」などと記した。

ガリアの地理

では、いよいよ当時のガリアについて見てみよう。まず、地図を見ていただきたい。古代ローマ人にとって、ガリアと呼ばれた地域はふたつあった。アルプス山脈を境にした、内ガリアと外ガリアである。

内ガリア――アルプス山脈から南に広がる、ルビコン川までの地域で、今日でいえばイタリア北部に当たる。つまり、現在トリノ、ミラノ、ジェノバ、ベネチアなどの有名な都市がある、いわゆるロンバルディア平原を中心とする地域は、当時「内ガリア」と呼ばれていたのである。また、ここは通称「イタリア」とも呼ばれていた。したがって、本書で「イタリア」とあるばあいは、すべて今のイタリア北部を指すものとご了解いただきたい。

内ガリアの正式名は「ガリア・キサルピナ」（「こちらのガリア」の意）。この地域は、外ガリアにくらべてローマの影響を強くうけ、そのぶん開化されていたので、ローマ市民が平時に着ていた寛衣（トガ）になぞらえて、「ガリア・トガータ」（「トガのガリア」の意）とも呼ばれた。

外ガリア——アルプス山脈から北に広がる、今日のフランスを中心とする地域をいう。このうち、地中海に面する一帯は、カエサルの時代にはすでに属州となっていた。本書に出てくる「属州」（プロウィンキア）とは、もっぱらここを指している。そして外ガリア全体がまだローマの支配下に入っていなかった当時では、この属州の正式名が「ガリア・トランサルピナ」（「あちらのガリア」の意）であった。また、別の呼び名としては、ここの住民がズボンを穿いていたことから、「ガリア・ブラーカータ」（「ズボンのガリア」の意）とも呼ばれた。

さて、われわれはここから、本書の対象となる地域へと入る。

広大な外ガリアのうち、右の「属州」をのぞいた地域全体が、カエサルの遠征の舞台となる「ガリア・コマータ」（「長髪のガリア」の意）である。この呼び名も、当地のガリア人が髪を長くしていたことに由来する。

この「長髪のガリア」を、カエサルは人種の違いに応じて三つの地域に区分している。それをうけて、その後アウグストゥスのときに、北部が「ベルギカ」、中央部が「ルグドゥネンシス」、南部が「アクィタニア」として三つの属州に分けられた。「ルグドゥネンシス」の名称は、首都ルグドゥヌム（現リヨン）にちなむ。

ついでだが、アクィタニアと呼ばれた南の地域は、カエサルの時代とそのすぐ後のアウグストゥスの時代とでは、名称が同じでも、広さが大きく異なる。カエサルの時代まではガルンナ河（現ガロンヌ河）を北の境界としていたのにたいし、アウグストゥスがこれをさらに北のリゲル河（現ロワール河）まで広げたからである。また、このガリア再編のときに、「ガリア・トランサルピナ」も首都ナルボ（現ナルボンヌ）にちなんで、正式に「ガリア・ナルボネンシス」と改称された。

ガリアと一口にいっても、以上のように広い地域をさすので、東と西あるいは北と南とでは自然にかなりの違いがあるが、その大半を占める今日のフランスを基準として言うならば、緯度が高いにもかかわらず、ガリアは温暖な気候に属する。地理学上では西岸海洋性気候と呼ばれるもので、雨季と乾季の区別がなく、冬は偏西風や暖流の影響で一般に温和である。

　植生の点では、樫やブナなどの広葉樹が茂る。当時は深い森がいくつもあって、木の実はたくさんの鳥獣を養い、開墾された土地では作物がよく実った。つまり、ガリアは非常に肥沃な土地だったのである。たしかに、外ガリアでは穀物の収穫が大量にできることにローマ人が驚いたという話が伝わっている。

ケルタエ人について

　ガリアには、当時ケルタエ人――わが国における通称ではケルト人――が住んでいた。ケルタエ人は、紀元前九〇〇年ごろから、気候の変動が原因で、故郷のヨーロッパ中央部から東西へ移動した。そして外ガリアへは前八世紀ごろ入り、前七世紀にはヒスパニア（現スペイン）やルシタニア（現ポルトガル）にまで及んだ。また、アルプス山脈を越えて内ガリアへ入ったのは、前五世紀初めのことといわれる。

　対岸のブリタンニア（ブリテン島）やヒベルニア（アイルランド島）も、すでにこのときにはケルタエ人の島となっていた。それから時代がずっと下ってローマ帝国の時代になると、大陸のケルタエ人も島のケルタエ人も、ローマ人やゲルマニー（ゲルマン）人の支配をうけ、民族としての独自性をなくしていったが、幸いにも、辺境部にいたケルタエ人だけは、そうした運命をまぬがれ、今日にその文化を残している。現在のアイルランド、スコットランド、イギリスのウェールズ地方やコーンウォール地方、それにマン島がそうしたケルタエ人の文化圏にあたる。そのほか、フランス北西部の海岸地方ブルターニュもそうである。このブルターニュという名は、後のアングロ・サクソン人の侵入をうけてブリタンニアから逃れてきたケルタエ人が住みついたことに由来する。

一方、東に移動したグループは、バルカン半島をめざした。紀元前三三五年、パンノニア地方（ドナウ河中部）のケルタエ人の使節が、即位して間もないマケドニアの国王アレキサンダー（後の大王）に謁見したとの記録が残っている。このとき、「自分たちに怖いものはなにもない」と語ったそうである。しかし、アレキサンダー大王の死後、その混乱に乗じてバルカンをめざしたかれらは、ギリシア人との戦いに敗れ、兵士は散り散りとなって、多くが各地で傭兵となるなど、こうしてケルタエ人としての集団は消えていった。そして今日では、ボヘミアという地名――ケルタエ人の一派であるボイイ族の国を意味するラテン語の「ボイヘームム」に由来する――などに、かれらのかつての存在が偲ばれるだけとなっている。

また、東に移動したグループのなかには小アジアに渡って、ここに住みついた者たちもいた。かれらは、ギリシア語で「ガラトイ」、ラテン語で「ガラタエ」と呼ばれた。そしてその国ガラティアは、紀元前二五年に属州としてローマに編入されるまで続いた。ちなみに、新訳聖書にある使徒パウロの「ガラテヤ人への手紙」というのは、右のケルタエ人が住みついた地方のキリスト教徒にたいして宛てられたものである。

外ガリアに移住したケルタエ人は、定着した地域や周辺部族の影響をうけて、肉体的にも習慣的にもかなり違いをみせていたので、このあとカエサルが本書でも指摘しているように、それぞれ地域によって区別されるようになっていた。北部のベルガエ人、中央部のガリー人、それに南部のアクィタニー人である。そしてこの三者のうち、ベルガエ人にはゲルマニー人の血が、アクィタニー人にはヒスパニア（イベリア）先住民の血がそれぞれ混じっていて、ケルタエ人としてもっとも純粋だったのは中央部にすむガリー人であった。

ただ、カエサルは中央部の住民をいうばあいにも、全ガリアの住民をいうばあいにも、いずれもガリー人という呼び名を使っているので、この点は少し注意を要する。また、ローマ人はもともと、ギリシア語の「ケルトイ」にならったケルタエ人という言い方をせず、「ガリアにすむ人」ということで、かれらのことをガリー人と呼んでいた。

そこで、ここからは、ガリア全体のケルタエ人を意味するときにも、ガリー人という言い方をする。

ローマ人との衝突

ガリー人とローマ人の最初の衝突は前三九〇年ごろ。ローマがまだ周辺の諸部族との間で困難な戦いを強いられていた時代のことである。

当時内ガリアには、インスブレス族、セノネス族、リンゴネス族、ケノマニ族、ボイイ族などが住んでいた。そのかれらガリー人連合軍が、前三八六年、総大将ブレンヌスにひきいられてローマへ攻め入ってきた。これにたいして、ローマはラテン諸都市とともにこれと戦ったが惨敗。カピトリヌスの丘に籠城を余儀なくされ、この間ローマ市が敵の略奪や放火にさらされるのを、ただ見つめるほかはなかった。そして七ヶ月後、食糧も尽きた。そのため、やむなく降伏。黄金をあたえて撤退を請わざるを得なかった。

その後もかれらはしばしば侵攻してきたが、前二九五年にローマ軍がウンブリアのセンティヌムでガリー人連合軍を撃破した。それ以降はかれらの侵入をゆるさず、そして前一九一年のボイイ族の降伏をもって、ついにガリー人にたいして最終勝利をおさめたのであった。以後、ローマの方が攻勢へと転じ、内ガリアにおける支配を確立していく。

それから時代が下って、ギリシア人の植民市マッシリア（現マルセーユ）が周辺部族の圧迫をうけ、ローマに助けを求めてきたのを機に、そこへ進駐。敵対部族を討伐したあと、その勢いに乗じて、前一二一年に地中海に面するこの地域を支配下においた。そしてこのとき港ナルボ（現ナルボンヌ）を造った。これが先に述べた「属州」にほかならない。

ガリー人の性格、生活、文化など

ガリー人は、ゲルマニー人と同じく、金髪、碧眼、長身であった。髪は伸ばしたまま、後ろに垂らしていた(「長髪のガリア」)。肌は白く、地中海沿岸の人々の目には、髪や眼の明るさと同様、その白さも驚きであったという。

性格的には、素朴であったと同時に激しやすかった。たとえば、人の話をすぐに信じたり、侮辱されたと思うとたちまち怒った。

平和な生活のなかでは、話し好きで、自慢話には余念がなかったそうだ。一説によると、かれらの間では多弁がひとつの才能ともみられていたらしい。また、かれらは身を飾ることを非常に好んだ。可能なかぎり、衣服には派手な色をもちい、手や首にはいくつも装身具をつけた。

激しやすいということから察しがつくが、戦いとなると、ガリー人は猪突猛進型の勇ましい戦士であった。その戦いぶりについては、怒らせると戦闘に殺到し、身をかくすこともなく、左右に気をくばることもなかったと伝えられている。また、別の筋によると、勝つと天をも衝《つ》く気勢をあげ、負けるとたちまち意気消沈していたそうだ。

では、集団としては、つまり共同体としては、どのような状況だったのだろうか？
残念ながら、ガリアにはガリー人全体をまとめる政治的権威も機構もなかった。かれらは多数の独立した部族にわかれ、そしてその各々がまた多数の小部族から成っていた。

また、政体という点では、一部をのぞいて、各部族ともすでに王制から合議制（共和制）へと移行し終えていたときであった。この合議制も、侵略をうけての戦いとなると、不利なことが多かった。すなわち、即応性に欠けた。たいするカエサルは、いつも行動が速かった。かれが迅速さによって戦いを有利にみちびいたことについては、本書のなかに何度も出てくる。

前一世紀、ガリー人はすでに久しく農耕生活を営んでいた。この点、ローマの側からすれば同じ蛮族とは言っても、まだ大半が狩猟生活を送っていたゲルマニー人とは異なる。当時、ガリー人の農業はすでによく発達していて、あらゆる種類の農具がそろっていた。犂《すき》や刈取り機などは、かれらが発明したものと言われる。農村としての各集落には、農園主や多数の小作人の住居、穀物倉庫、納屋、各種の家畜小屋、荷車置き場、集会場などがあり、そしてそれらの建物は整然と配置されていたようである。

ガリアに点在していたのは、こうした農村だけではない。主要な部族には施政の中心となる大きな町、すなわち城市もあった。その規模は、何千あるいは何万という数の人間が籠城できたほどである。少し後の記録になるが、一説によると、ローマ市の二千ヘクタール（約六百万坪）には遠く及ばないものの、町により五十ヘクタール（約十五万坪）から二百ヘクタール（約六十万坪）はあったとされている。

こうした城市では各種の産業がみられた。技能ごとに職人の住み分けがなされ、専門の工房においてさまざまな製品が作られていた。その技術の高さには目を見張らせるものがある。たとえば、トルクと呼ばれる首輪など、二十種類以上の部品から成っていて、もっとも細かな部分の幅は〇・二ミリにも満たないという。古代としては、まさに感嘆させられる精巧さではないだろうか。

実用品はもとより、そうした装飾品に代表される工芸品の製作が盛んだったのは、その材料を当地で十分に確保することができたからであるが、なかでも金は豊富に採れた。そしてその豊富な金は、装飾品のほか、神殿の奉納品などにも大量に使われていた。また、ガリアでは池や湖にも金が金塊などのかたちで沈んでいた。これは、そうしたところを神聖視していたかれらが、繁栄や戦勝を祈願して投げ込んだものであった。

ちなみに、こうした金がカエサルの手におちたことは言うまでもない。そのため、国庫には膨大なガリアの富が流れ込んだ。この冒瀆《ぼうとく》的な略奪をおもわせる大量の戦利品に、ローマの良識ある人々は眉をひそめたと伝えられている。

装飾品には金のほか、当地のさまざまな金属が使われていた。

また、材料のなかには当地の産物だけではなく、琥珀《こはく》、珊瑚《さんご》、象牙など外国の産物も使われていることから見て、交易もさかんに行なわれていたことが察せられる。じじつ、はるか以前から、ギリシア人やエトルリア人を相手にした地中海沿岸のほか、バルト海沿岸やブリタンニアなどとの間にも交易ルートがあり、装飾品にみられた右のような産物だけでなく、オリーブ、棗椰子《なつめやし》、油、ワイン、塩漬けや干した魚など、さまざまな品が取り引きされていたようだ。

こうした交易品ということでは、ひとつ興味ぶかい話がある。その後のガリアとは事情が異なることやガリー人の性格をよく表わしている話である。それをご紹介しておきたい。それはワインのことである。

当時ガリアでは、ブドウの栽培はまだ行なわれていなかった。正確には、属州ガリア・トランサルピナをのぞいて、ガリアでブドウが栽培されはじめたのは、ローマの支配下に入ってからのことである。

ガリー人は、このワインという飲み物に目がなかった。一壺のワインと奴隷一人とを喜んで交換していたらしい。そして多数の奴隷と交換したワインは、宴会などで回し飲みして、「さすがに文明国ローマの酒よ」と言わんばかりに、その妙なる味に舌鼓《したつづみ》を打っていたそうだ。ローマ人と違って、肉をよく食していただけに、ガリー人の方がワインと肉の組合せの妙をむしろローマ人よりよく知っていたのかもしれない。

右のような状況であったから、ワインは地中海沿岸からガリアへと船で大量に輸送されていた。このことは近年の発見からも証明されている。一九七二年に南フランスの町イエールの沖合で発見された当時の沈没船のなかには長さ四十メートルにも及ぶものもあって、この最大の船にはイタリア産のワインを入れたアンフォラ（取っ手が両側についた運送用の壺）が三段に、なんと、約六千個も積まれていたという。

しかしその後、紀元一世紀になると、状況が変わる。ガリアで造られたワインが生産地の部族の銘柄でそれぞれ売られるようになり、その結果、競争相手としてイタリア産のワインを圧迫しはじめる。そのため、ドミティアヌス帝の時代に、ガリアにおけるブドウの栽培を制限する政策がとられたが、当地のブドウ作りを後退させることはできず、その後三世紀になって、ふたたび自由な栽培が認められるようになった。こうしてブドウはガリア全土に広がっていったのである。


だが、最後にもうひとつ、開化のレベルを端的に示すものとして、文芸あるいは学問がどの程度であったかについて、簡単に見てみよう。

ガリー人が文献を残さなかったことについては、すでに述べた。だが、これには少し訳がある。かれらは、固有の文字こそ持っていなかったものの、ギリシア人やエトルリア人との接触によって早くからギリシア文字やエトルリア文字を借りて碑文などを記していたので、同じようにして歴史などを残すことができたはずである。だが、つまるところ、そうはしなかった。

これは、ガリー人の知識階級を構成していた僧侶（ドルイド）たちが、祭儀や学問の独占をまもるために、その知識を暗記させることだけにかぎり、文字にうつすことを許さなかったためである。かれらは宗教的な事柄だけでなく、文学、法律、さらには天文学や医術その他の自然科学など、古代のあらゆる知識に通じていたらしく、そしてその全知識体系を学びおえるには二十年以上もかかっていたと言われる。

多数の部族に分かれていたガリー人の間において共通の精神的な絆が、このドルイド教であった。かれらが戦いにおいて一様に死を恐れなかったのも、生来の激しやすさにくわえて、ドルイドによって霊魂の不滅を教えられていたことが大いに与《あず》かっていた。カエサルも、この宗教については、ガリー人独特のものとして、本書のなかでかなり詳しく記している。したがって、解説としては右にとどめる。われわれはそのカエサルの記述を読むのを楽しみにしよう。

文字の使用は限られていたものの、知識階級の知的レベルが高かったことは以上の通りである。文字といえば、僧侶たちも含めて、前一世紀のガリー人の間にはラテン語に通じた者たちもいた。カエサルがガリアへ赴任する少しまえにゲルマニー人のことでローマに嘆願におとずれたハエドゥイ族の指導者の一人、ディウィキアクスなどは、そのよい例である。ただ、ラテン語を通してより高い異国の文化を吸収していたこうした者たちも、知識を文字にうつすことをしなかったドルイドの伝統にもとづく民族一般の習慣から、著述などは遺さなかった。

以上、ガリー人の人種的特徴にはじまって、政治的状況、農業その他の産業、農村や都市の様子、周辺との交易など、これらの情報から、われわれはガリー人の開化の程度がかなり良く分かった。少なくとも、たんに蛮族とだけ聞いたばあいよりずっと的確に把握することができた。これを言いかえれば、われわれはいまや、古代ローマ人が伝聞や本書の記述をもとに頭に描いていたガリア像にかなり近づいたということである。

であってみれば、当時のガリアについては、われわれもまた、古代ローマ人になった想いで、カエサルの活躍に感心し、ときには興奮して、いよいよ大喝采を送ることになるだろう。

しかし、その一方、後世の人間として、当時の出来事を歴史として客観的に眺めることができる立場のわれわれであってみれば、ローマ人よりむしろガリー人の方に魅せられて、かれらの運命に同情を禁じえない心境にもしばしば陥《おちい》るかもしれない。

十八世紀後半、スコットランドの文学者ジェームズ・マクファーソンが発表した「オシアンの古歌」と題する、三世紀ごろのケルタエ人王家の衰亡をうたった伝説に触発されて、この民族にたいする関心が西欧各国でにわかに高まり、それから約百年後の十九世紀半ばには、オーストリアのハルシュタットやスイスのラ・テーヌで相次いでかれらの遺跡が大量に発見された。それにもとづく研究によれば、ヨーロッパの鉄器時代に、おもに北のラインとドナウの大河を境にして広く東西にわたって割拠していたのは、ケルタエ人と呼ばれるこの民族であった。

こうした発見や研究から、古代ギリシアや古代ローマをもっぱらヨーロッパ文明の源流としてきたそれまでの歴史観には修正がせまられ、現在ではケルタエ（ケルト）文化にたいして正当な評価があたえられつつある。また、それにともない、工芸の模倣や言語の復活などはもとより、ドルイド教としての団体もあるほど、具体的な復興の動きが各方面において見られるようになってきた。

それは先に述べたケルタエ文化圏の国や地域においてだけではない。はるか以前にケルタエという人種も文化も絶えてしまった国や地域においても同様である。たとえば、一般にはラテン系とされているフランス人は、おおよそケルタエ人にローマ人とゲルマニー人（フランク族）その他の血が混じってうまれた人種だが、このフランス人の間には、イタリア人などのラテン人種とは一線を画した、かれら独自の民族的アイデンティティを古代のケルタエ人のなかに求めようとする空気がある。すでに一八六五年には、ナポレオン三世がガリー人の英雄ウェルキンゲトリクスの大きな像を、カエサルひきいるローマ軍との決戦の地アレシアであったとされているところ（現在のフランス中東部コート・ドール県のアリーズ・サント・レーヌ）に建てているが、これなどその走りとも言えよう。

　では、なぜ、この先住の民族の存在が長いあいだ歴史のかなたに埋もれていたのだろうか？　それは、言うまでもなく、その後ローマ人やゲルマニー人をはじめとする異民族の支配を長くうけたことに帰される。すなわち、ローマの優れた政策や文化のもと、かれらは属州民として数世紀にわたって平和と繁栄を享受し、その過程においてローマ人に同化されていった。そしてローマの支配が崩れてからは、ゲルマニー人をはじめとする新たな異民族の支配のもと、それぞれの文化の洗礼をうけ、同時に人種としてもいっそう混血が進んだ。その結果、右のフランス人の例でも指摘したように、ケルタエ人あるいはガリー人という、かつては他と区別されていた存在がしだいに見られなくなっていったのである。

われわれは、これから、そうしたかれらの消滅への転機となった最初の舞台に立ち会う。

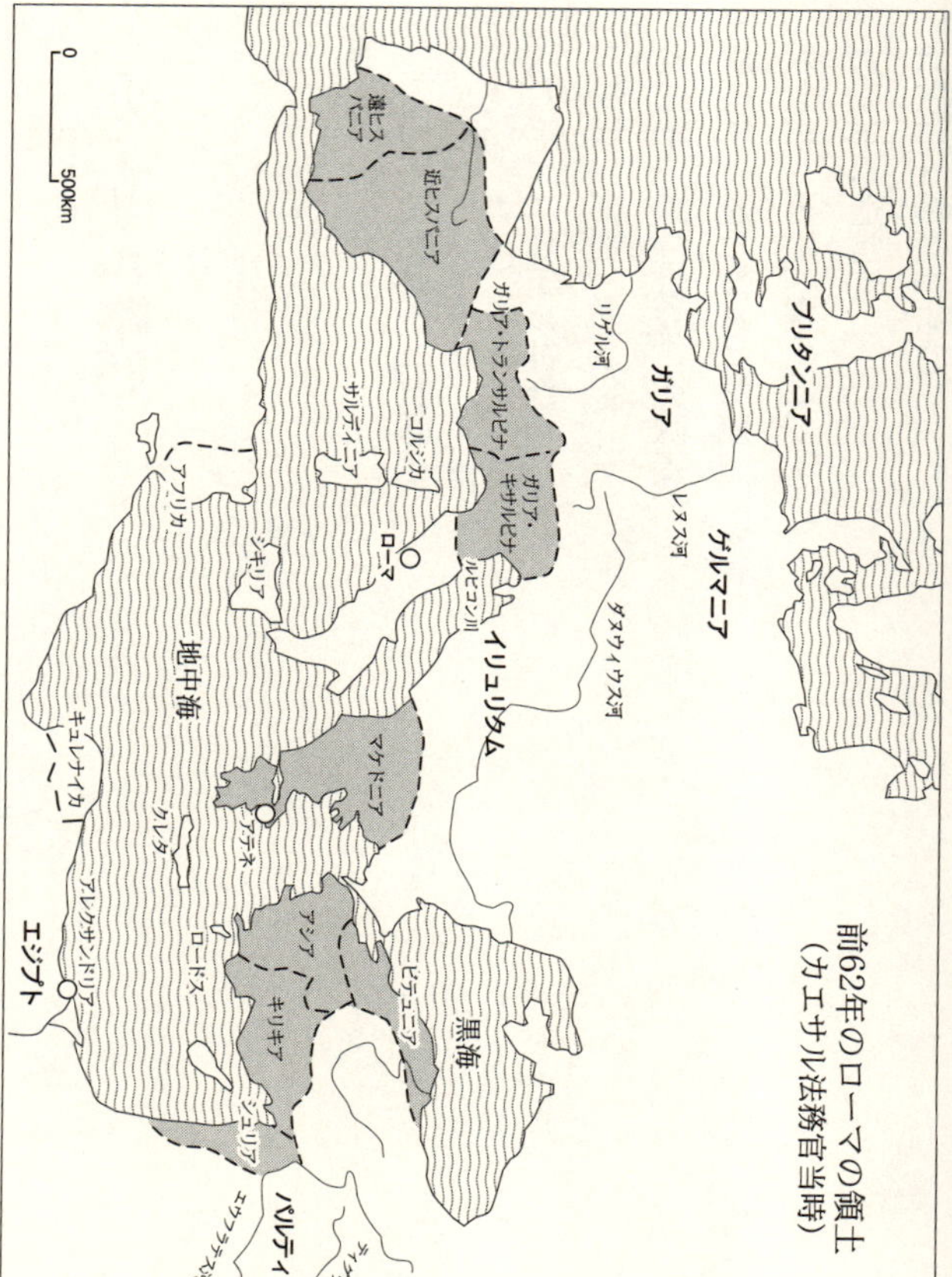
前62年のローマの領土
（カエサル法務官当時）
0
500km
遠ヒスパニア
近ヒスパニア
ガリア・トランサルピナ
ガリア・キサルピナ
リゲル河
ガリア
ブリタンニア
レヌス河
ゲルマニア
ダヌウィウス河
ルビコン川
イリュリクム
ローマ
コルシカ
サルディニア
アフリカ
シキリア
地中海
マケドニア
アテネ
クレタ
キュレナイカ
アレクサンドリア
エジプト
ロードス
アシア
ビテュニア
黒海
キリキア
シュリア
パルティア
エウフラテス河
ティグリス河

カエサル略歴

（紀元前）
一〇〇年　七月十二日誕生
八六年　ユピテル神祭司
八四年　初婚（妻コルネリア）
七三年　大神祇官、大隊長
六八年　遠ヒスパニア属州財務官
六七年　再婚（妻ポンペイア）
六五年　造営官
六三年　最高神祇官

六二年　法務官
六一年　遠ヒスパニア属州総督
六〇年　ポンペイウス及びクラッススとの盟約（第一回三頭政治）
五九年　執政官、再々婚（妻カルプルニア）
五八年　三属州総督。
　　ガリアへ。以後五一年まで当地で征戦（『ガリア戦記』）
四九年　独裁官
四八年　独裁官、執政官
四六年　独裁官、執政官
四五年　独裁官、執政官（単独）
四四年　独裁官　三月十五日、暗殺に斃《たお》れる

カエサルについて

ガイウス・ユリウス・カエサル。前一〇〇年七月十二日（又は十三日）生まれ。ガイウスは個人名、ユリウスは氏族名、カエサルは家名である。ローマ人の間ではしばしば父の名を長男が継ぐならわしがあったので、カエサルも父の名を継いでいる。母の名はアウレリア。

カエサルの主な履歴は、前頁の年譜のとおりである。前半生の歩みには、ローマの名士としてとくに傑出したところはない。カエサルは、一般に考えられているよりはるかに大きな忍耐と長い努力のすえ、人生の後半とくに晩年になるにつれ、その真価を発揮した。西洋史における同じ英雄でも、たんに若さと天才とで短い人生を駆けぬけたアレキサンダー大王やナポレオンのばあいとは趣《おもむき》が異なる。また、資質も多彩であり、性格も陰影に富んでいる。

カエサルの人生には味がある。とくに、かれを最初から英雄視するのではなく、英雄に育っていった一人の人間としてとらえると、その興趣《きょうしゅ》はつきない。キケロが語ったといわれる言葉に倣《なら》えば、「あれほどきちんと髪を始末し、一本の指で頭を掻いているところをみるたびに、かれがローマの国政を覆そうなどという大それたことを考えているとは思われなかった」というふうに。

では、紙数の関係でここでも急ぎ足だが、そうした人物像もあわせ観ながら、われらがカエサルの足跡を追ってみよう。

カエサル家は、建国当初からの旧貴族（パトリキ）に属する由緒ある家柄であった。しかし、かれが生まれたころは裕福ではなかった。パトリキが唯一ローマの指導層であったのは、はるか昔のこと。共和政末期までにはすでに多くが没落していた。伝えられるところによると、ユリウス一族でも、当時まで続いていたのはカエサル一門だけであったといわれる。そのころは、前述の新貴族ともいうべきノビレスの天下で、かれらがかつてのパトリキに代わって高級政務官職を独占していた。したがって、ただパトリキというだけでは、もはや政治的に重きをなすことはできなかった。

ローマの高級政務官職は、無給であったばかりか、それに選ばれるためには莫大な選挙資金を必要としていた。だが、執政官にでも当選すれば、その後は自動的に属州総督の職が待ちうけていて、ここでそれまでの出費をとりもどしてなお余りある役得を享受できる仕組みがあった。属州に赴任するまえに国庫から支給される巨額の支度金のほか、属州ではさまざまな機会や手段を通して莫大な収入を懐にすることができたのである。

当時、上層階級の子弟には、高級政務官となって家門の名を上げ、それにともない蓄財をはかることが期待された。当然、カエサルにも、そうした期待がかかっていた。カエサルの父は法務官までつとめた人物だが、カエサルが十六歳のときに亡くなっている。そのためもあってか、母と子の心の絆には強いものがあった。早くから息子の聡明さに気づいていた賢母アウレリアにとって、かれの成長はいかに待ち遠しかったことか。しかし、その一方で、感受性の強い少年カエサルの複雑な性格もよく知っていて、その点、彼女の胸には一抹の不安もあった。

カエサルの少年時代には、例の元老院派と民衆派とによる内戦の嵐が吹きあれた。その対立は、親戚の間にまで及び、そして流血の惨事をみた。元老院派の父方の伯父ふたりが、母方の伯父である民衆派の指導者マリウスによって殺害されたのだ。カエサルが十三歳のときに起こったこの事件は、少年の思想形成のうえで大きな衝撃をあたえたものと思われる。大人になれば、自分もこうした政治的問題に直面せざるを得ないだろうということを痛感したにちがいない。

カエサルの最初の結婚は、かれが十六歳のとき。相手は、民衆派のもう一人の指導者キンナの娘コルネリア。この婚姻により、かれは自分が民衆派の立場にたつことを明らかにした（ちなみに、プルタルコスによれば、これよりまえ、コスッティアという裕福な騎士階級の娘との間にも縁組があったらしいが、歴史的な観点からはとくに意味がないので、解説は省く）。

カエサルがコルネリアと結婚した当時、ローマは反マリウス派の天下となっていた。元老院派のスッラが独裁者として君臨し、民衆派はその復讐にさらされていた。カエサルにもその余波が及んだ。この若者のなかに未来の反逆者の資質をみてとったスッラが、かれに婚姻の解消を迫ったのだ。さからえば、命が危うかった。だが、カエサルはこれを拒んだ。この態度に、スッラはあらためてカエサル（当時十八歳）を危険視したが、若さを理由にした友人の説得もあって、命をうばうことまではしなかった。

カエサルは、背はいくらか高かったようだが、体つきは繊細で、体質的にもやや病弱な方であった。だが、色白で痩せ型のかれのそのときの表情には、意志の強さのほかに、なにか特別に、鬼気せまるものがあったのだろう。そうでなければ、人を殺すことなど虫をつぶすに等しかったスッラが、危険人物になるとみた一青年を始末できなかった理由など見当たらない。じじつ、カエサルを放免したあと、スッラは、助命をすすめた友人たちにたいし、この若者のなかに何人ものマリウスがいるのが見えないのか、と語ったといわれる。

ともかく、本人自身さえ解からない不思議なその場の気迫で、カエサルは人生第一の危機を乗りこえた。

だが、気変わりは人の常。その辺《あたり》の可能性を考えたカエサルは、その後身の安全のためローマを出る。軍隊へ入るという方法で。それもローマから遠い小アジアを選んで。

しかし、若いながらそうした慎重さをみせた反面、若さゆえの軽薄な振舞いもあった。そのため、この東方で過ごした時期に、生涯ついてまわることになる不名誉な噂の原因をつくることになる。

当地の総督ミヌキウスの特使としてローマの友邦であるビテュニアの王ニコメデスのもとを訪れたときのことである。このとき、王の男色の相手をつとめたというのである。当時のアジア風の豪勢な饗応《きようおう》のさいに、つい周囲の雰囲気にならって、傍目《はため》にそれらしき親しげな所作《しよさ》が、あるいは、あったのかもしれない。

ともかく、根拠があろうとなかろうと、悪意は人をおとしめる機会を見のがさずにはおかない。世間もまたスキャンダルを好む。そうした話題の性質上、その後この噂は、尾ひれをつけて、ローマ市民の間でさかんに口にされた。

なお、このとき王のもとに赴いた用件は、レスボス島攻略のための協力要請であったが、その協力を得ておこなわれた当の攻略作戦では、軍人としてはじめて手柄を立てた。

それからまもなくしてスッラの死が伝えられた。カエサルはすぐに帰国する。そしてローマ市にもどると、弁護士として開業する。

当時ローマの弁護士は、被告の弁護だけでなく、容疑者の告発もおこなっていた。そこでかれは、開業して二回目の仕事で、大物を俎上《そじょう》にのせた。執政官や小アジアの総督をつとめたドラベッラを、当地任務のさいに不正をはたらいたとして告発したのである。ポンペイウスやクラッススの活躍をみて、焦りをおぼえたのだろう。

だが、この訴訟も、一回目につづき敗訴となる。こちらは、当然といえば、当然である。初めての大舞台で、十分な証拠固めもせず、元老院の有力者を相手にするとは。そのうえ、このときドラベッラを弁護したのは、当時ローマ第一の雄弁家ホルテンシウスであった。

ただ、この敗北のなかにもカエサルにとって得たところがあったとすれば、それはおそらく、注目を引いたこの一件によって人々に自分の存在を印象づけたことであったと言えようか。

それはともかく、こうしてまた元老院派に睨まれることになったカエサル（二十四歳）は、ふたたび国外脱出をはかる。今度の行き先は、ロードス島。そのころアテネとならぶ学問の府であったこの島で、大学レベルの哲学や弁論術などを修めようと考えたのである。

ところが、その途上、かれは海賊にとらえられる（前七六年）。先に述べたポンペイウスによる掃蕩は、まだずっと後（前六七年）のことで、当時は海賊に一般の航行や東西の交易がおびやかされ、ローマとしてもこの問題は大きな悩みの種であった。

このとき、カエサル一行をとらえた海賊は、身代金を要求した。これにたいしカエサルは、自分の価値が低く見積もられたと思ったのか、あるいは、身の安全を十二分に確保しようと考えたのか、いずれにせよ、自分の方から身代金の額を二倍以上も吊り上げた。そして、使いの者たちがその金を調達してくるまでの間、海賊に混じって遊んだり、詩や演説を書いて読み聞かせたりした。少しも臆したところがなかったようだ。それればかりか、解放されたら、反対に、かれらを縛り首にしてやる、などと冗談のように言っていた。

そして解放されると、まさにその通りのことをした。ただちに船を調達して、海賊がまだ停泊している港へ急行し、かれらをとらえて、全員を絞首刑に処したのだ。

推測だが、身代金をとり戻したばかりか、かれらの財宝まで手に入れたにもかかわらず、とくに苛酷なこともしていない相手の命をこうも簡単にうばうとは、当時としても、おそらく行き過ぎた報復だったのではないだろうか。

回顧的な人物評では、カエサルは寛大であったとされている。たしかに、その例には事欠かない。しかし、厳密に言うならば、かならずしも常にそうであったわけではない。

少なくとも蛮族にたいしては、しばしば冷酷さがみられた。たとえば、降伏した敵全員の両手を、見せしめのために切り落としたり、投降してきたガリー人の総大将を六年間も牢に入れ——この長期に及んだのは内戦のためだが、しかし——その揚げ句には、凱旋式で見せ物にしたうえ殺したりしていることなどである。慣例などよく無視していたカエサルであったことを思えば、とくに後者については、もう少し人間的な扱いができたはずなのだが。

さて、話をもどして、ドラベッラの件から四年後の前七三年。民衆はカエサルを忘れてはいなかった。二十七歳のかれは、競争相手を制して大隊長（トリブヌス・ミリトゥス）に選ばれる。大隊長は一軍団に十名。約六百の兵を指揮する地位である。気位が高く、望みも大きかったカエサルにとって、一将校にすぎないこの地位では、大して嬉しくもなかったことだろうが、ともかく選挙で勝ったということには、ひとつの転機を感じたことだろう。

また、この年には、右の軍職のほかに、祭事をつかさどる大神祇官（ポンティフェクス）の一人にも選ばれている。

前七三年といえば、例の「スパルタクスの乱」が勃発した年である。クラッススはこのとき、鎮圧のために八個軍団をひきいている。一方、ポンペイウスの方も、大軍の総司令官として、ヒスパニアでマリウス派の残党セルトリウスを攻略中であった。

それから、さらにまた五年。カエサルはやっと「名誉の位階」の緒につく。財務官（クワエストル）への就任である。財務官とは、地方総督のもとで財務その他の実務を担当し、戦時には部隊の指揮もとる。出世コースに入った上流階級の青年が政務官として実践をつむ最初の機会である。

だが、この前六八年という年には、かれにとって大きな不幸があった。マリウスの未亡人、叔母ユリアと愛する妻コルネリアが相次いで亡くなったのである。カエサルは、叔母ユリアの葬儀において、彼女をたたえる演説をうち、葬式の列ではマリウス親子の肖像を引かせた。スッラの影響がまだ濃く残っていて、マリウスの像を公にみせることは憚《はばか》られることであったが、多くの民衆はかつての英雄マリウスを懐かしく思い出し、かれのこの大胆な行為に喝采を送った。また、妻コルネリアの葬儀でも、カエサルは、慣例にない、自分の妻にたいする哀悼の演説をおこなって、民衆に感動をあたえた。

こうしてようやくカエサルは、法務官格の総督ウェストゥスとともに、はじめて正式な官僚として、遠ヒスパニアへ向けて発つ。遠ヒスパニアは、ポンペイウスの働きでしばらくまえに治安が回復していた。そのため、財務官としての任務になんら支障はなかった。むしろ、平和な公務を通して大いに見聞をひろめることができた。

この時のこととして、ひとつ逸話が残っている。ヒスパニア南端の港町ガーデース（現カディス）を訪れたときのこと。そこでアレキサンダー大王の像をみたカエサルは、自分も同じ年齢になったというのに、大王の爪の垢ほどのことも成していない、と嘆いたといわれる。

思いは人生を形づくる。若いカエサルの胸には、常識的な可能性の範囲をこえた、自分の人生にたいする大きな期待があった。将来かならずや歴史的な偉業をなすのだ、という思いである。先のプルタルコスも、この辺の心理的消息について、同じようなことを伝えている。すなわち、かれには、少年のころから、大事業にたいする強い思い入れがあった、と。

この生来の感情は、カエサルの普段の情緒や考え方の根底にあって、かれの生涯をつらぬく。いかなる困難な状況にあっても、カエサルが落ち着きや積極さを失うことがなかったのは、それゆえである。

だが、良いことばかりではない。人生の大半を占める日常的なこととなると、尋常ならざる気宇《きう》の大きさはしばしば常軌を逸した行為へとつながりかねない。カエサルも人の子。それなりに世わたりの才が身につくまでには、かれも手痛い経験を経ざるを得なかった。しかし、それはまた人生の妙とも言うべきもので、これがなかったとしたならば、才能や大志だけでは、後年のカエサルはなかったかもしれない。

では、いったい、それはなにか？　それは、前述の海賊の話とならんで有名な、若き日のカエサルの途方もない借金のことである。

カエサルの借金と女性関係

カエサルは財務官になったとき、すでに一千三百タレントの債務を負っていた。この額は、一説によると、なんと、十一万余の兵士を一年間も抱えることができる金額であったという。原因は、自分のためというより人のため、すなわち気前の良さのためであった。それも、額からして、当然、桁外れの。

その事情を具体的に述べると、まず、カエサルは書物には糸目をつけなかった。古代では書物が高価であったことは言うまでもない。また、繊細さを反映して、おしゃれには気をつかっていた。衣服もまた、上流階級の人間がまとうものとなれば、法外な値段のものはいくらもあった。

だが、カエサルには禁欲的な一面もあって、右のこと以外、個人的な生活はむしろ抑制のきいたものであった。キケロのように邸宅や別荘に凝るようなことはなく、飲食についても、これに執《しゅう》した様子はない。

かれの負債が途方もなく膨らんだのは、前述のように、なにより、並はずれた気前の良さのためにほかならない。そしてその対象はと言うと、それはまず愛人たちであった。上流階級の婦人に次々と言い寄っていたカエサルは、さかんに豪華な贈り物をして、彼女たちを喜ばせていたのである。

そうした女性たちのなかには、ポンペイウスの妻ムキアやクラッススの妻テルトゥッラも入っていた。さらに、後年カエサル暗殺の主犯者の一人となったブルートゥスの母セルウィリアも、かつてカエサルの恋人だった。

また、手早いことに、かれはコルネリアを亡くした翌年には早くも再婚している。今度の妻の名はポンペイア。彼女はスッラの孫娘で、ポンペイウスとも遠縁にあたる。彼女とも、前妻が亡くなるまえから、あるいは交際があったのかもしれない。

「あらゆる男の女、あらゆる女の男」とは、民衆がカエサルのことについて話すとき、戯れによく口にしていた言葉である。これは、ある人物が演説のなかでカエサルのことを公然とこのように呼んだことが発端だが、このように噂として広がったのには、カエサルも困ったことだろう。ともかく、華々しい女性関係。そして彼女らにたいする度重なる豪華な贈り物。まさに、金がいくらあっても足りなかった道理である。

およそ気前の良さというものは、もともと人を選ばない。だれにたいしても、自然と物をあたえる。名門の家長として多数の庇護民(クリエンテス)——代々カエサル家に従属して、その保護をうけた平民——を擁していたカエサルは、かれらにたいしても物惜しみをしなかった。具体的な内容についてはよく分からないが、おそらく、各家の祝い事や災難のときには、できるだけの祝儀や援助をしたことだろうし、一族全体の行事のときには周囲も驚くほどの大盤振舞いをしたことだろう。

庇護民に関する出費は、数のうえから見て、当然、愛人のばあいよりはるかに金がかかる。しかも、政界進出を強く意識するようになると、先を見こした思惑もからんでいたことだろうから、その出費にはいっそう拍車がかかり、周囲がそのつど心配するほどのものであったことだろう。いずれにせよ、このようにして、かれの負債は膨大な額にふくらんでいったのである。

理由はともあれ、このカエサルの大きな借金、これ自体は、若き日の愚行と言わざるを得ない。負債のために奴隷にされる者たちがいた時代である。たとえ、このあとに出てくる放蕩貴族カティリーナのようにはならなくとも、一般には、いろんな意味で自由がうばわれる羽目になっていたに違いないからである。

しかし、カエサルのばあい、負債の重圧がかえってかれに力をあたえ、その後の人生をかたち造ってゆく。言いかえれば、この重圧がなかったならば、カエサルの人生は、英雄となる機会をとらえるまでには開けなかったことだろう。

後年のことはともかく、さすがのカエサルにも、この時点でようやく自分の負債の深刻さが身にしみるようになってきた。そして強まる、その桎梏《しっこく》からのがれようとする衝動が、前述の情念とからみ合いながら、以後、かれをさらに追い立ててゆく。こうして同じ振舞いは、なおも続く。だが、これ以降は、ひとえに生存の手段として。

前六五年、カエサルは造営官《アエディリス》となる。造営官とは、公共の建物や道路の管理、民衆のための娯楽や警察事務をおこなう、「名誉の位階」の二番目の役職である。かれは、この任期中、自分の費用でアッピア街道の補修工事のほか、剣闘士の試合や演劇、行列や饗宴など、数々の催しを盛大におこなって民衆の人気を博した。もちろん、このときの「自分の費用」も借入れである。現代風にたとえれば、高速道路の補修工事や博覧会の開催を個人がやったようなものであるから、かれの負債の規模が桁ちがいに膨らんでいったことは言うまでもない。

他方、これによって、三名の同僚の姿はまったく霞んでしまった。人々はカエサルの名前だけをさかんに口にした。なかには、自分たちをこれほどまでに喜ばせてくれたこの男に、なにか恩返しができる機会がないものか、と真剣に思うまでになった者たちさえいたという。そうした民衆の反応に希望の光をみたカエサルは、まもなくまた新たな賭けにでる。

前六三年、最高神祇官(ポンティフェクス・マクシムス)であったメテッルス・ピウスの死去にともない、後任の選挙がおこなわれることになったが、カエサル(当時三十七歳)はこれに立候補したのである。

対抗馬は、セルウィリウス・イサウリクスとルタティウス・カトゥルス。二人はいずれも執政官経験者で、元老院の重鎮であった。本来なら、前例からしても印象からしても、この神聖な終身職には年配の名士がつくのが相応しかった。

だが、ことは選挙で決まる。前述のような経緯から、カエサルは民衆の間で人気があったので、当選の確率は互角とみえた。この状況にたいし、落選によって名誉が傷つくことをとくに恐れたカトゥルスは、カエサルに、金を出すので立候補をとり下げてくれるよう頼み込んだが、カエサルの態度はゆるがなかった。「さらに借金をしてでも選挙には出て、これに勝つ」と言い放って、カトゥルスの頼みを斥《しりぞ》けた。

そして選挙の日がくると、今回もまた心配で涙をながす母アウレリアにたいして、「母上、今日はあなたの息子が最高神祇官となるか、あるいは亡命者となるか、それが決まる日です」と言ったという。この言葉は、かれがそのとき、負債の問題だけでなく、政治的にも追い込まれていたことを示している。

幸いにも、結果はカエサルの勝利であった。以後、かれはこの独占的な地位に生涯とどまることになる。また、これにともない住まいも変わる。名門としては倹《つま》しかった一般の住居からフォルム（市の中心地）にある立派な公邸へと。

多神教の社会であった古代ローマでは、われわれが考えるよりはるかに、宗教的な祭儀が民衆の目と心とをとらえていた。したがって、最高神祇官になったことは、カエサルという人物をあらためて強く人々に印象づけることになった。一方、元老院派は、カエサルという男をようやく真剣に警戒しはじめた。

もっとも、カエサルが最高神祇官となったこの前六三年という年は、そのことよりも、むしろその後に起こった前述の「カティリーナ陰謀事件」によって広く記憶されている。

底抜けの放蕩で大きな負債をつくった没落貴族のカティリーナは、負債を帳消しにする法律を作ってこの問題を解決しようとして、なんども執政官職に立候補したのだが、そのたびに落選の憂き目にあっていた。そこで、追いつめられたカティリーナは、支持者と謀って元老院議員の抹殺と首都の制圧をもくろんだのであった。

結果は、すでに述べたとおり、執政官キケロの未然の対応で、失敗におわる。カティリーナは、中核の同志約三千人をひきいて逃走したが、正規の追討軍に追われ、激戦のすえ同志全員とともに討ち死にした。

このときには、カエサルもカティリーナの一味ではないかと疑われた。カエサルの途方もない負債が公然なものとなっていたからである。しかも、カエサルはこのとき、元老院における採決前の討議で、カティリーナを擁護しているとも受けとれかねない熱弁をふるった。ますます疑われても仕方がない。だが、カエサルがこの陰謀に加担していたという証拠はなく、最終的には、かれはかろうじて容疑をまぬがれた。災難には遭ったものの。

というのは、右の発言にいよいよ殺気だった、そのときキケロを警護していた一群の若者に、元老院の議場を出たところでとり囲まれるという一幕があったからである。駆けつけた友人らによる救出がなかったならば、一命をおとしていたかも知れなかった。つまり、ここでもカエサルは危機を乗り越えた。

そして翌年の前六二年、法務官《プラエトル》となる。法務官職は任期一年、定員八名の役職である。右の事件の解決によって「国家の父」と称えられていたキケロや、この年に輝かしい東方遠征から凱旋するポンペイウスにくらべると、まったく見劣りのする存在であったが、しかし、法務官となった以上、二流の属州とはいえ、次の年には総督職が待っている。かれには希望の光がやや明るく見えはじめていた。

ところが、この年の末、かれにまた思わぬことが起こる。毎年十二月におこなわれていたボナ女神祭という女だけの祭のときに、妻のポンペイアがクラウディウス（「キケロ」の項で出てきたクロディウスのこと）という名家の若者と密通の間柄であることが暴露されたのだ。この夜の逢引は、クラウディウスの女装がばれて失敗したのだが、一夜明けてこのことが市中に伝わるや、大事件となった。

それは個人的な醜聞《スキャンダル》だけに終わるものではなかった。なぜなら、こともあろうに最高神祇官の妻が、しかもその公邸で、神を冒瀆する行為をおこなったとされたからである。もしその罪が立証されれば、愛人ふたりの処罰はもとより、カエサルも最高神祇官としての監督不行き届きの追及をまぬがれ得なかった。

裁判で、ポンペイアは、暗くて不審者がだれか分からなかったと言い、クラウディウスは、その日はローマ市から遠くはなれた別荘にいたと主張した。このときキケロがクラウディウスのアリバイをくずす証言をして、関係者の罪が確定するかにみえた場面もあったが、けっきょく、証拠不十分ということで二人は無罪となった。

では、当のカエサルは、この妻の醜聞にどのような態度をとったのだろうか？　じつは、このことを聞くや、すぐに彼女を離縁している。気位の高い男が、いつもとは反対に、寝取られた男となったのである。プライドがゆるさなかったにちがいない。だが、それよりも、実のところは、おそらくポンペイアにすでに飽きていたのではないだろうか。愛情が続いていたとしたなら、別の対応ができたはずだからである。
後日ポンペイアを裁いた右の法廷で証言をもとめられたカエサルは、その日は家にいなかったので、なにも知らない、と答えた。そして、では、なぜ、妻を事件の直後に離縁したのかという追及にたいし、自分のことは棚に上げて、唖然とさせられるほどの道徳家ぶりをした答えをしている。「カエサルの妻たる者は、いかなる疑いもかけられてはならない」と。

以上のような顚末でふたたび危機を脱したカエサルは、次の年（前六一年）、前法務官《プロプラエトル》すなわち法務官格の総督として属州「遠ヒスパニア」へ赴任することになる。名を上げると同時に財政をも建てなおす機会をついに得たのだ。カエサルの胸は期待で高まっていたにちがいない。

ところが、である。任地へむけて発とうとしていた矢先、これまで以上の大問題がおこる。赴任のまえに返済をもとめて押し寄せた債権者たちが、カエサルが支払えないことを知ると、家にすわり込んで、その旅立ちを阻んだのだ。
すでに述べたとおり、カエサルの莫大な負債は周知の事実であったが、しかし、かれが破産者同然のていであったとは、それまで世間はもちろん、貸し手までだれも知らなかった。それが暴露されたのである。カエサルは、名誉を失墜させただけでなく、あわや政治生命まで絶たれることになった。その打撃は、過去の挫折や醜聞の比ではなかった。

才能、勇気、人格といった人間的美質も、金銭にたいする普段の超然たる態度も、できない返済をせまる債権者にたいしては、いっさい用をなさない。この件では、それまで強気で人を煙《けむ》に巻いてきたカエサルであったが、ここにいたってまったく無力となった。のちの軍事的な苦境の方が、好転の可能性がいくらもあった分、心はまだ楽であったろう。

では、どうしたのか？　結論からいえば、カエサルはこれもまた切り抜けた。助けの手をさし伸べたのは、クラッススであった。ポンペイウスへ対抗するためカエサルを味方にしておこうと考えたクラッススは、もっとも頑《かたく》なな貸し手には要求どおり支払ってやったほか、自分にたいする返済も猶予したうえ、他の貸し手にたいしてもかれの保証人となったのである。

ローマ一の大富豪が保証するとなれば、もはや債権の回収に不安はない。貸し手の大勢《たいせい》としては、それよりむしろ、ときどき豪語していた、この才ある男に期待をかけ、かれの今後を見まもろうとしたことだろう。

こうして騒ぎがおさまり、ふたたび希望に目を転じることができるようになったカエサルは、ここでようやく遠ヒスパニア属州へと出発する。

そのときのことだが、そのころのカエサルの心の裏をしめす逸話が残っている。途中、蛮族がすむ貧弱な村を通りかかったとき、同行の者たちが「こういうところでも、いったい、政治的な争いや競争があるのだろうか?」と戯れに語り合っているのを耳にしたカエサルは、「ローマ人の間で第二の地位を占めるより、自分はむしろ、こうしたところで第一の地位を占めたい」と言ったという。これは、一般に分別ざかりといわれる年齢になっても、かれがなお青年時代のような気持ちであったことを物語っている。すなわち、あの情念があいかわらず動いていたのである。

だが、カエサル本人は気づいていなかったことなのだが、ある意味、かれはそうした第一の地位にすでになっていたのだ。つまり、本国においてのことではなく、遠ヒスパニアという土地のことに限るなら、すでにそこの統治者になっているではないか。そして、であるなら、ここで自分の真価を存分に発揮できるはずではないか。例の情念は、これを知っていた。

結果は、そのとおり。現地に入ったカエサルは、いったん目の前のことに心を向けると、ただちに行動を開始。たちまち行政と軍事の両面において大きな成果をあげた。行政面では、おもに税制を改革して現地民の好評を得た。そのため、喜んだ当地の有力者たちが総督カエサルへつぎつぎと貢いだ。また軍事面では、隣のルシタニア（現ポルトガル）へ攻め入って、凱旋式を要求できるほどの輝かしい戦果をあげた。莫大な戦利品の一部がさらにカエサルの懐をうるおしたことは言うまでもない。

これでカエサルの財政事情は一変する。あれほどの負債が相当に少なくなっただけでなく、その後の政治活動のための資金まで潤沢に確保できたのである。次の執政官（コンスル）職は、考えていたとおり、いまや射程距離に入った。

買収など、そのための準備も怠りなかった。それに、例の気前の良さが、こんどはカエサルを助けた。遠征の恩恵を兵士たちにも十分に分けあたえたことによって、かれらの心をつかんだのである。兵士たちは、国に帰れば選挙民となるばかりか、選挙の運動員ともなる。一般民衆への影響力はきわめて大きい。要するに、カエサルは今回、かれの性格からすればごく自然に、また資力の点では少しの無理もなく、そうした政治的組織力をも得たと言えよう。

いまや意気揚々たるカエサル。かれは帰国に際し、元老院にたいして凱旋式を要求し、またそれとあわせて、執政官選挙へも立候補したい意向をつたえた。ところが、かれの勢力拡大に危機感をいだいていた元老院は、これを拒否。古来の定めをたてに、いずれか一方のみの選択をせまった。というのも、将軍として凱旋式をおこなう者は、その日までローマ市に入ってはならないとする定めがあったと同時に、執政官選挙への立候補者は、ローマ市にある国家公文書館にみずから赴《おもむ》いて立候補の届出をしなければならないとする定めもあったからである。だが、指定された凱旋式の日まで待てば、届出の期限がきれる。

カエサルはやむなく、執政官職へ立候補する方をとり、凱旋式については、これをあきらめざるを得なかった。敵対的でもなかった蛮族に有無をいわさず襲いかかって、これを征服したのも、戦利品による実入りと同時に、凱旋式の栄誉を得たいがためであった。凱旋式をおこなうことができれば、もちろん、選挙にも有利である。それができなくなったのだ。ちょうどそのころ、本国ではポンペイウスが三度目の凱旋式を盛大におこなったところであった。カエサルの無念さは、容易に察することができる。だが、気をとりなおして一年前までのことを思えば、実質的に大きな成果をあげただけでも十分満足なことであったろう。

カエサルの気持ちの切り替え方は速い。それは、これまでにもそうであったし、この後のガリア遠征でもしばしば見られる。かれの特長のひとつと言ってよい。それに、不運とみえることも、目標を失わない者にとっては、別のあらたな機会となる。しかも、いっそう良い機会であることが少なくない。

選挙への梃入れ《てこい》ともなったはずの凱旋式をはばまれたカエサルは、確実に当選する方法がほかにないものかと思案した。そしてその思案のなかで、ひとつの謀《はかりごと》に行き着く。

前六〇年早々ローマにもどったカエサルは、ただちに立候補を届け出る。と同時に、ポンペイウスとひそかに会い、おたがいの利益のために協力し合ってはどうか、と話をもちかけた。

　ポンペイウスにとっても、この話には魅力があった。というのも、ポンペイウスは東方遠征から帰国して以来、ローマ市民の間では英雄として人気絶頂にありながらも、元老院からは予期せぬ冷ややかな扱いをうけていたからである。かれがあまりに突出したことで、その存在を恐れはじめた元老院が、凱旋式こそみとめたものの、退役兵にたいする土地の給付やかれが東方でとった政策については承認をしぶっていたのだ。つまり、ポンペイウスにしてみれば、伝統にしたがって大軍隊を解散し、それによって政治的野心がないことを示していたにもかかわらず、面子《メンツ》をつぶされたかたちとなっていた。

　そこで二人の間では、きたる執政官の選挙ではポンペイウスがカエサルを支持し、そしてその見返りとして、カエサルが執政官になった暁にはポンペイウスの右のふたつの懸案を元老院で承認させる、という取決めがなされた。

　だが、かれは、ポンペイウスと手をくむことによってそのライバルであるクラッススを敵にまわすようなことはしたくなかった。それに、クラッススにたいしてはまだ大きな負債が残っている。そこで、かれが代表する財界のために、とくに徴税の請負制度をかれらにとって有利なものにするという約束で、クラッススも仲間にさそい入れた。当初は窮余《きゅうよ》の策と言ってもよかった考えが、ローマの政局を大きくゆるがすことになる密約として結実する。いわゆる「三頭政治」の成立である。

選挙では、思惑どおり、カエサルが執政官に筆頭で当選。もう一人の執政官には、元老院派が推すカルプルニウス・ビブルスの当選をゆるすことになったが、それは元老院派のせめてもの抵抗のようなものであった。元老院派と民衆派との力関係が、まさに逆転したのだ。

翌前五九年、執政官に就任したカエサルは、同僚のビブルスを無視して、単独執政官のようにふるまう。それまでなら元老院派の反対で廃案となっていたような政策をつぎつぎと実行したのである。その代表的なものとしては、政務官の職務・倫理に関する規定、属州の税制改正、元老院議事録の公開、土地制度の改革などが挙げられる。ポンペイウスとクラッススの二人に約束したことも、そのとおり、法案として可決させた。

一方、元老院派を代表していた同僚執政官のビブルスは、こうしたカエサルの攻勢を阻止できなかったことで、失望のあまり、任期の途中から自宅に引きこもることが多くなり、職務をほとんど投げ出してしまったかたちであった。

古代ローマでは、年号をその年の二人の執政官の名をもって表わす習慣があったが、人々は右のような状況をみて、この前五九年のことを冗談半分に「ユリウスとカエサルとが執政官の年」と言っていたといわれる。

ガリア遠征にいたる経緯

さて、われわれは、いよいよこれから本文へとつながる段階へと入っていく。

カエサルがたんに古代ローマの執政官リストのなかに名を遺すだけに終わらず、本当の意味で歴史的な人物となっていくのは、じつはこれ以降の思いがけない展開があってのことなのである。それは偶然の出来事に端を発する。もしこの偶然の出来事がなかったならば、カエサルがガリア本土へ行くことはなかったし、ましてやガリア征服などという大事業がなされることはなかった。われわれは、ここでもまた、思いが人生を形づくる好例を見ることになる。

では、それはどのようにして起こったのだろうか？　最後に、その興味ぶかい経緯について、あらましを述べてみたい。

カエサルにとって残る問題は、翌年総督としてどこに行くのかということであった。だが、執政官職を終えたあとの総督としての任務については、その者の執政官就任まえに定めるという当時の法律にもとづいて、すでに元老院によって用意されていた。それは、内地の森林や道路の管理という地味なものであった。

つねに大事業を夢みていたカエサルが、これに満足するはずがない。それに、前年の遠ヒスパニアにおける経験から、属州総督としての職務の魅力や実入りの良さをすでに十分知っている。当然のことながら、次のいっそう大きな業績と蓄財との可能性について想いをめぐらしていた。

そこでかれは、自派の護民官に任地の変更をもとめる法案を提出させ、そして思惑どおり——任期も異例の五年間として——その法案を可決させた。民会における決定が元老院における決定の上位にくるという、前二八七年に定められたホルテンシウス法をもち出しての再提案を、ここでもまた、大きな集票力をもつポンペイウスとクラッススに支持させたのである。その結果、翌年の総督としての任地は、アドリア海東岸の「イリュリクム」とアルプス以南の「ガリア・キサルピナ」（内ガリア）に変更された。

このふたつの属州のうち、通称「イタリア」とも呼ばれていた内ガリアには早くからローマの影響がおよんでいて、当時はすでに安定した属州となっていたので、ここではもはや輝かしい戦功の可能性はなかった。それにたいし、イリュリクムにはローマの支配にまだ完全には服していない蛮族がいたので、ここには軍事行動の可能性があった。

以上のことは、言いかえれば、この時点でもまだカエサルをガリア本土へ向かわせる要因はひとつもなく、かれ自身にもそうした考えは毛頭なかったことを示している。

ところが、任地が右のように決まってからまもなくして、あらたな事態がおこるのである。そのとき属州「ガリア・トランサルピナ」（通称「プロウィンキア」）の総督であったカエキリウス・メテッルスが突然亡くなったのだ。できるだけ大きな機会をもとめていたカエサルにとっては、思わぬ幸運。かれはただちに先の護民官に追加案を出させて、この属州の総督職も兼ねることに成功した――。

しかも、幸運はそれだけではなかった。それより少しまえに、周辺部族の間に不穏な動きがあるとの情報が入っていたのである。これもカエサルにとっては、軍事行動をおこすことができる可能性を示唆していた。

また、そうでなくとも、昔から地中海貿易によって栄えていたナルボ（現ナルボンヌ）を首都にもつこの属州は、開けてもいたし豊かでもあったので、歴代のローマ総督にとって魅力的なところであった。当然、ここがもっとも重要な任地となるにふさわしい。

こうして、かれの主たる関心は、東のイリュリクムから西のガリア・トランサルピナへと急転したのであった。

以上が、カエサルを外ガリアへ導くことになった経緯である。たびかさなる偶然の介在。じつに運命の妙をおもわせる展開ではないだろうか。

いまやガリアへ向けて出立のときは近づいていた。遠ヒスパニアのとき以上の戦功と蓄財とを想って、カエサルの胸は高鳴っていたことだろう。だが、はやる心に押されてそのまま国をはなれるカエサルではなかった。この策謀家には、ローマを発つまえに為すべきことが残っていた。というのも、かれが思うには、長い留守中に元老院派の巻き返しがあって、いまの立場が逆転し、やがて自分の身に危険がおよぶことも十分あり得たからである。であれば、そうしたことがないよう、防止策を講じておかなければならない。

そこでカエサルは、縁組という私的なことを通して政略的な手をうつ。

まず、自分との恋仲の噂が理由で妻を離縁していたポンペイウスに、かれは愛娘のユリアを嫁がせたのである。それも、彼女にはすでに言い交わした相手がいたにもかかわらず、その約束をむりやり解消させて。

その後のことだが、親子ほども年齢の違いがあったこの夫婦は、さいわいにも、仲むつまじくいった。ポンペイウスはユリアを大いに気に入り、一時も新妻の傍《そば》をはなれないというありさまで、そのために政治への積極的な係わりをなくしていった。

また、前妻ポンペイアを離縁して以来ひとり身だったカエサル自身も、娘の結婚からまもなくして、元老院議員ルキウス・カルプルニウス・ピソの娘カルプルニアを娶った。そして自分がローマを留守にしている間も国内の政治をおさえておくため、舅《しゅうと》となったピソを翌年の執政官に当選させた。

これにたいし小カトーは、縁組によってローマの政治が左右されているとして非難したが、いかんせん、状況をくつがえすことはできなかった。

予想される将来のさまざまな危険について、神経質にもならず、抜かりなく、周到に手をうつカエサル。かれは、右のことだけでなく、キケロの失脚をも目論んだ。キケロとは、政治を離れれば、おたがい文人として文学などを語り合う親しい間柄だが、かれが元老院派の代表格として共和政の伝統を強く主張していることを考えれば、個人的にも対立をきたす可能性が大いにあり得る、との判断からである。

そこでカエサルは、前述のボナ女神祭のときの、あのクロディウスを配下にとり込んで、この急進的な若者にキケロ対策をひそかに託した。あの事件以来、かれがキケロにたいして恨みをいだいていることを知っていたからである。キケロは、カエサルが自分にたいして謀をしていることなど、少しも知らなかった。そうしたわけで、この対策もひとまずうまく行く（先の「共和政末期のローマ」のところで述べたクロディウスによるキケロのローマ市からの追放のこと）。

こうして留守中の国内対策にも入念な手をうったカエサルは、任地ガリアへと向かうことになる。いまや総督職に専念できる状況になったことで、期待に胸をふくらませて。だが、その一方、しばらくして、これら一連の忙しさから解放されて冷静に考えてみると、いまなお自分の存在の小ささがひしひしと感じられたのであった。

「巨大な情念」にとって、高級政務官職とは歴史的偉業にいたる途《みち》。それは政治的というよりむしろ軍事的な英雄への途である。ローマ史にはすでに綺羅星《きらぼし》のごとく英雄がいる。そして今また、その軍事の点ではポンペイウスがいて、若いころから何度も凱旋式を挙げ、英雄の名をほしいままにしている。自分はいまだにひとつの凱旋式もしていない。おたがいの間はなお雲泥の差だ。雄弁や学問の道での名声については思いを断ったが、かりにその方面をめざしたにしても、そこには天才のような評価を得ているキケロがいる。また、それ以外の分野として、実業となると、これに興味はないが、富裕という点からすれば、ここにもローマ史上かつてないほどの富豪クラッススがいる。しかも、この男にはまだ借りが残っている現状だ――。

要するに、この時点でのカエサルは、「歴史的（規模）」という観点からすると、いまだに平凡な新総督にすぎなかった。

以上、われわれはカエサルの前半生を駆け足で見てきた。

これ以外にも、カエサルにはじつに興味ぶかいところが多々ある。たとえば、ポンペイウスとは違って、カエサルがこの時点でも、さらには最晩年までも活力を維持したが、それにはそれなりの理由があった。しかし、かれの心身を現実的に支えた、そうした重要な要素、すなわち生活習慣などについては、この後の解説「ローマの軍隊」のところで述べる。

ローマの軍隊

本書を読むに際して、あらかじめローマの軍隊について知っておくと、その直接の記述だけでなく、言外の情況などもよく察せられて、内容をしかるべく味わううえで大いに役立つ。そこで、カエサルがガリア遠征にひきいた軍隊がどのようなものであったのか、その概要をここで押さえておこう。

ローマ軍の性格

古代ローマ人は、軍隊も訓練もおなじく「エクセルキトゥス」と言っていた。すなわち、ラテン語でいう軍隊とは、同時に訓練を意味する言葉でもある。そしてこの「エクセルキトゥス」という言葉——これは英語の「エクササイズ」の語源でもあるのだが

——には、たんに鍛えるだけでなく、つねに鍛えるという含みがあった。

たしかに、ローマの軍隊が伝統的にいかに訓練を重視していたかについては、エドワード・ギボンもその名著『ローマ帝国衰亡史』のなかで次のように伝えている。

「習熟した技量のない、たんなる蛮勇だけの奮闘がいかに無意味であるか、このことをローマ人がよく認識していたことは、ラテン語でいう軍隊が訓練を意味する単語に由来していることからみても分かる。そしてその通り、まさに不断の軍事訓練こそ、ローマ軍紀の要諦であった。

新兵や若年の兵士は、終日訓練にあけくれた。いや、古参兵についても例外ではない。いかなる荒天であろうと、訓練が中断されることのないよう、冬営地には大きな兵舎が設けられ、また、模擬戦の武器の重さを実戦のときの二倍にするなど、周到な配慮がなされていて、だれもが年齢や技能に関係なく、すでに習熟したものを、なおも日々反復しなければならなかった」

兵士の訓練についてだけではない。戦争というものをひとつの科学としてはっきりと認識していたローマ人は、また、さまざまな軍事技術をよく研究し、これらを高度に発達させていた。本書でも、そうした技術をものがたる場面が随所に出てくる。

軍の編成

ローマ軍の中核は、いわゆる重装歩兵からなる「ローマ軍団」（レギオー）である。この主力部隊は、後述の「補助軍」（アウクシリア）すなわち同盟部族からの援軍と違って、もっぱらローマ市民によって構成されていた。

当初カエサルにあたえられた軍勢は、四個軍団であった。以後、遠征が進むにともない八個軍団にまで増員されたが、その後、蛮族の奇襲にあい一個軍団を喪失。そのあとふたたび徴集して、最後には合計十個軍団を擁した。

カエサルの当時、一個軍団は兵員六千名。現実には、多くのばあい、これよりずっと少なかったと言われているが、ここでは公称としての定員を示しておく。

編成としては、一個軍団が十の大隊（コホルス）から成っていた。そして一個大隊は三個中隊（マニプルス）から成り、さらに、一個中隊は二個の百人隊（ケントゥリア）から成っていた。したがって、これをおのおの総数で言うと、一個軍団には大隊が十、中隊が三十、百人隊が六十。兵員数で言うと、大隊が各六百、中隊が各二百、百人隊が各百名となる。

遠征軍においては、総督が総司令官（インペラトル）となり、そして複数の総督代理（レガトゥス）を副官として従えた。本書に出てくる副官の名は十名以上にのぼるが、カエサルのばあい、実際にひきいた副官の数は当初五名、最後の方ではそれが十名にまで増えている。副官は共同して、あるいは単独で、各軍団を指揮した。かれらの中には、キケロの弟やクラッススの息子たちのほか、カエサルの親戚にあたるルキウス・カエサルなどもいた。

副官につづく階級は、大隊長（トリブヌス）である。大隊長は、公職をめざす青年たちの中から選ばれ、各軍団に六名いた。かれらは交代で複数の大隊を指揮した。カエサルも前七三年にこれに選ばれている。

そしてこの大隊長の下に、ローマ軍の屋台骨であった百人隊長（ケントゥリオ）たちが来る。百人隊長は、訓練でも実戦でも、みずから率先するとともに、配下の兵士をじかに統率し、命令に少しでも従わない兵士がいれば、厳しい体罰を科すことができた。闘争本能に、名誉心と、当然のことながら、給与金や賞与金、さらには戦利品にたいする欲心などもあって、かれらは手柄を競い合った。カエサルも本書のなかで、そうしたライバル意識の強い二人の隊長が戦闘で張り合う場面を、じつに活き活きと紹介している。

通常、軍団の戦列は三列で、第一戦列に四個大隊、第二、第三戦列にそれぞれ三個大隊が配属されたが、百人隊長の間にも階級があって、経験と手柄に応じて、これらの大隊内を順次昇進した。一個大隊に六十人いた百人隊長のうち、最上位の首席百人隊長(プリミピルス)は、もっとも精鋭が属する第三列の第一大隊の第一歩兵隊長であった。

主力としての右の軍団のほか、カエサルがひきいたローマ軍には非ローマ市民からなる補助軍(アウクシリア)がいた。その大部分は、ローマと友邦関係にあったガリー人やゲルマニー人の部族が出した部隊である。かれらはそれぞれの部族の指導者にひきいられて、おもに騎兵として戦った。

ガリー人同士が戦ったことについては、いささか残念におもわれるが、前述のとおり、多くの部族がたがいに敵対し合っていた当時のガリアでは、かれらの間に統一的な民族意識が欠けていて、外敵にたいして一致団結して当たるという気持ちがまったくなかったのである。そうした状況をローマ人に利用されていることに気づいたときには、いかんせん、手おくれであった。

ゲルマニー人について言えば、ガリー人にくらべて開化が遅れ、気性も生活も狩猟時代のそれを脱していなかったこともあって、戦いは好むところであった。南の肥沃な土地もさることながら、短期間で得られる富、すなわち戦利品の分け前は、かれらを魅了して止まなかった。このガリア遠征の後半では、そうしたゲルマニー人騎兵部隊の活躍が光っている。

カエサルの補助軍のなかには、そのほか、ローマ支配下のクレタ島やヌミディア、それにバレアレス諸島からやって来た弓兵や投石兵などがいた。

以上のほか、さらに、ローマ軍には非戦闘員として次のような者たちが従軍していた。雑役をおこなう軍夫、荷馬などを世話する御者、将校につかえる下僕、それに、軍隊や兵士相手に物品を売ったり、戦利品を買いとったりする商人たちである。

本書における言及こそ少ないものの、これら非戦闘員は遠征軍においてそれぞれが重要な存在であった。だが、そうした正規の職能とは別に、もうひとつ、かれらが期せずして果たしていた意外な役割が見逃せない。それは何かというと、政略家のカエサルがいつも気にかけていた本国との間の情報戦においてのことである。

とくに従軍商人が伝えるガリア遠征軍に関する情報は、今日のマスメディアの報道さながら、元老院の発表に先だち、いち早くローマ市民の間に広まっていった。そしてそれは、あの気前の良さの影響で、自然とカエサル贔屓《びいき》の喧伝《けんでん》となっていたのである。

兵士の装備、大型兵器、攻城法など

ローマ軍団の兵士については、読者諸賢の大半が、他の歴史書のなかの挿絵などを通してその身なりをすでによくご存知のことであろうし、また、本文まえの解説としては紙数の関係もあるので、ここではそうした重装歩兵としてのイメージを簡単に確認するにとどめる。

軍団兵の装備には時代によって違いがあるが、カエサル当時の装備は、概略、次のとおり。すなわち、武装としては、兜《かぶと》、胴甲、脛当《すねあ》て、ゲートル、サンダル、これに帯剣、そして盾と槍、である。

右の武装には、ローマ人の科学的精神を反映して、さまざまな工夫がなされていた。例を挙げると、突き槍と投げ槍の二種類のうち、たとえば、投げ槍のばあい、ガリー人の盾をいくつも連続してつらぬく威力をもっていたうえ、そうした衝撃をうけると穂先が曲がるようにも造られていた。これによって、槍は抜くことができなくなり、敵としては盾が使えなくなったのである。こうした思いもよらぬ仕掛けに、ガリー人がどう反応したのか。さいわい、そのことをカエサルが本書で報告している。

また、軍団兵が腰におびていた剣は、先が尖った両刃《もろは》の剣で、長さは比較的短いものだが、これは白兵戦のときに自由に操れることと、相手にたいする打撃がもっとも大きい、突き刺すことに重きをおいていたことによるものである。先の槍の投擲《とうてき》と同じく、日頃の訓練によってこの辺の剣の使い方に熟練していた軍団兵にとって、ただ長い刀剣を振りまわすだけのガリー人を処理することは、ほとんど造作もないことであったようだ。

ちなみに、軍団兵が胴甲の下に身につけていた膝丈の着衣は、ガリー人のズボンと著しい対照をなしていて、それにはズボンを蛮人特有の風俗とみなしていた当時のローマ人の考えが反映されている。

だが、そうした武装のことより、いっそう注目すべきは、軍団兵の間で「マリウスの驢馬《ろば》」と呼ばれていた装備についてだろう。その装備とは、兵士たちが食糧や食器をはじめ、鍬《くわ》、斧、鋸《のこぎり》といった建築工事用の道具まで、総重量が約四十キロほどの荷物を、背嚢《はいのう》として背負っていたことを指している。

敵に狙われやすい兵站線をできるだけ短くするため、従来なら輸送の一部であったものを兵士に携行させるという、この画期的なやり方は、あの独裁者マリウスの発案であった。右の「マリウスの驢馬」という言葉は、これに由来する。

そしてそうした重い荷物を背負いながら、軍団兵は連日行軍し、緊急時にはただちに強行軍に入り、さらに緊迫した事態では、長い距離でも、それを昼夜兼行で踏破していたのである。強靭たること、この上ない。

その秘密は、訓練もさることながら、根本的には、兵食に在った。ここで、現実問題として、その兵食について触れないとすれば、カエサルの前述の活力も含めて、ローマ軍団の大きな特長のひとつを見過ごすことになるだろう。

では、具体的に、軍団兵は日々どのようなものを食べていたのだろうか。じつは、それはほとんど、粗挽きの小麦をただ水でこねて、それを焼いた、古代のパンとも言うべきものだけであった。油やチーズなども支給されてはいたものの、順調に確保できたときでも、それらはわずかで、兵士の健康と体力とを支えていたのは、あくまで右の驚くほどに単純な食事だったのである。

これに、暑い日には、暑さ対策として、酢を水で割って飲んでいた。これはラテン語では「ポスカ」と呼ばれる。だれでも簡単につくることができる飲み物である。

以上のような兵食を、カエサルも一般の兵士たちと同じように摂っていた。しかも、察するところ、むしろ好んで。というのも、前にも指摘したように、かれは軍隊生活における自分の体調の良さを、適度な筋力の使用とともに、節度ある簡素な食事に帰していたからである。

もっとも、カエサルがそうした食事を気に入っていたのには、たんに健康維持のためと言うより、むしろ別に、もっと深刻な理由があった。その理由とは、意外にも、かれには癲癇《てんかん》という病気があったと言うことである。しごく体面を気にする性格であったことを考えると、その発作を未然にふせぐために、かれが人知れずいかに努力していたか、容易に察することができる。その方法が、同時に壮健にも通じる、食を節することだったのである。もし右の弱点がなかったならば、あるいは、英雄カエサルは生まれていなかったかもしれない。

次は、大型兵器について。大型兵器としては、石や矢などを飛ばす各種の投射機、城門をこわす破城槌《はじようつい》、城壁をくずす破城鉤《かぎ》、それに、籠城している敵を高所から攻撃する攻城櫓《こうじようやぐら》などが挙げられる。

こうした類の兵器は、古来、他の民族にも見られるものであるが、ローマ軍団のものは、当時としては最先端をいく、もっとも精巧、かつもっとも強力なものであった。ここでもまた、ローマ人の科学的精神をおもえば、はるか以前の建国以来たえず戦ってきた経験が、このような大型兵器にいかによく活かされていたかは、容易に察することができる。

だが、それは完成品としての兵器そのものにとどまらない。現地での製作についても、長年にわたる軍事的な経験の成果がおおいに発揮されていた。ガリー人が驚いたのは、むしろそうした製作や工事の速さだった。攻城櫓がそのよい例だろう。

籠城している敵が眺めているまえで、何層にも仕切られた、城壁より高い櫓を後方でたちまちのうちに造り上げ、そして蛮人にしてみれば動かすことができないと思われた、その巨大な構造物を、これもたちまち城壁のすぐ前にまでもってくる。火矢を射るなどして火災をおこさせようとしても、それにたいしては構造物の表面を生皮で被うなど、十分に防備がなされていた。

また、差掛け小屋のなかに入って、敵の飛び道具を避けながら、城壁の高さまでじょじょに土手を築いていくという方法もあった。何千あるいは何万という数の兵士が次から次へと作業をするのであるから、その坂道はあっという間にでき上がり、格好の突撃路となった。

そのほか、大河に橋をかけるといった技術も、ローマ軍が得意とするところであった。ここでは、工兵が活躍した。この架橋工事については、当時のローマ市民も具体的なことは知らなかったと見えて、自然の障壁をのり越えていくガリア遠征軍の活躍を印象づけるうえからも、カエサルはその工法を本書でくわしく説明している。

この架橋工事は、ゲルマニア遠征のときのことだが、それと並んでカエサルがもうひとつ偉業としてローマ市民に印象づけたかったブリタンニア遠征の際には、優れた造船技術を示している。このときの出来事は、とくに劇的である（第四巻29節〜31節）。

カエサルは幸運であった。団結心を欠いた蛮人を相手に、ひとり全軍の総司令官として、以上のような軍隊と軍事技術とを存分に駆使して戦いを進めることができたからである。あるいはまた、幸福であったとさえ言ってよい。なぜなら、そうした征服事業の進展にともない、自分の長年の野望がついに現実のものとなりつつあることを、当然、強く感じてもいたからである。

一方、軍団兵たちにとっても、この遠征はそれまでの従軍とは違って、しだいに特別なものと感じられるようになっていた。歴史的な遠征軍の一員であるという名誉と、他の将軍のもとでは得られない実入りの良さとが、じょじょに兵士たちの心をつかんでいた。

いかなる分野であれ、末端の構成員にまでそうした二つの要素を同時にもたらしてくれる組織など、滅多にあるものではない。もしあれば、それを可能にしている指導者におのずと構成員の忠誠があつまるのは必然の成り行き。

ガリア遠征軍は、年を追うごとに、ローマ軍団というよりむしろカエサル軍団と呼ぶべき軍隊へと変質する。すなわち、一人の大野心家が並ぶもののない強大な軍事力を持つようになって行くのである。そしてこれこそ、なにより、元老院がもっとも恐れていたことであった。

以上が、本書に出てくるローマ軍についての概要である。

『ガリア戦記』について

『ガリア戦記』の文体については、「はしがき」のところであらまし述べた。有名な書物でも、通常なら、前述のような程度の言及で十分なところである。あるいは、その大方が文体などとくに取り上げられることはないと言ってもよいだろう。ところが、こと本書に限っては、この文体という事柄がじつに重要な意味を秘めているのである。そしてそれは内容の巧みな構成とも関係している。

本書の全体を史実として公正に判断するには、その辺の予備知識がぜひとも欠かせない。そこで、ここでは、本書の成り立ちとカエサルがこれに凝らした趣向とについて、少し詳しく見てみよう。

著述の意図

カエサルが自分の遠征を戦記として著したについては、そこに次のふたつの理由があったとされている。ひとつは、このローマ史上最大の事業が歴史家によって後世に正確に伝えられるよう、そのための基礎資料として書かれたとする説。これは、追記として第八巻を著わしたヒルティウスや、本書の文体について語ったときのキケロの言にもとづく。もうひとつは、ローマ市民にたいしてあらためて自己の輝かしい業績を印象づけることによって、ガリア総督中にとった独断的行動を正当化して、帰国後の政争を有利に運ぶためであったとする説。こちらは、当時カエサルが置かれていた状況から判断してのことである。

では、このふたつのうち、真実はどちらにあるのだろうか? カエサルの文才と筆まめなことを考えれば、状況に余裕があったとしたなら、おもな理由として、たしかに第一の主張にもうなずけよう。しかし、かれが直面していた状況は、以前にも増して緊迫していた。であってみれば、真実はおそらく、より後者の方に在る。

本書（カエサル本人の手記全七巻）が刊行されたのは、アレシアの決戦が終わってから数ヶ月後の前五一年春のこととされているが、かれはこのとき、その空前ともいえる業績によって、一般のローマ市民の心のなかでも英雄としてポンペイウスを凌《しの》ぐ存在となっていた。それだけに、元老院派の危機感はもう以前の比ではなかった。

また、七年という歳月は、カエサルにとっても予期せぬ状況をもたらしていた。ポンペイウスに嫁がせた娘ユリアが産後の病で亡くなり（前五四年）、さらに、「三頭」の一人であったクラッススもパルティア遠征の失敗で命をおとしていた（前五三年）。そのため、ポンペイウスとの間の強い絆が失われたばかりか、それまでの政治的な勢力の均衡がくずれてしまい、かてくわえて、その後カエサルの勢いが著しく伸びたことから、それまで自分がカエサルに利用されていたことに気づいたポンペイウスが、このころにはすでに元老院派に加担するようになっていた。

そして勢力を挽回していた元老院派からは、カエサル召還の声が上がっていた。もしこの時点で解任されて一介の私人となったとすれば、裁判にかけられ、その結果、ばあいによっては命までも奪われかねない、そうした状況であった。したがって、どうしても帰国まえに世論を味方にしておく必要があった。

以上のような次第で、本書はアレシアの決戦（前五二年）後ほとんど一気呵成《いっきかせい》に書き上げられたのである。大方の歴史家もまた、そのように判断している。

ガリー人に決定的敗北をもたらしたとはいえ、まだ抵抗部族が残っていた。かれらを平定するまでには、このあともう一年を費やすことになるのだが、そうした戦場に余燼《よじん》がくすぶるなか、夜の帳《とばり》がおりて司令官としての昼間の激務から解放されるや、カエサルは即座にペンをとった。あるいは、馬に乗りながらでも、速記ができる従者に口述して多方面に通信文を発していたカエサルであるから、ひょっとすると、昼間においても事情がゆるすかぎり、これにとり組んでいたかもしれない。

だが、集中していたのは、やはり夜であったろう。営舎の明るくもない灯火のもとで、ひとり静かに、しかし熱心に、ペンを走らせるカエサル。かれは少食であったから、よく食後にみられる心身のゆるみや眠気とは無縁であった。

ちなみに、頑強とも見えない体つきにしては、カエサルが疲れもせず、よく激務をこなしていることに、友人たちが驚いていたということだが、かれのその元気のもとは、軍隊生活をむしろ鍛錬としてとらえ、激務のなかにも冷静さを保ち、そして精力を維持するために、この少食を習慣にしていたことにあった。

文体に込められた真意

では、次は、カエサルが世論操作という右の意図をどのようにして達成したかについて見てみよう。

自分の業績を自分が語る。これはどのように自制しても、自虐的な者でないかぎり、自画自賛におちいる。そしてそうした話にたいしては、友人であれば、鷹揚《おうよう》さをもってそれに接し、そしてそれを楽しむことだろうが、一方、敵対者であれば、それに嫌悪感をおぼえ、ばあいによっては、それを虚偽や誇張などと言い出しかねない。また、中立的な者でも、自慢話のような回想記には抵抗を感じよう。しかし、世論操作であるから、言うまでもなく、手柄の吹聴だととられてはならない。だが、通常の書き方では、手柄話とはならないように宣伝するというような微妙な伝え方は難しい。

この問題にたいしてカエサルが考えついたのが、先に述べた文体すなわち表現の手法であった。たしかに、飾り気のない、総じて短文のうえに、感情表現を避け、それにくわえて三人称を用いれば、著者がカエサル本人とは分かっていても、その印象が格段に薄まる。潜在的には、第三者が書いたような錯覚を読者の心に残すかもしれない。こうした考えから、かれは普通とは異なる文体で書くことにしたのである。

巧みな構成

だが、カエサルの工夫は、それだけに止《とど》まらない。文体のほかにも及んだ。およそ文体そのものは、それが文字となっている分、どのように書こうとも、行間からまだその意図がいくらか看てとれる。言いかえれば、情報操作として、それ以上のなにかが望まれた。

では、表現の手法のほかに工夫があるとすれば、それは何か？　それは内容の構成である。

そこで、まずなにより、自画自賛と思われないよう、往々にして勿体をつけた感のある、前置きというものを入れず、私的なことにも触れず、つとめて事実を前面に出し、そしてその事実にしても、自分に有利なものだけでなく、その間に不利なものもよい按配《あんばい》にとり混ぜた。

　また、よく数字を入れるなど、できるだけ正確な記載に努めた。と同時に、たとえば、あまりにも大きすぎるような数字など、その信憑性について疑念を抱かれそうなところでは、万一その情報が誤りであったときの非難にそなえて、「かれらによれば」などと言った言葉を入れた。

　次に、ほとんど知られていないところへ行ったのであるから、誰であれ、戦いのことだけでなく、できれば、その土地の様子や人々のことも知りたい。こうした人間の一般的な欲求にもさりげなく応えている。そしてこれによって、図らずも、本書に博物誌としての価値をも付与することになった。

　さらにまた、同じ戦争のことを伝えるにしても、ローマ市民の興味をいっそう掻き立てようと、激しい戦闘の場面や白熱した議論の様子など、興奮にみちた具体的な光景を随所に織り込んだ。

　しかも、それらを生き生きと描き出している。この辺のカエサルの描写力には、いわば現代のテレビ中継をおもわせるものがあり、そうした件が出てくると、単純な文ながら、その光景がありありと読む者の目にうかぶ。本書に文学性がみとめられる所以《ゆえん》である。

キケロの反応

キケロはこれを読んで圧倒された。かれは、次のように言っている。すなわち、この文章は、いわば衣服を脱ぎすてた、純粋な裸体のような文章である。カエサルとしては、歴史家のために資料を用意したつもりだろうが、これに不要な装飾をほどこして満足するような輩《やから》ならともかく、然るべき人士であれば、おそらく、だれもこれに手を加えようとは思わないことだろう、と。

まさに絶賛である。ただ業績をさりげなく載せたつもりの文章までが、かれにこれほど褒められようとは、カエサルにとって思わぬことであったろう。そして当代随一の文章家であるキケロがこのように絶賛したとなれば、それが名文という言葉に要約されて、あるいは置きかえられて伝わったとしても、そこに不思議はない。だが正確には、すでに指摘したように、本書の文章はむしろ素朴、平明な文章といった方がよく、そしてそれこそカエサルが意図したところなのである。

察するに、右のキケロの賞賛は、多分にカエサルの軍事的業績に圧倒された心が然《しか》らしめたものだろう。普段からカエサルの文章力をよく知っていたキケロだけに、『戦記』の文体の斬新さがひときわ印象的だったようだ。

後世への遺産

いずれにせよ、以来、本書は文章までもが注目の的となった。作品はひとり歩きする、とよく言われるが、必要にせまられて大急ぎで書き上げた遠征記が後世にまでこうも読まれていることを、もしカエサルが知ったとしたならば、さぞや驚くことだろう。あるいは、歴史書としてなら、まだ分からないでもない。しかし、いわゆる古典として、初等ラテン語の読本ともなり、ラテン文の手本とも讃えられていることについては、これはもう夢にさえ想わなかったことにちがいない。

だが、そもそも平明な文章というものには永遠性がある。言葉としては旧《ふる》くなろうと、その文意の明晰さが時とともに陰ることはない。ということも考えれば、内容が内容だけに、本書は伝えられるべくして伝えられた書物であると言えよう。カエサルの期待をはるかに超えて。

写本について

では次に、この邦訳の底本となったラテン語の写本についてであるが、カエサルが手ずから著わした、貴重このうえないこの『ガリア戦記』の原本がどこかに残っているのかというと、じつは、それはどこにも残っていない。まことに残念なことだが、おおかたの古典と同様、写本のかたちで残されているにすぎない。そしてこの写本となると、何十種類とあり、専門家の研究によれば、その間の異同は千数百ヶ所にも上る。だが、重要とされている写本は、十指ほどに限られる。

この邦訳では、そうした主な写本のうち、とくに有名な次の二種類を底本として併用した。ひとつはトイプナー版（全七巻・一九一五年）と言われているもの、もうひとつはオックスフォード版（全八巻・一九〇〇年）と言われているものである。このふたつの写本の間にも字句や数字に関してしばしば異同がみとめられたが、そのつど両者を比較・考量し、かつ既存の邦訳や諸外国語訳を参考にして、より妥当と考えられる方を適宜選択した。そうした過程で無視しがたく思われたごく一部については、注として付した。しかし幸いにして、いずれも深刻なものではなく、大意を左右するようなものはなかった。

写本については、以上である。そしてこれをもって、『ガリア戦記』の成立事情とその書物としての諸特徴に関する概観を終わる。

日本語で味わう『ガリア戦記』

最後に、われわれにとってきわめて重要な、カエサルの『ガリア戦記』を日本語で読むことの利点について一言。

言うまでもなく、古代ローマ人は本書をかれらの母国語（ラテン語）で読んだ。そしてこれを読む者も、その朗読を聴く者も、すべての者がたちまち引き込まれた。母国語を通してであればこそ、カエサルの一文一文は、乾いた土地に水が吸い込まれていくように、読みすすむ端から内容がかれらの臓腑に徹したのである。

つまり、どの言語で読まれようと、言語的な違和感がいささかもない、そうしたまったく自然な読まれ方を、本書は求めている。そしてこの条件を満たし得る言語としては、どの国民のばあいも、それはそれぞれの母国語を措いてほかにはない。これを言いかえれば、われわれ日本人が本書を古代ローマ人と同じように味わうには、これを日本語で読むのが最善なのである。ラテン語による読書は、このあとに来る。

わが国において文芸批評というジャンルを確立した小林秀雄に、『ガリア戦記』を読んだときの感慨を綴った一文があるが、氏もまた、むしろ本書を日本語で読んだがゆえに、カエサルの語りにたちまち魅了されたのであった。左は、その感想文の一部である。

「初めて、この有名な戦記が通読できた。少しばかり読み進むと、もう一切を忘れ、一気呵成に読み了えた。それほど面白かった。……(中略)……近頃、珍しく理想的な文学鑑賞をしたわけである。訳文はかなり読みづらいものだった。だが、そんなことは少しも構わぬ。原文がどんな調子の名文であるかすぐ解ってしまう。政治もやり作戦もやり突撃する一兵卒の役までやったこの戦争の達人にとって、戦争というものはある巨大な創作であった。知り尽くした材料を以ってする感傷と空想とを交えぬ営々たる労働、これはまた大詩人の仕事の原理でもある。『ガリア戦記』という創作余談が、詩のよう

に僕を動かすのに不思議はない。サンダルの音が聞こえる、時間が飛び去る」(『文学界』昭和十七年五月号)

さあ、これで、もう充分である。すなわち、本書をしかるべく味わうために必要な情報は、すべて得られた。われわれはいまや古代ローマ人も同然である。ということで、いよいよ待望の本文へと入ろう。これからはカエサルがわれわれに語る。

第一巻

（紀元前五八年）

紀元前58年　ガリア遠征1年目

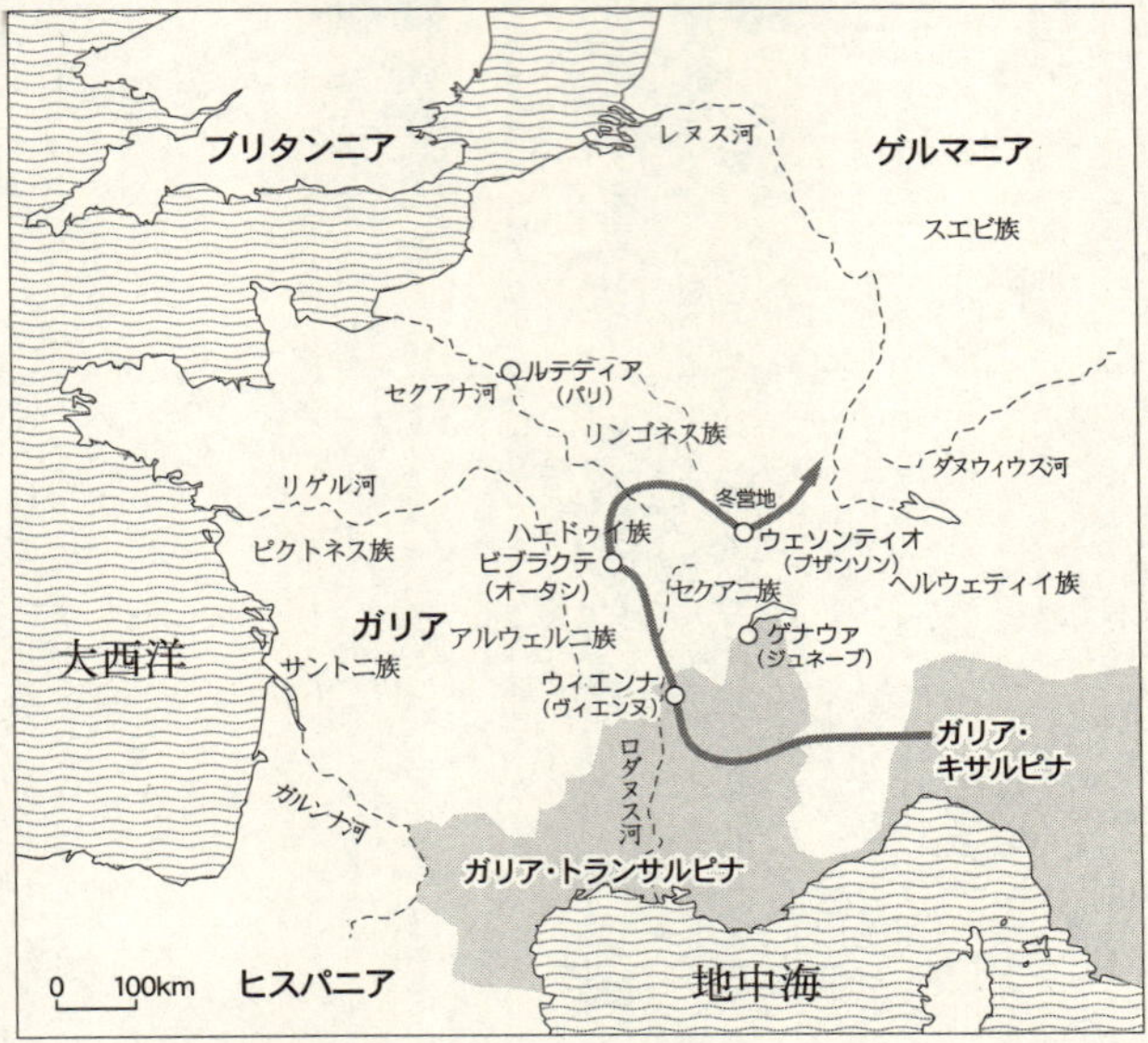

(　　)内は現代名を示す

1 ガリアの地理と人種

1　ガリアは全体が三つの地域に分かれている。そしてその一つにはベルガエ人、もう一つにはアクィタニー人、またもう一つには自らをケルタエ人と称する、いわゆるガリー人が住んでいる。このうちガリー人は、ガルンナ河を境にアクィタニー人から、マトロナ河とセクアナ河を境にベルガエ人から、それぞれ分かれている。

この三者は、言語も習慣も制度も、いずれも異なる。

かれらのなかでもっとも逞《たくま》しいのは、ベルガエ人である。それは、洗練されたローマの属州から遠くはなれていて、人を軟弱にする贅沢品がほとんど入ってこないことや、レヌス河（現ライン河）をはさんで隣にはゲルマニー人がいて、このゲルマニー人とたえず争っているためである。同じ理由から、ガリー人のなかではヘルウェティィ族がもっとも勇ましく、毎日のようにゲルマニー人と干戈《かんか》をまじえ、境界をはさんで攻防にあけくれている。

以上、三つの地域のうち、右のガリー人が占める地域は、ロダヌス河（現ローヌ河）から始まり、ガルンナ河を経て、大洋、さらにはベルガエ人の領土に沿い、セクアニ族やヘルウェティイ族の領土近くではレヌス河にまで達し、北にひろがる。ベルガエ人の領土は、ガリー人の領土の果てからレヌス河下流域に及び、北東を向いている。アクィタニアは、ガルンナ河からピュレネー山脈までと、そしてヒスパニア付近では大洋を臨み、[1]北西を向いている。

（注1）「ヒスパニア付近では大洋を臨み、北西を向いている」
カエサルの時代、ヒスパニア（スペイン）は実際よりはるかに北寄りにあって、ヒベルニア（アイルランド島）の近くにまで迫っていると考えられていた。つまり、ピュレネー山脈あたりからバタヴィア（オランダ）まで、ガリア（フランス）の海岸は一直線状に走り、それに沿ったかたちでブリタンニアが横たわっていて、その西側にヒベルニアがあるというのが、古代におけるこの辺の地理の概念であった。カエサルの記述は、それ以前のギリシア人旅行家やフェニキア人航海者による情報（書物）とかれ自身が現地で得た情報をもとにしたものと思われる。今日の正確な地理からすると不正確であるが、当時の実情を考えると、よくここまで把握していたと言うべきだろう。

2　ヘルウェティイ族との戦い

2　さて、ヘルウェティイ族のなかで名声、財力ともに群を抜いていたのがオルゲトリクスであった。この男は、マルクス・メッサラとマルクス・ピソが執政官の年（前六一年）、王位を得たい思いから、貴族たちと謀って、部族の者たちに集団移住を説いた。自分たちは最強の戦士であり、ガリア全土をいとも容易に支配できるのだ、と。提案は、即座にうけ入れられた。

これには、かれらが周囲を自然にかこまれているという事情があずかっていた。一方には大河レヌスがあってゲルマニー人から隔てられ、もう一方にはユラ山があってセクアニ族との間に立ちはだかり、また別の一方にはレマンヌス湖とロダヌス河（現ローヌ河）があってローマ属州との境となるなど、こうした地形ゆえに行動の範囲がかぎられ、周辺部族への攻撃も思うにまかせなかったのだ。

かてて加えて、その人口の多さや武勇の誉れをおもえば、領土自体がかれらにとっては狭すぎた。長さ二四〇マイルと幅一八〇マイルの広さでは。

ヘルウェティイ族の移動計画

3　以上のような事情にくわえ、実力者オルゲトリクスの示唆もあって、ヘルウェティイ族はついに出発の準備にとりかかることで合意。役畜《えきちく》や荷車をできるかぎり集め、可能なかぎり多くの種をまいて旅に十分な量の穀物を確保し、近隣部族との関係もこれを強化することにした。そしてこの準備には二年もあれば足りるとして、出発を三年目と定め、指導者にはオルゲトリクスを選んだ。

そのオルゲトリクスは、近隣部族への使節の役目まで買って出た。そしてまず、かつて長年セクアニ族の王位にあって元老院から「ローマの友」ともよばれていたカタマンタロエディスの息子カスティクスに近づき、父親と同じように王権を手にするよう説きふせた。

次に、そのころハエドゥイ族の首長の座を占め、人望も篤かったディウィキアクスの弟ドゥムノリクスにも同じようなことを吹きこみ、さらに、かれには自分の娘を娶わせた。

オルゲトリクスは二人にたいし、まもなく自分がヘルウェティイ族の支配権をにぎるので、企ては容易に達成できると説き、ガリア全土で自分たちの部族が最大の勢力であることを挙げ、財力の面でも兵力の面でも支援を約束した。

かれらは、この言葉にうごかされ、王位についた暁には最強の三部族で全ガリアを支配することを期して、信義を誓いあった。

4　ところが、この陰謀は密告によって発覚した。そのためオルゲトリクスは、部族の慣習にのっとり、身をしばられた状態で申し開きをせざるを得なくなった。有罪となれば、火あぶりの刑である。
そこでかれは、自分の領地から約一万人にも上るすべての奉公人をあつめ、定められた日に、これまた膨大な数の被護民や負債者とともに、かれらを裁きの場所へと連れていき、その圧力で罪をまぬがれた。

ヘルウェティイ人たちは、これに怒り、部族の掟を力ずくでも通そうとしたが、役人らが人々を召集しているさなか、当のオルゲトリクスが亡くなった。かれらが言うように、おそらく自害したのだろう。

5　しかし、当初の計画に変わりはなく、移動の準備はゆるむことなく進められた。そして準備が完了したとみるや、かれらは、各個人の建物をはじめとして、十二の町と四百に上る村々すべてを焼きはらい、穀物についても、携行できる量を残して、すべてを火に投じた。前途の困難にたいして臍《ほぞ》をかためようと、退路を断ったのだ。こうして各自が三ヶ月分の食糧をたずさえるだけとなったが、かれらは周辺のラウラキ族、トゥリンギ族、ラトブリギ族などにたいしても同じように、町や村を焼きはらってともに旅立つよう説きふせ、さらには、最近レヌス河対岸からノリクム地方にやって来てノレイアの町を攻囲していたボイイ族も、この計画にさそい入れた。

6　ヘルウェティイ族が通過できる道は、二つしかなかった。その一つは、ユラ山とロダヌス河の間にあるセクアニ族の領土をぬける道であった。しかし、この道は荷馬車が一列縦隊でかろうじて通れるほどの幅しかないうえ、頭上には高い山がおおい被さっていて、わずかの敵にも容易に通行をはばまれかねない道であった。

もう一つは、「属州」をぬける道で、こちらは最近ローマに平定されたアッロブロゲス族とヘルウェティイ族との間をロダヌス河が流れているものの、場所によっては歩いて渡れるところがあり、通りやすい道であった。しかも、アッロブロゲス族の辺境の町ゲナウァ（現ジュネーブ）は、ヘルウェティイ族の領土にもっとも近く、対岸とは橋でつながっている。

ヘルウェティイ族は、アッロブロゲス族がローマ人のことを良く思っていないことを察し、領土通過を許可するよう説得するか、ばあいによっては、力ずくでも許可させるつもりであった。

出発の準備がととのうと、ロダヌス河岸に集結する日がさだめられた。すなわち、ルキウス・ピソとアウルス・ガビニウスが執政官であった年（前五八年）の三月二十八日がその日となった。

カエサルの警戒

7　カエサルは、ヘルウェティイ族が「属州」通過をもくろんでいることを知るや、急遽ローマを発ち、最強行軍で外ガリアをめざし、まもなくしてゲナウァ近くにいたった。だが、このときガリアに駐屯していたのは一個軍団だけであった。そこでかれは、「属州」でできるかぎり多くの兵を募るよう指示するとともに、ゲナウァにかかる橋を破壊させた。

カエサルが来たことを知ったヘルウェティイ族は、ナンメイウスとウェルクロエティウスを長とする、同部族中もっとも身分の高い者たちからなる使節団をよこし、他に通過できる道がないためローマの属州を通る旨をつたえてきた。そして害をおよぼすことなく過ぎることを誓い、通行の許可をもとめた。

これにたいしカエサルは、以前に執政官のカッシウスがヘルウェティイ族に殺されていることや、その敗北(1)の際にかれの軍隊が槍門をくぐらされたことなどを思いおこし、要求にこたえる気にはなれなかった。ローマにたいし敵愾心《てきがいしん》をいだく民族に「属州」通過をゆるせば、人民や財産に危害がおよぶのは必至。だが、募集していた新兵の集結には、もう少しかかる。

そこで、使節団にたいして答えた。検討の時間が必要である、それでよければ、四月十三日にふたたび訪れよ、と。

（注1）「敗北の際にかれの軍隊が槍門をくぐらされたことなどを思いおこし」
槍を一本ずつ両側に立て、その上にもう一本の槍をわたして門をつくり、その下をくぐらせるもので、敗者にとっては屈辱的行為であった。

8　この間にカエサルは、防備の強化につとめた。手もとの一個軍団と「属州」で募った軍隊とを使って、ロダヌス河へそそぐレマンヌス湖からヘルウェティイ族とセクアニ族とを隔てるユラ山まで、延長十九マイルにわたり、高さ十六フィートの堡塁《ほうるい》をきずき、さらにそれと並行した壕《ごう》をほり、工事が完了するや、各所に砦をもうけて守備隊をおき、ヘルウェティイ族が強行突破をはかっても、これを容易に阻止できる態勢をととのえたのである。
使節団は、指定の日にふたたびやって来た。これにたいしカエサルは、属州通過を他民族にゆるすことはローマの伝統に反しており、また前例もないこと、もし強行するようであれば、これを阻止する旨を申しわたした。

望みが断たれたヘルウェティイ族は、昼間いく度か、夜間には繁く、舟や筏《いかだ》で、また一部は浅いところを歩いて、それぞれ河をわたろうとしたが、わが軍の防御施設、飛び道具、兵の集結などのまえに、その試みはまもなく潰《つい》えた。

野心家ドゥムノリクス

9　残る道としては、セクアニ族の領土をとおる道しかなかったが、これも狭くて、通過にはかれらの承諾が必要であった。だが、自分たちだけでは説得できそうになかった。そこでヘルウェティイ族は、ハエドゥイ族のドゥムノリクスのもとに使者をおくり、かれの仲介で目的を達しようとする。

ドゥムノリクスは、人好きのする性格と気前の良さとで、セクアニ族にたいし大きな影響力をもっていた。また、オルゲトリクスの娘を妻の一人にしていたこともあって、ヘルウェティイ族には好意的であった。それに、王位を狙うかれには、できるかぎり多くの部族に恩義を売っておく必要があり、そのためにも政変は好都合であった。

そうしたことから、ヘルウェティイ族の依頼をひきうけたドゥムノリクスは、かれらの通行をゆるすようセクアニ族を説きふせ、両者間における人質の交換をも成功させた。

かくしてヘルウェティイ族は、騒乱をきたすことなく通過できることとなり、一方セクアニ族の方も、妨害行為をひかえようとしたのであった。

10　セクアニ族やハエドゥイ族の領土をとおってサントニ族の領土へと入ろうとしているヘルウェティイ族の動きは、ただちにカエサルに伝えられた。サントニ族の領土は、「属州」内のトロサテス族の領土からそう遠くはない。もし伝えられた通りになるとすると、ローマに敵意をいだく好戦的な部族をその広々とした穀倉地帯に近づけることになり、「属州」にとっては由々しい事態をまねきかねない。

こう危惧したカエサルは、先に築いていた堡塁を副官のラビエヌスにまかせ、みずからはイタリアにもどって二個軍団をあらたに募り、同時にアクィレイア付近で冬営中の三個軍団を呼びよせ、その五個軍団とともにアルプスをぬける最短距離をとおって「属州」へとひき返した。

この通過の途上、ケウトロネス族、グライヨケリ族、カトゥリゲス族など、高地を占領していた部族による妨害行動があった。しかし、カエサルはかれらをつぎつぎと撃退して、イタリアの最西端の町オケルムから七日目には「属州」内のウォコンティイ族の領土へといたり、さらにアッロブロゲス族の領土を経てセグシアウィ族の領土へと入ることができた。このセグシアウィ族とは、「属州」辺境のロダヌス河をわたると最初にであう部族である。

ハエドゥイ族の領土をおかすヘルウェティイ族

11　そのころ、ヘルウェティイ族はすでに細い道をぬけて、セクアニ族の領土を通りおえ、ハエドゥイ族の領土に入って、そこを略奪している最中であった。財産はおろか、わが身もまもることができないハエドゥイ族は、ローマにたいする過去のゆるぎない忠節をあげて、カエサルに助けをもとめた。かれらは言う、ローマ軍の目の前ともいうべき近くで略奪がおこなわれ、子供たちが奴隷として連れ去られ、町々が襲撃されている状況をゆるしておいてよいのか、と。

これと時を同じくして、ハエドゥイ族と同族、同盟関係にあったアンバッリ族からも、ヘルウェティイ族によって領土が荒らされたことや、かれらの侵攻を防ぎきれないことなどが伝えられた。

さらには、ロダヌス河対岸に村落や耕地をもっていたアッロブロゲス族も逃げてきて、地面の土をのぞいては、一切をうばわれてしまった、とその難を告げた。ヘルウェティイ族が同盟部族の財産をすべて奪いつくし、サントニ族の領土へ向かうのを、ただ見ているわけにはいかない。カエサルは、即行動を決意した。

12　ヘルウェティイ族は、筏や舟橋でアラル河をわたっていた。このアラル河というのは、ハエドゥイ族とセクアニ族の領土をとおってロダヌス河へとつながる、一見どちらに流れているか分からないほど、流れがゆるやかな河である。

カエサルは、敵の四分の三がすでに河をわたり終え、残りの四分の一だけが東岸にいることを知らされると、第三夜警時（夜半過ぎ）に三個軍団をひきいて陣地を出、残っていた蛮族の部隊に奇襲をかけた。

ヘルウェティイ族は、荷物で行動がさまたげられて多数が斃《たお》れ、生きのびた者たちは、近くの森へと逃げこんだ。

この支族はもともと、ヘルウェティイ族の四つの郷のうちの一つ、ティグリヌス郷の者たちであった。かれらは五十年前、単独で移住をはじめ、ローマ軍との戦いで執政

ローマ人の時刻

現在	ローマ時代	
6時（午前）	夜明け	
7時	第1時	
8時	第2時	
9時	第3時	
10時	第4時	
11時	第5時	
12時	第6時	
13時（午後1時）	第7時	
14時	第8時	
15時	第9時	
16時	第10時	
17時	第11時	
18時	日没	第一夜警時
19時		
20時		
21時		第二夜警時
22時		
23時		
24時		第三夜警時
1時		
2時		
3時		第四夜警時
4時		
5時		
6時	夜明け	

参考資料：塩野七生著『ローマ人の物語』

官カッシウスをたおし、その軍隊に槍門をくぐらせるという屈辱を強いていたが、それが今回、偶然か、あるいは天罰としてか、同じような苦渋を最初になめさせられる羽目となったのだ。

これによって、カエサルとしては、ローマが蒙《こうむ》った屈辱だけでなく、自分個人の怨みをも晴らしたかたちとなった。というのも、かれの義父ルキウス・ピソの祖父にあたるルキウス・ピソ（同名）も、カッシウスと同じ戦いでかれらに殺されていたからである。

使節ディウィコとの交渉

13　戦闘をおえるや、カエサルは残りのヘルウェティイ族追撃にむけて、アラル河に橋をかけ、対岸へと軍をすすめた。ヘルウェティイ族は、ローマ軍の突然の接近と、自分たちには少なくとも二十日はかかった渡河をカエサルがわずか一日で為し得たことに驚き、使節を送ってきた。この使節の長は、カッシウスとの戦いでヘルウェティイ族の指揮官をつとめていたディウィコであった。

ディウィコはカエサルにたいし、次のように述べた。

「もし和を結ぶなら、どこであろうと、言われるところに定住しよう。しかし、そちらがあくまで戦うというのなら、先にローマ軍が経験した敗北と、つとに名高いヘルウェティイ人の勇敢さとを思いおこすがよい。

河をわたり切った同胞が救援に駆けつけることができない隙をついて、汝は郷のひとつを不意に襲った。したがって、そのことで、みずからの力量を過信したり、あるいは、かれらの力量を軽蔑したりすべきではない。われわれは、ローマ人とは違い、正々堂々と戦うことを先祖から教わってきた民族だ。それゆえ、心せよ。さもなくば、いま汝がいるこの処がローマ人災難の地として、またローマ軍壊滅の地として、将来名を残すことになるだろう」と。

14　これにたいしカエサルは、次のように返した。

「いま言うそのローマ人の災難、すなわち、あの不当な災難を覚えていればこそ、なすべき事について、なんら躊躇《ためら》いはない。あのとき不穏な行動に気づいていたなら、防止策を講じることは容易であったろう。しかし、それは不意の出来事であった。危惧すべきことなどないと思われたし、また、理由もなく惧《おそ》れるべきではなかったからである。あるいは、たとえあの屈辱を忘れようとしたにしても、わが禁止令を破っての「属州」突破や、ハエドゥイ族やアンバッリ族、さらにはアッロブロゲス族にたいする攻撃など、汝らのその後のローマ側にたいする侮辱的行為をどうして忘れることができようか？

汝らが高慢にも誇らしげにいう先の勝利にしても、久しく懲罰をうけずにいる状況にしても、いずれも理由は同じである。神々が罰をくだされるばあい、通常、一時的に成功をおゆるしになり、かなりの間懲罰をおひかえになる。状況が逆転したときに、その不幸をより痛烈に思わしめんがためである。

しかしながら、申し出の保証として人質をさし出し、ハエドゥイ族とアッロブロゲス族にたいして、かれらとその同盟部族とにあたえた損害をつぐなうと言うのであれば、和を結ぶこともやぶさかではない」と。

これにたいしディウィコは、「人質はうけとるもので、あたえるものではない、というのが自分たちの昔からの流儀であり、このことはローマ人もよく知っての通りである」と答え、この言葉を最後に去っていった。

15

翌日、ヘルウェティイ族は野営をひき払った。

これにともない、カエサルも陣営を出、属州各地のほか、ハエドゥイ族やその同盟部族からも募った全騎兵四千騎を先行させて、かれらの進路をうかがわせた。しかし、この騎兵部隊は追跡に逸《はや》るあまり、敵の後尾と不利な地形で交戦するはめとなり、その結果、若干の死者を出した。

ヘルウェティイ族は、わずか五百の騎兵でローマ軍の大騎兵部隊を撃退したとして意気をあげ、それからというもの、大胆にも何度か歩をとめて後尾をわが軍に挑ませはじめた。

だが、当面かれらの略奪や蹂躙《じゆうりん》を防いだことで満足していたカエサルは、そうした挑発に乗ることなく、それから約二週間、敵の後尾と自軍の先頭との間に少なくとも五、六マイルの距離をおきつつ移動をつづけた。

16　この間、カエサルは毎日、ハエドゥイ族にたいし、かれらが約束した穀物の供出をもとめていた。というのも、前に述べたように、この地方は北に位置していて気温が低いため、作物がまだ実っていなかったからである。いや、秣《まぐさ》すら十分には確保できない状況であった。

アラル河を船ではこんできた穀物も、ヘルウェティイ族の進路変更によってほとんど利用できず、また、穀物を探すことで、かれらを見失うわけにもいかなかった。いまハエドゥイ族は一日一日と約束の実行をひき延ばしていた。いま集めているとか、いま送りだしたとか、もうすぐそちらへ届くだろうとか、さまざまな口実をもうけて。

かれらの遅延は、すでに長すぎた感があった。兵士にたいする配給の日も迫っていた。

そこでカエサルは、そのときローマ軍の陣営にいたハエドゥイ族の首領たちを集め、かれらをはげしく責めたてた。敵が間近にいるうえ、穀物の購入も徴発もままならぬ非常時に、なんらの協力にも及ばないとは何事か、と。

集められた首領のなかには、ディウィキアクスやリスクスもいた。後者はこのとき、ハエドゥイ族が「ウェルゴブレトゥス」とよぶ、同胞部族民にたいして生殺与奪《せいさつよだつ》の権を有する、任期一年の最高官職にあった。

さらにカエサルは、今回の戦いが主にかれらの嘆願をうけて始められたものであることを指摘し、それまで以上に激しい口調で、かれらの非協力を裏切り行為であるとまで言った。

ハエドゥイ族内の確執

17　これを聞いたリスクスは、それまで隠していたことをついに打ち明ける。「わが部族には大きな勢力を有する者が何人かおり、かれらは私人でありながら、われわれ官職にある者より民衆にたいして強い影響力をもっている。扇動的な言辞をろうして穀物の供出を妨害しているのは、この者たちにほかならない。もしガリアにおける覇権をこれ以上維持することができなければ、ローマ人よりむしろガリー人に隷属する方がよい、というのがかれらの主張である。また、もしヘルウエティイ族がローマ人に敗れることにでもなれば、それは他のガリー人の場合と同様、ハエドゥイ族からも自由がうばわれることを意味している、とも言っている。ローマ側の計画や陣中の様子は、これらの者たちを通して敵が知るところとなっている。しかし、自分としてはこれをどうすることもできない。では、なぜ、これまで黙していたかと問われれば、それはこうした告白には身の危険がともなうものであることをよく知っていたからである」と。

18　リスクスがこう語るのを聞いて、それがディウィキアクスの弟ドゥムノリクスを指していることを察知したカエサルは、この問題を大勢のなかで議論したくなかったので、すぐに会議を解散し、リスクスだけを引き止めた。

そして二人だけになるや、先の発言についてあらためて問いただすと、リスクスは自制をといて大胆に話した。

カエサルは、ほかの者にも同じことを訊いて、リスクスの話が本当であることを知った。リスクスが言わんとしていたのは、まさしくドゥムノリクスのことにほかならない。

話によれば、ドゥムノリクスは、大胆不敵な性格にくわえ、気前の良さで民衆に人気があり、政変をもくろんでいた。また、ハエドゥイ族領内における通行税その他の税の徴収権を、競売であえて対抗する者がいなかったため、長年にわたってわずかな値で買いうけ、これによって富をきずき、賄賂につかう一大財源としていたのである。

しかも、相当数の騎兵を自前でかかえ、これらを常に身辺にしたがえるといったありさまで、その権力は自国だけにとどまらず、近隣部族にまで及んでいた。さらに、一層の勢力拡張のため、自分の母をビトゥリゲス族の最有力者の一人に嫁がせ、みずからはヘルウェティイ族の女性を妻とし、また、種ちがいの姉妹や親戚の女たちを他の部族へ嫁にやるなど、こうした姻戚関係から熱心なヘルウェティイ族支持者となっていた。ドゥムノリクスには、個人的にも、カエサルやローマ人を憎む理由があった。それは、このよそ者の出現によって勢威をうしない、兄のディウィキアクスにふたたび権力の座をゆずるに到っていたからである。したがって、ローマ人が逆境におちいれば、ヘルウェティイ族の協力のもと、王位を手に入れることができるが、その反対にでもなれば、王位につく望みはおろか、自分の今の人気さえ失うはめになろう、というのがドゥムノリクスの思惑であった。

カエサルの方でも、調べてみると、数日前のローマ軍騎兵部隊の敗戦の原因が分かった。それは、ドゥムノリクスとその指揮下にあった――ハエドゥイ族から援軍としてカエサルに送られていた――騎兵が最初に敗走したことで、他の騎兵全体が戦意を失ったことによるものであった。

19　こうして生じたドゥムノリクスにたいする嫌疑は、次の疑えない事実によってさらに深まる。すなわち、ヘルウェティイ族によるセクアニ族領の通過も両者間の人質交換も、じつはドゥムノリクスの仲介によるものであった。しかも、かれはこのことをカエサルやハエドゥイ族の指示もなしに行なっていたばかりか、秘密にもしていて、ハエドゥイ族の長官からもその廉《かど》で非難されていたのだ。

いまやカエサルとしては、みずから手をくだすか否かはともかく、ドゥムノリクスを処罰すべき十分な根拠を得たことになる。

ただ、問題は、兄ディウィキアクスのことであった。かれはローマの熱心な支持者であり、カエサルともきわめて親しく、人柄も公正、温厚で、忠義に篤い人物であったからである。弟がローマ人に処罰されたとなれば、かれの心はいたく傷つくにちがいない。

そこで、何よりもまず、ディウィキアクスを呼び寄せ、いつもの通訳を外させてから、自分の信頼あつい友人の一人でもあり、「属州」の要人の一人でもあったトロウキッルスを介してディウィキアクスと話し合った。

先の会議においてドゥムノリクスについて聞いたことを話し、つづいて、個々の会談で得た情報をうちあけた。そして、友の怒りを買いたくはないので、じかに調べて弟をみずから処罰するか、もしくは部族の者たちにそうさせるか、いずれかの行動をとるよう頼みこんだ。

20 ディウィキアクスは大いに涙し、カエサルを抱いて、穏便な措置をもとめた。「弟について言われていることはその通りであり、自分以上にこれを残念におもっている者はいない。なぜなら、私がわが部族においてもガリア全土においても大いに勢力を誇っていたとき、若くて力がなかった弟に権勢をもたせたのは、この私だからである。ところが、かれはそうした力をかさに私の声望を落としているばかりか、破滅にまで追いやろうとしている。だが、兄として、私は情にうごかされる。一方、民の声も無視できない。もしあなたが弟にたいして厳罰でのぞむなら、私があなたの友情を得ている以上、私がそれに同意したと、誰もがおもうにちがいない。そしてもしそうなれば、全ガリアが私から離れていくことだろう」と。

カエサルは、声涙《せいるい》くだるこのディウィキアクスの告白をしばらく聴いていたが、やがてかれの手をにぎり、かれを慰め、それ以上は言わないよう求めた。そしてディウィキアクスにたいする自分の親愛の情が篤いことを述べ、そう言うのなら、ローマの被害をゆるし、自分の怒りも収めようと答えた。

このあと、カエサルはドゥムノリクスを呼びだし、ディウィキアクスも同席させて、一連の情報や部族の訴えについてふれるとともに、みずからも不満としている理由をあげて、今後は疑惑の種をまかぬようにと注意し、それまでのことについては、兄に免じてゆるす旨をつたえた。ただ、以後は、その行動や会談相手について見過ごすことのないよう、ドゥムノリクスを監視下においた。

ビブラクテ近郊での戦い

21　同じ日、ヘルウェティイ族がローマ軍陣営から八マイルの距離にある丘のふもとに布陣しているとの報せが、偵察隊からもたらされた。カエサルは兵を出して、地形をさぐらせた。報告によると、困難なところはないという。

そこで第三夜警時（夜半過ぎ）、副官ラビエヌスに計画を話し、地理にくわしい者たちを道案内として二個軍団で丘の頂上へのぼるよう指示した。一方、自分は第四夜警時

（未明）にヘルウェティイ族が来た道をたどり、騎兵部隊を先頭に敵陣へとむかった。

なお、これに先だち偵察隊を出していたが、この偵察隊には、スッラやクラッススのもとで戦った経歴をもち、戦いに精通しているとの評を得ていたプブリウス・コンシディウスを付けていた。

22　明け方、ラビエヌスはすでに丘の頂上を占拠し、カエサルの方も敵陣からわずか一マイル半のところまで来ていた。その後の捕虜の話では、敵はラビエヌスの接近にもカエサルの接近にも、気づいていなかったらしい。

しかし、このとき、コンシディウスが駆けつけ、ラビエヌスが向かった丘は敵の掌《て》にあると告げた。ガリー人の武器や軍装から、それを知ったのだという。

カエサルは近くの丘へと軍を退き、そこで戦列をしいた。ラビエヌスの方は、カエサルに命じられていたとおり、カエサルの部隊が敵陣の間近にまでせまって、味方が四方から一斉に攻撃できる態勢がととのうまで交戦をひかえていた。

真相が明らかになったのは、その日もかなり遅くなってからのことである。偵察隊によれば、丘を占拠しているのはローマ軍の方であり、ヘルウェティイ族はすでに陣を移していて、コンシディウスが恐怖心から見もしないことを見たように語ったのだとのことであった。

そういうわけで、その日は敵との間にいつもの間隔をたもちながら進み、陣営も敵陣から三マイルの距離をおいて設けた。

23　翌日、ハエドゥイ族最大の町ビブラクテ（現オータン）からわずか十八マイルの地点にまで来ていたカエサルは、穀物の配給日が二日後に迫っていたため、食糧の確保を優先すべく、敵の進路からはなれ、この豊かな町をめざした。

ローマ軍のあらたな動きは、カエサルのガリー人騎兵部隊の指揮官ルキウス・アエミリウスの逃亡奴隷によって敵へと伝えられた。

ヘルウェティイ族は、この動きを、怖じ気づいての進路変更だと解釈した。おそらく、前日、有利な状況にありながら、戦いをしかけなかったためだろう。あるいは、われわれの穀物調達を阻止できると思ったのかもしれない。いずれにせよ、かれらも進路を変え、わが軍にせまり、後尾を悩ましはじめた。

24　これを見たカエサルは、全軍団を近くの丘へ移し、敵の攻撃には騎兵部隊を出して応戦させた。また、その間に、丘の中腹に精強の四個軍団を三列に配置し、最近イタリアで募った二個軍団とすべての援軍を丘の上にあつめ、こうして丘の斜面全体を兵でうめた。携行物は一ヶ所にあつめ、高いところに布陣した部隊にこれを護らせた。他方、荷車をひいて迫ってきていたヘルウェティイ族も、ここにいたって荷物をまとめた。そして戦列を密にしてわが方の騎兵部隊をしりぞけるや、さらに密集陣をくんで、こちらの第一戦列めざして攻め上ってきた。

25　カエサルは、自分の馬をはじめ、すべての馬を見えない場所へ移して、戦線離脱の可能性を断ち、全員が危険を分かち合うようにしたあと、兵士たちを励まし、みずからも戦闘に加わった。ローマ軍は、高所から槍を放ってたちまち敵の密集陣をくずし、その乱れた戦列に剣をぬいて突入した。ガリー人は思うように動けなかった。一つの槍が盾をいくつも貫き、これらを繋いだかたちとなったからである。しかも、その槍は穂先が曲がってしまい、抜こうにもなかなか抜けない。

左手を拘束されたガリー人は、いつもの動きができず、何度も引き抜こうとむなしく試みたすえ、多くが盾を投げすて、無防備のまま戦うこととなった。かれらは傷つき、疲れはて、やがて一マイルほど離れた丘の方へと退却をはじめた。

敵が丘に着くと、わが軍がなおも迫った。ところが、そのとき、敵の殿《しんがり》をつとめていた一万五千のボイイ族とトゥリンギ族とが反転して来て、わが軍の右側を衝き、包囲した。丘へ退却していたヘルウェティイ族も、これを見て、ふたたび攻勢におよんだ。ローマ軍は向きをかえ、二手にわかれた。潰走《かいそう》していた敵には第一、第二戦列を向かわせ、来襲してきた敵には第三戦列をあてがったのである。

26　この二方面の戦闘は、長時間にわたり、激烈をきわめた。しかし、やがてローマ軍の攻撃に抗しきれなくなると、ヘルウェティイ族はふたたび丘へと後退し、一方のボイイ族とトゥリンギ族も荷物をまとめていた地点へと退却した。戦いは正午から夕方までつづいたが、敵は終始はげしく応戦し、逃亡する者など一人もみられなかった。

荷物があった地点では、戦闘は夜更けにまで及んだ。荷車をつらねて障壁とし、攻め寄る者にそこから槍をあびせ、荷車や車輪の間からも長短の槍をはなつ敵の攻撃に、多数の兵士が負傷した。

しかし、長い戦闘のすえ、われわれは陣地をうばい、荷物を手に入れたほか、オルゲトリクスの娘と息子の一人をも捕らえた。

生き残ったヘルウェティイ人は、約十三万人。かれらは夜を徹して逃避行をつづけ、四日目にリンゴネス族の領地へたどり着いた。この間われわれは、負傷者の手当てや戦死者の埋葬のため、追跡へ移ることはできなかった。

だが、カエサルは、リンゴネス族に使者と信書をおくり、ヘルウェティイ族には穀物も援助もあたえることのないよう警告し、これに背いたばあいには敵とみなす旨をつたえ、三日後には全軍をひきいて追撃にでた。

ヘルウェティイ族の降伏

27　ヘルウェティイ族は、あらゆる物資に窮するにいたり、降伏の使節をよこした。この使節は、進軍してくるカエサルに出会うと、かれの足下にひれ伏し、涙ながらに和をこうた。

これにたいしカエサルは、ローマ軍の到着までかれらを今いるところで待たせることにして、自分はヘルウェティイ族をめざし、そこへ到るや、人質のほか、武器や逃亡奴隷の引渡しをもとめた。

だが、そのための捜索や徴集が行なわれているさなか、夜に入ってまもなく、ウェルビゲヌスという郷の者六千名がレヌス河畔のゲルマニー人領土へ向けて逃亡しはじめる。武器の引渡しが終われば殺されると思ったのか、あるいは、このように多くの捕虜のなかでは一部の逃走が気づかれることはあるまいとでも考えたのだろう。

28　この動きを知ったカエサルは、逃亡者が通っていた土地の部族にたいし、潔白の証しとして、かれらの捕捉を命じた。そして逃亡者たちが連れもどされると、かれらを処刑し、他については、人質や逃亡奴隷、それに武器の引渡しが完了した段階で降伏をみとめた。

こうしてヘルウェティイ族、トゥリンギ族、ラトブリギ族には、それぞれ故国へ帰還させることにした。また、これらの部族の領地にはもはや食べる物がないことから、アッロブロゲス族にたいして、かれらへ穀物を供するよう指示し、ヘルウェティイ族には、みずから焼いた町や村の再建を命じた。

このような命令をくだした主な理由は、もしかれらの土地を無人のまま放置しておけば、その肥沃さのゆえに、レヌス河向こうのゲルマニー人がヘルウェティイ族の領土へ入り込む惧れがあったからである。そうなれば、「属州」やアッロブロゲス族とは隣り合せとなる。

ボイイ族については、武勇の聞こえがあったことから、ハエドゥイ族が自領への受け入れを願い出たため、それを許した。たしかに、ハエドゥイ族はかれらに土地を分けあたえ、後には、権利や自由に関しても自分たちと同等の立場をみとめている。

29　ヘルウェティイ族の陣営で、ある書類が見つかり、カエサルのもとへ届けられたが、それは武器をとることができる移住者の数をギリシア文字で詳細に記したもので、そこには女、子供、老人の数もそれぞれ記されていた。

その名簿によれば、総数が三六万八千人。内訳は、ヘルウェティイ族二六万三千人、トゥリンギ族三万六千人、ラトブリギ族一万四千人、ラウラキ族二万三千人、およびボイイ族が三万二千人。このうち、武器をとることができる者が九万二千人となっている。なお、帰国者は、カエサルの指示で人口調査したところ、十一万人であることが分かった。

3 ゲルマニー人アリオウィストゥスとの戦い

全ガリア会議

30 ヘルウェティイ族との戦いが終わると、ガリアの大半の地域から各部族の首長や使節がカエサルのもとへ祝賀に駆けつけた。

そして言うには、「今回の戦いは、かつてローマ人に不正をはたらいたヘルウェティイ族への懲罰となったが、しかし、これはローマ人にとってだけでなく、ガリー人にとっても幸いなことである。というのも、きわめて豊かだったにもかかわらず、ヘルウェティイ族が故国をすてたのは、ガリア全土を征服して覇権を確立し、肥沃な土地を奪ってそこに移り住むとともに、他の部族を従属部族にしようとの魂胆があったからである」と。

つづいて、全ガリア会議の開催を認めてほしいとも願い出た。すべての部族が合意すれば、申し出たい要望があるのだという。

カエサルが承諾すると、かれらは日取りを決め、全員から権威をゆだねられた者以外、議事内容をいっさい他言しないことを誓い合った。

アリオウィストゥスを恐れるガリー人

31 会議をおえると、首長たちはふたたびカエサルのもとを訪れ、内々の会談をもとめた。自分たちにとってだけでなく、ガリア全土にも係わる問題について話したいとのことであった。

面会がゆるされるや、全員が涙ながらにかれの前にひれ伏して言った。この密談が外にもれはしないかと恐れている。このことは、要望がかなえられることに劣らず、きわめて重要なことである。なぜなら、もし他に知られるようなことにでもなれば、過酷な仕打ちが待っているからである、と。

そして一同を代表して、ハエドゥイ族のディウィキアクスが次のように語った。

「ガリアは、いま二つの党派にわかれている。一つはハエドゥイ族がひきいる組であり、他の一つはアルウェルニ族を主とする組である。両者は、すでに長い間、熾烈な覇権争いをくり広げてきた。その結果、今ではアルウェルニ族とセクアニ族がゲルマニー人の力を借りうけるまでに至っている。

最初レヌス河をわたってきたゲルマニー人の一団は、一万五千人ほどであった。しかし、かれらがこの地の自然や文化の快適さを知ると、あらたに同族を呼びよせるにいたり、現在ガリアにいるゲルマニー人の数は約十二万人にも上っている。

われわれハエドゥイ族は、われわれにしたがう諸部族とともに、一度ならずゲルマニー人と戦ったが、そのたびに大敗を喫し、貴族も元老も、騎士身分の者たちまでも失った。そのため、ローマとの盟約を背景に実力で勝ちとっていたガリア全土にたいする覇権も無きものとなり、セクアニ族にたいして貴顕《きけん》の人士を人質に出さざるを得なかった。しかもそのうえ、人質の回収をくわだてないことや、ローマ人に救援をもとめないこと、さらには、永久に服従することまで誓約させられている」

ディウィキアクスは続けた。

「ハエドゥイ族のなかで、この誓約をしりぞけ、子供を人質に出さなかったのは、ひとり自分だけである。そしてこれこそ、元老院に助けをもとめるために、自分が故国をぬけ出し、ローマへおもむくことができた事情にほかならない。

ところが、今回の激動は、敗者のハエドゥイ族より勝者のセクアニ族の方にいっそう大きな災いをもたらす結果となった。というのも、ゲルマニー人の王アリオウィストゥスがセクアニ族の領土に居すわり、かれらの土地の三分の一にあたる、ガリアでもっとも豊かな地域を占拠するにいたったからである。

それだけにとどまらない。いまやアリオウィストゥスは、セクアニ族にたいし、さらに三分の一の土地からも立ち退くよう迫っている。数ヶ月前にやってきたハルデス族二万四千人のための定住地確保がその狙いである。おそらく数年もすると、ガリアの全住民がこの地から追いだされてしまい、代わりに、全ゲルマニー人がレヌス河を越えてやって来ることだろう。ガリアは、土地の肥沃さと生活水準の点で、ゲルマニ

 アの比ではないからである。

アリオウィストゥスは、マゲトブリガの戦いでガリア連合軍をやぶると、すべての名家に子供を人質として強要し、そしてわずかでも命令にそむこうものなら、あらゆる拷問をくわえるなど、ひどい暴君ぶりをみせている。

かれは激しやすく、粗暴な男だ。その支配には、これ以上耐えることができない。ローマ人が助けなければ、われわれとしては、かつてヘルウェティイ族がとったと同じような行動をとらざるを得ない。すなわち、故国をすて、運を天にまかせて、ゲルマニー人から遠くはなれた定住地をもとめる以外にない。

今ここで話したことがアリオウィストゥスの耳に入ることにでもなれば、その拘束下にある人質全員に惨《むご》い仕打ちが科されることは必至である。しかし、カエサルの大いなる威光と最近の勝利、つまり、ローマ軍の武威があれば、ゲルマニー人のあらたな大量入植やあの男のガリア全土におよぶ暴虐な行為を防ぐことができるだろう」

32　ディウィキアクスがこう言いおえるや、一同は激しく泣いて、カエサルに助けをもとめた。

だが、そのなかでセクアニ族の者たちだけが、頭《こうべ》をたれたまま、地面を見つめているのだった。いぶかしく思ったカエサルがその訳を訊いたが、かれらは答えず、なおも項垂《うなだ》れたままであった。しばらくは、何度たずねても、返ってくる言葉は一言もなかった。

しばらくして、ディウィキアクスがふたたび口をひらいた。

「セクアニ族の状況は、他のどの部族の状況よりもはるかに痛ましい。内密にさえ、こうした訴えができないほどである。たとえアリオウィストゥスが遠くはなれていようと、目の前にいるかのごとく、かれを怖れているからである。他の部族は逃げることができようが、セクアニ族は招き入れたアリオウィストゥスにすべての町を支配されているため、為されるがままに、あらゆる苦しみをなめなければならないのだ」と。

33　事情を知ったカエサルは、かれらを励まし、しかるべき対処を約束した。そして、自分の権威だけでなく、アリオウィストゥスには自分があたえている恩典のこともあるので、横暴をやめさせることができると語り、散会とした。

カエサルには、今の話からだけでなく、他のさまざまな状況からも、断固たる措置をとる必要があるようにおもわれた。

もっとも深刻な問題は、かつて元老院からしばしば「ローマ人の血縁」、「ローマ人の友」などと呼ばれていたハエドゥイ族が、いまやゲルマニー人のもとで隷属状態にあることと、アリオウィストゥスやセクアニ族に人質をとられていることであった。ローマの勢威を考えれば、そうしたことは故国にとっても自分にとっても屈辱である。

また、ゲルマニー人が大挙してレヌス河をわたり、ガリアに住みつくという事態が頻繁にでもなれば、それはローマ人にとっても由々しい。セクアニ族と「属州」との間にはロダヌス河だけしかなく、狂暴な蛮族がガリア全土を手にしたばあい、かれらにとって次の誘惑は抗しきれないほどに大きいからだ。すなわち、かつてキンブリ族やテウトニ族がしたように、ローマの属州を侵し、さらにはイタリアへと向かうことだろう。

こうした事態には、ただちに対処しなければならない。また、アリオウィストゥス個人についても、その横柄さをこれ以上見過ごすわけにはいかない。

アリオウィストゥスとの交渉

34　こう考えたカエサルは、アリオウィストゥスのもとへ使節をおくり、双方の国にとってきわめて重要な事柄を、どこか両者の中間地点で協議したい旨をつたえた。これにたいするアリオウィストゥスの答えは、次のようなものであった。

「自分が会いたいときには、自分の方から出向く。同様に、もしカエサルが会いたいというのであれば、カエサルの方から出向け。なお、カエサルの支配下にあるガリアの地域へおもむくに当たっては、軍隊をしたがえるつもりである。その際には、兵を集めるのにいろいろと厄介な準備が必要だ。それにしても、こちらが戦いとったガリアの地に、カエサルあるいはローマが、いったいどんな用事があるのか」と。

35　これにたいしカエサルは、アリオウィストゥスのもとへふたたび使節を送り、次のように伝えさせた。

「このカエサルが執政官のとき元老院から『王』や『友』とよばれたほど、われわれから厚遇をうけておきながら、協議の要請をこばみ、共通の問題にも関心を示さないというのは、非礼きわまりない。よって、以下のことを要求する。まず、ゲルマニー人をこれ以上ガリアへ入れてはならない。二つ目は、ハエドゥイ族の人質をかえすとともに、セクアニ族がとっている人質についても、その返還をみとめること、三つ目は、ハエドゥイ族への虐待はもとより、かれらやその友邦にたいする戦争も、これを禁止する。

以上の要求にこたえれば、自分としてもローマとしても、今後よい関係を維持しよう。しかし、もし拒否するようであれば、マルクス・メッサラとマルクス・ピソが執政官のとき（前六一年）の元老院決議、つまり、ガリア属州の総督は誰であれ、国益と考えられるかぎり、ローマの各友邦を保護すべしとする決議にもとづき、ハエドゥイ族虐待の罪で処罰する」と。

36　これにたいしアリオウィストゥスは、次のように答えた。

「勝者は敗者をどのようにでも扱うことができるというのが、戦争の掟である。じじつ、ローマ人もまた、第三者の指示によってではなく、そちらの裁量で被征服民を支配しているではないか。

ローマ人がそうした権利を行使することに、自分は口出ししていない。したがって、こちらの権利行使についても、干渉しないでもらいたい。ハエドゥイ族から年貢を取りたてているのも、かれらみずからが仕掛けた戦争で敗者となった結果にほかならない。しかし、汝の出現で、そうした税収が減り、深刻な打撃をこうむっている。

人質を返すつもりはない。ただ、かれらが年貢をおさめ続けるかぎり、不当に戦いをしかけることはひかえよう。それを守らないばあいは、『ローマの友』という呼び名もなんの役に立とうか。

ハエドゥイ族への虐待は見逃せないという汝の脅しは、とるに足らない。自分に挑戦してきた者で、自滅しなかった者は誰ひとりとしていないのだ。戦いをしかけたければ、しかけてくるがよい。そのときには、戦に長け、敗戦というものを知らず、十四年間一度たりとも屋根の下にいたことがないゲルマニー人の武勇というものが如何なるものかを知ることになろう」と。

37　カエサルがこの報告をうけているさなか、ハエドゥイ族とトレウェリ族から使節がとどいた。ハエドゥイ族の代表が訴えるには、最近ガリアへ移ってきたハルデス族に領土を荒らされており、人質をわたしたにもかかわらず、アリオウィストゥスからは平和が得られない、と言うことであった。また、トレウェリ族の代表からは、すでにレヌス河畔にまで来ていたスエビ族の百の郷の者たちが、いまやナスアとキンベリウスという兄弟に率いられ、河をわたろうとしていると伝えられた。

スエビ族の大集団がアリオウィストゥスの精鋭部隊と合流するようなことになれば、厄介な問題となる。危機感をいだいたカエサルは、早急な対応を決意。ただちに穀物調達の段取りをつけるや、強行軍でアリオウィストゥスのところへと向かった。

38　三日の行程を過ぎたところで、また、あらたな情報がはいる。セクアニ族最大の町ウェソンティオ（現ブザンソン）を占領しようと、アリオウィストゥスが全兵力をひきいてそこへ急行しており、その時点ですでに、自領をこえて三日の行程のところにまで達しているという。

ウェソンティオには、戦争に必要なあらゆる物資がたくわえられている。この町をけっして敵の手にわたすようなことがあってはならない。

そこはドゥビス河が周囲をほぼ完全な円形状にとり巻いており、円が一部欠けた部分にしても、その距離はわずか六百フィート[1]にすぎず、しかも前面には高い山が立ちふさがり、山麓は両側とも河岸まで迫っている。そのうえ、周囲をかこむ防壁のため、この山は一種の砦となり、町ともつながっていた。

カエサルは、昼夜をわかたず強行軍でここへ向かい、町を占拠し、そこに守備隊をおいた。

（注1）「円が一部欠けた部分にしても、その距離はわずか六百フィート」
DC（六百）ペス（フィート）ではなく、MDC（千六百）ペス（フィート）としている写本もある。

ゲルマニー人の噂におびえる兵士たち

39 穀物その他の物資調達のためウェソンティオ近郊に数日滞在している間、兵士たちは、ガリー人や商人たちからゲルマニー人に関する情報を得た。それによれば、かれらは途轍もなく大きく、信じられないほどに勇猛で、そのうえ、恐ろしいほどに戦い慣れしているということであった。なかには、多くの戦闘で経験したこととして、かれらの顔付きの凄さや目付きの鋭さを耐えがたいとまで言う者もいた。

ゲルマニー人に関するこうした噂は、すべてのわが軍兵士を恐怖におとしいれ、戦意をうしなわせた。それは大隊長や援軍の隊長、それにカエサルの愛顧を目当てにローマから付いてきた、実戦経験にとぼしい者たちから始まった。

そしてその多くが、カエサルにたいし、退却すべき理由をあれこれ述べて、出立の許可をもとめた。一部の者たちは、自責の念から、あるいは臆病者との評をおそれて、そうした行動こそ抑えてはいたものの、心の動揺をかくすことはできず、天幕に入るや、一人あるいは仲間と不運をなげいた。それればかりか、遺書をのこすことさえ全陣営でおこなわれた。

恐怖にかられた者たちの話に、百人隊長や騎兵隊長をはじめとする老練の兵士たちまでもが、いまや動揺の色をみせはじめる。

臆病者と思われたくない者たちは、敵が恐ろしいのではなく、通らなければならない狭い路やアリオウィストゥスのところまでつづく深い森のことを懸念しているのだとか、食糧の確保が困難だとおもうからだ、などと言ったりした。なかには、直接カエサルにたいし、進発を命じても、敵に怖れをなしている兵士たちは従わないだろうと言う者たちさえいた。

カエサルの叱咤激励

40 こうしたありさまに、カエサルは全階級の百人隊長を会議にあつめ、かれらを厳しく叱責した。

「進発の目的や目的地についての質問や憶測は、出過ぎたことだ。自分が執政官のとき、アリオウィストゥスはローマとの友好関係を強くもとめて来た。そのような男が軽々に忘恩行為に走るであろうか。かれがこちらの要求を知り、提案の公平さが分かれば、われわれの好意をこばんだりはすまい。

しかし、たとえアリオウィストゥスが妄念から挑戦してきたにしても、怖れることはない。汝らの勇気とこのカエサルの采配とがあるではないか。

先代のとき、ローマはかれらと戦った。ガイウス・マリウスがキンブリ族やテウトニ族を撃退したときのことだ。このときの勝利は、最高司令官にたいしてだけでなく、全部隊にたいしても、大いに名誉をもたらした。最近の出来事としては、イタリアにおける奴隷の反乱(1)がある。この戦いでは、われわれから学んだ戦術を駆使して抵抗した奴隷たちを平らげた。これらは、確固たる勇気がいかに大きな力となるものであるかを物語っている。

じじつ、ローマ人は長い間、武器をもたない奴隷たちを理由もなく怖れていたが、少し後になって、武器をもち、勝利で士気も高かったかれらを撃ち破った。

われわれがいま向かおうとしているゲルマニー人は、かつてヘルウェティイ族が自領でもゲルマニアでもしばしば戦い、その大半で撃破した相手と同じ者たちである。しかも、そのヘルウェティイ族でさえ、われわれの敵たり得なかったではないか。

ガリー人がゲルマニー人と戦って敗走させられたことで、心穏やかならぬ者がいるとすれば、その者はそのときの状況をよく知るがよい。

あのときは、アリオウィストゥスが沼地にかこまれた陣地に立てこもって、交戦の機会をあたえなかったため、長びく戦争に嫌気がさし、陣営を解いていたところを、突如おそわれたのだ。要するに、ゲルマニー人の武勇によるというよりは、アリオウィストゥスの策謀によるものである。

そうした策は、戦争経験が浅い相手には通用するかもしれない。しかし、それがわれわれに通じるとは、アリオウィストゥス自身でさえ、よもや思ってはいまい。臆病さを隠すためであったとはいえ、食糧や進路のことをとかく言うに及んだについては、じつに横柄な所行である。それは、指揮官にたいする信頼の欠如、あるいは指図に等しい。

そうした問題には、カエサル自身が対処している。穀物は、セクアニ族やレウキ族、それにリンゴネス族から調達している最中である。また、土地の畑もすでに収穫の時をむかえている。道についても、様子はもうじき分かる。

命令には従わないだろうというような話は、少しも意に介していない。軍の不服従は、いつのばあいでも、敗戦で不名誉をこうむったか、隠していた不正が明らかになったか、いずれかの状況に指揮官がさらされたばあいに限られている。

その点、カエサルの廉潔《れんけつ》はこれまでの生涯をみれば明らかであり、指揮能力はヘルウェティイ族との戦争ですでに証明されている。

時期を少し遅らせようと考えていたことを、これから即実行にうつす。次の第四夜警時（未明）に陣をたたみ、進発する。汝らの名誉心と義務感の方が強いか、あるいは恐怖心の方が強いか、いずれかを見きわめるためだ。たとえ誰ひとり従わなくとも、いっこうにかまわない。そのときには、第十軍団だけで行く。かれらは、かならず自分に従い、自分を守ってくれるだろう」と。

カエサルは、この軍団をとくに優遇すると同時に、もっとも信頼していたのである。

（注1）「最近の出来事としては、イタリアにおける奴隷の反乱がある」前七三〜七一年の「スパルタクスの乱」をさす。カプアにあった剣奴養成所の剣奴七十六人がトラキア出身の剣闘士スパルタクスを首領として蜂起し、他の奴隷がこれに加わり、二年間にわたって何度もローマ軍を撃ち破った。この反乱は、当時法務官であったクラッススによって鎮圧された。そして鎮圧後、六千人余の奴隷が十字架にはりつけにされ、ローマ市からカプアまでのアッピア街道に並べられて、鳥がつつくにまかされたという。

41　以上のようなカエサルの熱弁は、全兵士を燃え立たせた。まず、第十軍団の兵士たちが、大隊長を通して、自分たちにたいする高い評価にたいし感謝の念をあらわすとともに、戦闘の準備ができている旨をカエサルに伝えてきた。つづいて、他の軍団も、疑念や恐怖をいだいたことはなく、司令官の職務である戦争の総指揮に介入するつもりなど決してなかった、と大隊長や上級百人隊長を介して伝えてきた。

カエサルは、こうした弁解をうけ入れると、ガリー人の中でもっとも信頼していたディウィキアクスに進路の調査を命じた。その結果、五十マイルほど迂回して、平原をぬける道を通るのが良いことが分かった。

そこで、前述のとおり、第四夜警時に発った。そしてそれから七日目、アリオウィストゥスの部隊が二十四マイルの距離にいるとの報告が、偵察隊から入った。

アリオウィストゥスとの会見と中途破談

42　カエサルの接近を知ったアリオウィストゥスは、使者をよこし、近くまで来たので会見に応じる旨を伝えてきた。もはや危険はないと考えているという。
カエサルは、アリオウィストゥスの申し出をしりぞけなかった。先に拒否したことを自分の方から提案してきたわけだから、かれには正気がもどったらしい。また、ローマ政府やこのカエサルがあたえた恩典のこともある。したがって、アリオウィストゥスがこちらの要求内容を知れば、これまでの態度を変えるにちがいない。そう思われた。

会談の日は、五日後と決まった。その間、いくどとなく相互に使節が交わされた。策略による身柄の拘束をおそれたアリオウィストゥスは、会見には歩兵をともなわないよう求めてきた。どちらも騎兵だけの随行としたい、そうでなければ、行くわけにはいかないと言うことであった。

カエサルとしては、アリオウィストゥスに会見取消しの口実をあたえたくはなかった。といって、身の安全をガリー人の騎兵にゆだねるわけにもいかなかった。そこで、ガリー人の騎兵を馬からおろし、全幅の信頼をおいている第十軍団の歩兵をかれらの馬に乗せ、これを連れて行くことにした。

この準備がなされているとき、軍団兵の一人がなかなかの洒落《しやれ》を放った。「カエサルは約束以上のことをする。第十軍団を最高司令官の護衛隊にするとは聞いていたが、騎士にまでとり立ててくれるとは」と。

43　平原は広く、そこには小高い土の塚があった。両陣営からほぼ等しい距離である。両者は、取決めどおり、会談のためこの場所へ行った。

カエサルが馬にのせて連れた軍団兵は、その塚から二百パッスス（約三百メートル）のところで待機し、相手の騎兵も同じ距離で止まった。つづいて、アリオウィストゥスの方から、それぞれ十名の騎兵をともなう、騎乗のままでの会談をおこないたいとの要請があった。

両者が中央の地点で出会うと、まずカエサルが口をひらき、ローマ側があたえた数々の恩典について述べた。

「ローマは、汝にたいし、『王にして友人』との称号をさずけ、いくつもの豪華な贈物をしてきた。そのような厚遇は、通常、わが国にたいして特別の貢献があった者にしかあたえられない。しかし、汝にはそうした特別の待遇をもとめる資格はなく、それはひとえにカエサルや元老院の鷹揚さによるものである。

ハエドゥイ族は長年、わが国と友情の絆でむすばれてきた。元老院も、この部族にはこれまで何度も敬意を表している。かれらは、われわれとの間に友好関係をむすぶ以前からすでに全ガリアの覇者であった。

ローマはこれまで、友邦の領土保全のみならず、勢力拡大についても、これに協力してきた。したがって、ハエドゥイ族がわれわれの友人となる前から所有していたものを奪われたとなっては、どうしてこれを見過ごすことができようか」と。

つづいて、カエサルは、「ハエドゥイ族やその同盟部族にたいする戦争をやめ、人質を返すこと、また、ゲルマニー人を故国へかえすことは無理としても、これ以上あたにレヌス河を越えさせてはならない」と、先に使節に指示していた内容を、みずから述べた。

44　これらの要求にたいし、アリオウィストゥスは言葉少なに答えたあと、自分の行為については長々とまくし立てた。

「レヌス河をこえて来たのは、ガリー人からの要請があってのことで、みずから進んでしたことではない。また、郷土をはなれるについては、それなりの大きな代償が必要であった。要するに、自分がいまガリアで占めている土地は、ガリー人自身から譲られたものであり、手もとの人質は、かれらから自発的にさし出されたものである。

それに、現在とっている租税あるいは貢物にしても、通常、これは勝者の権利とみなされている。戦争をしかけたのは、ガリー人の方である。すなわち、ガリアの全部族が一丸となって攻めてきたので、これを一気に撃ち負かしたまでのことだ。

かれらがもし再度やろうというのであれば、こちらも再度それに応じる用意がある。だが、平和を願うのであれば、これまで進んで為してきた税の支払いを拒否するというのは不当であろう。ローマ人の友情は、名誉な保障となるべきであって、厄介な障害となるべきものではない。少なくとも、そのつもりで、それを求めたのだ。もしローマ人のために貢納も人質もなくなるようであれば、その友情をもとめたときに劣らず喜んで、今度はこれを断ろう。

また、自分がゲルマニー人を大量にガリアへ入れている件だが、それはわが身を護るためであって、ガリー人を攻めるためではない。ガリー人の要請があってはじめて移住してきたことや、かれらに攻撃されてやむなく応戦したことなどが、その証拠である。

さらに、この地へ来たのも、ローマ人よりわれわれの方が早い。これまで汝らは、いわゆる『属州』を越えてこちらへ来たことなど、なかったではないか。いったい、何のためにわが領土へ入ってきたのだ? ガリアでも、向こう側がローマ人の領土であるように、こちら側は自分の領土である。それゆえ、ローマ人の領土を侵すことがゆるされないと同様、わが支配圏への干渉もゆるされるべきことではない。

ハエドゥイ族は『ローマの友』とよばれているというが、先のアッロブロゲス族との戦い（前六一年）のときに、かれらがローマ軍を支援しなかったことも、また反対に、ハエドゥイ族が自分やセクアニ族と争ったときに、ローマ人がかれらを支援しなかったことも、いずれもよく知っている。自分は、そうしたことを知らぬほど無知でも未開でもない。

ガリア進駐は友情からというが、真の狙いは自分を潰すことにあると思わざるをえない。したがって、この地から撤退しないかぎり、汝を敵とみなす。汝を殺せば、ローマの多くの貴族や指導者たちが喜ぶ。このことは、そうした人士からの使者があって、よく分かっている。

しかし、もし汝が軍を退き、ガリアをこちらの自由な支配にまかせるならば、その代償として十二分な贈物をし、必要な際には、汝のために一切の戦争をひきうけよう」と。

45　これにたいしカエサルは、今の仕事を断念できない理由について、くわしく説いた。

「自分にしてもローマにしても、大事な友邦をこれまで見捨てたことはない。また、ガリアがそちらのものであるという見解もみとめられない。アルウェルニ族もルテニ族も、すでにクィントゥス・ファビウス・マクシムスが以前(前一二一年)に征服している。ただ、そのときには、寛大にも、かれらの領土をローマの属州としたり、貢納を強いたりしなかったまでのこと。

したがって、時の古さを問題にするならば、ガリアの支配権はローマ人の方に在る。また、元老院の決定にしたがうとすれば、ガリアは自由でなければならない。戦いに敗れたかれらにたいしても、元老院は自治を許していたからである」

46 会談が進んでいるさなか、アリオウィストゥスの騎兵が塚に近づき、さらには、こちらの騎兵のところにまで迫って、石や槍をはなっている、との報せが入った。カエサルは話をやめ、部下のところへもどり、応戦をひかえさせた。味方の精鋭にとって敵騎兵を撃退するのは容易なことであったが、もしここでかれらを撃ち破れば、カエサルが策をろうして会談中に包囲した、という口実をあたえかねなかったからである。

会談においてアリオウィストゥスがローマ人にたいし、高慢にもガリア全土からの立退きを命じたことや、味方の騎兵隊が攻撃されたこと、そしてそのことによって話合いが破談に終わったことなどが、一般兵士にまで知れわたると、ローマ軍の士気と闘争心とは前にもまして高まった。

47　二日後アリオウィストゥスは、カエサルのもとへ使者を送ってきた。交渉中途でおわった案件に関して再度話し合いたい、ついては、その会談日を決めてほしい、もしカエサルが直接会談を望まないばあいは、代理を寄越《よこ》してほしい、という。

カエサルには、あらたに協議すべき理由など見当たらなかった。それに、前日アリオウィストゥスがゲルマニー人の騎兵を制止できなかったことを考えれば、なおさらのことである。

代理を送るにしても、そうした狂暴な者たちのところへ副官の一人をやるのは危険きわまりない。この場合、もっとも良いのは、ガイウス・ウァレリウス・プロキッルスとマルクス・メティウスの二人を行かせることだ。カエサルは、そう考えた。

前者のプロキッルスは、ウァレリウス・フラックスからローマ市民権をあたえられていたウァレリウス・カブルスの息子であり、勇気、人格ともすぐれた頼もしい青年で、しかも、アリオウィストゥスが長い間の習慣で使いなれていたガリー人の言葉にも通じていた。また、一方のメティウスも、アリオウィストゥスから好意を示されていた人物であった。

カエサルは、この二人にたいし、アリオウィストゥスの意図をよく確かめてもどるよう指示した。

ところが、かれらが陣中に入ってきたのを見たアリオウィストゥスは、部下たちの目の前で、「何しに来たのだ？　偵察のためか？」と声高に言うが早いか、かれらが答えようとするのを遮り、二人に鎖をかけた。

48　同じ日、アリオウィストゥスは前進して、カエサルの陣営から六マイルはなれた山麓に布陣。そして翌日には、カエサルの陣営を通り越し、二マイル先の地点へ陣をうつした。セクアニ族やハエドゥイ族からローマ軍のもとへ送られてくる穀物その他の物資の補給を断つのが狙いであった。

これにたいしカエサルは、アリオウィストゥスが戦いを望んだばあいには、いつでもそうできるよう、五日間にわたって自軍を陣営の前に配置し、戦闘態勢をとらせた。

だが、アリオウィストゥスは、毎日騎兵戦をしかけてきただけで、主力部隊を出すことはこの間一度もなかった。

ゲルマニー人が訓練していた戦法というのは、次の通り。まず、騎兵の数が六千騎。これに同数の歩兵がつく。歩兵は全軍から選ばれた勇敢、俊敏な者たちであり、騎兵一騎に各一名がついて、これを護る。かれらは騎兵とともに戦闘にのぞみ、騎兵が深《ふか》傷《で》をおって落馬するなど、危うい場面をみとめると、皆がすぐそこに駆けつけ、これを囲む。長距離の前進や迅速な退却のときには、馬につかまりながら疾走する。このように訓練されていた。

49　アリオウィストゥスが出撃をひかえていることを知ったカエサルは、物資の補給をこれ以上断たれないよう、ゲルマニー人が止まった地点の向こう側約六百パッスス（約九百メートル）のところに野営地として適当な場所をえらび、そこへ三列の戦陣をくんで向かい、到着すると、第一戦列と第二戦列には交戦に備えさせ、第三戦列には要塞の構築を命じた。

前述のように、敵陣からこの地点までの距離は約六百パッスス（約九百メートル）。アリオウィストゥスは、工事の妨害や威嚇のため、ここへ全騎兵と約一万六千の軽装兵をここへ向かわせた。

だが、カエサルは、先の決定どおり、二つの戦列には敵の撃退に備えさせ、三番目の戦列には工事を続行させた。そして陣営ができると、そこに二個軍団と援軍の一部を残し、あとの四個軍団は大きい方の陣営へつれ帰った。

50　翌日カエサルは、いつものように両方の陣営から部隊を出し、大きな陣営からわずかの距離、前進させた。要するに、敵を誘ったのだ。しかし、それでも相手が出てこない。そこでやむなく、正午ごろふたたび陣営へと兵をひいた。だが、その後、アリオウィストゥスはついに兵力の一部を小さい方の陣営に向けてきた。壮絶な戦いが夕方まで続いた。敵味方とも多数が負傷し、陽が沈むにおよんで、アリオウィストゥスが自陣へ引きあげた。
カエサルは、捕虜の尋問から、相手が決戦をひかえている理由を知った。ゲルマニー人の間には、既婚の婦人が籤《くじ》や占いによって戦闘の日時をきめる習慣があり、そうした女から、新月前に戦いを交えるとゲルマニー人に勝利はない、と告げられたことに由《よ》るものらしい。

ゲルマニー人との決戦

51　次の日カエサルは、十分とおもわれる規模の守備隊を両方の陣営に残し、すべての翼軍――すなわち援軍――を、敵によく見えるかたちで、小さい方の陣営の前にならべた。軍団兵の数が敵の軍勢に劣っていたので、一種の体裁のためである。そしてみずからは、三列の戦陣で敵へと迫った。

ここにいたって、敵はついに出陣。ハルデス、マルコマンニ、トリボキ、ウァンギオネス、ネメテス、セドゥシイ、スエビの各部族が等間隔で展開し、その後ろには、逃亡を防ぐため、とり巻くように四輪馬車や二輪車をつらねていた。

見れば、これらの車には女たちが乗っていて、戦いにむかう男たちにたいし、もろ手を差しのべ、涙ながらに訴えている。自分たちをローマ人の奴隷とすることがないように、と。

52 カエサルは、各兵士の戦いぶりがよく分かるよう、各副官と財務官にそれぞれ一個軍団ずつ割り当てると、みずからは敵のもっとも弱点と睨んだ部分を衝くべく、右翼をひきいて戦闘にのぞんだ。

わが軍は合図とともに激しく攻勢をかけた。これにたいし、敵の方も突如、猛烈に肉薄。そのため、槍をなげる間もなく、すぐに槍をすてて、剣による白兵戦におよんだ。ゲルマニー人はいつものように素早く密集陣をくみ、これに応戦。だが、わが兵の多くがこの密集陣に飛びかかり、盾をのけ、相手を上から突き刺した。

かくして敵の左翼を敗走させたが、一方、大軍を擁した敵の右翼に苦戦しはじめていた。騎兵を指揮していた青年(1)プブリウス・クラッススがこれに気づいた。戦陣内を動きまわっていた者たちより、見通しに余裕があったからである。かれは、ただちに第三戦列を救援に送った。

(注1)「騎兵を指揮していた青年プブリウス・クラッススがこれに気づいた」「三頭政治」の一人クラッススの次男プブリウス・リキニウス・クラッススのこと。「青年」と冠しているのは、この若者にたいするカエサルの親しみを表わしている。かれはその後父

のパルティア遠征（前五三年）に参加するためガリアを離れ、カルラエの戦いで戦死する。なお、兄のマルクス・クラッススも財務官としてガリア遠征に加わっている。

53

こうしてわれわれが形勢を立て直すや、敵は全軍が敗走へと転じ、戦闘地点から約五マイル先にあったレヌス河まで逃げつづけた。そしてごく少数だが、勇敢にも河を泳ぎわたる者や、小舟で難をのがれた者たちがいた。

アリオウィストゥスもそのうちの一人であった。かれは岸辺につながれていた小舟を見つけるや、これに乗って逃げた。その他の者たちは、わが軍の騎兵部隊に追いつかれ、全員が殺された。

犠牲者のなかには、アリオウィストゥスの二人の妻もいた。一人はかれが故郷から連れてきていたスエビ族の女であり、もう一人はノリクムの王ウォッキオの妹にあたり、かれがガリアの地でこの王から贈られた女であるが、二人とも、このときの混乱のなかで命をおとした。アリオウィストゥスの二人の娘も、一人は殺され、一人は捕らえられた。

また、このとき、三重の鎖でつながれた状態で監視人に連れられていたウァレリウス・プロキッルスが、騎兵とともに敵を追跡していたカエサルと出遭った。

この幸運な出来事は、カエサルに勝利におとらぬ喜びをあたえた。「属州」中でもっとも高貴な人柄であったばかりか、自分の友人でもあり賓客でもあった人物を敵の手からとりもどしたのであるから、言うまでもない。もし、この人物がそのまま災難から救われなかったならば、勝利の喜びは大いに損なわれていたことだろう。

プロキッルスが言うには、ゲルマニー人はかれの目のまえで三度籤をひいて、かれをただちに焼き殺すべきか、あるいは後日に延ばすべきかを占ったという。その結果、幸いにも命拾いしたのだ。

プロキッルスばかりではない。マルクス・メティウスも見つかり、カエサルのもとへもどった。

54　この戦いのことがレヌス河対岸にまで伝わると、その河畔まできていたスエビ族は故国へと踵《きびす》をかえした。だが、かれらの恐慌を知ったレヌス河付近の部族にたちまち追われるはめとなり、多数が殺戮にあった。
こうしてカエサルは、一夏のうちに二つの大きな戦いを完結させ、時期としては少し早目であったが、軍隊をセクアニ族領内にある冬営地へ入れた。そして冬営中の指揮権をラビエヌスにゆだねると、巡回裁判(1)のために北イタリアへと向かった。

（注1）「巡回裁判のために北イタリアへと向かった」

その土地々々のさまざまな問題を処理するために、管轄内の主な都市でおこなう各種の裁判のことである。カエサルは毎年冬季に内ガリア（北イタリア）へもどり、この職務を遂行するとともに、本国の状況、とくに政界の動きを知るため、ローマ市にいる味方陣営の者たちとたえず連絡をとり合っていた。内ガリアに置いていた総督官邸は、ラウェンナにあった。このラウェンナからわずか南にルビコン川があり、この川がローマ本国との間の境となっていた。

（注）――紀元前五八年の本国の状況

この年は、カエサルにとって、総じて平穏な年であった。執政官は両方（ガビニウスと舅のピソ）とも自派で占め、厄介な小カトーをシリア総督として首都から離していたし、保守派の主柱であったキケロについても、民衆派の護民官クロディウスにその監視の任をひそかに託していたからである。また、ポンペイウスにも、目立った動きはなかった。ただ、ひとつカエサルが予期していなかったことは、クロディウスがボナ女神祭のときの個人的な恨みからキケロを国外へ追放したことであった。ポンペイウスも、カエサルとの関係から、このときにはキケロを助けなかった。

第二巻
（紀元前五七年）

紀元前57年　ガリア遠征２年目

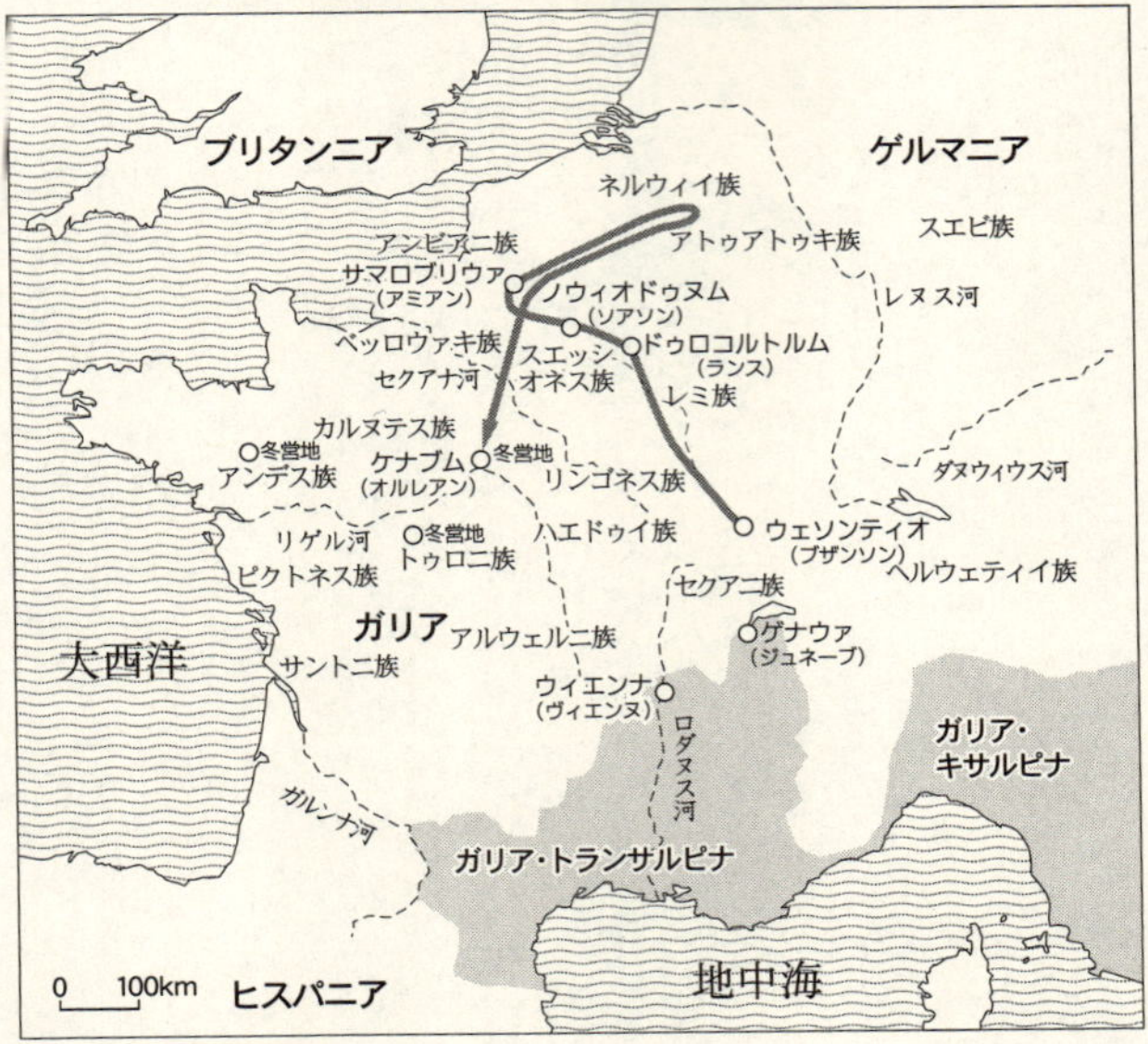

(　　)内は現代名を示す

1　ベルガエ人との戦い

ベルガエ人の動き

1　前述のとおり、カエサルが内ガリア（北イタリア）で冬を過ごしていたときのことである。冒頭で述べた、ガリアの三分の一を占めるベルガエ人が陰謀をくわだてていて、そのために部族間で人質の交換がおこなわれているとの噂が何度もカエサルの耳にはいった。ラビエヌスも、このことを書状で報せてきた。

陰謀の理由とは、およそ次のとおり。

まず、ガリー人が征服されることにでもなれば、次は自分たちが攻められる番だとおそれたこと。二つ目は、ゲルマニー人の長居と同様、ローマ人のガリア冬営や定住についても不快におもう者たちや、気まぐれから支配者の交替をのぞむ者たちがいて、かれらに扇動されていたこと。三つ目として、ガリアでは一般に武力や財力のある者が王位についているが、ローマ人の支配下ではそれが難しくなるとみた野心家たちがいて、こうした野心家たちによっても唆《そそのか》されていたこと、などである。

2　カエサルは、以上のような情報に危機感をおぼえた。そこで、内ガリアであらたに二個軍団(1)を募り、副官のペディウスを指揮官として、これを夏の初めに「属州」へ送るとともに、みずからは、糧秣がゆたかになりはじめたころ、軍隊のもとへもどり、セノネス族のほか、ベルガエ人と境を接する他のガリー人にも、かれらの動きをさぐらせた。

これらの部族がよこした報告の内容は、すべて一致していた。いずれも、ベルガエ人の間では動員がおこなわれ、軍隊が集結しているという。

カエサルは、ただちに進発を決意。食糧を確保するや、軍営をたたんだ。そして約二週間後にはベルガエ人の領土に達していた。

（注1）「そこで、内ガリアであらたに二個軍団を募り」

カエサルは前五八年の冬に二個軍団をあらたに創った。第十三軍団と第十四軍団である。これでカエサルの兵力は計八個軍団となる。この兵力は前五四年まで変わらない。なお、軍団に付された番号は、全軍団のなかの順番を示すものではなく、むしろ固有名詞のようなものであった。したがって、軍団数に増減があっても、番号に変更はなかった。

3　疾風のように突如あらわれたカエサルにたいし、ベルガエ人のうちガリアにもっとも近いレミ族が、同族の有力者であるイッキウスとアンデクムボリウスを使節としてよこしてきた。

二人は次のように述べた。「われわれ一族の身柄、財産ともローマ人の保護と支配にゆだねたい。われわれはこれまで、ローマ人にたいし、他のベルガエ人と与して陰謀をくわだてたことはない。人質の引渡しや命令への服従、城塞内へのローマ軍のうけ入れ、穀物その他の物資の供出などについても、すべて応じる用意がある。

他のベルガエ人はすべてが蜂起していて、これにレヌス河からこちらのゲルマニー人も加わっている。かれらの怒りは激しい。われわれと同じ法律、同じ政府、同じ支配者をいただくスエッシオネス族さえ例外ではなく、そのため、この同胞が今回の蜂起に合流するのを思いとどまらせることができなかった」と。

4　これにたいし、具体的な部族名やその軍勢および戦闘能力について尋ねたところ、次のようなことが分かった。

ベルガエ人の大半はもともとゲルマニー人であったが、ガリアの肥沃さに魅せられて、はるか昔にレヌス河をこえてこの地に移りすみ、先住民のガリー人を追い出したのだそうだ。そして先代の頃、ガリア全土がテウトニ族やキンブリ族の蹂躙にさらされたとき、かれらだけがこの侵略者たちを領地に入れなかったという。そうした経緯から、戦争のこととなると、ベルガエ人の発言力は大きく、態度も尊大らしい。

また、ベルガエ人の全体会議で各部族が供出を約束した兵員数についても、レミ族は血縁や婚姻による近しい関係上、それを知ることができる立場にあり、詳細な情報をにぎっているとのことであった。

二人によれば、ベルガエ人のうち、武勇でも権威でも人口でも、圧倒的なのがベッロウァキ族であり、この部族には十万の武装兵をそろえる力があるという。今回は、そのうちの精鋭六万の供給を約束しているが、同時に、戦争の全指揮権も要求しているとのこと。

さらに、かれらが言うには、スエッシオネス族はすぐ隣の部族であり、その土地は肥沃、広大である。また、[1]スエッシオネス族のかつての王は、全ガリアでもっとも勢力を有していたディウィキアクスで、かれはこの地方の大部分ばかりか、ブリタンニアまで支配下においていた。現在、王位にあるのはガルバである。ガルバは公正で思慮ぶかく、全部族から戦争の全采配をゆだねられている。かれは十二の町を有し、五万の兵を出すことを約束した。

ベルガエ人のなかでもっとも勇ましく、また、もっとも遠くに住んでいるネルウィイ族も、同じ数を申し出ている。

以下、兵員の提供数は、アトレバテス族が一万五千、アンビアニ族が一万、モリニ族が二万五千、メナピイ族が七千、カレテス族が一万、それに、ウェリオカッセス族とウィロマンドゥイ族もそれぞれ一万、そしてアトゥアトゥキ族が一万九千、である。

さらには、コンドルシ、エブロネス、カエロエシ、パエマニの各部族——まとめてゲルマニー人という——からも、たしか約四万の兵の申し出があったとおもう、と。

（注1）「スエッシオネス族のかつての王は、……ディウィキアクスで」このばあいは、前一〇〇年頃のスエッシオネスの王。これ以外、『戦記』で言及されている同名の人物はすべて、先にも出てきたハエドゥイ族の首長（親ローマ派）のことである。

アクソナ渡河

5　これにたいしカエサルは、二人にねんごろな言葉をかけたあと、レミ族の評議会の召集と、指導者層の子供を人質としてさし出すことを命じた。これらの命令は、誠実かつ指定日どおりに実行された。

その後カエサルは、ハエドゥイ族のディウィキアクスと会って、かれを励ますとともに、右のような大軍勢との交戦をさけるには、敵の分散をはかることがいかに重要であるかを説いた。そしてそのためには、ハエドゥイ族がベッロウァキ族の領土に攻め入って、その土地を荒らすことだ、と言って、ディウィキアクスを去らせた。

しかし、ベルガエ人の全部隊が集結を終えてすでにこちらをめざしていることを知り、さらにほどなくして、偵察隊やレミ族の双方からも敵の接近を知らされると、すぐさま軍をひきいて、レミ族の境界となっていたアクソナ河（現エーヌ河）をわたり、その河岸に陣をかまえた。

この位置での布陣は、河によって背後をまもるとともに、レミ族その他から穀物を搬入する際の安全を確保するためでもあった。

河には橋がかかっていた。カエサルは、そこに守備隊をおき、河の向こう側には六個大隊をつけて副官のサビヌスを残し、陣営には高さ十二フィートの堡塁と幅十八フィートの壕をもうけさせた。

ビブラクスの解放

6　この陣営から八マイル先に、ビブラクスという城市があった。ベルガエ人は、進軍の途上、この町を襲撃してきた。かれらの攻撃は猛烈で、その日はかろうじて持ちこたえたにすぎない。

ベルガエ人の攻略法は、ガリー人のものと同じである。すなわち、城市の周壁を多数の兵士でかこみ、四方からはげしく投石して守備兵を一掃するや、亀甲陣の隊形でおし寄せて城壁をきり崩す。

この戦法は、大いに功を奏した。雨とふる石や槍のなかでは、いかなる者も城壁に立ちつくすことができなかった。

夜になって襲撃がやむと、イッキウスからカエサルのもとに、援軍がなければ、これ以上は持ちこたえられないとの報せが入った。先に述べた講和の使節の一人であり、また、地位、声望ともにレミ族のなかで傑出していたイッキウスが、このときビブラクスの長官をつとめていたのである。

7 真夜中、カエサルは、イッキウスが報せによこした者たちを道案内として、ヌミダエ人やクレタエ人からなる弓隊とバレアレス人からなる投石隊とを町へ送った。この援軍の到来に、レミ族は守りに自信を得たばかりか、攻勢へと気持ちを一変させ、一方の攻城側は町をおとす望みをなくした。

敵はしばらく町の周辺にとどまり、一帯の土地を荒らし、村々の民家や穀倉をことごとく焼きはらった。そしてその後、全軍がカエサルの陣営めざして急ぎ、そこから二マイルも離れていない地点に陣を張った。火や煙の様子からすると、陣営の幅は優に八マイルか。

8　カエサルは最初、敵の多さや勇敢さを思い、交戦を避けた。しかしその後、毎日のように騎兵戦をしかけて、相互の実力をさぐったところ、敵がそれほど強くないことが分かった。

陣営の前には、布陣に理想的な地形の平原が広がっていた。また、陣営をおいた丘は、平原よりやや高く、戦列をくんで敵と対峙できるほどの広さで、両側はけわしく切り立ち、前面は平原までゆるやかな坂となっていた。

だが、そのままでは、戦列をくんだ際に敵の圧倒的な軍勢に側面を囲まれる可能性があった。そこでカエサルは、この丘の両側から縦に約四百パスス（約六百メートル）の壕をほり、壕の先端にはおのおの砦をきずいて、そこに諸種の発射機をすえつけた。そして工事がおわると、最近募った二個軍団を必要なときの援軍として陣営に残し、他の六個軍団はすべて陣営のまえに配置した。

たいする敵も、おなじく陣営を出、全軍が戦列をしいた。

9　両軍の間には、小さな沼地があった。敵は、わが軍がこれをわたることを期待したようだが、われわれは武器を手にしたままうごかず、ぎゃくに敵がわたってくるのに備えた。その間、双方の間では、騎兵による小競り合いがつづいていた。相手もうごかず、騎兵戦も味方が有利に戦ったので、カエサルは陣営へと軍をひいた。すると敵は、先に述べた、わが軍の背後にあるアクソナ河へと向かった。そしてそこで浅瀬をみつけるや、一部がこれをわたろうとした。副官サビヌスが指揮する砦を襲って橋をおとすか、それができなければ、われわれを支援しているレミ族の土地を荒らしてわれわれの糧道を断つか、いずれかを狙ってのことだろう。

10　サビヌスからこの報告をうけたカエサルは、全騎兵とヌミダエ人の軽装兵、それに投石隊と弓隊とをひきいて橋をわたり、敵へとせまった。戦闘は激しいものであった。わが軍は川のなかで足をとられている敵を襲い、多数を倒したほか、仲間の屍《しかばね》をのりこえて渡ろうとしていた残りの者たちにも、投げ槍を雨とふらせてこれを撃退。また、すでに渡りきっていた一団についても、騎兵部隊がこれを包囲してことごとく屠《ほふ》った。

敵は今にして、ビブラクス攻略やアクソナ渡河の狙いが誤りであったことや、わが軍が不利な地形での戦闘を避けていたことなどに気づいた。そのうえ、糧食も尽きはじめていた。

ここにおいて、かれらは会議を召集。それぞれの領地へ帰ることを決め、そしてローマ軍が侵入してきたところには四方から救援に駆けつけることとした。戦いは見知らぬ土地でより自分らの領地でおこなう方がよく、糧食も自領の穀物でまかなうことができるとの判断からである。

しかし、こうした決定には、他にさまざまな事情がからんでいた。なかでも、ディウィキアクスとハエドゥイ族がベッロウァキ族の領土に迫っていたことが大きな要因であった。そのため、ベッロウァキ族をひきとめて、かれらの郷土防衛を遅らせる、などということはできなかった。

11　かくして第二夜警時（夜半前）に敵は陣をたたんだが、そのさまたるや、大混乱の様相を呈し、そこには秩序も指揮もなく、各自がわれ先にと帰還の道をあらそう姿は、じつに敗走のごときものであった。

この動きは、斥候《せっこう》を通してただちに知らされた。だが、撤退の理由を見きわめかねたカエサルは、敵の待伏せを懸念し、歩兵も騎兵もいずれも出撃させなかった。

明け方、偵察隊によってかれらの撤退が確認されると、今度は全騎兵を出して、これを追わせた。敵の後衛をわずらわすためである。騎兵部隊の指揮には、副官のペディウスとコッタを当て、そしてその支援のために副官ラビエヌスに三個軍団をつけ、二人に続かせた。

騎兵部隊は、目的の後衛にせまり、逃げる敵を何マイルも追って、多数を倒した。追いつかれた敵の後衛は、果敢に抵抗したが、一方、危険を脱したと考えて規律をといていた前方の部隊は、後方から叫び声があがるのを聞くや恐慌におちいり、全員が逃げ足をはやめた。

かくしてわが軍は、いささかの危険もなく、日のある間、殺戮を続け、日が暮れるや、命令どおり陣営へともどった。

スエッシオネス族とベッロウァキ族にたいする懲罰

12　翌日カエサルは、敵が混乱から立ち直るまえに、レミ族と境を接するスエッシオネス族の領土へと軍をすすめ、強行軍でノウィオドゥヌム(1)（現ポミィエ）の攻略をめざした。この町には守備隊がいないと聞いたからである。

しかし、守り手は少なかったものの、広い土壕や高い城壁のために、町はなかなか陥ちない。そこで、陣地をつくり、移動小屋をならべて、あらたな攻略の準備にとりかかった。

ところが、次の夜、遁走していたスエッシオネス族の部隊がもどり、城市内に集結した。

われわれは、すばやく移動小屋(2)を城壁まで近づけ、接城土手をきずき、攻城櫓をたてたが、これら一連の工事は、規模においても速さにおいても、ガリー人がこれまで見たことも聞いたこともないものであった。驚いたスエッシオネス族は、カエサルのもとへ降伏の使節を送ってきた。かれらは、レミ族の仲介で存続を確保しようとする。

（注1）「強行軍でノウィオドゥヌム（現ポミィエ）の攻略をめざした」

「ノウィオドゥヌム」とは新市の意味で、ビトゥリゲス族にもハエドゥイ族にも、同名の町がある。ちなみに、前者は現ヴィラト（第七巻12～14）、後者は現ヌヴェール（第七巻55）にあたる。

（注2）「すばやく移動小屋を城壁まで近づけ、接城土手をきずき」
攻城のときに使う移動式の小屋（ウィネア）をいう。この小屋に入って敵の飛び道具から身をまもりつつ前進したり、攻城施設を作ったりした。

13　カエサルは、スエッシオネス族の有力者たちのほか、王ガルバのふたりの息子も人質にとり、城市内にあった武器もすべて取りあげて、ようやく降伏をみとめた。それから、ベッロウァキ族の領土へと軍を進めた。
このときベッロウァキ族は、全財産をたずさえて、ブラトゥスパンティウムの町に集まっていたが、ローマ軍がそこから約五マイルの地点にまで迫ると、老人たちが町から出てきて、こちらへ手をさし伸べ、哀れな声で保護をもとめてきた。抵抗するつもりはまったくないという。

さらに、ローマ軍が町へ近づき、その前に布陣すると、今度はかれらの風習にしたがって女、子供が城壁の上から手をさし伸べ、和を乞いもとめた。

14　ハエドゥイ族の部隊を解散してカエサルのもとにもどっていたディウィキアク

スが、ベッロウァキ族に代わって、次のように語った。

「ベッロウァキ族は、以前はわれわれハエドゥイ族から友情と保護とをうけていた。ところが、ベッロウァキ族の有力者たちが、われわれとの関係を断ってローマと戦うよう仕向けるにいたった。ハエドゥイ族はカエサルに隷属させられ、数々の屈辱にさらされている、と言って同胞を煽《あお》ったのである。

だが、この計画は大きな災難をまねく羽目となり、そのことを知った首謀者たちは、ブリタンニアへ逃げてしまった。

ベッロウァキ族だけでなく、われわれハエドゥイ族としても、カエサル殿にいつもの寛大さをお願いしたい。この願いが叶えられれば、ベルガエ人の間におけるハエドゥイ族の地位は大いに高まることだろう。このことはきわめて重要なことである。なぜなら、われわれは、これまでつねにベルガエ人の支援をうけて、戦時を乗りきってきたからである」と。

15　これにたいしカエサルは、ディウィキアクスとハエドゥイ族の名誉のために、ベッロウァキ族の助命だけでなく、保護まで約束した。だが同時に、かれらがベルガエ人のなかで大きな勢力を有し、また人口も最大であることから、六百人の身柄を人質としてもとめた。

そしてこの要求は即座に満たされ、城砦《じょうさい》内の武器もすべてがひき渡されると、この地を去り、つづいてアンビアニ族の領土へと入ったが、かれらもすぐに降服し、財産までさし出した。

アンビアニ族の隣にはネルウィイ族がいた。そこで、この部族について尋ねたところ、次のようなことが分かった。

かれらは商人の出入りをゆるさず、ワインその他の贅沢品の輸入を禁止している。理由は、そうした品々によって戦士としての敢闘心《かんとうしん》がゆるむのを恐れてのことらしい。また、かれらはきわめて好戦的な部族であるという。そのためだろう、他のベルガエ人が伝統的な武勇の誉れを投げすてて、ローマに服したことを強く非難する一方、みずからについては、使節の派遣も講和の締結も、いっさい行なわないと言明している、とのことであった。

ネルウィイ族の動き

16　右の情報のほか、ネルウィイ族の領土を三日ほど進んだとき、捕虜からも次のようなことを聞いた。

陣営から十マイルほど先にサビス河（現サンブル河）があり、その対岸にはネルウィイ族が布陣していて、ローマ軍の到来を待ちかまえている。これには、ネルウィイ族に説得されてローマとの交戦を決意した近隣のアトレバテス族とウィロマンドゥイ族も加わっている。また、かれらは、沼地にかこまれた安全な場所に女たちや戦闘に不向きな年齢の男たちをすでに移し終えて、いまやこちらに向かっているというハエドゥイ族の軍隊を待っている状況だとのことであった。

17　こうした情報を得るや、カエサルは数人の百人隊長をつけて偵察隊を出し、設営に適当な場所を探させた。

このときにはすでに、先に降服したベルガエ人の一部をくわえ、多数のガリー人がカエサルと行をともにしていたが、あとで捕虜から聞いたところによると、われわれの昼間の行軍をみていたその一部が、夜ネルウィイ族のもとへ行き、各軍団の間に輜《し》重隊《ちょうたい》の長い列があることを告げたそうだ。そして示唆したらしい。先頭の軍団が陣営に着いても、残りの軍団ははるか後方にあるので、これを襲うがよい、これを襲って荷をうばうことができれば、他の部隊は抵抗する気力をなくすことだろう、と。

内通者が示したこの計画は、ネルウィイ族にとって好都合なことがあった。それは次のような事情による。

かれらは、昔から騎兵には関心がなく、すべて歩兵で部隊を構成していて、近隣部族の騎兵による攻撃にたいしては、容易にこれを防ぐ方法をあみ出していた。その方法とは、若木を切り、これをたわめて枝を横に茂らせ、そしてその間に茨《いばら》を入れることによって、敵が入ることも見通すこともできない、一種の垣をつくることであった。ネルウィイ族は、こうした障害物によってローマ軍の前進を阻止できると考え、その提案を実行にうつすことにした。

18　わが軍が陣地として選んだ場所には、頂上から前述のサビス河にかけて続くなだらかな丘があった。また、反対側、つまり対岸にも、同じような勾配の丘があり、その麓には二百パスス（約三百メートル）ばかりの平地がひらけ、それより上は見通しがほとんどきかない森になっていた。

敵の部隊は、この森にかくれていて、河ぞいの平地には警戒のための騎兵が少数みとめられただけであった。河の深さは、約三フィート。

19　カエサルは、騎兵部隊を先行させ、他の全部隊とともにそれに続いた。しかし、隊伍の編成や順序は、内通者がネルウィイ族に教えたものとは異なっていた。つまり、敵に近づいたとき、カエサルはいつもの通り、軽装の六個軍団をみずから率い、輜重はすべてその後方に残して、新規の二個軍団にこれをまもらせ、同時に、この新部隊をもって全軍の後衛としていたのである。

わが軍の騎兵部隊は、投石隊や弓隊とともに河をわたり、敵の騎兵と交戦するにおよんだ。これにたいし、かれらは森へと退き、その後ふたたび現われて攻撃するといったことをくり返したが、われわれは平地の境界をこえて追跡することはなかった。

この間、最初に到着した六個軍団が測量をおこない、陣地の設営に入った。

森にひそみ、そこで戦闘隊形をくんで虎視眈々と出撃の機会をまっていた敵は、輜重部隊の先頭をみとめるや、そのときを攻撃開始のときとした打合せどおり、全兵力でもって騎兵部隊を急襲してきた。

そしてこれをたやすく撃破すると、信じられないほどの速さで河へと駆け下りたので、森の周辺や河の中ばかりか、われわれのところにまで、ほとんど同時に現われたかのようであった。

敵はまた、同じような速さで丘をかけ上がってわれわれの陣地へせまり、工事中の味方の部隊を襲った。

戦闘

20　カエサルには、瞬時に処理しなければならないさまざまなことがあった。「武器をとれ」の合図を出し、ラッパを吹かせて工事を中断させ、食糧をもとめて遠くへ出かけた部隊を呼びもどし、戦陣をくませ、兵士をはげまし、突撃命令を出す、ことなどである。

ところが、敵が急迫したことで、これらの大半ができなかった。がしかし、次の二つのことがこの苦境から救ってくれた。

そのひとつは、上からの指示がなくとも、各兵士が自分がなすべきことを自分で判断できるようになっていたこと。これは、それまでの戦闘経験の賜物にほかならない。もうひとつは、各軍団が陣地の完成まで壕にとどまっていたこと。これはカエサルの指示による。要するに、各指揮官とも、敵の急接近をみるや、みずからの判断で適時、適切な行動をとったのである。

21　カエサルは、とくに重要なことだけを命じたあと、偶然出遭った部隊をはげまそうと、丘を駆けおりた。すると、それは第十軍団であった。

かれは兵士らを督励《とくれい》した。勇敢なローマ軍の伝統に悖《もと》ることなく、平静をたもち、敵の強襲をくい止めよ、と。そして敵が投げ槍の射程距離にまで近づいたところで、戦闘開始の合図をだした。

同じく督励のため別の地点へ行くと、そこでも戦闘がおこなわれていた。危急の事態であったうえ、白兵戦をいどもうとする敵の肉薄もあって、標章をつける余裕はおろか、盾の覆いをとる間も兜をかぶる間もなかった。そのため、どの兵士も、所属部隊の軍旗をさがすことをせず、壕から飛びだすや、最初に目にした軍旗のもとで戦った。

22　このときわが軍は、正規の編成や用兵ではなく、むしろ状況に応じて展開していた。すなわち、各軍団とも、それぞれの場所において、独自のやり方で応戦しているのがみとめられた。だが、先に述べた、あの密な垣によって見通しがきかず、援軍を投入すべき瞬間や地点を見きわめたり、一人ですべての部隊を指揮したりすることはできなかった。当然、そうした状況のもとでは、戦闘の形勢もさまざまに変化した。

23　戦列の左翼を構成していた第九軍団と第十軍団が、出くわしたアトレバテス族めがけて投げ槍をあびせた。敵は走りに疲れ、息を切らし、多くが傷を負って弱りはてた。わが軍団は、そうしたかれらを一気に河へと追いおとし、さらには、河をわたろうとしているところを追撃して、大半の者をうち殺した。

そしてその後、わが軍はためらうことなく河をこえ、不利な地形のところであったにもかかわらず、ふたたび抵抗してきた敵をうち破り、またこれをも敗走させた。

一方、別のところでは、第八軍団と第十一軍団とがウィロマンドゥイ族を粉砕。丘から河岸へと攻め落としていた。

だがこのとき、右翼こそ第十二軍団とその近くの第七軍団が守っていたものの、陣営の正面や左側はほとんど無防備となっていた。

敵はここを衝いた。最高司令官のボドゥオグナトゥスが、全ネルウィイ族をひきいて密集陣でせまり、そしてその一部が右側から両軍団をかこみ、また別の一部が頂上の陣営へと攻めてきたのである。

24　同じころ、最初の戦闘でやぶれ、陣営へと退却中であったローマ軍の騎兵部隊と軽装歩兵部隊は、その途上ネルウィイ族と出遭い、退却の道を別の方向へと転じた。

軍夫らも、それまでは陣営の裏門から味方の快進撃を目にして、自分たちも略奪に出かけていたが、ふり返ったところ、敵が陣営にいるのを見て、あわてて逃げた。これと時を同じくして、輜重とともにやって来ていた者たちの間でも混乱が生じ、全員が算を乱して逃げはじめた。

ガリー人のなかで勇武の誉れ高いトレウェリ族の騎兵部隊さえ、例外ではなかった。ローマ軍の陣営が敵の大軍で満たされ、軍団もついに包囲され、騎兵部隊も投石部隊も、ヌミダエ人も従軍の軍夫も、いずれも四散しているありさまを見たこの援軍は、戦況に絶望し、踵をかえした。そして故国へいたるや、部族の者たちに告げた。ローマ軍は撃ち破られ、陣営も輜重も敵の手にわたってしまった、と。

ローマ軍の苦戦とカエサルの奮闘

25　カエサルは、第十軍団を激励したあと、右翼の方へ向かった。そこでは敵の攻勢に押されていた。第十二軍団は、軍旗をすべて一ヶ所にあつめて隊伍をかためたものの、あまりの密集に思うような戦いができず、第四大隊では、百人隊長の全員が斃れていたばかりか、旗手も殺され、軍旗もなくなっていた。

他の大隊も同様、ほとんどの百人隊長が負傷もしくはすでに戦死。勇者中の勇者であった首席百人隊長のバクルスも、多数の深手を負い、立っていることさえできない状態であった。すべての者が疲れていた。最後尾の兵士たちのなかには、敵の投げ槍を避けようと、戦場をはなれている者たちもいた。

敵は正面からつぎつぎと丘をのぼってくる。両翼にも迫る。まさに危機的状況である。しかも、さし向けることができる支援部隊は、もはやいない。

このとき盾を持っていなかったカエサルは、最後尾の兵士のものをとり上げて、みずから第一戦列へ加わった。そして百人隊長一人ひとりに声をかけ、同時に、一般の兵卒をも励ましながら、剣を自由に使えるよう、前に出て隊伍をひらけ、と呼ばわった。

カエサルが来たことで、味方は奮い立った。最高司令官が見ていることを意識した兵士たちは、各自が窮地にありながら、最善をつくそうと努力した。そのため、敵の猛攻もいくらか緩んだ。

26　近くにいた第七軍団も、敵に押されていた。カエサルはこれを見て、大隊長らに命じた。兵をじょじょに集め、向きをかえて、敵にあたらせよ、と。
この命令が実行されるや、各兵士はたがいに助け合うかたちとなり、背後を敵にかこまれる惧れがなくなったため、いっそう果敢に応戦しはじめた。

この間、それまで後方で輜重をまもっていた二つの軍団にも、戦闘の報せが入り、かれらの歩を加速させた。その接近は丘の上の敵の目にも入っていた。

一方、すでに敵陣営をおとしていたラビエヌスは、その高所から味方の苦戦を目にし、ただちに第十軍団を救援にさし向けた。

戦況は深刻であった。ローマ軍の陣営も最高司令官も危機にさらされている。騎兵や軍夫らの逃走からも、このことを察した第十軍団の兵士たちは、必死に戦場へと急いだ。

ネルウィイ族の降伏

27　援軍が到着するや、戦況は一変する。傷をおって倒れていた兵士たちが盾で身を支えながら、ふたたび戦いはじめ、つづいて、非戦闘員も敵の混乱をみて、素手のまま戦闘に加わり、さらには、逃走していた騎兵までが汚名をすすごうと、いたるところで軍団兵をしのぐほどの勇敢な戦いぶりをみせた。

だが、敵もさる者。絶望的な状況のなかで、おどろくべき力を発揮する。前列が倒れると、次の列がその屍の上にのって戦い、これも倒れて死体の山ができると、さらに残りの者たちが、その上から飛び道具をはなち、あるいは盾でうけとめた投げ槍を投げかえした。

おもうに、かれらが大きな河をわたり、高い土手を越えて、不利なところにまでも進撃してきたのは、こうした勇敢さゆえにほかならない。要するに、その大いなる胆力ゆえに、かれらはこれまで数々の難事をやすやすと克服してきたのだ。

28　しかし、そのネルウィイ族も、今回の戦いによってほとんど壊滅寸前にまで追い込まれることとなった。

女、子供とともに沢や沼地に難をのがれていた年長者たちは、戦闘の結末を知って、自分たちが置かれている状況に絶望し、カエサルのもとへ降伏の使節を送ってきた。その使節が今回の大災難について言うには、六百人いた元老のうち、生き残った者はわずか三名、武器をとることができる者も、六万人からわずか五百人にまでに激減したとのことであった。

これを聞いたカエサルは、哀れみをこう相手にたいする自分の慈悲深さを示すため、生存者たちの身をまもったばかりか、領土や城市についても従来どおりの使用をみとめ、近隣の諸部族にもかれらにたいする危害や報復を禁じた。

アトゥアトゥキ族の滅亡

29 ネルウィイ族支援のために駆けつけていた前述のアトゥアトゥキ族は、戦いの結末を知ると、故国へとひき返し、故国にもどるや、防衛に最適な一つの城市に全財産をあつめ、他の城市や要塞は、すべてこれを放棄した。そこは周囲を切り立った岩壁でかこまれていて、接近の通路としては、幅が約二百フィートの、ゆるやかな坂が一つあるだけであった。かれらは、ここをすでに二重の高い防壁で補強していたが、今またさらに、その防壁の上に大きな石や尖《とが》った角材をならべた。

アトゥアトゥキ族は、キンブリ族とテウトニ族の子孫であり、この両部族が「属州」や北イタリアへ向かった際に、もち運びできない荷物をレヌス河の手前におき、自分たちの中から六千名を出して、その警備にあたらせたのであった。

キンブリ族とテウトニ族の滅亡後、この一団は長年にわたって近隣の諸部族に悩まされ、その間、あるときには攻勢をかけ、あるときには守勢に立たされたが、やがて全部族の間で講和が成立し、当時はこの場所を居住地とするようになっていた。

30　われわれがここにいたると、かれらは当初その城砦からしばしば出撃してきては、小競り合いを演じた。しかし、しばらくして近い間隔で砦をもうけ、高さ十二フィート、全長十五マイル(1)の堡塁で周りをかこんでからは、籠城に徹した。

そこでわれわれは、移動小屋を前進させて接城土手をきずき、遠くには攻城櫓をたてた。城壁からこれを見ていたかれらは、遠くはなれた距離に途方もなく大きな物を造ったことについて、こちらをあざ笑い、大声で罵った。いったい如何なる力や方法で、そのように大きな塔を城壁までもって来るのか、と。

一般に体の大きなガリー人は、ローマ人の小軀《しょうく》を馬鹿にしていたのだ。

（注1）「高さ十二フィート、全長十五マイルの堡塁で周りをかこんでからは」十五マイルではなく五マイルではないかという学者もいる。

31　ところが、巨大な建造物が動き、城壁へと近づいてくるのを見るや、その異様さに恐れをなし、カエサルのもとへ講和の使節を送ってきた。以下は、その使節の口上である。

「これほど大きな物をこれほど速く動かすことができるなど、ローマ軍の軍事行動には天の力がはたらいているとしか思えない。したがって、われわれは今後、身柄、財産とも、すべてをローマ人の支配にゆだねたい。

ただ、一つだけお願いがある。武器だけはとり上げないでいただきたい。カエサル殿の慈悲深さは、よく耳にしてきたことであるが、その深い慈悲心によって、部族の助命がゆるされるのならば、その際には、どうか武器の携行だけは認めていただきたい。というのも、近隣のほとんどの部族がわれわれに敵意をいだき、われわれの武勇を妬《ねた》んでいる現状、もし武器を手放したとなると、身をまもる術《すべ》がなくなるからである。しかし、もしこの願いがかなえられないならば、そのときには、これまで支配してきた相手に苦しめられたあげくに殺されるよりは、いかなる類のものであろうと、ローマ人がくだす運命の方を甘んじてうけ入れる」と。

32　これにたいしカエサルは、次のように答えた。

「汝らの命は助けよう。汝らがそれに価するというのではなく、こちらのいつもの寛大さからである。ただし、われわれが破城槌で攻撃するまえに降伏せよ。また、武器も引きわたせ。さもなければ、降伏はみとめられない。

汝らの安全については、ネルウィイ族にしたことと同じことをしよう。すなわち、ローマに服した民を煩わすことのないよう、近隣の部族に通知する」と。

このことを知らされたアトゥアトゥキ族は、命令にしたがうと伝えてきた。

かくして大量の武器が城壁からその前の壕へ投げこまれ、山をなし、ついには城壁や接城土手とほぼ同じ高さにまでなった。あとで分かったことだが、それでもなお約三分の一が城市内に隠されていたのだ。

それはともかく、この日、城門は開かれ、一日が平和のうちに過ぎた。

33　夕暮れ、カエサルは、夜間における住民への危害を防止するため、自軍の兵士たちを町から出し、城門を閉めさせた。

ところが、アトゥアトゥキ族の方には密かな企みがあった。降伏後はローマ軍が守備隊を撤退させるか、あるいは少なくとも警戒がゆるむと考えたかれらは、一部が城内に隠しもっていた武器を手にし、残りが木の皮や細い枝でつくった型に毛皮を張りつけたものを急場の盾として、第三夜警時（夜半過ぎ）、突然、城砦から撃って出、たやすく登れそうな堡塁へむかって攻めてきたのだ。

これにたいしローマ軍側は、カエサルがあらかじめ命じていたとおり、ただちに狼煙《のろし》を上げ、近くの砦にいた部隊をその地点へ急行させた。

敵の攻撃は熾烈をきわめた。接城土手や攻城櫓から飛び道具を放つわが軍にたいし、かれらは不利な場所でよく奮戦した。まさに死力に一縷《いちる》の望みをたくして。

この戦闘で、敵は約四千人が戦死。生存者はふたたび城市内へと逃げ込んだ。

翌日、まもる者がいない城門は破壊され、ローマ軍の入城をゆるした。カエサルは戦利品として全住民を競売に付した。購入者たちの報告によれば、その数五万三千人に上った。

2 大洋沿岸部族の服従

34 同じ頃、大洋沿岸一帯の各部族討伐のため、一個軍団をつけて送っていたクラッススから、ウェネティ族、ウェネッリ族、オシスミ族、コリオソリテス族、エスウィイ族、アウレルキ族、レドネス族など、これらの全部族がローマの権威と支配に服したとの報告が入った。

35　かくしてガリア全土に平和がもたらされ、今回の戦争のことが蛮族の間に知れわたると、レヌス河向こうに住む諸部族も使節をよこし、人質の提供のほか、命令にもしたがう用意があることを伝えてきた。

北イタリアとイリュリクムへ向けて急いでいたカエサルは、これらの使節にたいし、来年の初夏にふたたび来るようもとめた。そしてカルヌテス族、アンデス族、トゥロニ族のほか、この年に戦場となった地域付近の部族の間にも軍団を冬営させ、それが終わるや、右の目的地へと向かった。

以上のようなカエサルの戦績が伝えられたローマでは、十五日間[1]の感謝祭が催されることになったが、これほどの栄誉があたえられたことは、かつて誰にもなかったことである。

（注1）「十五日間の感謝祭が催されることになった」
ローマではこうした国家的慶事に際しては感謝祭を催す習慣があったが、それまでは十日間が慣例であった。それを上回る例としては、ポンペイウスがミトリダテス王に勝利したときの十二日間があった。そうした前例に照らすと、カエサルの場合の十五日間というのは、まさに異例である。カエサルの大勝利の報告に、元老院はガリアが完全に征服されたものと判断したらしい。だが、それだけではなく、この決定には、ローマ市にいた味方陣営の政治的工作も大きく与かっていたものとおもわれる。

（注）――紀元前五七年の本国の状況
クロディウスの暴走がつのる。のちにカエサルが撤回することになる、首都のローマ市民にたいする穀物の無料配給を実施。また、この頃から身辺警護のためと称して奴隷をひき連れ、元老院派の者たちを相手に暴力沙汰を引き起こすことが多くなった。これにたいし、元老院派の同僚護民官ミロが、同じような組織を作って対抗。そのため首都は騒然となる。こうした情勢をみて、この年の執政官の一人、元老院派のレントゥルスがキケロの追放解除に動く。すると、先にはキケロを敬遠していたポンペイウスも、これを支持。これによってキケロは、民衆歓呼のなか、一年六ヶ月ぶりに首都にもどった。そしてふたたび政界を主導する立場となるや、右の配給穀物を確保するための名誉な仕事をポンペイウスにあたえた。この任務は、そのために地中海一帯で陸海軍力を駆使できるという大権をともなうものであった。キケロとしては、今回の協力にたいする謝意からでもあったと同時に、この際ポンペイウスを民衆派から引き離そうとの思惑からでもあった。

第三巻

（紀元前五七～五六年）

紀元前56年　ガリア遠征３年目

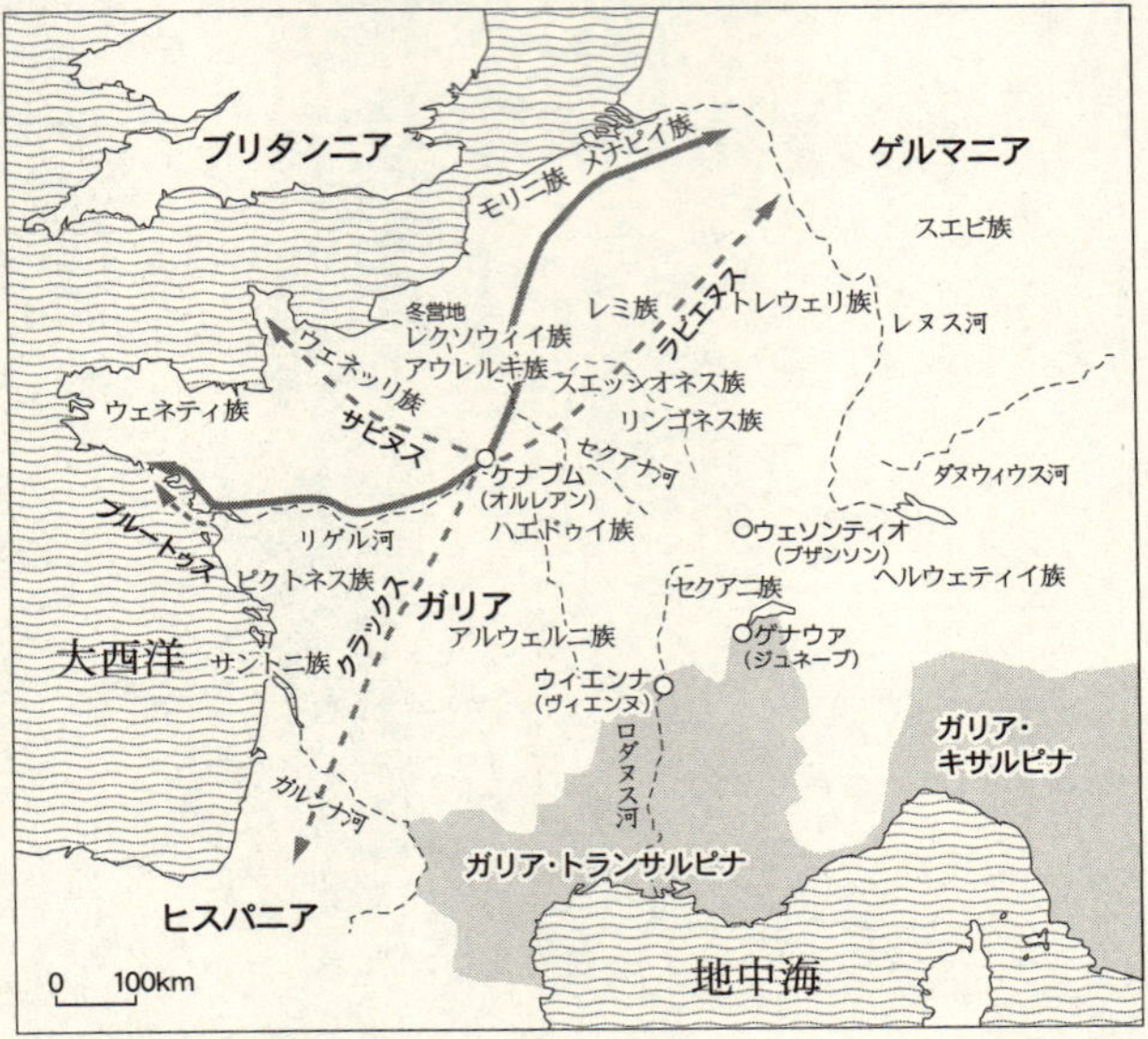

(　　)内は現代名を示す

1 山岳部族との戦い（前五七年）

1　カエサルは、北イタリアへ向かう途上、ナントゥアテス族、ウェラグリ族、セドゥニ族などのもとにセルウィウス・ガルバを派遣した。かれらはそれぞれ、アッロブロゲス族の辺境、レマンヌス湖、それにロダヌス河からアルプス山脈の峰々にかけて住む部族である。

この派遣には、第十二軍団と騎兵部隊の一部をつけ、必要な際にはその地での冬営をゆるしていた。派遣の理由は、それまで商人たちが大きな危険や高い通行税にもかかわらず通らざるを得なかったアルプス越え(1)の道を、しかるべく切り拓きたいと考えたことによる。

ガルバ(2)は、何度も勝利をかさね、多くの砦をおとした。その結果、各地から使節の来訪や人質の提供があった。そこでかれは、講和後、二個大隊をナントゥアテス族の領内に駐屯させ、みずからは軍団の残りの大隊とともに、オクトドゥルスというウェラグリ族の村で冬を越すことにした。

オクトドゥルス村は、周囲を高い山でかこまれた狭い谷間にあり、そこを流れる川によって二つの地域にわかれていた。ガルバは、その一方の地区に村の住民をまとめ、そうして空いた他方の地区を自分の部隊の冬営地とし、そこを堡塁や壕でかためた。

（注1）「アルプス越えの道を、しかるべく切り拓きたいと考えたことによる」今日のイタリアからスイスへ入るグラン・サン・ベルナール峠を越える道を指す。

（注2）「ガルバは、何度も勝利をかさね、多くの砦をおとした」第三巻の1節から6節までは前五七年十月の出来事である。カエサルがこれを第二巻に収めなかった理由はよく分からないが、巻末を飾るには不十分な戦績だったためだろうとも考えられている。その可能性は大いに有り得る。

セドゥニ族やウェラグリ族との戦い

2　冬営に入って数日が経ち、ガルバが穀物の搬入を命じていたとき、斥候から報告が入った。ガリー人が夜間に居住区から全員姿を消し、いまセドゥニ族とウェラグリ族の大軍が周りの丘をすべて占拠している、と。

ガリー人がふたたび戦いを決意したについては、いくつかの理由があった。まず、ローマ軍に二個大隊が欠けていたことにくわえ、多数の兵士が食糧確保のために出かけていて、軍団が小勢となっていたこと。次に、丘の上から飛び道具で強襲すれば、たちまち撃破できると考えたこと。また、人質として子供をうばわれたことへの怒りがあったこと。さらにまた、通商路開拓のためだけではなく、永久支配のためにも、われわれがアルプスの山間部を隣の「属州」へ併合しようとしていると思ったこと、などである。

3　この時点では、陣営の工事も食糧の確保もまだ完全にはなされていなかった。相手がすでに降伏し、人質までさし出していたことから、ガルバとしては、あらたに戦闘がおこるなどとは思ってもいなかったからである。

かれは、ただちに会議をひらき、意見をもとめた。まさしく、事態は突発的で、かつ深刻なものであった。敵は多数の武装兵でほとんどすべての丘を占める一方、われわれの援軍要請や食糧搬入を阻止しようと、道をふさいでいた。

事態を絶望視した者たちのなかには、退却をとなえる者たちもいた。輜重をすて、もと来た同じ道を強行突破で安全圏までのがれるべきだ、と。しかし大多数は、それは最後の手段であって、当面は成り行きをみながら陣営の守りにあたるべきだ、との意見であった。

4　それから間もなくしてのことである。手はずどおり戦陣を組んでいるさなか、敵が合図とともに四方から駆けくだり、堡塁へ石や槍をあびせてきた。ローマ軍は当初、これによく応戦。堡塁から放つ投げ槍には一つの無駄もなかった。応戦する者がいなくなって危ういとおもわれた部署には、すぐさま救援に駆けつけた。しかし、状況はあくまで不利であった。敵側は、兵士が長時間の戦闘による疲れから戦線をはなれても、他の兵士でそれを補うことができたが、われわれの方は、人数が少なく、そうした休息はおろか、負傷兵でさえ持ち場をしばし離れることすらできなかった。

5　戦闘がつづくこと六時間余り。わが方は、死力も飛び道具も尽きはじめた。敵の猛攻はいちだんと激しさをまし、しだいに堡塁もやぶられ、壕もうまっていく。最悪の事態。

このとき、前述のネルウィイ族との戦いで多くの傷を負った首席百人隊長のバクルスと、知勇ともに兼ねそなえた大隊長のガイウス・ウォルセヌスとが、ガルバのもとに駆けつけ、もはや撃って出る以外に打開策はない、と進言した。

そこでガルバは、ただちに百人隊長を全員あつめて、指示をだした。飛来する飛び道具を処理するほかは、応戦をしばらくやめ、兵士たちの疲労の回復につとめよ、そして合図がありしだい、最後の望みをかけて、陣営から撃って出よ、と。

6　兵士たちは命令どおりに動いた。すべての門から一斉に出撃して敵を急襲。事態を把握する間も態勢をととのえる間もあたえなかった。

これによって形勢が逆転。陣営の攻略をもくろんでいた敵の大軍は、四方をかこまれ、殺戮にさらされる羽目となった。かくして、陣営の攻撃に参加したとされる約三万人強のうち、三分の一以上が戦死。残りの者たちも、恐怖のあまり逃亡に走り、高地にさえ踏みとどまることができなかった。

このように、わが軍は敵を潰走させ、武器も取りあげて、陣営へともどった。この戦い以後、ガルバは冒険をさけた。そもそも冬営は、別の目的からであったが、まったく予期に反した展開となったのである。穀物その他の糧食も不足していた。そこで次の日、村の建物をすべて焼きはらい、「属州」へ向けて帰還の途についた。途中、敵からの妨害はいっさいなく、無事ナントゥアテス族の領土に入り、そこからアッロブロゲス族の領土へと進み、その地で冬営に入った。

2 大洋沿岸部族との戦い

7 すでにベルガエ人を破り、ゲルマニー人を追いはらい、アルプス地方のセドゥニ族をも従えたことで、ガリア全土の平定がなったものと思われた。そこでカエサルは、冬に入るや、イリュリクムへと向かった。この地方の諸部族をたずね、土地の事情をくわしく知りたいと思ったからである。ところが、ここでガリアにふたたび戦争が勃発する。そのときの経緯は次のとおり。

あの青年プブリウス・クラッススが第七軍団とともに大洋近くのアンデス族のところで冬営中であったが、当地には十分な穀物がなかったことから、食糧をもとめて、援軍隊長や大隊長らを近隣部族のもとへ派遣することとなった。こうしてかれらのうち、テッラシディウスはエスウィイ族へ、トレビウスはコリオソリテス族へ、ウェラニウスはシリウスとともにウェネティ族へと、それぞれ赴いた。

ウェネティイ族の反抗

8　この沿岸地方でとくに大きな勢力を誇っていたのが、最後に述べたウェネティ族である。かれらは大船団を有し、これでブリタンニアとの間を往来するなど、航海術についても、他のどの部族より長けていた。面する海は波があらく、港もわずかに点在するだけであったが、そうした港もすべてかれらが押さえていて、海に出ようとする者にたいし、そのほとんどに通行税を課していた。

事の発端は、このウェネティ族が、先にクラッススへさし出していた人質と交換しようと、前述のシリウスとウェラニウスの身柄を拘束したことにはじまる。そしてかれらの行為は、他にも波及する。ウェネティ族からの圧力やガリー人特有の衝動性もあって、近隣の部族も同じような理由から、トレビウスとテッラシディウスを拘束したのである。

かれらは、ただちに使節を交わし、相互の合意がないかぎり個々の行動をひかえ、全員が運命を共にすることを誓い合い、さらに、他の部族にたいしても、祖先よりうけた自由を死守するよう求めた。

この呼び掛けに、沿岸一帯が呼応。全部族を代表する使節がプブリウス・クラッススのもとへおもむき、ローマ軍士官とガリー人人質との交換を迫った。

9　以上のことをクラッススから伝えられたとき、カエサルは遠くにいた。(1)そこで、大洋へつながるリゲル河(現ロワール河)で軍船を建造すること、漕ぎ手《こて》は「属州」から集めること、また、水夫や舵手《だしゅ》もしかるべく確保すること、などを指示した。そしてこれらの要請が速やかに実行され、やがて出征の季節がくると、すぐに軍隊のもとへと急いだ。

一方、かれの出現を知ったウェネティ族その他の蛮族は、ここではじめて自分たちが犯したことの深刻さに気づいた。すなわち、すべての民族の間で神聖視されていた使節という役目の者を拘束し、しかも投獄する、という暴挙にまで及んでいたことを。そこでかれらは、深刻な事態にそなえて軍備にとり掛り、そのなかで、軍船の手配にはとくに意をそそいだ。有利な地勢であったこともあって、戦いには大きな期待をかけていた。

ローマ軍の展開については、およそ次のように考えたらしい。

陸路は方々を潟《かた》でさまたげられている、一方、海路にしても問題が多い。土地に不案内なうえ、港が乏しいからである、くわえて、食糧も不足している、したがって、長期間の進駐は不可能だろう、また、たとえこの思惑がはずれたにせよ、こちらにはまだ大艦隊がある、それにたいしローマ軍には軍船を得る手だてがない、それればかりか、戦場と目される一帯の浅瀬や港、それに島々については知識もない、しかも、閉鎖海域での航海は広い大洋での航海とは異なるものだ、などと。

かくしてかれらは、当初の計画どおり、各城市の守りをかため、畑から穀物をはこび入れ、カエサルの第一の標的であるウェネティ族のもとに、可能なかぎり多くの船をあつめた。また、オシスミ、レクソウィイ、ナムネテス、アンビリアティ、モリニ、ディアブリンテス、メナピイの各部族を同盟軍として呼び寄せ、さらには、対岸のブリタンニアからも援軍を得た。

（注1）「クラッススから伝えられたとき、カエサルは遠くにいた」いわゆる「ルカの会談」のためである。カエサルは、四月の初旬に北イタリアのラウェンナでクラッススと会談し、それからともにルカへ赴き、そこでポンペイウスと合流し、三人で今後のことについて話し合った。その結果、カエサルが二人を前五五年の執政官に推すこと、そしてその翌年の総督としての任地については、ポンペイウスに両ヒスパニアを、クラッススにはシリアをあたえること、これにたいしカエサルについては、前五四年三月一日が期限であったガリア総督の任期をさらに五年間延長すること、などが取り決められた。

10　以上のように、この戦争には大きな困難が予想された。しかし、これを敢行せざるを得ない大きな理由が、カエサルにはあった。それは、騎士階級の者たちの不当な拘束、降伏後の背反、人質提供後の変節、多数にのぼる部族の共謀などのほか、この状態をゆるしておけば、他の部族までが同じような挙に出る可能性が大いに考えられたからである。

ほとんどすべてのガリー人が変動を好み、すぐに戦いへとかたむきやすく、また例外なく、自由を愛し、隷属を忌み嫌っている。カエサルは、このことをよく知っていた。したがって、あらたな部族が造反に加わらないうちに、軍隊を分けて、広範囲に配置する必要があった。

11　そこでカエサルは、副官のラビエヌスに騎兵部隊をつけ、レヌス河近くに住むトレウェリ族のもとへこれを送った。レミ族や他のベルガエ人部族と接触して、かれらの忠誠を確保するためと、ベルガエ人から救援をもとめられたというゲルマニー人が河をわたろうとしたばあいには、これを撃退させるためである。

クラッススには軍団兵十二個大隊と騎兵の大部隊をつけて、これをアクィタニアへ向かわせた。こちらは、当地の諸部族からガリアへ援軍が送り込まれるのを阻み、敵の合流を阻止するためである。

副官のサビヌスには三個軍団を付け、これをウェネッリ、コリオソリテス、レクソウィイの各部族のもとへ送り、おなじく、敵陣営への合流を阻止させることにした。

さらにまた、青年ブルートゥスには、ピクトネス族やサントニ族その他、全征服地からあつめたガリー人の船を含むローマ軍艦隊の指揮をゆだね、ウェネティ族の領土へ向けてできるだけ早く進発するよう指示するとともに、みずからも歩兵部隊をひきいて当地をめざした。

12　ウェネティ族の城市は、多くが砂嘴《さし》や岬の先端につくられていた。そのため、十二時間置きにくる満ち潮のときになると、接近のための陸路がなくなり、潮がひくと、船船が座礁する。こうした砦の攻略は至難であった。

わが軍は、大きな堤防をきずき、海水を遮断して、接城土手を城壁と同じ高さにまでもって行ったが、敵はそれを見て籠城をあきらめ、無数にある船の中から何隻も岸につけ、それに全財産をのせて近くの城市へとうつり、同じような地の利をたてに、そこでもまた籠城に入った。

かれらは、ほとんど夏の間中、こうした戦術をくり返した。というのも、潮の流れが速く、港も希《まれ》で、しかも、航海が危険な大海原であったうえに悪天候にたたられて、わが方の艦船が少しも動けなかったからである。

ガリー人の船

13　ガリー人の船の造り方や装備の仕方は、およそ次の通り。竜骨は、浅瀬や干潮にもよく適応できるよう、われわれのものに比べ、かなり平たくなっている。高さは、船首、船尾ともに非常に高い。そのため、高波や暴風雨にたいしても心配がない。船体は、いかなる打撃にも耐えられるよう、全体が樫材でできている。横木は幅一フィートの梁で、これを親指ほどの太さの鉄の釘でとめている。錨《いかり》につないでいるのは、綱ではなく、鉄の鎖である。

帆には獣の生皮やなめし皮をもちいている。おそらくそれは、亜麻《あま》に不足していたか、その使い方を知らなかったか、亜麻では大洋の嵐や突風を乗りきることができないと考えていたためだろう。あるいは、重い船体の操縦には、亜麻は適さないと思っていたのかもしれない。

ガリー人の船と比べてわれわれの船が優れていたのは、船足の速さと櫂《かい》による操船の点だけである。他の点ではすべて、かれらの船の方が地形にも荒天にも、より適していた。

たしかに、敵の船はきわめて頑丈で、船首の衝角を激突させても、船体を破ることができず、そのうえ、高さがあったので、投げ槍をなげるのが困難であっただけでなく、引っ掛け鉤でとらえたりすることも容易ではなかった。さらに、敵の船は、風が強くなっても、吹くにまかせて嵐をなんなく乗りこえ、やすやすと浅瀬へ逃げ込むことができたし、干潮で底がついても、岩礁をおそれる必要がなかった。

これにたいし、わが方の艦隊にとっては、そうしたすべてがきわめて危険なことであった。

ウェネティ族との海戦と勝利

14　カエサルは、多くの町を落とした。だが、すべてが徒労であることが分かった。町は陥落させても、敵の逃走をゆるし、勝利には到らなかったからである。そこでかれは、艦隊の到着を待つことにした。

やがてその艦隊が集結。敵はこれを目にするや、かれらも艦隊を港から出してきた。その数、約二百二十隻。艤装《ぎそう》も武装も十分な艦隊であった。

しかし、この敵にどう対処すべきか、ローマ軍艦隊司令官のブルートゥスにも、個々の艦船を指揮する大隊長や百人隊長らにも、まったく分からなかった。なぜなら、先の船首による激突も効果がなく、また、船の上に櫓を建てても、相手の船尾の高さにはおよばず、下からでは投げ槍をしかるべく投げることもできなかったのにたいし、敵がはなつ飛び道具には強い衝撃があったからである。

もっとも、味方が準備したものの中で、ひじょうに役に立ったものが一つだけあった。それは、棒の先に尖った鉤をとり付けた、破城鉤に似た道具のことである。帆柱に帆桁を固定している綱をこれでとらえて引きよせ、漕ぎ方を速くすると、その綱を切断することができたのだ。

これが切れると、当然、帆桁は落ちる。敵船の頼みは、その帆と索具であったから、これらが破壊されるや、操船不能となった。

あとは士気の問題であったが、この点では、仲間の目を意識したわが軍の方が優っていた。カエサルはじめ全軍が注視するなかでの海戦である。少しの武勇も見逃されるはずがない。

なお、すでにこのときには、海を間近に見おろす丘やその他の高地は、すべてローマ軍がこれを占領していた。

15　前述のように、帆桁がおちると、一隻にたいし二、三隻の割で敵の艦船をかこみ、兵士が懸命にこれに乗り移ろうとした。敵はそれを見ながらも、いや、多数の船が占領されてもなお、どう対処してよいか分からず、ついには脱出をはかった。ところが、風が吹いていた方向へ向きをかえるや、とたんに凪《なぎ》となり、まったく動けなくなった。わが方にとって願ってもないこと。兵士たちは敵の艦船に乗りこみ、次々とこれを占領した。

かくして第四時（午前十時ごろ）から日没までつづいた戦闘のはてに、夕闇にたすけられて陸へもどることができた敵船は、わずか数隻にすぎなかった。

16　ウェネティ族と海岸地方全体の討伐は、この海戦をもって終わった。それは、若者たちだけでなく、智慧や権威のある老人たちまでがすべて先のところに集まっていただけでなく、船舶についても、ひとつ残らずそこに集結させていたことによる。それが失われたのだ。生き残った者たちには、もはや避難する処もなく、砦をまもる術もなかった。ここにおいて、かれらは身柄も財産も一切をさし出した。

これにたいしカエサルは、使節の権利を今後よく尊重させるため、長老全員を処刑に付し、残りもみな奴隷として売り払うなど、厳罰でのぞんだ。

サビヌスによるウェネッリ族の討伐

17　以上のことがウェネティ族の領土でおこなわれていたとき、サビヌスは、カエサルから送られてきた軍隊とともにウェネッリ族の領土に入る。

このウェネッリ族の長ウィリドウィクスは、敵の全部族にたいする指揮権をにぎっていて、すでに大軍を擁していた。そしてこれに、サビヌス到着の数日前、アウレルキ、エブロウィケス、レクソウィイの各部族が合流。かれらは、開戦をみとめなかったという理由で長老全員を殺害し、城門を閉ざしていた。そのほか、耕作などの仕事より戦争や略奪の方に大きな期待をかける無頼漢《ぶらいかん》や盗賊の類も、ガリア全土から多数集まっていた。

サビヌスがあらゆる点で申し分のない場所に陣営をかまえると、そこから二マイルの地点に布陣していたウィリドウィクスは連日戦いをしかけてきた。

しかし、サビヌスはいずれにも応じなかった。そのため、かれは敵に侮られることになったばかりか、自軍内部においても、ときおり非難にさらされるようになった。かくして相手が怖じ気づいていると思うにいたった敵は、ローマ軍陣営の堡塁にまで接近する。

サビヌスが籠城をつらぬいていたのには、理由があった。それは、地形的にも時機的にも有利さがみとめられない状況で大軍の敵を相手に、しかも総司令官を欠いたまま交戦に入るようなことは避けなければならない、と考えていたからである。

18　臆病者との印象がかたまったところで、サビヌスは次の手として、援軍として連れてきていたガリー人のなかから策略には格好の者をえらび、この敏《さと》い男に自分の計画を話し、大きな報酬を約束して、敵のもとへ遣わした。

男は脱走者をよそおって敵のところへ行き、作り話をうった。ローマ軍は怖じ気づいていて、カエサルの方もウェネティ族との戦いで窮地におちいっている、そのため、サビヌスは今夜ひそかに陣営をぬけ出し、カエサルの救援に向かおうとしているのだ、と。

これを聞いたかれらは、この機会をのがすべきではない、ローマ軍陣営へ強襲をかけるべきだ、といっせいに口にした。それまでのサビヌスの籠城、脱走者の話、不手際による食糧不足、ウェネティ族の攻勢、それに、願わしいことを信じ込む性情など、こうしたことがたがいに手伝って蛮族を大いに煽った。

かれらは、攻撃の許可が得られるまで、ウィリドウィクスも他の指導者も、一人も軍議の場から外へ出さなかった。そしてその許可をとりつけるや、すでに勝利を得たかのように喜び、壕をうめるための柴や小枝をあつめ、これを持って陣営をめざした。

19　ローマ軍が陣営を置いていた丘から下へ約一マイルほど緩やかな坂が延びていたが、敵はこの坂を、わが軍が応戦態勢をととのえるまえに辿りつくようにと、息をきらしながら全力で駆け上がってきた。

ここでサビヌスは、兵士たちを励まし、ついに合図をだした。運んでいる荷物で行動の自由がきかない敵にたいし、二つの陣門から急襲をかけたのだ。

この戦いには、地の利があった。しかも、敵は未熟なうえ、疲れていた。それにたいし、わが軍兵士は歴戦の勇士たちである。敵はわれわれの攻撃を一度も支えきれず、たちまち踵を返した。ところが、退却が思うようにできない。これを、わが軍は追いかけ、多数を屠り、残った者も、騎兵部隊が追撃。逃げおおせた者は、ごくわずかであった。

こうしてサビヌスは海戦のことを、カエサルはサビヌスの勝利を、それぞれ同時に知ることとなり、その後はすべての部族がつぎつぎとサビヌスに降った。

以上のような結末は、戦いには逸《はや》るものの、逆境には辛抱づよく抗しきれないガリア人の性情によるものと言えよう。

3 アクィタニー人との戦い

20　これとほぼ同じ頃、クラッススがアクィタニアに達していた。すでに述べたように、このアクィタニアは、面積の点でも人口の点でも、全ガリアの三分の一にあたる。数年前（前七八年）この地では、副官ルキウス・ウァレリウス・プラエコニヌスが敗戦を喫して殺されており、総督のルキウス・マンリウスも輜重をすてて辛うじて難をのがれている。したがって、こうしたところでは、おそらく並大抵の奮闘ではすまされない。

そこでかれは、食糧を確保し、援軍および騎兵部隊をととのえ、この地方に隣接する「属州」の町トロサ、カルカソ、ナルボなどから精鋭をあつめて軍を編成し、これをひきいてソティアテス族の領土へ入った。

これにたいし、ローマ軍の接近を知ったソティアテス族は、大軍をあつめ、その主力である騎兵部隊をもって、行軍中のわが軍を襲撃してきた。そして騎馬戦でやぶれると、今度は山間にひそませていた歩兵部隊でもってローマ軍に襲いかかり、あらたな展開を生じさせた。

21 先の勝利から、アクィタニアの命運が自分たちの武勇にかかっていると自負するにいたっていたソティアテス族と、他方、総司令官や他の軍団がいなくとも、若い指揮官のもとでどの程度の戦いができるものか見きわめたいと思っていたローマ軍。この両者の戦闘は長く、激しいものであったが、最後にはローマ軍が戦いを制した。クラッススは、逃げゆくかれらを多数ほふると、すぐにソティアテス族がこもる城砦の攻略にとりかかった。

敵は果敢に応戦した。そこでわれわれは、移動小屋や攻城櫓を前進させた。すると、かれらは出撃を試みたり、接城土手や移動小屋のところまで坑道を掘ったりした。アクィタニー人は、いたるところに銅山や採石所をもっていて、この技術に長けていたのである。

しかし、わが軍の警戒のまえに、それも功を奏さない。かれらはこのことを知ると、ついに降伏の使節をよこして来た。

22　そして嘆願がみとめられると、命令どおり、武器の引渡しがおこなわれた。ところが、わが軍がそれに気をとられている隙に、敵の総司令官アディアトゥアヌスが、かれに忠誠をちかった同士六百名をひきいて、城砦の一角から出撃してきた。

ソティアテス族の間では、こうした同士のことを「ソルドゥリイ」と呼ぶ。かれらは、おたがい友情でむすばれていて、生涯あらゆる利益をともにする一方、災難のときには同じ運命、あるいは死すら厭わない。じじつ、このソルドゥリイの間では、仲間が殺されたときに自害を拒否した者など一人もいないという。

アディアトゥアヌスがこの者たちをひきいて撃って出ると、近くの堡塁で叫び声があがり、兵士らが武器をとるにおよんで、激戦となった。

敵は城砦内へと撃退された。そして以上のような経緯にもかかわらず、他と同じ条件で降伏が認められた。

23　クラッススは武器や人質をとると、今度はウォカテス族とタルサテス族の領土をめざした。

自然と技術、この二重の要害にまもられていた城砦がわずか数日で陥ちたことに驚いた蛮族は、ただちに使節を四方に発して共同防衛をはかる。すなわち、人質をとり交わすとともに、連合部隊を組織し、さらに、アクィタニアと境を接する[1]近ヒスパニアの諸部族にも使節をおくって、援軍や指導者をもとめた。そしてそれに成功して権威や大軍を擁するにいたるや、戦いに逸った。

指導者に選ばれたのは、長年[2]セルトリウスと行をともにし、軍事に通じていると目された者たちであった。かれらはローマ軍の流儀にならって、陣をかまえ、壕をほり、われわれの糧道を断つ作戦にでる。

ローマ軍の方は数が少なく、これを分散することができなかったのにたいし、敵の方は自由に展開して要所をふさぎ、しかもなお十分な数の守備隊を陣営に残すことができた。同じような理由から、ローマ軍の方は穀物や輜重の確保が容易ではなかったのにたいし、敵の方は日増しに軍勢をふくらませていた。

もはや決戦の時機を延ばすべきではない。こう考えたクラッススが、その考えを軍議にはかると、全員とも同じ意見であった。そこで、翌日を決戦の日とさだめた。

（注1）「アクィタニアと境を接する近ヒスパニアの諸部族にも使節を」

前一九七年以降ヒスパニアはローマの属州となり、「近ヒスパニア」（北部）と「遠ヒスパニア」（南部）とに分けられていたが、「近ヒスパニア」にはまだローマに反抗する勢力が残っていた。

（注2）「指導者に選ばれたのは、長年セルトリウスと行をともにし」

前八三年に近ヒスパニア総督となった民衆派のクィントゥス・セルトリウスのこと。マリウス派（民衆派）であったセルトリウスは任地で勢力を得て、ほとんど独立的な政府をつくり上げ、元老院保守派に長年（前八〇〜七二年）抵抗したものの、ついに当時スッラ（保守派）の将軍の一人であったポンペイウスに敗れ、殺された。

24　そして夜明け。クラッススは全軍を出し、戦列を二重にくませ、その間に援軍を配した。敵の反応を見極めようとの狙いからである。

これにたいし、かれらの判断は次のとおりであった。名高い武名にくわえ、数のうえでも大差があるので、戦いになんら懸念はないが、しかしいっそう容易《たやす》く――すなわち無血で――勝利を得るには、各要所をふさいで糧道を断ち、そうしてローマ軍が糧食の欠乏から退却へ転じたときに、隊伍や荷物に動きがさまたげられて意気阻喪《いきそそう》しているところを衝くのがよい、というものであった。

指導者たちは、この策で一致。そのため、わが軍がせまっても、敵は陣営にこもったままであった。

こうした様子に、蛮族が怖じ気づいていると考えた兵士らは、ますます戦いに逸った。そしてこれ以上攻撃を延ばすべきではないとの声が陣内の各所から上がるに及び、クラッススは動かざるを得ず、兵士らを激励すると、ついに敵陣へと向かった。

25　そしてそこへ到るや、一方では壕をうめ、他方では飛び道具で城壁や堡塁の守備兵をたおした。また、戦闘力の点でクラッススがそれほど期待していなかった援軍の兵士たちも、飛び道具類の調達や接城土手への芝地の運搬などのために動き、戦闘員さながらの印象をあたえた。

これにたいし敵の方も、それなりの応戦をみせた。高所から放たれる投げ槍には、ひとつの無駄もなかった。

まもなくして、敵陣を一回りしてきた騎兵からクラッススのもとへ報告が入った。それは、裏門付近の防備が手薄、そこからなら容易に接近が可能、というものであった。

26　クラッススは、騎兵部隊の各隊長に作戦の内容を話し、大きな報酬を約束して部下たちをいっそう奮起させるよう求めた。

隊長たちは、命令どおりに動いた。すなわち、陣営の守備にあたっていた兵士たちをひきいて、敵に気づかれないよう大きく回り道をし、だれもが目の前の戦闘に気をとられている隙に前述の裏門へと迫ってこれを破壊し、敵がことの次第をみきわめるまえにかれらの陣営を占拠してしまったのである。

わが軍は、裏門のあたりから鬨《とき》の声があがるのを聞くや、いつもの、勝利が間近なときのように、気力をあらたに奮い起こし、まえにもまして勇戦した。

周囲をかこまれた敵は、状況に絶望し、堡塁から飛びおりて逃げはじめた。

騎兵部隊は、隠れるものとてない平原を逃げるかれらを追撃して屠り、アクィタニー人やカンタブリ族から集められたとされる五万人のうち四分の一ほどを残して、夜おそく陣営へともどった。

27　この戦いのことを聞いたアクィタニアの大半の部族が、クラッススに降伏し、自発的に人質を送ってよこした。

そのなかには、タルベッリ、ビゲッリオネス、プティアニイ、ウォカテス、タルサテス、エルサテス、ガテス、アウスキ、ガルンニ、シブラテス、ココサテスなどの部族がいた。

しかし、遠隔地の部族のなかには、近づく冬の季節をたのんで、そうした行動に出ない部族もいくつかあった。

4 北方部族との戦い

28 これとほぼ同じ頃、つまり、夏も終わりに近づいた頃のこと、カエサルはモリ[1]ニ族とメナピイ族の討伐へ向かった。ガリア全土が降伏しているなかで、両部族だけがまだ武装をとかず、人質もさし出していなかったからである。

カエサルは、この討伐を短期間で完了できると考えていた。ところが、そうはならなかった。その理由は、かれら独特の戦法による。すなわち、大きな勢力を誇っていた諸部族が征服されたことを知ると、森や沼がひろがる一帯に、財産もろとも、身柄を移してしまったのである。

カエサルは、その森の端にいたったものの、敵の姿がみえないこともあって、まずは陣営造りにとりかかろうとした。するとそのため作業のために兵士を分散させた矢先、森の四方から敵が出撃してきた。これにたいし、わが軍はただちに武器をとって応戦。多数を倒して、かれらをふたたび森の中へと追いやった。その際、障害物の多いところを深追いしたことから、若干ではあるが、わが方にも犠牲者が出た。

（注1）「カエサルはモリニ族とメナピイ族の討伐へ向かった」ブリタンニア対岸の大陸沿岸部に住み、ブリタンニア交易のための港を押さえていた部族である。

29　カエサルは、残りの数日を森の伐採にあて、切りたおした木は、その先を敵の方に向けてならべ、これを積み上げて、両側が堡塁となるようにした。わずか数日で広大な地域が切りひらかれ、それによって家畜や輜重の後方部分をわが軍にうばわれた敵は、森の奥へと後退した。

ところが、ここで嵐となり、工事の中断を余儀なくされたばかりか、降りつづく雨で、野営もそれ以上できなくなった。

そこでカエサルは、敵の領土を荒らし、農家や穀倉を焼き払ったあと、この地から撤退。アウレルキ族やレクソウィイ族その他、最近蜂起していた部族の土地で、各軍団をそれぞれ冬営させることにした。

(注)——紀元前五六年の本国の状況

この年の重要な出来事といえば、やはり第9節の注でも指摘した「ルカの会談」にほかならない。元老院派の再攻勢でしだいに弛みはじめていた三頭の結束が、これによってふたたび強化された。このときには、元老院議員総数六百名のうち、二百名以上の議員がこの北イタリアの町に足を運び、そしてこれには政府高官を儀礼的に先導する官吏(リクトル)が百二十名も伴った。この公然たる〝カエサル詣で〟は、ガリアで得た富をふんだんに使った、かれの政界工作によるものである。ちなみに、これには各議員の妻にたいする贈物まで含まれていたというから、いかにもカエサルらしい。この会談のあと、ポンペイウスは前年にキケロから委託された穀物確保のために、いそいそと地中海各地へ向けて船出する。一方、クラッススの方も、密約として、執政官職とその後の総督としての任地にシリアを確保したことで、満足して帰っていった。クラッススにとって、それは念願の軍事的栄光の機会、すなわちパルティア遠征を意味していた。

第四巻

（紀元前五五五年）

紀元前55年　ガリア遠征４年目

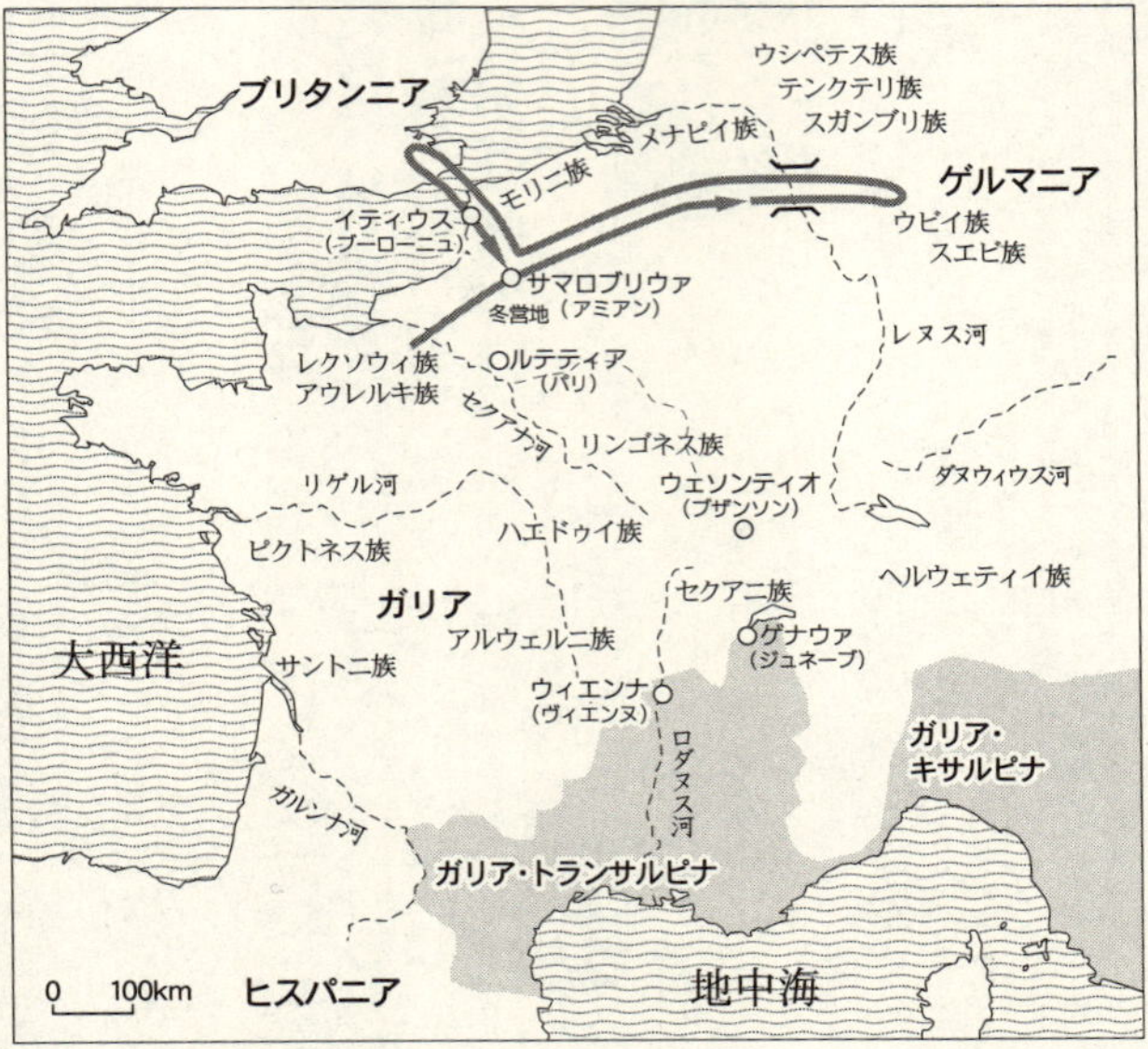

(　　)内は現代名を示す

1　ゲルマニー人との戦い

ゲルマニー人の脅威

1　続いての冬、つまり、ポンペイウスとクラッススが執政官をつとめた年のこと、ゲルマニー人のウシペテス族とテンクテリ族が大挙して、大洋に近いあたりでレヌス河を越えた。原因は、スエビ族から長年にわたり圧迫をうけて、もはや農業もできなくなったことによる。

このスエビ族というのは、ゲルマニー人のなかで群をぬいて大きく、しかももっとも好戦的な部族である。聞くところによると、かれらの領土には百の郷があり、その各々から毎年一千人の武装者が外国での戦争のために集められている。本国に残った者は、そうした兵士たちを支え、翌年には兵役を交代する。このようなやり方によって、農業も戦争も、中断されることがない。また、かれらの間では、土地の私有がないばかりか、一ヶ所に一年以上にわたる居住はできないことになっている。

穀物はわずかしか食べず、おもに乳と肉で生活していて、狩りがさかんである。そしてそうした食物や訓練、それに——子供時代から義務や躾《しつけ》といったことに馴染みがなく、気に入らないことはいっさいしないという——奔放な生活などのために、性質が粗暴で、体も異常に大きい。

習慣として、極寒の土地でも、わずかの毛皮以外、衣服をつけず、身体の大部分を露出させている。また、体を洗うのも、川でおこなう。

2　商人を領土へ入れるのは、外来品を買うためというより、むしろ戦利品を売りさばくためらしい。じじつ、ガリー人が大いに好み、高額でもとめる役馬でさえ、ゲルマニー人は買おうとはしない。自分たちのところで産まれた、貧弱で不格好な馬を、よく訓練して、どんな働きでもできるようにしている。
騎兵戦でも、馬からおりて戦うことが少なくないが、馬はその間その場にとどまるよう訓練されているので、必要なときにふたたび素早くそれに飛び乗る。かれらの考えでは、鞍を使うことほど恥ずべき臆病な行為はない。したがって、鞍をつけた敵の騎兵が、自分たちよりかなりの多勢であっても、かれらは攻撃にでる。

葡萄酒の輸入は、いっさいこれを禁じている。人を軟弱にするものだと考えているためである。

3　領土の境界に広大な空地を有していることを、かれらは部族の誇りとしているが、それは、そうした空地が他の部族にたいする軍事的優位をしめすものだとの考えからきている。聞くところによると、たしかにスエビ族の境界は、一方が約六百マイルにわたり空地で、他方はウビイ族と接しているとのこと。
ウビイ族は、ゲルマニー人の標準では、かつて大いに栄えていた。いまも他の同胞とくらべると、いくらか開けている。それは、レヌス河に近く、商人の往来が頻繁なうえ、地理的関係からも、ガリアの風習が入っているためである。

このウビイ族にたいし、スエビ族はなんども征服を試みたが、その人口と戦闘力のまえに目的を達することができなかった。しかし現在では、税を課すことによって弱体化に成功しているようだ。

4

前述のウシペテス族やテンクテリ族についても、事情は同じである。この両者も、長年スエビ族の圧迫に抗してきたが、ついに領土から追いだされ、ゲルマニアの各地を三年さすらった後レヌス河に達した。その地域にはメナピイ族が住んでいて、レヌス河の両岸にはかれらの土地や穀倉、それに村落もあった。

そこに大群の出現である。驚いたメナピイ族は、ゲルマニア側の居住地をすててガリア側にわたり、ゲルマニー人の渡河をくいとめようと、河岸には守備隊をおいた。ゲルマニー人は、いろいろと手をつくしたものの、用船の不足や厳重な監視もあって、河をわたることができなかった。そこで、郷土へ引き揚げるように見せかけ、いったん三日の行程をもどり、そこからひき返した。ゲルマニー人の騎兵部隊は、この距離をわずか一夜で駆けぬけ、メナピイ族の不意をついた。偵察隊から相手の撤退を知らされていたメナピイ族は、安心し切って、対岸の村々に帰っていたからである。

かくしてゲルマニー人は、かれらを屠り、船をうばい、そしてガリア側に残っていたメナピイ族が事件を知るまえに河をわたって穀倉をおさえて、その穀物で残りの冬を生き延びたのであった。

5　以上のことを知ったカエサルは、ガリー人の動揺をおそれた。変化をもとめて無定見《むていけん》に事をくわだてる輩を信用することはできない。

ガリー人は、強引にでも旅人を引き止め、あらゆることについて情報を得ようと、だれかれとなく問いただし、町では民衆が商人をとりかこみ、どこから来て、どんなことを知っているのか、無理にでも話させようとする。そして聞いた話や噂をもとに事をくわだて、その後すぐに後悔するはめになる。流言を信じやすいガリー人にたいし、情報提供者の多くが、かれらの喜びそうな話をするからである。

6　こうした事情を心得ていたカエサルは、事態が深刻化するのを防ごうと、例年より早く軍隊のもとへおもむいた。

ところが、到着するや、懸念がはや現実のものとなっていることを知った。いくつかの部族が、すでにゲルマニー人のもとへ使節をおくり、レヌス河からの進出をうながすとともに、必要なものの提供まで約束しているとのことであった。

いまやゲルマニー人は、いっそう移動の範囲をひろげ、トレウェリ族に従属しているコンドルシ族やエブロネス族の領土にまで達していた。

カエサルは、ただちにガリアの各首長を呼びだした。しかし、以上のような情報を明かすことはせず、ゲルマニー人との戦いのために、かれらを慰めたり励ましたりして、騎兵の提供をもとめるにとどめた。

ゲルマニー人との決戦

7　カエサルは、食糧を確保し騎兵部隊を編成するや、ゲルマニー人がいると聞いた地域をめざした。

すると、わずか数日進んだところで、相手から使節が来た。この使節が言うには、

「ゲルマニー人は、ローマ人に戦争をしかけるようなことはしない。だが、しかけられたとなれば、受けて立つ。攻めてくる者にたいしては、和を請いもとめたりせず、立ちむかうのが、わが民族の伝統である。ただ、念をおしておくが、この地に来たのは、あくまで故郷を追われたからにほかならない。もしローマ人が望むなら、われわれの友情はそちらにとって大いに役立つことだろう。したがって、土地の所有をゆるすか、

もしくは武力で獲得したものについては、これを認められたい。不死の神々さえ手をやくスエビ族は別だが、他はいかなる相手であれ、われわれが征服できない相手などいないのだ」と。

8　カエサルは、これに適当に答えたが、結論としては、次の通りであった。「ガリアへ留まるかぎり、友好などあり得ない。また、自分の領土をまもれない者が、どうして他人の領土をうばうことなどできようか。それに、汝らのような大群に難なく分けあたえられるような土地は、ガリアにはない。ただ、ウビイ族の領内であれば、定住をみとめてもよい。偶々《たまたま》かれらの使節がこちらへ来ていて、スエビ族の横暴をうったえ、助けをあおいでいるので、ウビイ族には受け入れを命じることができる」と。

9　これにたいし使節は、この旨を同胞に伝え、よく協議して、三日後にふたたび訪れると述べた。と同時に、その間、陣営を近づけないよう求めた。

カエサルは、そうした要求にも応じなかった。というのも、略奪と穀物確保のため、かれらが数日前に騎兵部隊の大部分をモサ河の先のアンビヴァリティ族の領土へさし向けたことを知っていたからである。かれらは、この騎兵部隊の帰還を待っているにちがいない、だからこそ、間をおいたのだ、と見たのである。

10　モサ河は、リンゴネス族の領内にあるウォセグス山から流れ出、ウァカルス河というレヌス河の支流と交わって、そこにバタウィ族の島をつくり、そして海からわずか八十マイル手前でレヌス河へとそそいでいる。

一方、レヌス河は、アルプス地方のレポンティイ族の領内に端を発し、ナントゥアテス、ヘルウェティイ、セクアニ、メディオマトリキ、トリボキ、トレウェリなど、これら諸部族の領土を通り、大洋近くでいくつかの支流にわかれて、大きな島をいくつも形成し、最後に、多数の河口から大洋へとそそいでいる。

これらの島々には、その大部分に、気性のあらい蛮族が住んでおり、かれらの中には魚と鳥の卵だけで生きている者たちもいるようだ。

11　カエサルが敵からわずか十二マイルの距離にまで近づいたとき、約束どおり、使節がふたたびやって来た。そしてわれわれが進軍中であることを見ると、それ以上進まないようもとめた。

カエサルがこれをこばむと、それでは、すでに先行していた騎兵部隊に伝令を出して交戦をひかえさせ、また、ウビイ族への使節派遣もみとめてもらいたいと、かれらは願い出てきた。もしウビイ族が誓いをたてるのであれば、カエサルが示す条件をうけ入れてもよいという。そしてその交渉のために三日の猶予がほしいとのことであった。

今回の懇請も、前回同様、時間かせぎのためにちがいない。そう思われたが、カエサルはひとまず、その日は水の補給のため前進は四マイルにとどめると答え、つづけて、ゲルマニー人の要望をよく見きわめたいので、明日ここへできるだけ多くの者を集めるよう命じた。

これと並行して、騎兵部隊とともに先を進んでいた隊長らに伝令をおくり、交戦をひかえさせ、もし攻撃されたばあいでも、自分が本隊とともに到着するまで踏みとどまるよう指示した。

12　ところが敵は、ローマ軍騎兵部隊、五千騎を目にするや、そのとき——モサ河を越えて食糧調達に出かけていた者たちがもどっていなかったため——わずか八百騎であったにもかかわらず、攻撃をしかけてきて、わが軍を混乱におとしいれた。使節の退去がつい少しまえのことであり、しかもその日は休戦となっていたこともあって、わが方は警戒などしていなかったのだ。

やがて応戦に転じると、かれらは例のとおり馬から降り、こちらの馬をつき刺して騎兵を落馬させ、残りは敗走させた。

この戦闘で、ローマ軍騎兵は七十四名が命をおとした。そのなかには、アクィタニー人の勇士ピソもいた。かれは名門の出で、祖父はその地の王であり、ローマの元老院から「友人」と呼ばれていた人物である。

ピソは、敵に阻まれた弟を助けようとして、救出には成功したものの、わが身と馬とに傷をうけ、必死の抵抗のすえ敵にかこまれ、多くの傷を負って、ついには果てた。戦場をはなれていた弟が、これをみとめ、馬を駆って敵にいどんだが、おなじく斃れてしまった。

13　戦闘が終わって、カエサルは思った。和を請いながら急襲するという卑怯な相手からの使節や提案には、今後いっさい応じるべきではない。ましてや、その軍勢の増強や騎兵部隊の帰還をゆるすなど、愚の極みである。ガリー人の定見のなさからすると、ゲルマニー人が今回の一戦で得たかれらにたいする影響力は相当なものだろう。もはや敵側に軍議をひらく余裕など与えてはならない、と。

そこで、各副官と財務官とにたいし、ただちに攻撃にでる旨を伝えた。ところが、ここで、幸いなことが起こる。

その翌朝のこと、すべての首長や長老をふくむゲルマニー人の一団が、わが方の陣営にやって来たのだ。前日の背信行為についての釈明と休戦の延長とをみとめてほしいという。むろん、これも下心からにほかならない。

カエサルはひそかに悦び、早速[1]かれらの拘束を命じた。と同時に、全軍を陣営から出し、先の戦闘で肝をつぶされたにちがいない騎兵部隊を最後尾《しんがり》に置いた。

（注1）「カエサルはひそかに悦び、早速かれらの拘束を命じた」
先に自分の使節が拘束されたときには、その神聖を強調して相手を糾弾していたカエサルであったが、ここでは自分も同じようなことをしている。客観的にみると、これは国家間の信義を重んじたローマ人の精神に反した行為である。カエサルの政敵であった小カトーは、このことを元老院でとり上げてカエサルを非難し、かれをゲルマニー人側へ引き渡せとまで言

ったといわれる。

14　ローマ軍は、三列の戦陣で八マイルを一気に駆けぬけ、ゲルマニー人が気づくまえに、かれらの陣営へと迫る。

このカエサルの急迫に、指導者の不在も手伝って、敵は恐慌におちいり、応戦か籠城か逃走か、いずれかの判断さえできなかったばかりか、ほとんど武器をとる間も見いだすことができなかった。

前日の敵の背信に怒っていたわが軍兵士は、喚声や騒音から敵陣内の混乱を知るや、突入におよんだ。

これにたいし敵は、すばやく武器をとり得た若干の者たちが、荷車などの間でしばらく抵抗をみせたが、持てる物をたずさえて故郷から同行していた多数の女、子供をふくむ、残りの者たちは、たちまち四方に逃げはじめ、これをわが軍の騎兵が追った。

15　後方からの叫び声にふりかえり、仲間が殺されているのを見たゲルマニー人は、武器や軍旗をうち棄て、陣営から飛びだした。そしてモサ河とレヌス河の合流地点あたりまで逃げると、精根つきた多くの者たちがわが軍の刃にたおれ、河へ飛び込んだ残りの者たちも、恐怖や疲労のため、流れのなかで力つきた。

ローマ軍は、四十三万人という大軍勢を相手の戦いであったにもかかわらず、ごく少数が負傷しただけで、全員が無事帰陣した。

陣営にとどめ置いた捕虜たちを、カエサルが解放しようとすると、土地を荒らしていたことでガリー人からの仕打ちを怖れたかれらは、カエサルのもとに留まりたいと申し出た。カエサルは、これをみとめた。

2　最初のゲルマニア遠征

16　かくしてゲルマニー人との戦争を終えたカエサルは、いくつかの理由から、レヌス越えを決意する。

最たる理由は、ガリア侵入をくわだてるゲルマニー人にローマ軍のレヌス渡河をみせつけて、かれらを牽制するためである。第二は、略奪や食糧確保のためにモサ河の向こうにわたっていた、前述のウシペテス族とテンクテリ族の騎兵部隊の一部が、同族の潰滅後レヌス河をわたってスガンブリ族の領土へ入り、この部族と合流していたからである。

そこでカエサルは、かれらのもとに使節をおくり、自分やガリー人に戦いをしかけた者たちの引渡しをもとめた。これにたいし、かれらは答えた。ローマ人の支配圏はレヌス河までである、したがって、ゲルマニー人のガリア進入を不当と言うのであれば、なにゆえに、レヌス河を越えた、こちらにまで支配権を主張するのか、と。

一方、レヌス河向こうの部族のなかで唯一ウビイ族だけは、カエサルに使節をおくり、人質をさし出して、スエビ族に圧迫されている状況をうったえ、助けをもとめた。あるいは、もし特別な国事のためにそれが不可能であれば、軍隊だけでもレヌス河を越えさせてほしい、それだけでも当面の安全には十分であり、今後の希望にもつながる、なぜなら、アリオウィストゥスを撃退したことにくわえ、今回の戦いにもまた勝利したことで、ローマ軍の名声はゲルマニア辺境の部族の間でさえ鳴り響いており、そうしたローマとの友好だけでも、敵にたいする抑止力となり得る、とのことであった。

なお、かれらは、ローマ軍の河渡りに必要な多数の小船の用意も約束した。

レヌス河架橋

17　以上のような事情から、レヌス河をわたろうというカエサルの決心は固まった。ただ、船を使うのは、かならずしも安全ではなく、また、自分としてもローマとしても、威厳を欠く行為でもある、したがって、河幅や深さ、それに流れの速さからして難事ではあるが、橋をかけるべきである、でなければ、わたるべきではない、との考えであった。

橋のかけ方は、次のとおり。まず、先の尖った、太さ一フィート半の木材を二本一組とし、これを二フィートの間隔をあけて縛る。木材の長さは、河の深さに応じた。次に、この縛った一対の木材を滑車で河にしずめ、杭打ち機で川床にうち込む。その角度は、通常の杭のように垂直ではなく、河の流れに応じて川下の方へかたむけた。同様に、そこから四十フィートはなれた下流にも、もう一対の木材をしずめ、川上の方にかたむけて固定した。

カエサルがレヌス河に架けた橋

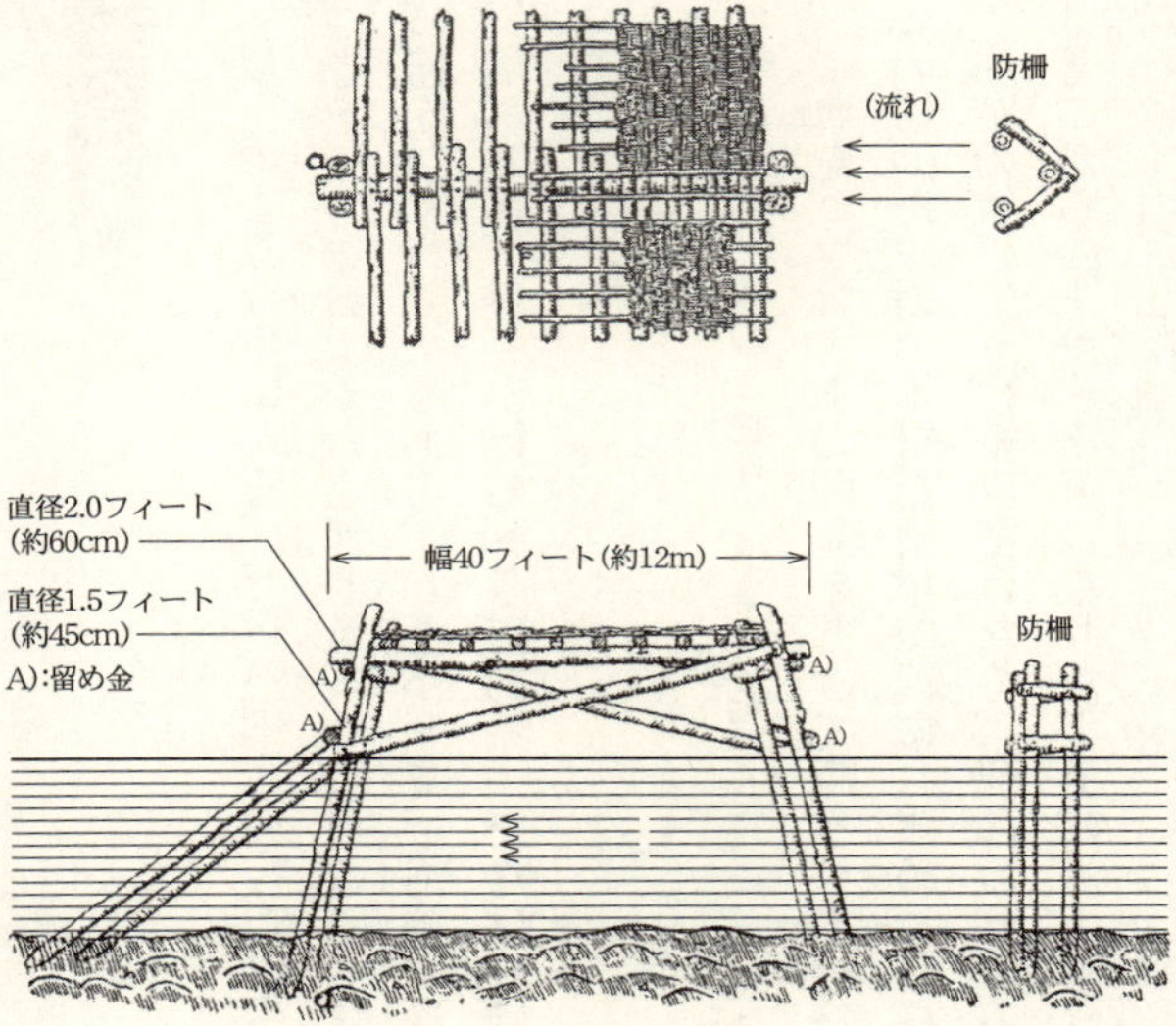

そしてこの二つの橋脚に太さ二フィートの木材をわたし、その両端をそれぞれの橋脚の間に入れ、おのおの一対の留め金でとめる。これによって、橋脚が一定の間隔をたもち、かつ双方が拮抗するかたちとなる。したがって、構造の堅固さと自然の法則からして、流れが強くなればなるほど、双方ともいっそうしっかりと固定される。

それから、これに何本

も横木をわたし、さらにその上に棒や編み枝を敷く。

その後、橋の下流側に杭を、これも斜めにうち込む。こうした杭は、橋本体と一体となって流れの圧力をうけ止める支柱の役目をはたす。同様に、橋から少し離れた上流にも杭を打ち込んで柵をつくり、敵が船や丸太を放って攻撃してきても、それで橋をまもることができるようにした。

18　資材の準備から十日後には工事がおわり、全軍団が河をわたり終えると、カエサルは、橋の両側に十分な兵力の守備隊を残し、スガンブリ族の領土めざした。途中、多くの部族からつぎつぎと使節がとどき、平和と友好をもとめて来たが、カエサルは鷹揚にも、人質のほかは何も求めなかった。

このときには、スガンブリ族は一切合切をかかえて領土をひき払い、すでに森の奥へと隠れてしまっていた。かれらのところにいたテンクテリ族やウシペテス族にうながされて、橋の工事がはじまった時点で逃げるつもりだったのである。

19　カエサルは、数日かれらの領土にとどまり、村々の人家や穀倉を焼きはらい、畑の穀物を切り倒したあと、ウビイ族の領土へもどり、スエビ族からのあらたな圧迫にたいしては救援を約束した。と同時に、そこで次のような情報を得た。

ローマ軍の架橋工事を偵察隊によって知ったスエビ族が、例の評議をひらき、それを終えるや各地に使者を発して、対応策を伝えたというのである。すなわち、残らず町を出て、女子供や財産を森へ移すとともに、武器をとることができる者には所定の場所への集合を命じたというのだ。そしてその集合地には、スエビ族が支配する地域のほぼ中央地点が選ばれたらしい。ここでローマ軍を待ち、一気に片をつける狙いだとのこと。

これにたいしカエサルは、すでに名誉も利益も確保できたとの判断から、ガリアへもどり、橋を壊した。たしかに、レヌス河を越えてから丸十八日の間に、ゲルマニー人にたいする威嚇、スガンブリ族への報復、ウビイ族の解放など、当初の目的をすべて達[1]成していた。

（注1）「ウビイ族の解放など、当初の目的をすべて達成していた」
ゲルマニア侵攻は懲罰的な意味合いのものであったが、元老院の事前の承認なく管轄属州外で軍事行動をとることは総督の権限を越えるものであった。

3 最初のブリタンニア遠征

20　夏も終わりに近づき、そのうえガリア全体が北に位置していることもあって、この地はすでに寒くなっていたが、カエサルの胸にはブリタンニア遠征の構想がきざしていた。

というのも、ガリアで戦った敵のほとんどがこの島から[1]支援を得ていたからであるが、そのほか、戦闘の季節は過ぎたにしても、当地に上陸して民情、地勢、港湾、それに上陸地点などを知ることができれば、きわめて有利だと判断したことにもよる。ガリー人には、こうしたことについての知識はほとんどなかった。

　商人のほか、この島をおとずれる者はなく、また、その商人たちにしても、沿岸とブリタンニア対岸の地方のほかは皆目知らない状況である。実際、各地から商人を呼びよせてはみたものの、島の大きさについても、住民の人口や性情、慣習や戦争の仕方についても、あるいは、多数の大型船をうけ入れることができる港の有無についても、何の情報も得られなかった。

（注1）「ガリアで戦った敵のほとんどがこの島から支援を得ていた」カエサルは、ゲルマニア侵攻と同様、ブリタンニア侵攻も防衛上の策という観点から述べている。しかし、より強い動機として、ゲルマニア侵攻の場合と同じく、個人的な栄光を高める好機だとの思いがあったと見てよい。

遠征の準備

21　そこでカエサルは、遠征に先だち、そうした情報を得るため、この役目に適任とおもわれるウォルセヌスを軍船で行かせた。このときウォルセヌスにあたえた命令は、もろもろの事柄を観察して、できるだけ早くもどれ、というものであった。

一方、カエサル自身は、全軍をひきいて、ブリタンニアへの最短距離にあったモリニ族の領土をめざした。また、これと並行して、周辺一帯からあつめた船のほか、前年の夏ウェネティ族討伐のために建造させていた軍船も、すべてここに集結させるよう命じた。

カエサルの計画は、すでに相手方に知られていたが、そのうえ、商人たちの口からも伝えられると、ブリタンニアの多くの部族が使節をよこし、人質の提供とローマへの恭順とを申しでた。

これにたいしカエサルは、引見した使節に気前のよい言質をあたえ、今の決心をまもり通すよう励まして帰した。そしてかれらに付けて、コンミウスをブリタンニアへ送った。

コンミウスは、カエサルがアトレバテス族を征服したあと王位にすえていた人物で、勇敢にして思慮に富み、忠誠心にも疑いがなく、しかも察するところ、この一帯で大きな影響力をもっていた。カエサルは、このコンミウスにたいし、できるだけ多くの部族をおとずれてローマ人の保護下に入るよう勧めることと、かれ自身の近々の到来を告げることとを命じた。

なお、先のウォルセヌスの方は、上陸して蛮人と係わるようなことはせず、船上から可能な範囲で全島を観察し、五日後にもどって、当地の様子をカエサルに報告した。

22　船の準備のため、カエサルがこの地に滞在している間、モリニ族の多くの郷から使節がおとずれ、われわれに矢を向けたことについて詫びた。みずからの野蛮とローマ人の習慣に無知のため、ああした暴挙にいたったのだという。そして、以後はカエサルの命令にしたがうことを誓った。

かれらの申し出は、カエサルにとって願ってもないことであった。というのも、後方に敵を残すことは避けねばならず、また、戦をはじめようにも、その季節はすでに過ぎており、そのうえ、そうした瑣々《ささ》たる問題より、ブリタンニアの征服の方がはるかに優先すべき課題だったからである。

そこでカエサルは、少なからぬ数の人質をもとめた。そしてその人質がさし出されると、かれらを保護下においた。

二個軍団を運ぶにあたっては、荷船を十分な数、すなわち八十隻ほどあつめ、手持ちの軍船は、財務官と副官、それに援軍の隊長らに、それぞれ割り当てた。このほか、風のためこの場所から八マイルのところで足止めされ、指定の港に入ることができなかった荷船が十八隻あったが、これは騎兵部隊用とした。

残りの軍隊については、これを副官のサビヌスとコッタとにゆだね、メナピイ族と、それに使節を送ってこなかったモリニ族の一部の郷へさし向けることにした。また、もう一人の副官ルフスには、十分な数の兵をあたえて、港をまもるよう命じた。

23　こうした手配がおわると、折よく好天にめぐまれたので、第三夜警時（夜半過ぎ）船を出し、騎兵部隊には、さらに先の港へ行き、その港で乗船して自分につづくよう指示した。

かれらの対応は、予定よりやや遅れた。カエサルは、その日の第四時（午前十時）ごろ、第一船団とともに先にブリタンニアへ着いたが、そこでかれが目にしたものは、丘という丘をうめている大軍の姿であった。そのうえ、あたりの地勢も、丘の上から放った投げ槍が浜辺までとどくほど、山が海岸にまで迫っていた。

ここでは上陸できそうにない。そう考えたカエサルは、第九時（午後三時）ごろまで錨をおろして他の艦隊の到着を待った。そしてその間、副官や大隊長らをあつめ、ウォルセヌスからの報告や自分の計画について話すとともに、とくに海上における作戦行動の困難さをうったえ、そうした、たえず急転しがちな状況下では、命令のすみやかな実行がいかに重要であるかを説いた。

散会するや、とたんに風も潮も好転。そこで、ただちに錨をあげて約七マイルほど進み、広く平らな海岸をみつけ、そこに船を停めた。

上陸を阻止しようとする原住民

⑴24　しかし、こちらの意図を見ぬいた原住民は、かれらの常套手段である騎兵部隊と戦車部隊とをさし向け、それに残りの部隊をつづかせて、わが軍の上陸を阻止しようとした。そのため、上陸はまさに難事となった。まず、船の大きさゆえに、深いところ以外では停めることができなかった。しかも、未知の土地でもある。それに、兵士たちの方も、重い装備で両手がふさがれていたうえ、船から飛び降りなければならず、さらには、飛び降りたあとも、波のなかで足場をとられて戦わなければならなかったからである。

こうしたローマ軍にたいし、場所もよく知り、両手も自由な原住民は、訓練された馬を乗りまわし、ときには少し水に入るなどして、投げ槍を猛烈に浴びせてきた。

これに怖れをなした味方の兵士たちには、この種の戦闘には不慣れなこともあって、陸上でみせる、いつもの動きや士気がみられなかった。

（注1）「かれらの常套手段である騎兵部隊と戦車部隊とをさし向け」
ブリタンニー人の戦車は二頭の馬が引く二輪車で、これに一人の御者と一人の戦闘員が乗っていた。この種の戦車の残骸は、今日のイギリスだけでなく、フランスでも考古学的発掘によって数多く見つかっている。しかし、カエサルの時代、ガリアでは戦車から騎馬へとすでに移行していたようである。

25　これを見たカエサルは、軍船にたいし、荷船から少しはなれ、全速力で敵の右側へつけ、あらゆる飛び道具を使って追いはらえ、と指示した。軍船は操縦がしやすく、また、原住民には目新しかった。

この作戦は、功を奏した。船体の形や櫂の動き、それに珍しい飛び道具、これらを目にした敵は、攻撃をやめ、わずかではあるが、後退したのだ。

だが、わが軍兵士は、それでも動けない。そうした状況下、第十軍団の旗手が、天に祈って助けをもとめたあと、叫んだ、「軍旗を敵の手にわたしたくなければ、飛び込め。少なくとも俺は、国家と最高司令官とにたいする自分の義務をはたすぞ！」と。そして船から飛びおり、軍旗を手に敵をめざした。

すると、仲間の兵士たちも、お互いはげまし合い、不名誉をまぬがれようと、一斉に船から飛びおり、近くにいた船の兵士たちも、これにつづいて敵へと迫った。

原住民を撃退

26 両軍とも奮闘した。しかし、ローマ軍は、戦列をくむことも、足場を得ることも、軍旗にしたがうことも、いずれもできず、違った船の者同士が目に入った軍旗に走り寄ったので、混乱におちいった。

敵は、わが軍兵士が個々に上陸しているのを見るや、馬で駆けつけ、多勢で無勢をかこみ、あるいは、(盾のない)右側から長槍をあびせた。

これを見たカエサルは、軍船の小舟のほか、偵察船にも兵士を乗せ、苦戦している味方のところへ送った。その一隊がひとたび陸地にあがると、全員がこれにつづき、攻撃を開始して、ついには敵を敗走させた。

しかし、遠くまで追跡することはできなかった。騎兵部隊が予定の航路からはずれ、ブリタンニアへ着いていなかったからである。この落度のほかは、カエサルのいつもの完全勝利と変わらない。

27　戦いに敗れたかれらは、敗走の混乱から立ち直るや、和議の使節をよこし、人質の提供と命令への服従を約束してきた。

また、カエサルが当地へ派遣していた前述のアトレバテス族のコンミウスも、この使節とともにもどってきた。かれの話によれば、上陸して、カエサルの使節としての用向きを述べていると、その最中に拘束され、鎖をかけられたのだという。

それが、こうして戻されたのは今回の戦いの結果ゆえであるが、かれらは和をもとめるにあたり、今回のことを一般民衆の責に帰し、無知から出た所行であるとして赦しをこうた。

これにたいしカエサルは、自分が大陸にいたときに使節をよこして和を請いながら、理由もなしにふたたび矢を向けたことについて、苦情を述べたあと、人質の提供を条件に、その愚行とやらを赦すことにした。

要求した人数のうち、一部はすぐにひき渡されたが、残りについては、遠くから連れてこなければならず、そのため数日後になる、とのことであった。

この間、敵は兵士たちをそれぞれの土地に帰すことになり、各地から集まった首長たちもそれぞれ、その身を一族ともども、カエサルの手にゆだねることになった。

28　かくして講和がなると、カエサルのブリタンニア到着から四日後には、騎兵部隊をのせていた前述の船十八隻が北寄りの港から順風にのって出航した。ところが、この島に近づき、ローマ軍陣営を目にしたところで、突然、猛烈な嵐にみまわれた。そのため、一隻も針路を維持できず、ある船はもと来た港へひき返し、ある船は当地の下へ、すなわち西の方へと流された。それでも、後者はなんとか投錨《とうびょう》できたが、波をかぶること激しく、けっきょく、夜を押してふたたび沖へ出、大陸へともどらざるをえなかった。

艦船の難破

29　その夜は、偶然にも満月で、大洋では高潮の日に当たっていた。われわれは、このことを知らなかった。

そのため、部隊の輸送にそなえて陸揚げしていた軍船が浸水し、錨につないでいた沖の荷船も荒波に翻弄された。これを救おうにも、われわれにはまったくなす術がなかった。

かくして多くの船が難破し、残りの船も、綱や錨をはじめ、すべての索具を失って、航行不能となった。全軍に驚愕が走ったことは、言うまでもない。もはや帰るにも他に船がなく、修理に必要なものすべてが不足し、そのうえ、冬はガリアで越すつもりでいたので、冬営のための食糧をここでは確保していなかったからである。

ふたたび矢を向ける原住民

30 講和後カエサルの陣営に集まっていたブリタンニアの首長たちは、これを知ると、かれらの間で会議をもった。そしてローマ軍には騎兵も船も食糧もないことや、陣営の規模からして小勢であること――しかも、輜重を持ってこなかったので、いっそう少なくみえた――が分かると、われわれから糧食を断ち、事を冬まで長引かせようと謀った。この軍隊をうち破るか、あるいは、その帰還をさまたげれば、ブリタンニアに攻め入ってくる者はあるまいと考えたのだ。

こうして、かれらはもとのように結託し、少人数ずつ陣営を出、各地からひそかに仲間を呼びよせはじめた。

31　カエサルは、首長たちの陰謀を知らなかったが、船団の難破やそれにつづく人質引渡しの中断などから、不穏な動きを感じていた。そこで、非常の事態にそなえた。すなわち、毎日穀物を運び込ませ、傷みのはげしい船から木材や銅をあつめて、これを他の船の修理にあて、必要なものは大陸から送らせた。
修復作業は、精力的におこなわれた。その結果、十二隻以外は、すべて航海に耐えうるようになった。

32　この間、いつものように、第七軍団を穀物調達のために送り出していた。まだ畑仕事をしている住民もいれば、ローマ軍陣営に出入りしている住民もいたので、戦いがおこる気配などどこにもなかった。
ところが、陣門のまえで見張りにあたっていた兵士らから、第七軍団が出かけた方角にいつもより大きな砂煙がみられるとの報告が入った。

原住民があらたな企てに走ったにちがいない。こう事態を察知したカエサルは、見張りにあたっていた大隊をつれて問題の方角をめざした。そして歩哨《ほしょう》の任務は他の二個大隊にまかせ、そのほかの部隊には、ただちに武装して後につづくよう命じた。

カエサルが陣営からわずかばかり進むと、第七軍団が敵に圧倒され、固まったところを四方から投げ槍をあびせられている姿がみとめられた。

刈入れが終わっていなかったのはこの一ヶ所だけであったから、敵はローマ軍がここに来るものとみて、夜間、森に身をかくし、翌日、軍団の兵士たちが武具をおいて個々に刈り取りしているところをふいに襲ったのである。

そのため、味方はすでに若干名が殺され、戦列をくむ間もなく混乱におちいり、騎兵部隊や戦車部隊に囲まれてしまったところであった。

33　かれらの戦車による戦法とは、およそ次の通り。
まず、縦横に乗りまわしながら、投げ槍をはなち、その機動性と轟音とで敵を混乱におとしいれる。その後、騎兵部隊のなかに入り、そこで戦車から飛びおりて、徒歩で戦う。御者はその間に戦場からはなれ、戦闘員が敵に圧倒されたばあいでも、すぐに退却できるような位置に戦車を停めておく。このようにして、騎兵の機動性と歩兵の安定性とを発揮する。けわしい坂でも駆けくだり、瞬時に止まって向きをかえ、轅《ながえ》にそって走り、頸木《くびき》のうえに立ち、それからまた戦車へとって返す。こうしたことを、日々の訓練と実戦とによって易々とできるようになっていた。

34　この独特の戦法のまえに混乱を呈していた第七軍団を、カエサルが救った。かれの出現に、敵が動きをとめ、味方が勇気をとりもどしたからである。しかし、攻勢をかけるには不利な状況だったので、カエサルはその場でとまり、その後しばらくしてから陣営へと兵をひいた。なお、味方がこうした戦闘に気をとられている間に、畑に残っていた者たちは姿を消していた。

つづく数日は、激しい嵐となった。そのため、わが軍は陣営にとどまり、敵も攻撃をひかえた。この間、かれらは四方へ使者をおくって、われわれが小勢であることや、またそれゆえに、いまローマ軍を駆逐すれば、莫大な戦利品が得られると同時にブリタンニアの永久解放にもつながる、として参戦を説いていた。そしてしばしの間に歩兵と騎兵とからなる大軍を編成し、これでローマ軍陣営へと押しよせたのである。

再撃破

35　カエサルは、今回も前回と同じようなことになるだろうと考えた。すなわち、撃退しても、敵はすばやく難を逃れるだろう、と。

しかし、まえに述べたアトレバテス族のコンミウスが連れてきていた騎兵が三十名ほど手許《てもと》にいたので、軍団兵に陣営の前で戦列をくませ、戦いに入ると、敵はわが軍の攻撃を長くはささえきれず、退却へと転じた。われわれは、力の及ぶかぎり、逃げるかれらを追撃して多数を屠り、その後、広範囲にわたって建物を焼き、陣営へもどった。

36　同じ日、敵の使節が講和のためにやって来た。これにたいしカエサルは、先に課していた人質の数を倍にし、これを大陸へ送るよう命じた。

季節は秋分間近。貧弱な船団を冬の海にさらすのは賢明ではなかった。そこで好天にめぐまれた日の夜半過ぎに出航し、支障なく大陸へもどった。ただ、荷船二隻だけが少し南へ流され、他と同じ港には入ることができなかった。

4 北方部族との戦い

モリニ族とメナピイ族にたいする勝利

37 上陸した約三百名の兵士が陣営めざして急いでいると、カエサルが大陸をはなれる直前に講和をゆるしていたモリニ族が、わずかな人数でこれを包囲する挙にでた。輩が言うには、命がおしければ、武器をおけ、と。略奪の欲にかられてのことである。円陣をくんで防戦していると、戦いの喊声《かんせい》をきいて、あらたに約六千人が集まってきた。一方、このことを知ったカエサルも、陣営から全騎兵を救援によこした。この間、わが軍は敵の攻撃に耐え、四時間以上も奮戦。さしたる被害をこうむることなく、むしろ多くの敵をたおし、その後も、ローマ軍の騎兵部隊を目にして逃げるかれらを追撃して、多数を屠った。

38　次の日、カエサルは、ブリタンニアから連れ帰った軍団を副官のラビエヌスにつけて、これをモリニ族討伐にさし向けた。前の年、かれらは沼地へと難をのがれたが、その沼地もこのときには干上がっていた。そのため、ほとんど全員がラビエヌスの軍門にくだった。一方、メナピイ族の討伐におもむいていた二人の副官、サビヌスとコッタは、蛮族が森の奥深くに身をかくしている間に、作物を切りたおし、建物を焼くなど、かれらの土地を荒らし尽くして、陣営へもどった。カエサルは、ベルガエ人の領土を全軍の冬営地とした。ここへ人質を送ってきたのは、ブリタンニアの二部族だけで、残りは約束をまもらなかった。以上の戦果についてカエサルから報告をうけた元老院は、二十日間にわたる感謝祭(1)の開催を決めた。

（注1）「報告をうけた元老院は、二十日間にわたる感謝祭の開催を決めた」期間が先の「十五日間」（第二巻末）より五日も多い「二十日間」となったのには、ゲルマニア遠征とブリタンニア遠征とが大きく与かっていたものと思われる。

（注）――紀元前五五年の本国の状況

前年の「ルカの会談」における取決めどおりに事が運んだ。民衆派の護民官の提案で、ポンペイウスとクラッススの両者が前七〇年に続いて二度目の執政官へ就任。そして総督の任地は執政官の選出に先立ち決定されるとしたセンプロニウス法を無視して、カエサルが執政官であったときと同様、それぞれ翌年の総督としての任地も希望どおりのものとなった。前述のとおり、ポンペイウスが両ヒスパニア、クラッススがシリアである。任期も双方、異例の五年。認められた軍団数は、各十個軍団であった。カエサルについては、執政官となった両者の提案で、ガリア総督としての任期の五年延長と、おなじく十個軍団の編成権が認められた。なお、この年、ローマ市民ははじめて、石造りの野外劇場を見る。ポンペイウスがギリシアに倣って建てさせたもので、そこでは豪華な祭典がもよおされ、大いにローマ市民の歓心を買った。ちなみに、ローマ市に石造りの建物が増えていくのは、これ以降のことである。また、この年には、カエサルが慕っていた母アウレリアが帰らぬ人となった。彼女の心配は続いていた。かれの心の内や思うべし。

第五巻

（紀元前五四年）

紀元前54年　ガリア遠征５年目

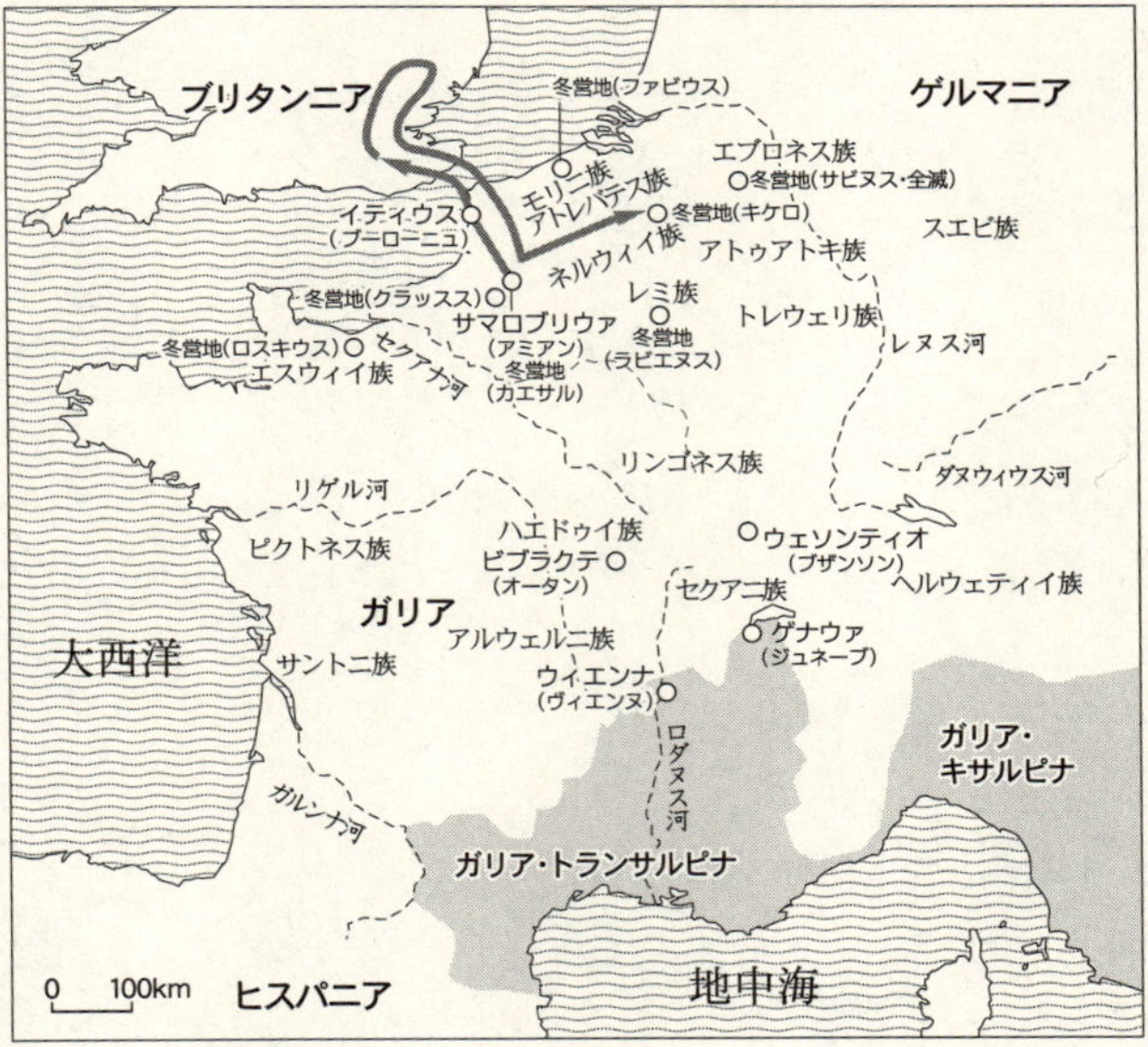

(　　)内は現代名を示す

1　第二次ブリタンニア遠征

遠征の準備

1　ルキウス・ドミティウスとアッピウス・クラウディウスが執政官のとき（前五四年）、カエサルは、例年どおり冬営地から北イタリアへ赴《おもむ》くにあたり、各軍団を託した副官らに、冬の間の任務として、できるだけ多くの船の建造と古い船の修繕とを命じた。

そして新造船については、次のように形状や様式も示した。ガリア沖は潮の変化が激しいものの、波はそれほど高くないので、地中海で使われているものより船体をいくぶん低くして、荷積みや陸揚げがしやすいようにすること。また、荷物や役畜の輸送も考えて、他の海で使われているものにくらべ、船体の幅もやや広くすること。さらに、船体の低さを活かし、全船とも漕走、帆走、どちらもできるように造ること、などである。

なお、艤装に必要なものは、すべてヒスパニアから取りよせるよう指示した。

その後カエサルは、内ガリア（北イタリア）における巡回裁判をこなし、それから、ピルスタエ族が辺境あたりを荒らし廻っているとの報告が入っていたイリュリクムへ向かった。そして当地に着くと、各部族に兵役を課し、その集合場所をさだめた。

これを知ったピルスタエ族は、使節をよこし、右の暴挙がいずれも一部の者の仕業であることや、損害をつぐなう用意があることなどを伝えてきた。これにたいしカエサルは、人質を条件に申し開きを聞き入れたが、指定日までに人質をさし出さなかったばあいは攻撃にはいる旨を承知させた。

人質は、命令どおり、指定日までにとどけられた。そこでかれは、仲裁者をえらび、各地の損害の調査とその賠償額の査定にあたらせた。

2　以上のことが済み、イリュリクムでの裁判も終わると、内ガリアへもどり、そこから部隊へと向かい、到着するや、すべての冬営地を見てまわった。兵士はよく期待にこたえていた。必需品の不足にもかかわらず、たしかに、指示したとおりの船が約六百隻、軍船についても二十八隻がそれぞれできており、数日後にはすべてが進水できる状態となっていた。

カエサルは、建造にあたった将兵を讃えたあと、必要な指示を出し、全船をイティウス港へ集めるよう命じた。この港からだと、ブリタンニアへ渡るのがきわめて容易だったからである。実際、大陸からの距離は三十マイルほどしかない。

その後カエサルは、右の集結作業に十分な数の兵士を残すと、軽装の四個軍団と八百騎の騎兵部隊とをひきいて、トレウェリ族の領土へと道を急いだ。それは、この部族が例の会議にも出ず、かれの命令にもしたがわず、また、情報によると、レヌス河向こうのゲルマニー人を唆《そそのか》すことまでしていたことによる。

トレウェリ族の内情

3　トレウェリ族は、ガリアのなかで騎兵が圧倒的な強さをほこり、歩兵は大軍であった。前述のように、この部族はレヌス河を境としていて、かれらの間では、インドゥティオマルスとキンゲトリクスの二人が覇を争っていた。

その一人、キンゲトリクスは、カエサルの出現を知るや、かれのもとに駆けつけ、配下もふくめて忠誠をちかい、ローマとの友好関係をまもることを明言し、さらには、トレウェリ族の内情についても明らかにした。

一方、インドゥティオマルスの方は、ただちに騎兵や歩兵を集めるとともに、老人や子供を「アルドゥエンナの森」に隠すなど、開戦の準備をはじめた。この森は広大で、レヌス河からトレウェリ族の領土の中央部を経て、レミ族の境界にまで及んでいる。

その後、トレウェリ族の首長たちのなかには、キンゲトリクスとの間の誼《よしみ》やローマ軍にたいする恐れからカエサルのもとを訪れ、個人的な頼みごとをはじめる者たちがいた。部族のことは、あきらめたのだ。

こうした動きに、自分がすべての者に見放されかねないと判断したインドゥティオマルスは、カエサルへ使節をよこし、弁明につとめた。こちらへ参上しなかったのは、部族のもとに留まることによって同胞の忠誠を確保し、貴族層が離反したばあいでも、無知な民衆が愚行に走ることがないようにとの配慮による、と。したがって、トレウェリ族の支配者として、カエサルの承諾さえあれば、全部族民ともども、身柄も財産もこちらの保護にゆだねたい、とのことであった。

4 カエサルは、この男の胸の内やその計略をさまたげている事情をよく知っていたが、ブリタンニア遠征の準備がすでに整っていたので、トレウェリ族の件で一夏を費やすわけにはいかず、人質二百名の要求だけで済ませた。そしてインドゥティオマルスの息子や親戚など、名指した者たちを含む人質が引き渡されると、かれを慰め、同時に、けっして叛意《はんい》をいだくことのないよう諭した。

しかし、その一方で、他の首長を全員あつめ、一人ひとりにキンゲトリクスへの支持をもとめた。キンゲトリクスがそれに価したこともその理由であるが、なにより、自分に好意をもつ人物の勢力拡大が必要だったからである。

このカエサルの行動は、インドゥティオマルスにとって由々しいことであった。勢力の衰えを感じたかれは、これまで以上に激しくローマ軍にたいする敵意をもやした。

5 以上の問題を片づけると、カエサルは軍団をひきいてイティウス港へ向かった。

そしてそこへ着くと、メルディィ族のところで建造された六十隻の船が荒天でおし流され、もとの港へひき返したことを知った。だが、他の船については、すべて万全の装備がなされ、すぐにも出帆できる状態にあることも分かった。

そこでカエサルは、ガリア全土から総勢四千の騎兵と全部族の首長をあつめ、そしてこれらの首長のうち、忠誠心に疑いがない若干名をガリアに残し、他については、自分が不在の間に反乱をおこす可能性があったので、すべて人質として同行させることにした。

ドゥムノリクスの陰謀

6　そのなかには、前に話したハエドゥイ族のドゥムノリクスもいた。カエサルは、とくにかれを身近に置くことにした。

というのも、この要注意人物が政変を好み、覇をもとめていることや、性格が豪胆であり、ガリー人の間で大きな勢威を有していることを知っていたし、また、ハエドゥイ族の会議において、カエサルから王位をあたえられたなどと語っていたことや、この言葉に部族全体が憤慨しながらも、そのことについてこちらへ訴え出ることができずにいたことなども、自分の客から聞いていたからである。

ドゥムノリクスは初め、航海には不慣れだとか、海が恐ろしいとか、宗教上の理由でブリタンニアへは行けないとか、さまざまな口実をあげて、ガリアに留まりたいと熱心に願い出ていた。

しかし、その願いが一蹴され、すべての望みがついえたとみるや、ガリアの首長たちを個々に呼んで、ブリタンニアへは行かないよう示唆した。カエサルがガリアの全貴族に同行をもとめているのは、故あってのこと、つまり、ガリー人が見ているところでは殺しかねる者たちを島地で処分しようとしているのだ、と言って、首長たちの恐怖心をあおった上で、ガリアのために協力し合うことを提案し、みずから進んでこれに誓いを立て、その後かれらにも同様の誓約をもとめた。

だが、この陰謀は、複数の者たちを通じてカエサルが知るところとなった。

7　ハエドゥイ族は重要な友邦であるだけに、なんとしてでもドゥムノリクスの動きを封じる必要がある。かれの狂気は、いまや疑いの余地がない。したがって、公私いずれにおいても被害をうけることのないよう警戒が必要だ。

カエサルはこうした思いを胸に、当地ではほとんど常に吹いている北西風のために二十五日間ほどそこに足止めされている間、ドゥムノリクスの忠誠をつなぎとめる努力をする一方、かれの動きを仔細もらさず追っていた。そしてやがて順風にめぐまれると、乗船を開始させた。

ところが、全員がこのことに気をとられている隙に、ドゥムノリクスがハエドゥイ族の騎兵部隊とともにひそかに陣営を出、故郷へと逃げはじめる。

カエサルは、このことを知らされるや、出航をとり止め、作業もすべて中断させて、騎兵の大半を出し、かれを追わせた。このときあたえた命令は、ドゥムノリクスを連れもどすこと、抵抗したばあいは、殺せ、というものであった。自分のまえで命令を無視するような者に、留守中のまともな行動など期待できなかったからである。

案の定、ドゥムノリクスは、カエサルの帰還命令にたいし、武力で抵抗する構えをみせ、自分が自由な民族の自由な民であることを何度も訴え、仲間にも助けをもとめた。

追跡の者たちは、命令どおり、かれをとり囲み、息の根をとめた。ハエドゥイ族の騎兵は、全員がカエサルのもとへ帰った。

ブリタンニア上陸

8　こうして懸案がかたづくと、カエサルは、ラビエヌスに三個軍団と二千の騎兵をつけて大陸に残し、港の警護や穀物の調達のほか、ガリー人の動向を見張って適宜これに対処するよう命じた。

一方、みずからは、五個軍団にくわえ、大陸にとどまった騎兵部隊の規模に相当する騎兵の一隊をつれて、日没に港を出、南西風にのって進んだ。

ところが、真夜中、この風がはたと止んだ。そのため、針路を保つことができず、明け方になると、ブリタンニアが遠く左舷方向にみとめられるほど、大きく潮に流されてしまった。

そこで、潮の向きが変わるのを待ち、変わるや、懸命に櫂をこがせ、昨年の夏に絶好の場所として目をつけていた海岸をめざした。このときの兵士らの奮闘は、絶賛に価する。動きが重い輸送用の船にもかかわらず、休む間もない力漕で、軍船に遅れることがなかったのだ。

全船ともブリタンニアへ着いたのは、ほぼ正午頃。敵の姿は、まったく見えなかった。のちに捕虜から聞いたところでは、かれらはそれまでそこに大挙して集まっていたという。それが、大船団を見て恐れをなし、海岸から去って、高地に身をひそめてしまったとのこと。たしかに、このときの船団の規模は、昨年からの船に個人の持ち船も加わって、八百隻を超えていた。(1)

(注1)「船団の規模は、……個人の持ち船も加わって、八百隻を超えていた」ブリタンニア遠征に同行した商人たちの船のことと思われる。

9 部隊の上陸も終わり、陣地の場所も決まった。そこでカエサルは、捕虜から敵の居場所を聞くと、十個大隊と騎兵三百騎を残して船舶の警護とし、みずからは第三夜警時(夜半過ぎ)ごろ敵をめざした。

岩のない、開けた海岸に投錨《とうびょう》したので、船舶の安全に不安はなかった。右の警護隊の指揮はアトリウスにゆだねた。

夜間、十二マイルほど進んだところで、敵に遭遇。かれらは騎兵部隊や戦車部隊を丘の方から河の方へと移し、わが軍の前進をはばもうと、戦いをしかけてきたが、こちらの騎兵部隊に撃退され、森の中へと逃げ込んだ。

この森には、自然をうまく利用した見事な要塞があった。すべての入り口を多数の伐木でふさいでいたところからすると、部族内の戦いのために以前に造られていたものらしい。

やがて敵は少人数ずつ森から姿をあらわし、わが軍の突入を阻止しようとしたが、これも先の二の舞。亀甲陣の隊形で近づいて土手をきずいた第七軍団の兵士たちに要塞を占領され、森から追い出された。わが軍の損害は、軽微であった。深追いは避けた。地理がよく分からなかったことや、すでに陽がだいぶ傾いていて、陣地の設営を急ぐ必要があったからである。

艦船の大破

10　翌朝カエサルは、歩兵と騎兵を三つに分け、追撃のための遠征隊を送り出した。この遠征隊は、かなりの距離を進んだところで、敵の殿《しんがり》をみとめた。
ところが、このときアトリウスからカエサルのもとへ早馬がとどき、前夜の嵐で大半の船が損傷し、岸にうち上げられたと伝えられた。錨も綱も役に立たず、水夫も舵手も大嵐の前になす術がなく、多くの船が相互の衝突で大破したとのことであった。

11　カエサルは、遠征隊を呼びもどすとともに、みずからは艦隊のもとへ帰り、事態を自分の目でたしかめた。その惨状は、ほぼ報告どおりであった。失った船、約四十隻。残りも、かなりの修理が必要にみえた。

そこで、軍団兵の中から工兵を選び、残りを大陸から集めるよう命じるとともに、ラビエヌスにも書状をおくり、手元の軍団で新船をできるだけ多く建造するよう指示した。

いまや、すべての船を陸揚げして、これをひとつの防御施設で陣地とつなぐのが最善の策に思われた。そこで、それから約十日間、昼夜の別なく作業を続けさせた。そして陸揚げがすみ、陣地固めも完全におわると、前と同じ部隊を船舶の警護として残し、みずからはもとの処へひき返した。

着いてみると、そこには各地から集まったブリタンニー人の大部隊ができていて、全部族の合意のもと、その総指揮をカッシウェッラウヌスがとっていた。

この男の領土は、海から八十マイルほど離れたところにあり、タメシスと呼ばれる河（現テムズ河）が海岸地方の諸部族との間の境界となっていた。かれは、これまで他の部族とたえず争っていたようだが、われわれの出現に仰天した当地の住民から戦争の総司令官に推されるに到ったらしい。

ブリタンニアとブリタンニー人

12　ブリタンニアの内陸部には、昔から土着と言い伝えられている者たちが住んでいるのにたいし、沿岸地方には、ベルギウムから略奪のために来た者たち――そのほとんどが、渡来前の出身地の部族名で呼ばれている――が住んでいる。後者は、定住後、この地で耕作をはじめたとのことである。

島民の人口はおびただしく、建物は密集していて、ガリアの光景によく似ている。家畜も非常に多い。

かれらは、銅貨あるいは金貨、もしくは一定重量の鉄の棒を貨幣として使っている。ブリタンニアの内陸部では、錫《すず》がとれる。一方、沿岸地方は、鉄を産出する。ただし、量は少ない。また、かれらが使っている銅は、輸入ものである。

木材は、ブナとモミを除き、ガリアと同様、あらゆる種類のものがある。ウサギやニワトリ、それにガチョウを食するのは、良くないと考えられていて、これらを飼っているのは、ただ娯楽のためである。気候はガリアより穏やかで、寒さもそれほど厳しくない。

13　島の形は三角形をしていて、その一辺がガリアに面している。そしてその一角がカンティウム（現ケント）にあたり、東を向いている。ガリアからの船は、大半がここに来る。下の方の角は、南を向いている。この一辺の長さは、約五百マイルである。また、もう一つの辺は、ヒスパニアと西の方とを向いている。この方角には、大きさがブリタンニアの半分ほどの島とおもわれるヒベルニア(1)がある。そこまでの距離は、ガリアとブリタンニア間の距離に等しい。
なお、両島の中間にはモナ(2)と呼ばれる島があるが、これ以外にも、数多くの小島が点在しているものとおもわれる。

書物によれば、冬至のころ、当地では夜が一ヶ月も続くらしい。これについては、水時計による正確な測定で、大陸より夜が短いことだけは分かったが、それ以外は、なんら情報が得られなかった。ただ、現地民の話では、この辺の長さは七百マイルだそうだ。

三つ目の辺は、北を向いている。ここから望む島はなく、方角的には遠くにゲルマニアがあるのみ。この辺の長さは八百マイルとされている。したがって、ブリタンニアの全周は約二千マイル。

（注1）「この方角には、大きさがブリタンニアの半分ほどの島とおもわれるヒベルニアがある」この辺の記述も実際の地理とはかなりかけ離れている。古代では誤って次のように考えられていた。ヒスパニア（スペイン）北部はブリタンニア（イギリス）西部近くまで北に寄っていて、その間にヒベルニア（アイルランド）があり、また、ピュレネー（ピレネー）山脈は北から南へ走っている、など。

（注2）「なお、両島の中間にはモナと呼ばれる島があるが」「モナ」とは、今日のマン島か、もしくはその南にあるアングルシー島を指す。綴りからするとマン島に比定されそうだが、古代の著述家が「モナ」というときには、むしろアングルシー島を指すことが多かったとも言われている。

14　この島でもっとも文化的なところは、カンティウム（現ケント）である。全域が沿岸に位置しているためだろう、ガリアとそれほど変わらない。

内陸部では、穀物の栽培はほとんど行なわれておらず、住民は乳と肉で生活している。着ているものは、毛皮である。

ブリタンニー人はすべて、タイセイ草で体を青く染めている。そのため、戦闘のときの姿たるや、すさまじい。また、髪を長くたらし、頭と上唇のほかは、全身の毛を剃っている。

十人ないし十二人ほどが一グループとして、複数の妻を共有する。とくに兄弟や父子の間では、そうである。しかし、生まれた子供は、その母親が処女のときに最初につれて行かれた男のものとみなされる。

ブリタンニー人との戦い

15　さて、わが軍騎兵部隊は、行軍中、敵の騎兵部隊や戦車部隊から攻撃をうけたが、はげしい戦闘のすえ、これを制して、かれらを森や丘へと追いやった。ただ、その後あまりに深追いしすぎ、若干の犠牲者を出した。

それからまた、まもなくして、わが軍が警戒心をとき、陣地づくりを進めていると、森にいた敵が陣地前で警備にあたっていた兵士たちに奇襲をかけてきた。

戦闘は激戦となった。これにたいしカエサルは、二つの軍団の第一大隊をそれぞれ救援にさし向けた。ところが、この両者の間隔がわずかであったにもかかわらず、敵の奇妙な戦法に動揺したため、中央を突破され、そのまま退却をゆるす結果となった。それればかりか、この戦闘で大隊長のラベリウス・ドゥールスまでも亡くしてしまった。

その後、大隊をいくつも投入してようやく、敵を撃退することができた。

16　陣営前でのこの戦闘を、全員が注視していた。そして分かったことは、味方の武装があまりに重く、退く敵を追ったり、戦列から離れたりすることができないということであった。要するに、この種の相手には適しない武装だったのである。
味方の騎兵についても、同様に、大きな危険がともなった。敵はしばしばわざと退却し、これを追って騎兵が軍団兵からわずかでも離れようものなら、すぐさま戦車から飛びおりて戦うといった戦法をとっていたからである。これは、味方にとって不利な戦いであった。

騎兵の戦法も、その点、変わらない。追うときも退くときも、同じような危険をもたらした。

また、敵は固まることがなく、たがいに十分な間隔をおいて戦っていたうえ、予備兵を待機させておき、退却のときに助け合い、あるいは、疲れた兵士と入れ替わった。

17 翌日、敵はローマ軍陣営から遠くはなれた丘に布陣し、少人数ずつ姿をあらわして、こちらの騎兵部隊に攻撃をかけてきた。ただ、前日ほどの激しさはなかった。しかし正午ごろ、カエサルが副官のトレボニウスに三個軍団と全騎兵をつけて糧秣の徴発に向かわせると、今度は突然この徴発隊に四方から襲いかかり、その勢いで正規の戦列のところにまで攻め寄せてきた。

だが、わが軍団は果敢に応戦してこれを撃退。さらには、徹底してこれを追撃。また、騎兵部隊の方も、後方に軍団をみとめて意を強くし、敵を猛然と攻めて多数を屠った。一点にあつまる余裕も、地歩をまもる余裕も、戦車からおりる余裕も、いっさい与えなかった。

各地から援軍として来ていた者たちは、この敗走を知ると踵をかえし、敵もその後は全力で交戦に及ぶことはなかった。

18　かれらの策略を知ったカエサルは、その首領カッシウェッラウヌスの領土へ入るため、タメシス河（現テムズ河）へと軍を進めた。この河には歩いて渡ることができる処が一ヶ所しかなく、それも容易なところではなかった。

カエサルがそこへ着くと、対岸には敵の大軍がみとめられた。また、河岸には先の尖った杭がならべられていた。捕虜や脱走者の話では、流れで見えないが、川床にも同じような杭が打ち込まれているということであった。

そこでカエサルは、騎兵部隊を先行させ、軍団をそれに続かせたが、このときの軍団兵の突進たるや、大変なものであった。そのため、水面から頭ひとつしか出していない状態であったにもかかわらず、猛烈な攻撃で敵を河岸から駆逐し、ついには遁走させた。

19　カッシウェッラウヌスにとって、会戦の望みはついえた。そこでかれは、約四千の戦車兵以外、軍隊をすべて解散し、戦車部隊だけをひきいて、道から少し外れた、通りにくい森のなかに身をかくし、そこからローマ軍の動きを見張った。そしてわれわれがめざす先々から人や家畜を森のなかへと追いやり、わが方の騎兵がこれを略奪や蹂躙の好機とみて畑地に散ろうとすると、森のあちこちから戦車隊を出してきて味方を危険におとしいれた。

これでは、広範囲の展開はできない。そこでカエサルは、軍団の隊伍から遠くはなれた行動をひかえさせ、軍団が進軍する途上でなし得る範囲内で土地を荒らすにとどめた。

20　一方、この間、当地方でおそらくもっとも有力な部族であったトリノバンテス族から、ローマの保護をもとめに使節がやってきた。この部族については、王子のマンドゥブラキウスが、王であった父をカッシウェッラウヌスに殺害されたとき、同じ難をのがれて大陸へわたり、カエサルを頼っていた経緯がある。

使節は、カエサルへの服従を誓うとともに、王子をカッシウェッラウヌスの危害からまもって王位につかせてくれるよう求めた。

これにたいしカエサルは、四十人の人質のほか、軍隊の食糧を要求したうえで、王子をかれらのもとへ返した。人質と食糧は、要求どおり、ただちに送られてきた。

21　トリノバンテス族がカエサルの保護下に入り、兵士たちの暴行からまもられると、ケニマグニ族、セゴンティアキ族、アンカリテス族、ビブロキ族、カッシ族などの各部族も使節をよこし、カエサルに服従した。

かれらの話によれば、現地からそれほど遠くないところにカッシウェッラウヌスの要塞があり、その要塞は森や沼でかこまれ、そこには大勢の人や家畜が集められているとのことであった。

ブリタンニー人は、通りにくい森を堡塁や壕でかこむと、これを要塞と呼び、敵の襲来を避けるときには、そこに集まるのを常としている。

カエサルは、軍団をひきいてこの要塞をめざした。着いてみると、たしかに、そこは自然と技術とを駆使した造りであった。

しかしそれでも、二方面から攻撃に踏みきった。敵はしばらく応戦したが、攻撃に耐えきれず、要塞の別の側から逃げ出した。要塞内には、おびただしい数の家畜が残されていた。わが軍は、敵を追い、多数を捕らえ、多数を殺した。

22 当地で右の出来事が起こっていたとき、カッシウェッラウヌスはカンティウムに使者をおくり、全兵力を結集して海岸のローマ軍陣営を奇襲するよう命じた。前述のとおり、カンティウムは海岸に面していて、この地方には、キンゲトリクス、カルウィリウス、タクシマグルス、セゴウァクスの四人の王がいた。

敵が陣営に近づくと、わが軍は出撃して多数を屠り、そのうえ、貴族出身の指導者ルゴトリクスを捕らえて、無傷のうちに陣営へと引き揚げた。

この報告をうけたカッシウェッラウヌスは、喫した大敗や荒らされた領地、そしてとくに他部族の造反から、やむなくアトレバテス族のコンミウスを通じてカエサルのもとへ降伏の使節を送ってきた。

これにたいしカエサルは、人質と年貢を課し、マンドゥブラキウスやトリノバンテス族への危害を禁じることで手を打った。ガリアにおける不測の事態にそなえて大陸での冬営を予定していたことにくわえ、夏も残り少なく、事態も長引く惧れがあったからである。

ガリアへ帰還

23　人質がひき渡され、カエサルが軍団を海岸へ連れもどすと、船の修理もすでに終わっていた。しかし、多数の捕虜がいたほか、先の嵐で船を何艘か失っていたので、軍隊を二度にわけて輸送することにした。

ところが、この計画は思わぬ結果となった。前年も今年も、あれほど大規模な船団で、あれほど何度も航海しながら、一隻も失うことがなかったのにたいし、このときには、最初の輸送後大陸からブリタンニアへ空《から》でもどっていた船も、その後ラビエヌスが建造した六十隻の船も、いずれも目的地に着くことができたのはその中のごくわずかで、大半が押しもどされてしまったのだ。

カエサルは、しばらく待った。だが、船団は見えない。秋分も近づき、航海の季節も終わろうとしていた。そこで、やむなく兵士を詰め込み、完全に凪となったところで、第二夜警時の初めごろ（午後九時過ぎ）出帆。大陸に着いたのは明け方。すべての船を無事港に入れた。

2 エブロネス族による第十四軍団の壊滅

冬営の配置

24　船の陸揚げがすみ、サマロブリウァにおけるガリー人の会議もおわると、冬営の準備に入ったが、その年は旱魃《かんばつ》で穀物の出来がわるく、そのため、軍団を多数の部族の間に分散するという、前年とは違った配置を余儀なくされた。

そこで、各副官に一個軍団ずつ託して、それぞれ冬営に入らせる。ファビウスをモリニ族へ、キケロ(1)をネルウィイ族へ、ロスキウスをエスウィイ族へ、ラビエヌスをトレウェリ族と境を接するレミ族へ、というように。また、ベルガエ人のところには三個軍団を当て、財務官マルクス・クラッスス(2)、副官プランクス、副官トレボニウスをそれぞれ指揮官とした。

最近パドゥス河（現ポー河）の北で募った一個軍団については、これに五個大隊をつけて、エブロネス族のもとへ送った。この部族は、大半がモサ河（現ムーズ河）とレヌス河との間に住み、アンビオリクスとカトゥウォルクスに支配されていた。これらの部隊の指揮はサビヌスとコッタの両副官にゆだねた。

カエサルの考えでは、以上のような軍団の分散によって、食糧不足も難なく乗りきれるはずであった。軍団の冬営地は、ロスキウスに割り当てた平穏な土地をのぞけば、すべてが百マイルの範囲内に位置していた。

カエサル自身は、全軍団が目的地に着き、各陣営を固めたことを知るまで、ガリアに留まることにした。

（注1）「一個軍団ずつ託して……キケロをネルウィイ族へ」あの有名な雄弁家キケロの弟クィントゥス・トゥッリウス・キケロのこと。かれはキケロの弟ということで、カエサルから目をかけられていたらしい。「青年」という言い方もその表れである。前五四〜五二年にかけて遠征に従軍。しかし、その後の内戦ではポンペイウス側につき、前四三年にカエサル派のアントニウスによって殺されることになる。

（注2）「三個軍団を当て、財務官マルクス・クラッスス、……それぞれ指揮官とした」

「三頭政治」の一人クラッススの息子である。父と同名マルクス・リキニウス・クラッスス。前五四年から前五三年にかけて財務官として従軍。その後前四九年には内ガリア（イタリア）総督を務めている。『戦記』前半に出てきた「青年」プブリウス・クラッススの兄にあたる。

25　カルヌテス族のなかに、高貴の出で、祖先が同族の王であった、タスゲティウスという者がいた。かれは、それまでの軍功や忠誠ゆえに、カエサルによって祖先の地位にもどされていた。ところが、その即位から三年目、部族のなかで多くの支持者を得た政敵に、公の場で殺されてしまった。

これを知ったカエサルは、関係者が多数に上ることから、かれらの扇動で部族全体が造反に走ることをおそれた。そこで、ルキウス・プランクスにたいし、軍団をひきいてベルギウムからカルヌテス族のもとへ急行して当地で冬営に入るとともに、タスゲティウス殺害の張本人とおもわれる者たちを捕らえて、自分のもとへ送るよう命じた。

この間、軍団を託していた副官や財務官からは、冬営地へ着き、設営も終わったとの報告が入っていた。

エブロネス族の反乱

26　ローマ軍が各冬営地へ入ってから約二週間後、反乱が勃発。首謀者は、アンビオリクスとカトゥウォルクスであった。二人は、自国の領土にサビヌスとコッタを迎え、冬営地に食糧を提供していたにもかかわらず、トレウェリ族のインドゥティオマルスが送った使者にそそのかされて仲間をあおり、ローマ軍伐採隊を襲ったあと、大挙して陣営にまで攻め寄せてきた。

わが軍は、ただちに武器を手に堡塁へのぼり、同時に、陣門の一つからヒスパニアの騎兵部隊を出した。そして騎兵戦を制し、敵を退却させた。

しばらくすると、相手の方から、かれら独特の、大声による呼びかけ（1）があった。争いをなくすため、相互の問題について話し合いたい、ついては、何人か寄越してほしいという、会談の要請であった。

（注1）「相手の方から、かれら独特の、大声による呼びかけがあった」

ローマ人のように使節によるのではなく、大声で呼びかけるという伝達の仕方が、カエサルにとって印象的だったのだろう。

27　そこで、サビヌスの友人であるローマの騎士ガイウス・アルピネイウスと、それにもう一人、カエサルの使者としてたびたびアンビオリクスのもとを訪れていたヒスパニア生まれのクィントゥス・ユニウスを送った。

アンビオリクスは、二人にたいし、次のように述べた。

「正直なところ、カエサルには恩がある。隣のアトゥアトゥキ族にたいする長年の貢納から免れたのも、また、人質だったにもかかわらず奴隷のように扱われていた息子や甥が送り返されてきたのも、カエサルの尽力あってのことである。

たしかに、陣営を攻撃はした。しかし、それは自分の判断からでも本意からでもない。部族民の要請に駆られてのことである。原因は、わが支配力の弱さにある。すなわち、自分がわが民を支配するのと、わが民が自分を支配するのと、相半ばしていることに由る。

また、そうしたわが民にしても、戦いに走ったのは、全ガリアにおよぶ共謀の動きに呼応せざるを得なかったからにほかならない。このことは、自分の無力さからも証明できる。わが軍がローマ軍に勝てるなどと考えるほど、自分は愚かではない。

どの軍団も他の軍団を救援できないよう、すべての冬営地を一斉に襲撃する日をさだめるなど、じつに、これはガリー人全体の共謀なのだ。ガリー人として、同胞の意を拒むことは難しい。自由の回復という共通の問題に関わるばあいなど、とくにそうだ。

しかし、その愛国心を満足させたいま、カエサルの好意にたいする恩義を強くおぼえる。そこで、わが賓客でもあるサビヌスには、その身とその軍隊の安全をはかるよう、心から忠告したい。

ゲルマニー人の大部隊が雇われて、すでにレヌス河を越えてしまった。二日後には、ここにあらわれることだろう。

であるから、近くの部族に気づかれないうちに、冬営地から兵を退き、カエサルかラビエヌスのもとへ戻った方がよいのではないか。カエサルのところまでは、約五十マイル。ラビエヌスの方は、もう少し遠い。

自分の領土を通れば、安全は誓って保証する。また、そうなれば、冬営地の負担から解放されて部族のためにもなり、他方、カエサルにたいしては恩返しともなる」と。

こう述べて、アンビオリクスは去って行った。

軍議での激論

28　アルピネイウスとユニウスは、聞いたことを告げた。この報告に驚いた副官らは、敵の言葉ではあるが、無視すべきではないと判断した。エブロネス族のような弱小の部族がみずから進んでローマへ挑戦するなどとは考えられなかっただけに、かれらの当惑は尋常ではなかった。

そのため、この件が会議に付されると、激論が戦わされた。

コッタをはじめ、多数の大隊長や上級百人隊長らは、性急に行動をおこすべきではなく、また、冬営地からの撤退にはカエサルの命令が必要だ、との意見であった。かれらは主張した。「ゲルマニー人がいかに多かろうと、冬営地の防備でくい止めることができる。実際、敵の最初の攻撃によく耐え、相手に少なからぬ打撃をあたえたではないか。食糧は十分にあり、援軍も近くの冬営地やカエサルの方から駆けつける。いずれにせよ、重大な問題について敵の忠告にしたがうことほど無分別なことがあろうか」

と。

29　これにたいし、サビヌスが声高に反論した。「ゲルマニー人を交えた敵の大軍が攻めよせた時点では、遅きに失する。あるいは、隣の冬営地が災難にあった時点でも、そうだ。もはや相談している暇などない。

カエサルは、北イタリアへ向けて出立したのではないか。そうでなければ、カルヌテス族がタスゲティウスの殺害に及ぶはずがなく、また、ローマ軍陣営を襲うなどという不遜な暴挙に出るはずもない。

肝心なのは、敵の忠告ではなく、事実である。レヌス河は近い。アリオウィストゥスの死やこれまでの敗北は、ゲルマニー人にとって耐えがたいことであった。ガリー人にしても、ローマの支配に服して以来うけている屈辱や昔から誇ってきた武名が潰えたことに、大いに怒りをおぼえている。いずれにせよ、アンビオリクスが確かな理由もなく今のような行動に出たなどとは、納得しかねる。

自分の意見は、どのみち、安全である。深刻なことが起こらなければ、支障なく近くの軍団に合流できるだろう。もし全ガリアがゲルマニー人と共謀しているとすれば、採るべきは迅速な行動以外にない。コッタをはじめ、自分とは意見を異にする者たちの案では、いったい如何なる結果になるであろうか。そのような案では、当面の危険はなくとも、長期の籠城では餓えは必至だ」と。

30　こうして相互の主張がおわると、コッタや上級百人隊長らがはげしく抗弁した。これにたいしサビヌスは、兵士たちによく聞こえるよう、いつもより声をあらげて言った。「好きなようにするがよい。みんなの中で、自分がとくに死を恐れているというわけではない。いまに分かろう。深刻な事態がおきれば、責任はそちらにある。君さえ、よいと言えば、明後日にでも近くの冬営地に着き、他の仲間とともに戦うことができる。仲間から遠くはなれたところで、傷や飢えで果てることはないのだ」と。

31　周囲が席から立ち上がり、二人を制した。自説にこだわるべきではない、対立のままでは危険をまねく、出るにせよ留まるにせよ、一丸となれば、ことは容易だ、と。議論は、深夜にまで及んだ。が、ついにコッタが説き伏せられ、サビヌスの意見がとり上げられた。すなわち、夜明けとともに進発することになった。このことを知らされた兵士たちは、その夜を寝ることなく過ごした。各自が携行できる所持品や置いていくべき冬営用の装備などについて、調べなければならなかったからである。この間、出て行く方が安全だとの理由づけが、さまざまに発せられた。不眠による疲労で、危険度も増していた。

かくして夜が明けるや、陣営を出る。それは、親密な友人の勧めにしたがったかのような体で、隊列がきわめて長く、輜重も非常に嵩《かさ》んでいた。

副官らの死

32　夜間の騒音からローマ軍の動きに気づいていた敵は、二マイルほどはなれた森の、待伏せに絶好な場所に伏兵を二隊にわけて潜《ひそ》ませ、そこでローマ軍を待った。そして隊列の大部分が深い谷間におりるや、突如、両側から姿をあらわし、わが軍の後衛を強襲する一方、前衛がかけ上がるのを阻止するという、わが方にとってもっとも不利な戦闘をしかけてきた。

33

不測の事態に、サビヌスは慌てふためき、走りまわって各大隊に指示を発したが、それさえ、実際にはどうしてよいか分からない様子であった。事前に事を予測していなかった者にありがちなことだ。

一方、移動中にこうした事態がおこる可能性を予測し、それゆえに進発に反対していたコッタは、万全の安全策を講じていた。そのため、指揮官としてよく部隊をはげまし、また、兵士としてもよく戦った。

しかし、隊列が長すぎて、二人ですべてに対応することは不可能であった。そこで全軍にたいし、輜重をすてて円陣をつくれとの指令を発した。

非常時におけるこの指令は、非難されるべきものではない。だが、結果としては、良くなかった。絶望的な状況でなければ、そうしたことはあり得ないとおもわれたので、味方の希望が殺《そ》がれ、かたや敵の戦意が高められたからである。

当然の成り行きというべきか、戦線離脱がはじまる。荷物にかけ寄って、自分の貴重品を探しもとめる兵士らの叫び声や嘆きの声が、戦場のいたるところで聞かれた。

34 敵の方は、打つ手に事欠かなかった。士気をたかめる指令が全軍に伝えられた。戦列を離れてはならない、戦利品は自分たちのものとなる、ローマ軍が残したものは何であれ、取ってよい、それゆえ、すべてが勝利にかかっていると心得よ、と。戦局はしばらく伯仲《はくちゅう》。指揮官にも幸運にも見放されたわが軍は、唯一みずからの武勇に望みをたくし、各大隊とも突撃ごとに多数の敵をたおした。

これを見たアンビオリクスは、あらたに指令を出す。遠くから槍を放て、近づき過ぎるな、相手が突撃してきたところは退け、と。武装の軽さと日々の訓練とによってそうした安全な展開ができた敵は、兵士らが隊列にもどろうとすると、ふたたび追撃してきた。

35 かれらは、この戦法を忠実にまもった。わが軍大隊が円陣から出て、突撃にうつると、すぐさま退いた。すると円陣は、必然、その部分が開く。その開いた側面に、敵は槍をはなった。そして突撃をかけた部隊がもどろうとすると、後退していた敵や近くの敵がこれをとり囲んだ。反対に、円陣を離れまいとすると、わが軍兵士には武勇を発揮する余地がなく、密集した状態では、多数の敵がはなつ投げ槍を避けようもなかった。

それでも、兵士たちは、明け方から第八時（午後二時ごろ）まで戦いつづけ、その間多くの傷を負ったが、一人も恥ずべき振舞いをみせることはなかった。

この戦闘で、前年の首席百人隊長でもあり、信望も篤かった勇士のバルウェンティウスが、両太腿を槍でつらぬかれたほか、同じ首席百人隊長のルカニウスも、奮戦したすえ、敵にかこまれた息子を助けようとして殺された。また副官ルキウス・コッタも、配下の部隊を激励したときに顔面に投石をうけて負傷した。

36　この事態に肝をつぶしたサビヌスは、部下を督励しているアンビオリクスを遠くにみとめるや、通訳のポンペイウスをかれのもとへ送って、命乞いをした。

アンビオリクスは、答えた。「会談を望むのであれば、応じよう。ローマ軍の助命については、同胞の承諾を得ることができるだろう。いずれにせよ、汝みずからがこちらへ来い。身の安全は保証する」と。

サビヌスは、コッタと連絡をとり、戦闘をはなれてアンビオリクスと話し合うつもりがあるかどうか問いただした。全軍の助命をとりつけることができるのだが、と。

これにたいしコッタは、武装した敵のもとへ行くことを断固として拒んだ。

37　サビヌスは、周りにいた大隊長や上級百人隊長らを随行させ、そしてアンビオリクスに近づくと、言われたとおり武器をすて、供の者たちにもそうさせた。二人が講和の会談に入ると、アンビオリクスはわざと長広舌《ちょうこうぜつ》をふるい、その間にサビヌスをしだいに囲ませ、ついには息の根をとめた。かれらは、勝利のときの独特の雄叫びをあげ、つづいて、奇声を発して急襲におよび、わが軍を混乱におとしいれた。

コッタは、大多数の兵士とともに戦死。残りの者たちは、陣営へと退却。兵士らのうち、旗手のペトロシディウスは、多くの敵にかこまれるや、軍旗を堡塁のなかに投げ入れ、陣営の前で奮戦して果てた。他も、夕暮れまでは持ちこたえたものの、夜に入ると、絶望からすべてが自害した。

戦場から逃れた者は、ごく一部。かれらは、道ともつかぬ道を通って森をぬけ、副官ラビエヌスの陣営へ辿りつき、事の次第を報せた。(1)

（注1）「副官ラビエヌスの陣営へ辿りつき、事の次第を報せた」第十四軍団（十個大隊）と他の軍団から借り出された五個大隊、計十五大隊、兵員数にして九千名が戦死するという、サビヌスの不祥事から生じたこの惨事は、カエサルの遠征中もっとも深刻なものであった。これを聞いたカエサルは、復讐をはたすまで喪として髪も髯《ひげ》も剃らないと誓ったといわれる。

3　ネルウィイ族によるキケロ陣営への攻撃

38　戦勝に意気をあげたアンビオリクスは、ただちに騎兵部隊をひきいて隣のアトゥアトゥキ族の領土をめざす。かれは、昼夜をわかたず道をいそぎ、歩兵部隊をそのあとに続かせた。そして戦勝の話でアトゥアトゥキ族を興奮させ、翌日にはネルウィイ族の領土に入って、かれらを煽った。暴虐をはたらいたローマ人に復讐し、恒久の自由を獲得できる、この好機を逃すな、と。

つづいて、ローマ軍の副官二人の戦死と大半の部隊の潰走を話すとともに、キケロの指揮下で冬営している軍団を急襲すれば、すぐにもこれを壊滅できるとして、そのための加勢まで申し出る。こうしてネルウィイ族をいともたやすく説きふせた。

ネルウィイ族の反乱

39　ケウトロネス族、グルディイ族、レウァキ族、プレウモクシイ族、ゲイドゥムニ族など、ネルウィイ族の支配下にあった諸部族のもとにも、ただちに使者が送られた。かれらはできるかぎり兵をあつめて、キケロの冬営地を奇襲したが、このときはまだ、サビヌス戦死の報はキケロには届いていなかった。

そのため、堡塁用の木材や薪をあつめに森に入っていた部隊も、敵の騎兵の急襲にあった。エブロネス族、ネルウィイ族、アトゥアトゥキ族のほか、かれらと同盟あるいは従属関係にあるすべての部族からなる大軍に四方から攻撃されたのである。

わが軍は素早く武器を手にし、堡塁にかけ上がった。戦闘は激烈をきわめ、わが方にとっては危うい戦いであった。敵が命運をこの奇襲に懸けていたからである。これを制すれば、永遠の勝利が得られるものと信じて。

40　キケロはただちに、使者に多額の報酬を約束して、カエサルへ書状をとどけさせようとした。ところが、すべての道がふさがれていて、全員が捕らえられてしまった。ローマ軍は夜の間に、堡塁用の木材でたちまち百二十もの櫓を造り上げ、必要な箇所の補強も成し遂げた。

翌日、敵はさらなる大軍で押し寄せ、壕をうめた。これにたいしわが軍も、前日同様に応戦。それ以降も、こうしたことが繰り返された。

この間、工事は夜通しつづけられ、病人や負傷者さえ休むことができなかった。先を焼いた杭や長い壁槍を多数ならべ、櫓を高くし、鋸壁《きょへき》や胸壁を枝編細工でつくるなど、次の日の防戦に必要なものは、夜の間にすべて用意した。

キケロは、衰弱していたにもかかわらず、夜も休もうとはしなかったが、心配する兵士らに迫られるに及んで、ようやく休息をとった。

41　ネルウィイ族の指導者や有力者のなかでキケロの友人や知人を自認していた者たちが、かれに会談をもとめてきた。そしてその機会をあたえられると、アンビオリクスがサビヌスに語ったことと同じことを言った。全ガリアの蜂起、ゲルマニー人のレヌス渡河、それに、カエサルその他の冬営地にたいする襲撃などである。

さらに、サビヌスの死についても触れ、その証拠として、アンビオリクスがそこにいることを明らかにした。そして言うには、「絶望的状況にある者に支援を期待しても、無駄ではないか。われわれは、キケロともローマ人とも争うつもりはない。ただ、当地での冬営はみとめられない。そうしたことが常態化するおそれがあるからである。冬営地からの撤退には、安全を保証する。どこへでも好きなところへ行くがよい」と。

これにたいしキケロは、「武装した相手が示す条件をうけ入れるのは、ローマ人のやり方ではない。もし武器をおく用意があるなら、自分が仲介するので、カエサルのもとへ使節を送るがよい。カエサルの正義に訴えれば、嘆願はみとめられるだろう」とだけ答えた。

42　思惑がはずれたネルウィイ族は、高さ十フィートの堡塁と幅が十五フィートの壕で陣営をかこんだ。このやり方は、何年もの間にわれわれから学んだり、捕虜のローマ兵から教えられたりしたものである。ただ、作業に適した鉄器類がなかったため、芝土の切りとりに剣を用い、土を運び出すのにも手やマントを使った。

そうした状況から、相当な軍勢であることが判った。かれらは、三時間たらずで周囲三マイルの堡塁を完成させ、その後は数日で、同じく捕虜から教わったとおり、堡塁と並ぶ高さの攻城櫓のほか、破城鉤や亀甲車なども造った。

43　籠城から七日目、強風にみまわれる。

敵は、今ぞとばかり、ガリア風に藁《わら》でふいていた小屋めがけて、真っ赤に焼いた粘土の弾や火がついた短い投げ槍を浴びせてきた。小屋はたちまち炎につつまれ、火は風にあおられて陣営全体に広がった。敵は、勝利を手にしたかのように歓声をあげて、攻城櫓や亀甲車を近づけ、堡塁には梯子をかけて登ってくる。

しかし、わが軍兵士は、勇敢、沈着であった。周りを炎にかこまれたうえ、投げ槍の雨にさらされ、しかも、軍の輜重も個人の荷物もすべてが燃え上がっているのを知りながら、一人として堡塁から逃げ出す者とてなく、ほとんどだれも後ろさえ見ず、全員が果敢に応戦した。

この日、味方はきわめて危機的な状況にさらされたが、敵が一度に堡塁の下まで押しよせ、前列の後退を後列が妨害する結果となったことで、戦争の開始以来もっとも多くの敵を倒した。

そのうち、火の勢いがやや衰えたので、敵は櫓の一つを堡塁に近づけてきた。これを見て、第三大隊の百人隊長らは持ち場から退き、部下も全員後退させ、そして身振りもまじえて、大声で敵の突入を誘ったが、一人として来る者はいなかった。そこで、四方から投石をあびせて敵兵を落とし、櫓には火をはなった。

44　この軍団には、上級百人隊長の位に近い、プッロとウォレヌスという、二人の勇敢な百人隊長がいた。かれらはたえず張り合い、毎年昇進を争っていた。

堡塁前での激戦のさなか、その一人、プッロが言った。「ぐずぐずするな、ウォレヌス。肝っ玉をみせるには、今しかないぞ。今日こそ、決着をつけようぞ」と。そして堡塁から出て、敵がもっとも密集しているところへ突進した。ウォレヌスも、周囲の手前、堡塁にとどまるわけにはいかず、これに続いた。

敵の目前にまで迫ったプッロは、多勢のなかから駆け出てきた一人に槍を放った。敵兵は、その槍をうけて気を失った。すると、仲間がこれを盾でかばい、プッロの前進をはばもうと、投げ槍をあびせてきた。

そのうちの一本がプッロの盾をつらぬいて剣帯につき刺さり、鞘《さや》の位置をかえた。このため、プッロが右手で剣を抜くのが遅れ、敵に包囲されてしまった。

これを見たウォレヌスは、プッロの救援にかけつける。敵はプッロが投げ槍で死んだとみて、一斉にウォレヌスの方へかかってきた。ウォレヌスは剣を手に白兵戦をいどんで一人を倒し、残りをわずかに後退させた。ところが、突進のあまり、次の瞬間、窪地へ落ち、自分が囲まれる羽目となった。今度は、これをプッロが助けた。かくして、両者とも多くを倒し、大喝采のうちに堡塁へともどった。

競争の場面で、幸運がこのように二人をたがいに助け合うようにしたので、どちらがより勇敢であるかを断じることはできなかった。

45

日増しに激しさを増す敵の攻撃のまえに、兵士の大部分が負傷し、戦うことができる者の数が限られてきた。そしてそれにつれて、カエサルへ使者を出す数も増えたが、そのうちの何人かは捕らえられ、味方が注視するなか、なぶり殺しにあった。

このとき陣営に、ウェルティコという、ネルウィイ族の名門の出の者がいた。かれは、攻囲がはじまるや、キケロのもとへ難をのがれ、忠節をつくしていた。

このウェルティコが、自分の奴隷に、自由と大きな報酬とを約束して、カエサルへ手紙を届けさせることにした。奴隷は、手紙を投げ槍に結びつけて持ち出し、ガリー人の一人として、少しも疑われることなく、カエサルのもとへ辿りついた。かくしてキケロと軍団の危殆《きたい》が伝えられた。

カエサルの来援

46　カエサルが手紙を手にしたのは、その日の第十一時（午後五時）ころ。かれはすぐさま、二十五マイル先の、ベッロウァキ族の領土で冬営していた財務官クラッススのもとへ伝令を送り、真夜中に軍団をひきいて馳せ参じるよう命じた。クラッススは、伝令をうけるや、ただちに陣営を後にした。

カエサルはまた、副官のファビウスにも伝令を出し、自分が通過を予定しているアトレバテス族の領土へ軍団をひきいてくるよう命じ、さらに、ラビエヌスにたいしても、支障がなければ、軍団とともにネルウィイ族のところへ駆けつけるよう指示した。他の部隊は、少し離れすぎていて、当てにはできなかった。騎兵は、近くの冬営地から約四百騎をあつめた。

47　第三時（午前九時）ころクラッススの先発隊から本隊の到着を知らされたカエサルは、その日、二十マイルほど進んだ。そしてサマロブリウァをクラッススにまかせ、そのために一個軍団をあてがった。そこには、輜重や人質、それに公文書のほか、冬営に必要な穀物を置いていた。ファビウスは、命令どおり、軍団とともに間もなく途中で合流した。一方、ラビエヌスの方は、サビヌスの戦死や大隊の自害を知ったが、トレウェリ族が全軍をあげて、しかも最近の勝利によって意気揚々と急迫している今このときに逃げるがごとく冬営地を出れば、敵の攻撃を支えきれなくなるおそれがあったので、カエサルに手紙をおくり、冬営地からの撤退が危険であることを伝えた。また、エブロネス族のところで起きた事件のほか、トレウェリ族の騎兵部隊や歩兵部隊が自分の陣地から三マイルの地点に布陣していることなども報せた。

48　カエサルは、ラビエヌスの進言をみとめた。しかし、そのため、三個軍団ではなく、二個軍団しか集めることができなくなった。

だが、いずれにせよ、全軍を救うには迅速な行動以外にないとの考えから、カエサルは強行軍でネルウィイ族の領土へ入った。すると当地で、捕虜から、キケロの冬営地で起こっている事態の深刻さを聞かされた。

そこで、ガリー人の兵士の一人を大きな報酬で説得し、キケロへ手紙を届けさせることにした。使者が捕らえられても、内容が敵に分からないよう、手紙はギリシア語で書いた。使者には、もし陣営へ近づくことができない場合は、手紙を槍の革紐に結びつけて、堡塁の中へ投げ入れるように命じた。

手紙の内容とは、カエサルが軍団をひきいて救援に向かっている、すぐに到着するゆえ、それまでいつもの剛毅さを堅持せよ、というものであった。

ガリー人の使者は、危険をおそれて、言われたとおり、その槍をなげた。槍は偶然、櫓に突き刺さったものの、二日の間だれにも気づかれなかったが、三日目になってようやく一人の兵士がこれに気づき、取り外して、キケロのもとへ届けた。

キケロはそれに目を通すと、兵士らのまえで読み上げ、全員を歓喜させた。そのとき、遠くで建物を焼いている煙がみとめられた。それは明らかに、カエサルの来援を示すものであった。

49　ガリー人は、偵察隊から事情を知らされると、攻囲を解き、いっせいにカエサルをめざした。その数、武装した者約六万。

キケロは、今度もまた、前述のガリー人兵士ウェルティコにカエサルへの手紙を託し、道中くれぐれも用心するよう言って、行かせた。手紙の内容は、敵が矛先を冬営地から一転して、カエサルの軍へ向けたことを伝えるものであった。

夜中ごろこの手紙をうけとったカエサルは、敵の来襲を全軍につたえ、戦闘にむけて兵士らを督励した。そして翌日明け方、陣をはらい、四マイルほど進んだところで、谷と川の向こうに敵の大軍をみとめた。

わが方にとって、兵力がわずかなうえ、地形も不利とあっては、会戦はきわめて危うい。それに、キケロはすでに籠城から解放されていて、もはやその点の憂いはない。そこでカエサルは、歩をゆるめるべきだと考え、進軍を止め、あたりの格好な場所に陣をかまえた。

七千名足らずで、輜重もなかったが、敵をあざむくため、できるだけ通路を狭くして、より小規模な軍勢に見えるようにし、またその間に四方に斥候をはなって、谷をわたる最善の道をさがさせた。

50 その日は、水際における騎兵同士の小競り合いをのぞけば、両軍とも陣地をうごかなかった。ガリー人の方は、来援中の大軍を待っていたし、カエサルの方は、怖気づいていると見せかけて敵をおびき出し、谷のこちら側の陣地前で戦うか、それができなければ、道を探して、危険をおかさず谷や川をわたろうとの考えであった。

夜が明けると、敵の騎兵部隊が来襲し、わが軍の騎兵部隊と交戦した。カエサルは、騎兵をわざと退却させた。そして陣営の周りの堡塁を高くし、すべての門を封鎖させるとともに、こうした作業が恐怖による大混乱のなかで行なわれているかのように演出させた。

51 これら一連の計略によって、敵はおびき出され、不利な地歩で戦列を組むにいたり、さらには、わが軍が堡塁からさえ姿を消しているのを見て、ますます近づき、四方から陣営内に飛び道具を放ってきた。同時に、触れ役を陣地の周囲に走らせ、叫ばせた。ガリー人であれローマ人であれ、第三時（午前九時）までに出てきた者には安全を保証する、しかし、それ以降は許さない、と。

かれらは、そうした侮《あなど》りのあまり、陣門が見せかけに一重《ひとかさね》の芝土で塞がれただけであったにもかかわらず、そこからの突入は不可能と思い込み、手で堡塁を崩したり、壕を埋めたりし始めた。

カエサルはここで、すべての門から軍団兵による突撃をかけ、続いて騎兵を放ち、たちまち敵を潰走させた。誰一人、これに応戦する者はなかった。かくして多数の敵を屠《ほふ》り、大量の武器をせしめた。

52　しかし、途中に森や沼がいくつもあったことや、攻撃すべきものなどもはやほとんど残っていなかったこともあって、深追いはせず、カエサルは無傷の全軍をひきいて、その日のうちにキケロと合流した。

敵が造った櫓や防御施設は、見事なものであった。一方、キケロの軍団を閲兵したところ、無傷の者は、十人に一人もいなかった。これは、危機的状況のなかで兵士らがいかによく奮戦したかを物語っている。

カエサルは、キケロと軍団の勇敢さを讃えた。そしてキケロの証言にもとづき、とくに戦功のあった大隊長や百人隊長ら一人ひとりに声をかけた。その後、サビヌスとコッタの死についても、捕虜から詳細を聞いた。

翌日、全軍をあつめて状況を説明し、兵士らを慰め、励ました。「敗北は副官の無思慮と過失によるものであり、なんら動揺すべきことではない。しかも、神々のお力添えと諸君の武勇とによって災いはすでに償われた。敵の喜びは続かず、われわれの悲しみもこれで終わりなのだ」と。

4　北方部族の間における反乱の拡大

53　この間、カエサル勝利の報は、レミ族を通して瞬く間にラビエヌスへ伝えられた。そのときラビエヌスはキケロの冬営地から約六十マイルも離れていたし、カエサルがそこに着いたのも第九時（午後三時）過ぎであったが、夜半前にはすでにラビエヌスの陣営の門前でレミ族が勝利の歓声をあげていたのである。

カエサル勝利の噂は、おなじくトレウェリ族のインドゥティィオマルスの耳にも入った。次の日にラビエヌス陣営の襲撃を目論んでいたかれは、これを知るや、夜のうちに陣をはらい、自分の領土へと兵を退いた。

カエサルは、ファビウスとその軍団を冬営地へもどし、みずからは、三個軍団とともにサマロブリウァ付近の三ヶ所で冬営させる三個軍団とともに当地で冬を過ごすことにした。ガリアの深刻な騒乱を見てのことである。[1]

たしかに、サビヌスが戦死した災難のことが知れわたると、ガリアのほぼ全部族が戦いを考えるようになり、使者や使節を四方へ派遣して、他の部族の思惑や開戦の場所などをさぐるとともに、夜には人気のないところで協議をかさねていた。

そのため、ガリー人の策謀や暴動の情報が入らぬ日などなく、冬の間、カエサルの気が休まるときはほとんどなかった。

第十三軍団を預けていたロスキウスからの報告も、そうした情報のひとつである。それによれば、アレモリカエ族というガリー人の大軍がロスキウス率いるローマ軍を攻撃しようと、陣営から八マイルのところにまで迫ったが、カエサルの勝利を聞くや、逃げるがごとく撤退したらしい。

（注1）「みずからは、三個軍団とともに……当地で冬を過ごすことにした」カエサルがガリアで冬を越すのは、これが最初である。三個軍団とは、先に当地へ残していたクラッススの軍団、カエサルに同行していたトレボニウスの軍団、それにキケロの軍団を指す。

トレウェリ族の反乱

54　カエサルは、各部族の首長を集め、あるときは、なにごとも見通していると言って脅し、あるときは、大いに励ますなどして、その大半を服従させていた。しかし、ガリー人の中でもっとも勢力があったセノネス族については、カエサルの思惑どおりには行かなかった。カエサルがこの部族の王に据えていたカウァリヌスを、部族の者たちが殺そうと謀っていたからである。カエサルがガリアへ来た当時、世襲の王位を継いでいたのは、兄のモリタスグスであった。

カウァリヌスは、策謀に気づいて逃亡したが、部族の者たちは、国境までかれを追い、王位を奪ったうえで領土から追放し、カエサルには使節を送って弁明につとめたものの、長老全員の出頭をもとめる命令には従わなかった。
戦争をとなえる指導者の出現に、すべての部族が動かされ、気持ちを一変させたのだ。そのため、長年の忠節や最近の支援ゆえに厚遇していたハエドゥイ族とレミ族を除けば、われわれにとって信頼するに足る部族など、ほとんどないような事態となった。だが、かれらの造反は、とくに意外なことではない。なぜなら、武勇の点で他を凌いでいた者がいまやローマ人に服従を強いられているとなれば、激しい屈辱感をおぼえるのは、むしろ当然だからである。

55　トレウェリ族とインドゥティオマルスは、冬の間たえずレヌス河向こうに使節を送り、金銭を約束して各部族をそそのかした。ローマ軍の大半が壊滅した今、残りはごくわずかだ、などと語って。

しかしそれでも、一つの部族さえ説得することができなかった。ゲルマニー人が言うには、アリオウィストゥスの戦争とテンクテリ族のレヌス渡河と、二度にわたってガリア進攻を試みており、これ以上冒険をおかすつもりはない、ということであった。

説得の望みが断たれたインドゥティオマルスは、それでもなお諦めず、次の手として、兵を募って訓練し、近隣の部族からは馬を買い、さらには、多額の報酬でガリア全土から亡命者や犯罪人まで集めた。こうしてすぐにガリアで大きな勢力を有するようになったのである。そのため、各地から使節がかれのもとを訪れ、公私にわたる好意や友情をもとめた。

56　インドゥティォマルスは、そうした申し出をみて、思った。罪の意識や反抗心などから、セノネス、カルヌテス、ネルウィイ、アトゥアトゥキなどの部族がローマに反旗をひるがえそうとしている現状、領土を出て進軍を開始すれば、志願兵には事欠くまい、と。

そこでかれは、武装による集会を通告した。ガリアの風習では、これは開戦を意味する。また、かれら共通の掟によれば、成人男性には武装して集まることが義務づけられていて、遅れて最後となった者には、衆人環視のもと、あらゆる拷問のすえに死があたえられる。

インドゥティォマルスは、この集会で、娘婿であるキンゲトリクスを公敵と宣言し、財産を没収した。キンゲトリクスが反対派の首領でもあり、前述のとおり、カエサルの保護をうけ、ローマ側に付いていたからである。

かれは次に、自分の行動がセノネス族やカルヌテス族その他多くのガリー人部族の要請にもとづくものであることや、ラビエヌスの陣営を攻めた後にレミ族の領土を蹂躪するつもりであることなどを話し、それに必要な指示を出した。

57 ラビエヌスは、自然と技術とでまもられた陣営にいて、防備になんら不安はなく、勝利の機会をのがすまいとだけ考えていた。そこで、キンゲトリクスやその一族からインドゥティオマルスが集会でおこなった演説のことを聞くと、近隣の部族に使者を出して騎兵の供出をもとめ、その集結日を伝えた。

一方、インドゥティオマルスは、この間ほぼ毎日、すべての騎兵をつれてラビエヌス陣営の周りをうろつき、ローマ軍の様子を調べたり、声をかけたり、あるときには、脅したりした。そしてそのような折には、ほとんど常に全騎兵が堡塁へ槍をなげ入れた。

これにたいしラビエヌスは、軍団を陣営内にとどめ、あらゆる方法で、敵を恐れているふりをして見せた。

ラビエヌスの勝利

58　インドゥティオマルスは、日に日に軽蔑の念をつのらせ、陣営へ近づいてきた。そうしたなか、ある晩ラビエヌスは、近くの部族から集めた騎兵を陣営へ入れ、見張りを立てて全軍を注意ぶかく陣内にとどめ、内情をトレウェリ族に知られないようにした。

この間インドゥティオマルスは、いつものように陣営のところまで来ては、辺りで長時間過ごし、かれの騎兵も、連日のごとく投げ槍をなげ入れては、侮辱的な言葉をあびせてこちらの出撃を誘っていた。

わが軍は、だれも応えなかった。やがて陽は落ち、頃合いと見たのか、かれらは三々五々、帰りはじめた。このときである、ラビエヌスが二つの門から全騎兵を出撃させたのは。

出撃にあたって、かれは兵士らに厳命していた。敵は慌てて逃げはじめるだろうから、全員がただちにインドゥティオマルス一人を追って、まず奴を仕留めよ、と。他を追撃している間に逃亡されてはならないと考えたからである。そしてインドゥティオマルスを討ちとった者には大きな褒賞を約束したほか、騎兵部隊の支援として大隊をいくつか出していた。

ラビエヌスの思惑は、みごと功を奏した。全員がインドゥティオマルスだけを目標としたことで、かれを浅瀬で捕らえて仕留めたのである。その首は陣営へ持ちかえった。また、帰途においても、他を追撃して殺戮をほしいままにした。

集結していたエブロネス族やネルウィイ族の軍隊は、これを知ると踵をかえし、ガリアはこのあと、いくぶん平穏な時がつづいた。

(注)——紀元前五四年の本国の状況

総督となるやシリアに赴任していたクラッススは、パルティアへ向けて進攻を開始。これにたいしポンペイウスは、両ヒスパニアの統治を副官任せにして、自分は国内に留まった。依然として若妻のもとを離れることができないのだ、というのがもっぱらの噂であった。ところが、そのポンペイウスを思わぬ不幸が襲う。愛妻ユリアが産褥《さんじょく》熱で亡くなり、生まれた赤子も数日後に息を引きとったのである。母の死につづく愛娘の死に、カエサルもまた深い悲しみに打たれた。一方、周囲の者たちは、彼女の死によって実力者ふたりの間の絆が切れたことに危機感をいだいた。他人となった両雄が並び立つはずがない。悲しみから立ち直ったポンペイウスにも、ようやく自分が直面するその辺の現実が見えてきた。元老院派が、これを好機と、ポンペイウスの抱き込みにかかる。同時に、民衆派にたいする反撃を強めたことで、首都はいっそう混乱の様相を呈する。なお、この年には、カエサルが国内の側近を駆使して、ローマ市の中心にある広場の拡張工事を行なっている。前年のポンペイウスによる劇場建設を意識してのことである。また、この年の執政官選挙では、両方とも元老院派が勝利した。

第六巻

（紀元前五三一年）

紀元前53年　ガリア遠征６年目

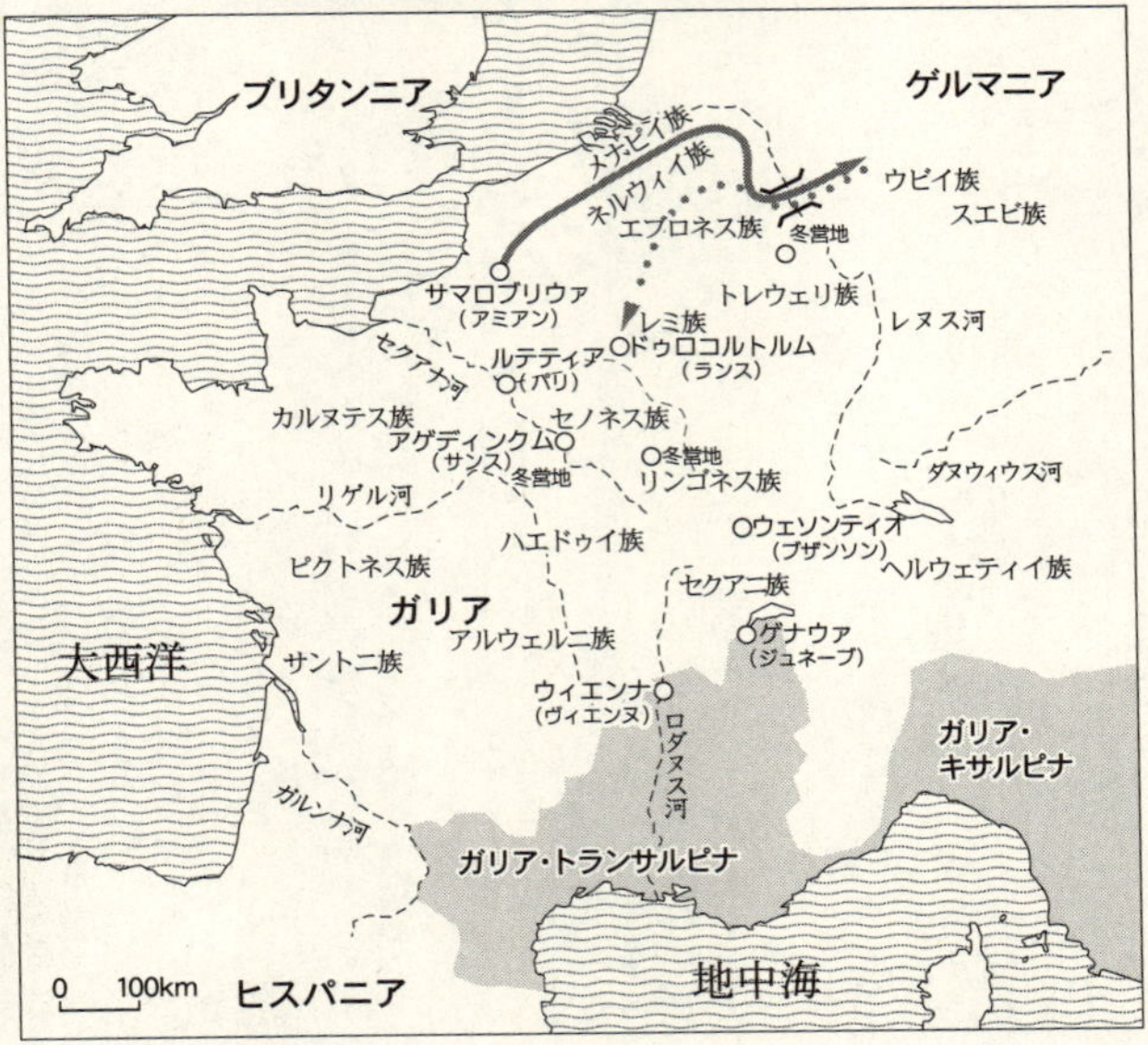

(　　)内は現代名を示す

1 ガリア全土における反乱の拡大

1　カエサルは、さまざまな理由[1]から、より大規模な叛乱を予想し、それに備えて、シラヌス、アンティスティウス・レギヌス、セクスティウスの三副官に徴兵を命じた。同時に、このとき政治的な理由から軍事権を有したままローマ近郊に留まっていたヒスパニア総督のポンペイウス[2]にたいしても、かれが執政官のときにガリア・キサルピナ（北イタリア）で軍役の宣誓をさせていた者たちの召集、派遣を依頼した。それは、戦争によるいかなる損害でも、これをすぐに回復できるだけでなく、さらには増強できるイタリアの人的資源をガリー人に示すことが、将来にわたってきわめて重要だったからである。

ポンペイウスは、友情のためにも、これを認めた。副官らによる徴兵も速やかにおこなわれた。そのため、早くも春まえに三個軍団[3]が届き、これによってサビヌスとともに失っていた大隊の数も倍になり、まさに動員の速さと規模とで、ローマ人の底力をガリー人に見せつけることができた。

（注1）「カエサルは、さまざまな理由から、より大規模な叛乱を予想し」第五巻後半に述べられている北方諸部族の反乱とそれによってうけたローマ軍の大損害をいう。

（注2）「ローマ近郊に留まっていたヒスパニア総督のポンペイウスにたいしても」元老院は前五五年、ポンペイウスが執政官のとき、他のどの総督下の属州でも徴兵できる権限をかれに与えた。また、執政官後の職としてヒスパニア総督に任命した。しかし、ローマ市民に配給される穀物を確保するための食糧管理も委任することになったため、ヒスパニアへは代理を派遣させ、本人には本土へ留まることにさせたのである。なお、郊外にいたのは、軍事権を有していたことによる。

（注3）「春まえに三個軍団が届き、これによって……大隊の数も倍になり」カエサルの兵力はこれで十個軍団となる。前五四年の冬にイタリアで募った二個軍団のうち、その一つは、先に壊滅したサビヌスの軍団、すなわち第十四軍団の名称を引き継いだ。他方は、第十五軍団と名付けられた。ポンペイウスから借りた軍団は、第一軍団と呼ばれた。これはその後第六軍団と改称され、パルティア討伐のための兵力として返還をもとめられる。

2

前述のインドゥティィオマルスの死後、軍隊の指揮権は親戚の手に移ったが、その者たちも同様に、金銭を約束して周辺のゲルマニー人に誘いをかけた。そしてそれが不首尾におわると、今度は遠方の部族にはたらきかけ、いくらか味方を得た。そこで、かれらと同盟の誓いを交わし、金銭の保証として人質をわたした。アンビオリクスについても、こうして同盟の一員にくわえた。

カエサルは、これらの事情を知るとともに、各地で開戦の準備がなされている様子も見た。たしかに、ネルウィイ族、アトゥアトゥキ族、メナピイ族、それにレヌス河からこちらのすべてのゲルマニー人が蜂起していたし、セノネス族も命令にそむいて来ないうえ、カルヌテス族ほか、近くの部族とも通じていた。それだけではない。トレウェリ族が他のゲルマニー人にもさかんに使節攻勢をかけていた。

カエサルには、いつもより早めの対応が必要におもわれた。

3　そこで、春がまだこないうちに、近くの四個軍団をあつめて、突如ネルウィイ族の領土へ入り、相手の不意をついて、住民や家畜を多数とらえ、これらを兵士らに分配。さらには、土地を荒らすなどして、投降と人質の引渡しを余儀なくさせた。かくしてこの件を一気にかたづけると、軍団を冬営地へともどした。

初春、定例のガリア会議をひらいたが、セノネス、カルヌテス、トレウェリの三部族は姿をみせなかった。カエサルは、これを蜂起の始まりと考え、すべてを後回しにして、会議をパリシイ族の町ルテティア（現パリ）へ移した。パリシイ族は、セノネス族の隣の部族で、一世代前にはかれらと一つの共同体をなしていたが、今回の謀反とは無関係におもわれた。カエサルは、壇上から計画を述べると、その日に軍団をひきいてセノネス族をめざし、強行軍でかれらの領土に入った。

4　今回の造反の首謀者であったアッコは、カエサルの接近を知るや、部族民に城砦への集結を命じた。部族民は急いだが、間に合わず、ローマ軍の到来を報されると、抗戦の意図をすて、昔からの庇護者であったハエドゥイ族を介して使節をよこしてきた。

カエサルとしては、その夏を戦争にあてるつもりであったし、また、ハエドゥイ族からの進言もあったので、百名の人質だけでかれらを赦し、その監視をハエドゥイ族にゆだねた。同様に、使節や人質を送ってきたカルヌテス族にたいしても、かれらが服属していたレミ族の執《と》り成《な》しをいれて、同じような処分に付した。そして会議後、各部族にもそれぞれ騎兵の供出をもとめた。

メナピイ族とトレウェリ族の討伐

5　かくしてこの地域を鎮めたカエサルは、いまや全力でトレウェリ族とアンビオリクス（エブロネス族）の討伐をめざす。

そこでまず、カウァリヌスとセノネス族の騎兵に同行を命じた。これは、この男の激しい気性やこの男にたいする部族民の憎しみなどから暴動が起こりかねなかったからである。

次に、アンビオリクスが戦いを避けていることが分かったので、かれの他の計略についても推測してみた。

エブロネス族の領土の隣にはメナピイ族がいたが、果てしない森や沼にまもられたこの部族からだけは、かつて一度も友好の使節がきたことがなかった。それにまた、アンビオリクスはメナピイ族に友人として遇されているだけでなく、トレウェリ族を介してゲルマニー人と友好関係をきずいている。したがって、かれが追いこまれた際に、メナピイ族のなかに身をかくしたり、レヌス河向こうの部族と手をにぎったりできないよう、あらかじめそうした支えを除いておく必要があった。

そこで、トレウェリ族領内にいるラビエヌスのもとへすべての輜重を送るとともに、二個軍団をさしむけ、みずからは軽装の五個軍団をひきいてメナピイ族をめざした。これにたいし、地の利だけに頼り、兵を集めていなかったメナピイ族は、森や沼地へにげ込み、財産までもそこへ移した。

6　カエサルは、副官ファビウスと財務官クラッススに兵を分け、土手道を急造すると、三軍に分かれて進み、穀倉や人家を焼き、住民や家畜を多数とらえた。メナピイ族は、やむなく講和の使節を遣してきたが、カエサルは人質をうけとると、言った。もしアンビオリクスやその使節を領土内に迎え入れるようなことがあれば、汝らを敵とみなす、と。そしてこう警告した後、監視のためアトレバテス族のコンミウスに騎兵をつけてメナピイ族のもとに残し、みずからはトレウェリ族をめざした。

7　トレウェリ族は、カエサルが右のことに時間をとられている間に歩兵と騎兵からなる大軍をあつめた。自領で冬営中のラビエヌスとその一個軍団を襲撃するためである。だが、ローマ軍の陣営から二日の行程にまで迫ったとき、カエサルが送った二個軍団の到着を知るにいたり、進軍を停止。十五マイルの距離をおいて陣をはり、ゲルマニー人の援軍を待とうとする。

これを見ぬいたラビエヌスは、輜重の警護に五個大隊を残すと、二十五個の大隊と騎兵の大部隊とをひきいて敵に向かい、わずか一マイル手前に陣をかまえた。

ローマ軍と敵との間には河があったが、その河岸は険しく、容易には渡れそうになかった。もっとも、ラビエヌスには河を渡るつもりはなく、また、相手も渡らないようにおもわれた。この間、援軍にたいする敵の期待は、日増しに高まっていた。

ラビエヌスは、会議においてゲルマニー人接近の報があったことを話し、慎重を期して翌日の夜明けに撤退することを明らかにした。ところが、このことはただちに敵側へ洩れた。当然のことながら、多数のガリー人騎兵のなかには、同胞へ味方したい者たちが若干いたからである。

ラビエヌスは夜、大隊長と上級百人隊長をあつめて計画を伝え、陣をたたむに際しては普段より騒ぎたてて狼狽している様子を演じさせることにした。こうしてローマ軍は、敗走するかのように撤退する。

両陣営が近いため、この動きは偵察隊を通して夜明け前に敵が知るところとなった。

8　ガリー人は、めざす戦利品をのがすまいと互いに叱咤し——怖気づくローマ兵を目にしながら援軍を待つのはもどかしく、ましてや相手が敗走もままならないときに攻撃をひかえるなどとは、面目にかかわるとして——ためらいもなく河をわたり、不利な地形にもかかわらず戦いをしかけてきた。

これを予測していたラビエヌスは、敵をすべて河のこちら側へおびき寄せるため、そのまま退却をつづけた。そして輜重を少し先にやり、やや高いところに置かせると、兵士らを励ました。「待ちに待った機会がきた。敵は不利な足場にいて、自由がきかない。これまで最高司令官のもとで幾度となく見せてきた武勇を、ここでも発揮せよ。最高司令官がここにいて、戦いを見守っていると思うのだ」と。

つづいて、敵の方へ向きをかえて戦列をくませ、輜重の警護にさしむけた一部を除き、全騎兵を両翼に配した。わが軍は、ただちに鬨の声をあげ、槍をはなった。逃げていると思っていた相手が向かってくる。虚を衝かれた敵は、わが軍の攻撃にたえきれず、最初の戦闘で敗走へと転じ、近くの森へ逃げこもうとする。ラビエヌスは、騎兵部隊にこれを追わせ、多数を殺し、また、少なからぬ数の捕虜を得て、数日後にはトレウェリ族を降伏させた。駆けつけていたゲルマニー人の援軍は、トレウェリ族の敗走を知るや、故国へとひき返し、インドゥティオマルスの親戚で、反乱の首謀者であった者たちも、かれらに従ってトレウェリ族のもとを去った。

かくして、前述のごとく当初から忠実であったキンゲトリクスにたいし、トレウェリ族の首長としての地位と指揮権とがあたえられた。

2　第二次ゲルマニア遠征

9　カエサルは、メナピイ族の領土からトレウェリ族の領土へ入ると、二つの理由からレヌス渡河を決意した。ひとつは、ゲルマニー人が自分に逆らってトレウェリ族へ援軍を送っていたこと、もうひとつは、アンビオリクスがゲルマニー人のなかへ逃げこむのを防ぐ必要からである。そしてこう決意するや、以前に部隊を渡したことがある地点から少し上流に橋をかけることにした。

工法がすでによく分かっていたうえ、兵士らの奮闘もあって、橋はわずか数日で完成。カエサルは、反乱にそなえて、トレウェリ族の側の橋のたもとに強力な守備隊を置き、みずからは残りの部隊と騎兵とをひきいて河をわたった。

これにたいし、前に人質を出して降伏していたウビイ族は、弁明のための使節をよこした。使節が言うには、トレウェリ族への援軍派遣もローマにたいする背信行為も行なっていないとのことであった。そしてかれらは、ゲルマニー人にたいする憎悪から罪のない者までが罰せられることがないようにと訴え、人質の追加が必要であれば、それも差し出すことを約束した。

カエサルが事情を調べてみると、援軍を送っていたのはスエビ族であることが分かった。そこで、ウビイ族の弁明をうけ入れ、スエビ族の領土へ入る道についてくわしく尋ねた。

10　数日後、ウビイ族から報せが入った。スエビ族が全軍を一ヶ所にあつめ、支配下の部族にも歩兵と騎兵からなる援軍を要請したとのこと。

カエサルは、ただちに穀物を手配し、陣地を定めるとともに、ウビイ族にたいし、野蛮で無知なかれらが食糧の不足から不利な戦いに走ることのないよう、家畜や財産をすべて城砦のなかへ運び込むよう命じた。また、スエビ族の動きをさぐるため、相当数の偵察隊をくり出させた。

かれらは、命じられたとおり、数日後に報告してきた。それによれば、ローマ軍の進攻を知ったスエビ族は、連合部族ともども、すでに領土の最端部まで撤退している。かれらの領土にはその深奥部まで延びたバケニスと呼ばれる広大な森があって、ケルスキ族との間の緩衝地帯となっているが、かれらはこの森の入り口でローマ軍を待つ計画だ、とのことであった。

3 ガリー人の制度と風習

11 ところで[1]、ここまで来たことであるから、ガリアやゲルマニアの風習、両民族の違いなどについて、少し述べてみたい。

ガリアでは、部族や郷、あるいは地区においてだけでなく、ほとんどの家門においても党派があって、もっとも実力者とおもわれる者がその長となり、すべての物事をその者の裁量で決めている。

これは、平民のだれもが有力者を前にして孤立無援であることのないようにとの配慮から出たものらしい。すなわち、各党派の長は、配下の者を他からの圧迫や詐取から護っている。護れない者に、権威はない。この考え方は、ガリア全体に共通のもので、たしかに、どの部族も二つの党派にわかれている。

(注1)「ところで、……両民族の違いなどについて、少し述べてみたい」

第11節から第28節まで、長い叙述をガリアとゲルマニアの博物学的な事柄に費やしているが、これはゲルマニア遠征の成果がそれほど芳《かんば》しいものではなかったので、読者の注意を他に向ける必要からではなかったかとも言われている。

12　カエサルがガリアへ来た当時、一方の党派の長はハエドゥイ族で、他方はセクアニ族であった。両者のうち、ハエドゥイ族の方が昔から有力で、従属部族の数も多かった。

劣勢のセクアニ族は、これに対抗するため、アリオウィストゥスを首領とするゲルマニー人に接近し、大きな代償をはらってかれらを味方につけた。そして度かさなる戦でハエドゥイ族の貴族を根絶やしにすると、その支配下にあった部族の多くを自分たちに従わせ、忠誠の誓いを強要したうえ、先に占領していた隣接地域の一部を併合するなどして勢力を確立し、全ガリアの覇権を握ったのである。

こうした事情から、ディウィキアクスがローマの元老院へおもむき、救援をもとめたのだが、不首尾におわっていた。

ところが、カエサルの出現によって、状況は一変する。ハエドゥイ族は、人質や以前の従属部族をとり返しただけでなく、カエサルの力添えもあって、かつて友好関係にあった部族を厚い処遇であらたに傘下におさめるなど、こうしてセクアニ族の覇権を砕いたのである。

その後、レミ族がセクアニ族の地位を継いだが、レミ族もカエサルの友邦と思われていたので、古くからの敵対関係がもとでハエドゥイ族に与していなかった部族は、レミ族に付くことになった。レミ族は、かれらをよく保護し、そのことによって、にわかに得た勢威を維持していた。

要するに、当時の事情は、ハエドゥイ族が強力に覇をとなえ、レミ族が次位を占めるという構図であった。

13　ガリアで人間としての価値をみとめられているのは、二種類の人種だけである。それにたいし、民衆はほとんど奴隷とみなされ、自主的にはなにもできず、なにも相談されない。大多数の者は、負債や重税や不正などのために隷属する身となり、その主人から奴隷のような扱いをうけている。

前述の二種類の人種とは、ドルイド、いわゆる祭司と、それに騎士をいう。

祭司は、生贄《いけにえ》の儀式や宗教的な説教など、神聖な事柄にたずさわり、教えをもとめる多くの若者にかこまれて非常な尊敬をうけている。じじつ、公私の別なく、ほとんどすべての争いがかれらによって裁決される。殺人その他の犯罪、相続や境界に関する争い、等々についても同様で、そうしたときの賠償や罰金もかれらが定める。

個人であれ部族であれ、祭司の決定にしたがわなかったばあいは、右の儀式にあずかることができない。これは、ガリー人にとってもっとも重い罰である。供犠《きょうぎ》にあずかれない者は、極悪非道とみなされ、皆が穢《けが》れを怖れて、会話はおろか、近づくことさえしなくなる。たとえ求めても、裁判はうけられず、もちろん、いかなる名誉もあたえられない。

祭司のなかには一人の長がいて、もっとも権威を有している。この者が死ぬと、次の位の者がこれを継ぐ。同等の者が複数いるばあいは、投票で後継者がえらばれるが、ときには武力で決せられることもある。かれらは、毎年ある時期に、ガリアの中心と考えられているカルヌテス族領内の聖なる場所で会議をもつ。この会議には、揉め事をかかえる者たちがガリア全土から集まり、かれらの裁決をあおぐ。

ドルイドの教義は、ブリタンニアで生まれて、ガリアへ伝えられたとされており、今日それを究めたいと願う者は、多くが教えをもとめてこの島にわたっている。

14　祭司は通常、戦争にかかわることはなく、税をおさめることもない。すなわち、他とは違い、兵役その他いっさいの義務をまぬがれている。

こうした特典の魅力から、多くの若者がみずから進んで、あるいは両親や親戚に送られて、学びに来ている。そこでは膨大な数の詩句を暗誦させられるらしく、そのため、なかには二十年の長きにわたって留まる者もいるという。

一般的事柄の記録には、公私を問わず、ギリシア文字が用いられているが、教えを書きとどめるのは良くないとされている。それはおそらく、教義が民衆に伝わるのを防ぐためと、文字にたよって記憶力の強化をおこたるのを防ぐためだろう。たしかに文字の使用は、多くのばあい、学ぶ者の勤勉さや記憶力を損なうようだ。

ドルイドが第一に教えることは、霊魂の不滅と転生である。かれらによれば、これこそ死の恐怖をおさえ、勇気を鼓舞するものにほかならない。

それ以外にも、天体とその運行、宇宙や地球の大きさ、万物の本性、不死の神々の力や権能など、多くのことを若者たちに教え伝えている。

15　もう一つの人種は、騎士である[1]。騎士は、戦争がおきて奉仕がもとめられたばあい——カエサルが来るまでは、各部族が毎年のように争っていた——こうした戦いに参加する。かれらは、身分や財産に応じた数の臣下や被護民をかかえていて、それが各自の勢力を示す唯一の指標となっている。

（注1）「もう一つの人種は、騎士である」
ガリアの騎士は、ローマの場合とは違って、貴族階級を意味する。カエサルの遠征当時、ガリアの大半では、すでに王政を脱し、貴族の合議制による政治がおこなわれていた。かれらは封建的な豪族として、一種の農奴をふくむ多数の配下を擁していた。

16　ガリー人はすべてが宗教的儀式にきわめて篤《あつ》く、重い病にかかった場合や戦争その他の危険に身をさらす場合は、人を生贄として捧げるか、もしくは捧げることを誓い、その儀式を祭司に依頼する。人命には人命でなければ神々を宥《なだ》めることはできないと考えられていて、こうした供犠は公的な行事としてもおこなわれている。

部族によっては、枝編細工で大きな像をつくり、その手足に生きた人間を詰め込み、これに火をかけて焼き殺す。盗みその他の罪で捕まった者は、神々にとくに喜ばれる人身御供《ひとみごくう》だとされている。その種の人間がいないときには、かわりに無実の者をさえ犠牲にする。

17　神々のなかでもっとも崇められているのは、メルクリウスである。この神は、あらゆる技芸の発明者、あらゆる旅の導き手、蓄財や商売に大きな影響力をもつ存在、と信じられている。そのため、像の数も非常に多い。

次に崇められているのは、アポロやマルス、ユピテルやミネルウァである。これらの神々に関して信じられていることは、他の民族のばあいとほとんど変わらない。すなわち、アポロは病魔をはらい、マルスは戦争をつかさどり、ユピテルは天上を統《す》べ、ミネルウァは工芸の手ほどきをする、というものである。

ガリー人が戦いにのぞむ際には、通常、マルスに戦利品の奉納を誓う。勝利すると、捕らえた動物を供え、他の戦利品は一ヶ所にあつめる。こうした物を特別な場所につみ上げた光景は、多くの部族の間でみられる。聖なる誓いを無視して自分の家に隠したり、所定の場所から持ち去ったりする者など、滅多にいないが、いれば、そうした冒瀆行為には、拷問をともなう厳罰が待っている。

18　ガリー人は、ディース（1）（冥府の神）を共通の祖先としている。これは、ドルイドの伝承によるものらしい。そのため、暦は日の数ではなく夜の数でかぞえ、誕生日も朔日《ついたち》も元日も夜から始まるものとして祝われる。

そのほか、日常生活では次の点も異なる。子供が兵役の義務をはたせるようになるまで、その子供を自分のそばに近づかせない。父親が公の場において年少の息子を近くで見るのは、恥ずべきことだとされている。

（注1）「ガリー人は、ディース（冥府の神）を共通の祖先としている」ディースはギリシア神話のプルートーンにあたる。これはガリー人の時間の概念のなかで夜が昼よりも重要であったことを意味している。

19　男は、妻からの持参金に、それと等価の財産を加える。そしてその合計にたいして計算がなされ、利息は貯蓄へとまわされる。どちらが死んでも、残った方が両方の持ち分を、それまでの利息とともに受けとる。

男は、子供にたいしてと同様、妻にたいしても生殺与奪の権をもつ。名門の家長が亡くなると、親戚があつまって死因をたしかめ、疑問があると、奴隷にたいすると同じやり方で妻をとり調べ、罪が明らかになったばあいは、火をはじめとする、あらゆる残酷な方法で殺す。

葬儀は、ガリアの生活程度からすれば、きわめて豪華。故人が生前に愛していた物はすべて、動物さえも火に投じられる。少し前までは、故人の寵《ちょう》を得ていたとされる奴隷や被護者までも、葬儀がおわると同時に焼かれていたという。

20　よく統治されているとおもわれる部族のばあい、公の事柄に関する噂や報せをきいた者はだれでも、それを他言せず、すぐに行政官へ知らせるよう、法律でさだめている。それは、軽率な者や未熟な者が流言におびえ、犯罪その他の暴挙に走ることが往々にしてあるからである。

行政官は、そうした報告をうけると、みずからの判断で隠すべきものは隠し、公にすべきものは公にする。公的な集まり以外で公事を論じることは、禁じられている。

4 ゲルマニー人の制度と風習

21　ゲルマニー人の風習は、これとはかなり異なる。ドルイドのような祭司もいないし、犠牲にたいする思い入れもない。神としているのは、火や月や太陽など、恩恵が明らかなものに限られる。他の神々については、噂でさえ知らない。かれらの生活は狩猟と武事とで占められ、男は幼いころから刻苦《こっく》にはげむ。長く童貞をまもった者には、賞讃が待っている。禁欲によって背が伸び、体も強くなると考えられているためである。実際、二十歳《はたち》前に女を知ることは恥とされていて、このことで隠し立てはまったくない。じじつ、川では男女が一緒に沐浴し、纏《まと》うものは毛皮その他いずれも短く、体の大部分が裸だ。

22　農耕には関心がなく、おもに動物の肉や乳、それに乾酪《チーズ》などを食している。一定の畑や地所を所有している者は、一人もいない。ともに暮らしている血族や種族にたいして、それぞれの首長が毎年、適当な場所に適当な広さの土地をあたえ、そして一年後には別の処へと移動させる。

これにはいくつかの理由がある。長期の逗留によって戦争より農耕を好むようになること、有力者が領地獲得に熱心になり、非力な者を追い出すようになること、金銭欲が生じて分裂や争議を醸すようになること、平民が有力者と資産に差があることを知って不満をいだくようになること、などを避けるためだという。

23　どの部族にとっても、周囲をできるだけ広く荒廃させ、人が住まないようにしておくことが最高の名誉とされている。ガリー人にとっては、近隣部族をまわりに寄せつけないことが武勇の証であると同時に、それが予期せぬ襲来からまぬがれる手段でもある。

侵略であれ防衛であれ、戦いのときには、生殺与奪の権を有する指導者が選ばれる。平時には、そうした部族全体の総司令官たる者はいない。各地方や各郷の首長が、それぞれのところで裁判をおこない、争いを解決する。

かれらによれば、自分たちの土地以外での略奪は、少しも悪行ではなく、むしろ若者を鍛え、怠惰から守るものだという。

集会の場で、有力者の誰かが指導者となることを表明し、自分にしたがう者をもとめると、その目的と人物とをみとめた者たちが立ちあがって協力を約束する。そして満場の喝采をうける。その後これを反故《ほご》にした者は、逃亡者か裏切り者とみなされ、以後、何事においても信用されない。

訪問者にたいする手荒な扱いは、不敬虔《ふけいけん》とされていて、理由のいかんを問わず、訪ねてきた者には安全を保証し、これを神聖視して家中を開放し、食事もともにする。

24　かつては、ガリー人が武勇でゲルマニー人に優っていた時期があり、そのときにはゲルマニアへ攻め入ったり、人口の多さや土地の乏しさからレヌス河向こうに殖民したりしたこともあった。

その一例がウォルカエ・テクトサゲス族である。かれらは、そうした時代に、ゲルマニアでもっとも肥沃な「ヘルキュニアの森」――エラトステネスほか何人かのギリシア人もこれを知っていたと見え、この一帯を「オルキュニア」と呼んでいる――周辺を占領して定住し、そのときから今日までこの地に住んでいて、公正さや勇敢さで名をはせている。現在はゲルマニー人と同様、窮乏その他の困苦をものともせず、食べ物も衣服もゲルマニー人と変わらない。

一方、ガリアはローマの属州に近いため、舶来品の流入で、贅沢な品々まで豊富にあり、ガリー人自体も幾多の敗戦によって支配されることにしだいに慣れ、いまではゲルマニー人と武勇を競うこともなくなった。

25　前述の「ヘルキュニアの森」は、軽装の者でも、通過に九日はかかる広さらしい。こういう以外に、言いようがない。かれらには、距離の尺度がないからである。

森は、ヘルウェティイ族、ネメテス族、ラウラキ族の各境界からダヌウィウス河（現ドナウ河）にそって延び、ダキ族やアナルテス族の境界へといたり、そこで左に折れて河の流れから離れた地域へと広がり、その広大さゆえに多くの部族の境界に接している。ゲルマニアのこの地域では、六十日も歩いた者がいながらも、森の終端に達したと言い切れる者はなく、どこがその端なのか聞いた者もいない。

森には、珍しい動物が数多く棲んでいる。とくに次の動物は、この地独特のものとして、記録しておくべきだろう。

26　まず、子鹿のような牛がいる。この牛には、われわれが知っているものより長く真っ直ぐな角が一本、額の中央に生えていて、先端は人の手のように大きく枝分かれしている。雄と雌との間に特徴上の差はなく、角の形も大きさも同じである。

27　また、アルケスと呼ばれる大鹿もいる。色や形は山羊に似ているが、大きさはそれよりやや大きい。角は変に短く、脚には瘤《こぶ》も節もない。休むときも立ったままで、もし何かのはずみで倒れたりすると、立ち上がることができない。かれらにとっては、樹木が寝床となる。つまり、それに少し寄りかかって休む。
　猟師が足跡からアルケスの寝床を知ると、そのところの樹木の根元を壊すか、あるいはそれに切り込みを入れ、かろうじて立ったままにしておく。そしてかれらがいつものようにこれに凭《もた》れかかると、体の重みで木を倒し、自分も共に倒れてしまうというわけである。

28　またもうひとつ、ウーリーと呼ばれる野牛の類もいる。大きさは象よりやや小さく、皮膚の色や姿かたちは牛に似ていて、力も強く、足も速い。人間でも野獣でも、目にしたものはかならず攻撃する。

土地の者は、さかんにこれを穴で捕らえて殺す。若者は、こうした狩りで鍛えられる。ウーリーをもっとも多く殺した者は、証拠としてその角を皆にみせ、賞賛を博す。

この動物は、小さいころに捕らえられても、人に懐いたり、飼いならされたりするようなことはない。角の形や大きさも、われわれの牛とは大いに異なる。人々はこの角を熱心にもとめ、縁を銀で覆って、豪華な宴席で盃としてもちいる。

5 エブロネス族の討伐

29 さて、スエビ族が森へ退いたことをウビイ族の偵察隊から聞いたカエサルは、前述のようにゲルマニー人が農業をなおざりにしている状況から、食料不足の可能性を懸念し、それ以上の前進はひかえた。

しかし、カエサルの再来という恐怖を残すと同時に、ゲルマニー人の来援を遅らせるため、兵を退いたあとウビイ族側の橋の末端二百フィートほどを破壊し、ガリア側の橋のたもとには四層の櫓をたてて、十二大隊からなる守備隊をおき、周辺を堡塁でかためた。そしてこの守備隊の指揮官には青年ウォルカキウスを当てた。

一方みずからは、穀物が実りはじめるころ、「アルドゥエンナの森」を通ってアンビオリクスの討伐へ向かった。ちなみに、この森はゲルマニア最大の森で、レヌス河やトレウェリ族の境界からネルウィイ族の領土へと達し、長さ五百マイルを超える。なお、その際、迅速さに幸運も手伝って首尾よく行くことを期待し、バシルス(1)に全騎兵をつけて先行させた。そしてこのとき、こちらの動きを敵に気づかれないよう、陣営で火をおこすことを禁じるとともに、自分もすぐあとに続くことを伝えた。

（注1）「バシルスに全騎兵をつけて先行させた」
ルキウス・ミヌキウス・バシルス。かれは後（前四五年）に法務官に就任する人物である。そして翌年（前四四年）カエサルの暗殺に加わることになる。

30　バシルスは、命令をよく実行した。すなわち、誰ひとり予想もしない速さで進み、驚く土地の者たちを多数とらえ、さらにそこから、アンビオリクスがわずかの騎兵とともにいると聞いた場所をめざした。

何事であれ、とくに軍事では、幸運がものを言う。バシルスが自分の接近を知られる前に無防備の相手に遭遇できたのは、まったくの偶然であるが、同様に、アンビオリクスが携えていた武器を奪われたうえ、馬車も馬も取られながら、なお死をまぬがれたというのも、大した幸運である。

そうなったのは、次の事情による。ガリー人は一般に、暑さ対策として、住居を森や川の近くに建てているが、そのときの家も森にかこまれていたため、身辺にいた者たちが狭い場所で応戦している間に、部下の一人がかれを馬に乗せ、森のなかへ逃げ込ませたのである。

このように、危難に出くわしたのも、それから逃れ得たのも、まさに偶然が大きくあずかっている。

31　その後アンビオリクスが兵を集めなかったのは、交戦を避けようとしたためか、あるいは、ローマ軍騎兵部隊の奇襲で余裕もなく、そのうえ本隊の接近を予期したためか、いずれか定かではない。確かなことは、かれが各地へ使者を送り、おのおのに独自の対応を命じたことである。

　そのため、ある者は深い「アルドゥエンナの森」へ、ある者は果てしない沼地へと逃げこみ、また、大洋近くの者は潮汐《しお》のぐあいでできる小島に身をかくすなど、多くの者が領内から出て、わが身も所持品もまったくの異邦人にゆだねたのであった。

　エブロネス族の領土の半分を支配し、アンビオリクスとも手を組んでいた老王カトゥウォルクスは、老衰で戦う気力も逃げる気力もなくし、蜂起の首謀者であるアンビオリクスをはげしく罵ったすえ、ガリアやゲルマニアに多い水松《いちい》の毒をあおって命を絶った。

32　エブロネス族とトレウェリ族の間に住んでいるとはいえ、もともとはゲルマニー人である――そして今もそう見られている――セグニ族とコンドルシ族から、カエサルのもとへ使節がとどいた。使節は、自分たちを敵とみなしたり、レヌス河から手前のゲルマニー人すべてが結託しているなどと思ったりしないよう懇請し、ローマにたいする謀議もアンビオリクスへの加担もなかったことを強調した。
　これにたいしカエサルは、捕虜の尋問を通してその真偽をたしかめると、エブロネス族からの逃亡者があればこれをさし出すことを条件に、領土を侵さないことを約束した。

つづいて、全軍を三つに分け、すべての輜重をアトゥアトゥカに集めた。アトゥアトゥカというのは、エブロネス族の領土のほぼ中央にある城砦の名で、かつてサビヌスとコッタが冬営したところである。ここを選んだ理由は、他の利点もさることながら、とくに前年の陣営がそのまま残っていたので、兵士の労役を軽減できたからである。

輜重の警備には、最近北イタリアで募った三個軍団のひとつ、第十四軍団をあて、軍団と陣営の指揮はキケロにゆだね、騎兵も二百騎つけた。

33　右の三分割後、カエサルはラビエヌスにたいし、三個軍団をひきいて大洋近くのメナピイ族と隣接する地方へ行くように命じ、おなじく、トレボニウスにも同数の軍団をつけて、アトゥアトゥキ族周辺一帯の蹂躙に向かわせた。そしてみずからは、残りの三個軍団をひきいて、アンビオリクスが少数の騎兵をつれて逃げたという方面、すなわち、モサ河へと注ぐスカルディス川やアルドゥエンナの森の端の方をめざすことにした。

なお、守備隊への穀物配給が七日後に迫っていたので、出立に際して、その日にもどることを約束した。また、敵の計画について再度協議のうえ次の戦いに臨めるよう、ラビエヌスとトレボニウスにも、状況がゆるすかぎり同日までに帰還するよう命じた。

34　前述のとおり、エブロネス族には一定の軍隊はおろか、自衛のための要塞も守備隊もなかった。そのため住民は四散し、奥まった谷間や森の中、それに障害の多い沼地などに難をのがれていた。周辺の住民は、こうした場所についてよく知っていた。あわてて逃げた相手が脅威となることはあり得ず、全軍の安全について心配はなかったが、兵士一人ひとりの安全の確保には相当の用心が必要であったし、場合によっては、個々の損失が全体の安全に影響しかねなかった。なぜなら、多くの兵士が略奪欲から森へ深く入り込もうとしていたし、といって、密集したままでは、道ともつかぬ道を進むことは不可能だったからである。

もし討伐を進め、あの悪辣な者たちを根絶やしにしようとすれば、多数の部隊を送って、これを広く展開させる必要がある。ぎゃくに、もしローマ軍のいつものやり方どおり軍旗を中心に隊伍を維持しようとすれば、地形上、野蛮人どもを撃つことができないばかりか、個々の部隊が待ち伏せに遭い、包囲されることにもなりかねない。

こうした問題に直面したカエサルは、最大限の警戒態勢をとった。全兵士が復讐に燃えていたが、被害を出してまで攻撃に走るのは、得策とは思われなかった。

そこで、近隣の諸部族へ使者を発し、戦利品をあたえる約束で、エブロネス族の略奪を呼びかけた。こうすれば、森での危険な戦闘にはガリー人を使うことができるし、同時に、エブロネス族を多勢で囲めば、あの悪業への報復として、かれらを地上から完全に抹殺できる。

かくして四方から多数が馳せ参じた。

ゲルマニー人の来襲

35　右の作戦がエブロネス族の全土で行われている間に、例の七日目が近づいていたが、このとき、戦争における運不運の影響がいかに大きなものかを知らされることになった。
前述のように、敵は恐怖から方々に散っていたので、わずかに脅威となり得る軍勢さえ皆目いなかった。エブロネス族が略奪に遭っていて、その略奪には他のすべての部族が誘われていることが、レヌス河向こうのゲルマニー人にも噂で伝えられた。河にもっとも近く、先のテンクテリ族とウシペテス族をうけ入れていたスガンブリ族は、ただちに騎兵二千を集めた。そしてカエサルが橋をかけ、守備隊を残していた場所から下流へ三十マイルの地点で舟や筏にのって河をわたるや、エブロネス族の領土を侵し、逃げていた部族民を多数とらえ、蛮人どもが宝とする家畜までも少なからず手に入れた。

いまや略奪欲は、かれらをさらに先へと駆りたてる。戦争や強奪のために生まれついた、こうした輩には、沼も森もなんら障害ではなかった。

かれらは、捕虜に尋ねて、カエサルがはるか先を行っていることやローマ軍がすでに立ち去ってしまったことを知った。そしてこのとき、一人の捕虜が言った。「大きな幸運が微笑んでいるというのに、なぜそのようなつまらぬ戦利品を追っているのか。三時間もすれば、アトゥアトゥカに行き着く。そこにはローマ軍の全財産が集められている。守備兵も防壁全周を守れるほど十分にはいない。それればかりか、堡塁から外へでる勇気がある者もいないようだ」と。

この言葉にあおられたゲルマニー人は、戦利品を人目につかない場所に隠し、その捕虜を案内人としてアトゥアトゥカをめざした。

36　それまでキケロは、カエサルの指示にしたがって兵士らを陣営内にとどめ、軍夫さえ外へ出すことはなかったが、カエサルの前進を聞いたことや帰還の噂もなかったことから、七日目になると、約束の期日がまもられるのかどうか疑念をもった。また、陣営の外に出ることを禁止されている状況は、自重というよりむしろ籠城だという声もあって、これにも動かされ、さらには、味方の九個軍団と強力な騎兵部隊にたいし、敵は四散してほとんど壊滅状態にある現状では、深刻な事態が――しかも陣営三マイル以内で――発生しようなどとは微塵も思われなかった。

そこで、途中に丘が一つだけしかない近くの畑へ、五個大隊を穀物の徴発にやった。陣営には病気の兵士が少なからず残っていたが、それまでの数日間に回復した者たちのうち三百人ほどで小隊をつくり、これも大隊に同行した。

そのほか、多数の軍夫にも同行がゆるされ、かれらも陣営で飼っている多くの家畜をつれて、これに続いた。

37　すると、ゲルマニー人の騎兵が突然あらわれ、そのまま裏門から陣営へ突入しようとしてきた。陣営のこの側では、森にさえぎられて、かれらの接近が分からず、防壁の下で天幕をはっていた商人たちには逃げる間もなかった。不測の事態に、兵士らは混乱におちいり、見張りの大隊が攻撃の第一波をかろうじて持ちこたえたにすぎなかった。

敵は、突入箇所を探そうとして、門以外のところにも押し寄せた。しかし、裏門はようやくのことで死守され、他の入り口も地形や堡塁ゆえにかろうじて突破をまぬがれた。

陣営には恐慌が走った。兵士らは、たがいに混乱の理由を尋ね合ったが、誰も答えきれず、どこへ集まり、どこを目指すべきか、誰もわかる者はなかった。ある者は、陣営がすでに陥ちたと言い、ある者は、野蛮人がローマ軍を指揮官もろとも撃ちやぶり、その余勢を駆ってここへ来たのだと言った。兵士たちの大半は、同じ陣営で起きたコッタとサビヌスの災難を思い起こし、この場所の不吉さにおびえた。

全員がそのように恐れ戦いていたので、捕虜から聞いたとおり、内には守備隊がいないものと思い込んだ敵は、この好機をのがすまいと、励まし合って突入を試みる。

38　陣営内には、前の戦いのところでも言及した、かつてカエサルのもとで首席百人隊長を務めていたバクルスがいたが、このときは病気で、すでに五日間なにも口にしていない状態であった。かれは、自分も含め、全員の安全に不安をいだきながら、身ひとつで天幕から出たところ、敵が迫っているのを見て、近くの者から武器をとり上げ、陣門に立った。すると、警備についていた大隊の百人隊長らもこれに続き、しばしの間ともに応戦した。バクルスは、深傷を負って気を失ったが、矢つぎばやの搬送でからくも救われた。この間に、他の兵士も自信をとりもどし、それぞれ堡塁の守備位置について防戦の体《てい》をとるまでになった。

39　穀物をもとめて出かけた部隊が騒ぎを耳にしたのは、その徴発を終えたときのことである。騎兵が先に駆けつけてみると、まさに危機的事態であった。最近兵役についたばかりの者怖じ気づいた者をうけ入れるような堡塁はなかった。

たちは、だれもが大隊長や百人隊長の方に目をやり、指示を待つだけであった。不測の事態に狼狽しない者など、一人としていなかった。

敵は、遠くに軍旗をみとめると、捕虜から遠方に行ったと聞かされていた軍団がもどって来たものと思い、攻撃の手をとめたが、その後小勢であることを知ると、四方から攻撃をしかけてきた。

40　軍夫などの従軍者は、近くの小高い処へ逃げたものの、たちまち追い落とされて、味方の戦列にかけ込み、兵士らをいっそう慌てさせた。

ここにいたり、楔形《くさびがた》の陣形で突破すべきだとの声があがった。陣営は近い、一部が斃《たお》れても、残りが救われる、と。これにたいし、丘の上で全員一丸となって応戦すべきだとの意見も出た。

後者の意見は、先の分遣隊と行動をともにしていた古参兵の反対にあった。そこで、たがいに励まし合い、ローマ騎士トレボニウスの指揮のもと、中央突破を図ったところ、はたして一人も負傷することなく陣営に帰ることができた。軍夫や騎兵部隊もこれに続き、歩兵に助けられて無事帰陣した。

一方、地歩をたのんで丘の上に残った新兵らは、その場所に踏みとどまることも、古参兵がみせた果敢な行動にならうことも、いずれもできず、陣営にもどろうとして焦るあまり、不利な地点に降りてしまった。しかし、その戦功ゆえに他の軍団の低い地位からこの軍団の高い地位に昇進していた百人隊長をはじめ、すべての百人隊長が、それまでの武名をけがすまいと死ぬまで奮戦したことで、敵が後退したすきに、一部が意外にも無傷で陣営にたどり着いた。残りは、蛮族の包囲にあって果てた。

河向こうへの撃退

41　ゲルマニー人は、いまや堡塁が固められているのを見て、陣営突入をあきらめ、森に隠していた戦利品を手にレヌス河の向こうへ退いた。

だが、ローマ軍の陣営では、ゲルマニー人の退却後も、かれらにたいする恐怖はなおも大きく、騎兵部隊とともに派遣されていたガイウス・ウォルセヌスがその夜もどって、カエサルが無傷の部隊をひきいて帰還目前にあることを報せても、信じる者がいなかった。

まさに恐怖によって全員が正気を失ったかのようであった。かれらは言った、わが軍は全滅し、騎兵部隊だけが逃げかえったのだ、そうでなければ、ゲルマニー人が陣営を襲うわけがないだろう、と。

この恐怖は、カエサルの帰還で消えた。

42　戦争における運の介在をよく心得ていたカエサルは、わずかの危険も冒すべきではなかったのだとして、前哨や守備のための大隊を外へ出したことを責めたが、それ以外は苦言をひかえた。

戦争では、多くのばあい、運がものをいう。敵の突然の出現もそうだが、敵を堡塁や陣門から駆逐できたのも、あるいは、それ以上に運のなせる業である。なかでも、とくに不思議なことは、アンビオリクスの領土を荒らすつもりでレヌス河を越えたゲルマニー人が、ローマ軍の陣営に遭遇し、アンビオリクスにとって願ってもない結果をもたらしたことである。

アンビオリクスの逃亡

43 カエサルは追撃に入る。ふたたび陣営を出、近隣の諸部族から多数の兵を集め、四方へ派遣したのである。

この派遣軍は、農家にも穀倉にも、目に入ったすべてに火をはなち、いたるところで家畜を駆り出し、作物にしても、これを多数の駄馬や人で食いつくし、残りは季節の雨で倒れるにまかせた。それは、敵がどこかに身をかくしても、われわれの撤退後に窮乏から死に絶えるだろうと思われるほどのものであった。

多くの騎兵を各方面に派遣したことで、アンビオリクスの逃亡をみた矢先の捕虜たちがかれを探しまわった。「今いたばかりだ」と口にする場面にもしばしば出遭った。そのため、この男を捕らえてカエサルの寵を得たいとの思いが、騎兵を途方もない努力へと駆り立て、ほとんど非人間的なまでの捜索に走らせた。

だが、いつもすんでのことに獲物を逸した。アンビオリクスは、信頼できる四騎の従者だけを連れて、森や谷に身をかくしたり、夜陰にまぎれて新しい場所にうつるなどして逃れたのである。

44　カエサルは、こうしてその地域を荒らし、二個大隊を失ったあと、レミ族の町ドゥロコルトルム（現ランス）へ全軍を撤退させた。そしてそこでガリア会議を召集し、セノネス族やカルヌテス族の造反について取り調べ、首謀者アッコには厳刑を科し、古式にのっとり処刑した。(1) 若干の者たちが裁判をおそれて逃げたが、これらは追放に付した。

その後、冬営にむけて二個軍団をトレウェリ族の領土へ、同じく二個をリンゴネス族へ、残りの六個をセノネス族領内のアゲディンクムへとそれぞれ振り分け、糧食の手配もおわると、例年どおり巡回裁判のため北イタリアへと向かった。

（注1）「首謀者アッコには厳刑を科し、古式にのっとり処刑した」
「古式にのっとり処刑」とは、鞭打ったあと首を刎《は》ねる刑のこと。

（注）――紀元前五三年の本国の状況
昨年の選挙結果をうけて、この年の執政官はふたりとも元老院派。同派の攻勢が強まる。民会による高級政務官の選挙では公然と買収がおこなわれ、買収された民衆が両派にわかれて

武器や投石を手に合い争う光景がさかんに見られるようになった。そしてそうした抗争の果てに、民衆派のクロディウスが元老院派のミロに殺害される。人々は、独裁官（ディクタトル）による支配の方がまだ増しだと考えるようになった。だが、武力で独裁官となる事態をゆるしては、ふたたび悲惨な内戦が起こりかねない。そこで、元老院が翌年の執政官をポンペイウス一人だけにすることを決議。これによって、混乱をひとまず収拾した。それまでしばしばポンペイウスを非難していた小カトーも、無政府状態よりは増しだとして、これには賛成した。一方、この年、東方からは悲報が入る。パルティア遠征のローマ軍が敵の巧みな戦術によって壊滅させられたのだ（「カルラエの戦い」）。クラッスス自身も、息子につづいて戦死。四万のローマ軍兵士のうち、帰還者は一万足らずという惨状であった。ちなみに、遠征軍はこのとき敵の軍旗がすこぶる煌《きらめ》くのを見たが、じつはこれが絹というものをローマ人が知った最初であったと言われる。

第七巻

（紀元前五一一年）

紀元前52年　ガリア遠征７年目

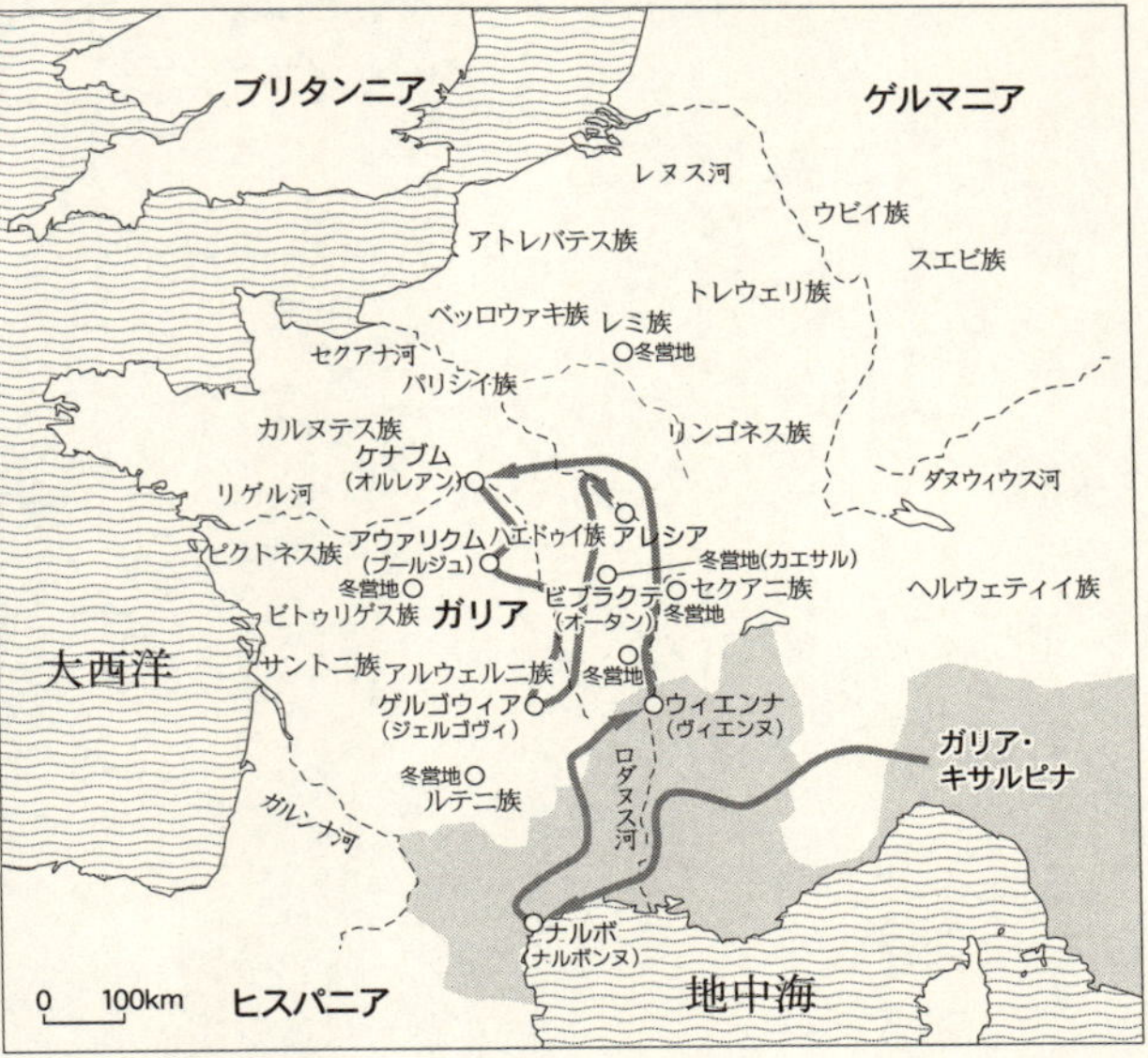

(　　)内は現代名を示す

1 全ガリアの共謀と指導者ウェルキンゲトリクス

1　ガリアが静まると、カエサルは予定どおり、巡回裁判のためイタリアへ向かった。そして当地に着くと、クロディウス(1)が殺されたことや、イタリアの若者すべてに入隊の誓約を課すという元老院決議がなされたことを知った。そこでかれは、管轄下にある当属州の全土で徴兵をおこなうことにした。

カエサルがイタリアへ行ったことは、アルプス以遠のガリアへただちに伝わり、さらには、格好の尾鰭をつけて広まった。首都の騒乱でカエサルは足どめされ、部隊のところへもどって来ることができないのだ、と。

以前からローマへの服従を嘆いていた者たちは、これを好機と、いまや戦争の準備に公然ととりかかる。

ガリアの首長たちは、人目につかぬところで密談をもち、アッコの死を悼み、同じ運命が自分たちを襲いかねない可能性をあげ、ガリー人全体の悲運をなげき、最後に、さまざまな褒賞を約束して、戦いによる自由の死守を訴えた。

計画が公になるまえにカエサルを軍隊から切りはなすことが重要である。これは難しいことではない、なぜなら、総司令官の不在では、軍団が冬営地から出撃するはずはなく、援軍なしでは、総司令官が軍団のもとへ来れるはずもないからである、いずれにせよ、祖先からうけついだ自由や名高い武勇を回復できないよりは、戦場で果てるほうが増しだ、というのがかれらの意見であった。

(注1)「クロディウスが殺されたことや、……元老院決議……を知った」私警団まで創って横暴になっていた民衆派のクロディウスが、同じように暴力組織で対抗していた保守派のミロに暗殺された事件を指す。

2　こうした議論をうけて、カルヌテス族が言い放った。「全ガリアのためなら、いかなる危険も辞さない。われわれが戦端をひらこう。事が洩れるおそれがあるので、保証としての人質交換は目下できないが、先陣をきるについては、もっとも神聖な儀式である軍旗の集結をおこない、開戦後にわれわれを見捨てないとの誓約をお願いしたい」と。

これにたいし、全員がカルヌテス族を褒めたたえ、誓約のあと、決行の日取りをきめて散会とした。

3　その日がくると、カルヌテス族は無頼漢のコトゥアトゥスとコンコンネトドゥムヌスにひきいられ、合図とともにケナブム（現オルレアン）を襲った。この襲撃で、商売のために滞在していたローマ市民が殺され、かれらの財産も奪われたが、犠牲者のなかには、カエサルの命をうけて穀物の調達にあたっていた立派なローマの騎士キタもいた。

このことは、すぐにガリア全土に知れわたった。というのも、ガリアでは大事件がおこると、遠くの者に大声で知らせ、それを聞いた者がさらに次の土地の者へ同じようにして伝えるやり方がおこなわれていて、そのため、明け方にケナブムで起こったことが、第一夜警時（午後六時）まえには、約百六十マイル先のアルウェルニ族の領土ですでに聞かれたのである。

若き指導者ウェルキンゲトリクス

4　そしてここでも同様なやり方で、青年ウェルキンゲトリクスが配下の者たちを集め、かれらを焚きつけた。かれの父ケルティッルスは、かつてガリアの最有力者であったが、王位を得ようとして同族に殺されていた。

ウェルキンゲトリクスの檄《げき》に、多くの者がただちに武器をとった。これにたいし叔父のゴバンニティオをはじめ他の有力者が、危険な冒険だとしてこの若者をゲルゴウィアの町から追放したが、かれはあきらめず、ならず者や生活に窮した者たちを山野で集めて勢力をなし、部族民に自分の考えを押しつけた。全ガリアのために、汝らも武器をとれ、と。

かくして大軍を擁するにいたるや、先に自分を追放した者たちを全員ぎゃくに追放し、追従者から「王」とよばれるようになったウェルキンゲトリクスは、各地に使節を発して、それぞれに誓約の遵守をもとめた。そしてたちまち、セノネス、パリシイ、ピクトネス、カドゥルキ、トゥロニ、アウレルキ、レモウィケス、アンデスなどの諸部族のほか、大洋付近のすべての部族の支持を得、全員から戦争の指揮権をゆだねられる身となった。

かれは総司令官として、各部族にたいし、人質の要請とともに、兵員の速やかな供出を命じた。そのほか、おのおのが造るべき武器の数量やその期限などもさだめた。なかでも、騎兵については、とくに意をはらった。

また、指揮を厳格にして、ためらう者には厳罰でのぞんだ。罪が重い者については、火をはじめとする各種の拷問で殺し、罪が軽い者についても、耳を切りおとしたり、眼を刳《く》り貫いたりして故郷へ送りかえすなど、他への見せしめとしても、刑の厳しさを強く思わしめたのである。

5　ウェルキンゲトリクスは、こうして軍勢をあつめると、カドゥルキ族の勇敢な戦士ルクテリウスにその兵力の一部をあたえてルテニ族へ向かわせ、みずからはビトゥリゲス族をめざした。

このウェルキンゲトリクスの来寇《らいこう》にたいし、ビトゥリゲス族は同盟関係にあったハエドゥイ族へ使節をおくり、援軍をもとめた。

そこでハエドゥイ族は、カエサルが軍隊とともに残した副官らの助言をうけて、騎兵と歩兵からなる部隊をビトゥリゲス族へさしむける。ところが、この部隊は、両部族の境をなしているリゲル河（現ロワール河）まで来ると、そこで歩をとめ、それから数日後には、河をわたることなく引き返した。かれらがローマ軍の副官らに言うには、河をわたれば、ビトゥリゲス族がアルウェルニ族と呼応してこちらを包囲する計画であることを知ったからである、と。

しかし、かれらの行動がそうした理由からか、あるいは計略からか、確かなところは分からない。いずれにせよ、右の援軍が踵をかえすと、ビトゥリゲス族はすぐにアルウェルニ族と合流した。

6　北イタリアでこのことを伝えられたカエサルは、そのときすでに、ポンペイウスの力によって首都の状況が改善されたとの報告をうけていたので、ガリア本土をめざした。ところが、着いてみると、容易には部隊のもとへ行けそうになかった。

といって、軍団を「属州」へ呼び寄せようとすれば、おそらく、その途中で戦いは避けられない。反対に、自分の方から行こうとすると、身の危険がある。このところ穏やかにみえる部族でさえ、信用できそうにない。カエサルの胸には、こうした思いが行き交った。

7　この間、ルテニ族へ派遣されていたカドゥルキ族のルクテリウスは、アルウェルニ族との同盟に成功。つづいて、ニティオブロゲス族やガバリ族へもおもむき、人質をあずかり、大軍を集めるや、「属州」侵攻のためナルボをめざした。カエサルもこれを知ると、すべてを置いて同市をめざした。そして到着すると、人々をはげまし、「属州」に住むルテニ族、ウォルカエ・アレコミキ族、トロサテス族の各部族とナルボの周辺、すなわち、敵に近い地域にそれぞれ守備隊を置くとともに、「属州」の部隊の一部とイタリアから率いた増援部隊をアルウェルニ族と境を接するヘルウィイ族の領土に集めた。

8　こうしてローマ軍の存在をみせつけ、ルクテリウスを後退させると、今度はヘルウィイ族をめざした。おりしも厳寒期で、アルウェルニ族とヘルウィイ族との境界となっていたケウェンナ山（現セヴェンヌ山）は、深い雪のため通行が困難だったが、兵士らの懸命な努力によって深さ六フィートの雪のなかに道を切りひらき、アルウェルニ族の領土へたどり着くことができた。

ケウェンナ山にまもられているとばかり思っていた敵は、虚をつかれた。この時期にここを通った者など、それまで一人としていなかったからである。

カエサルは、敵を恐怖におとしいれるため、騎兵部隊を広範にわたって展開させた。カエサル出現のことは、噂や報告によってたちまちかれらへ伝わった。肝をつぶしたアルウェルニ族は、ウェルキンゲトリクスのもとへ集まり、嘆き訴えた。ローマ軍の略奪をふせぎ、財産をまもってくれ、敵の矛先がいまや完全にこちらに向いたようだから、と。ウェルキンゲトリクスは、かれらの悲痛な求めにうごかされ、陣地をビトゥリゲス族の領内からアルウェルニ族の領内へと移した。

9　しかし、敵の動きを読んでいたカエサルは、この地に二日留まっただけで、増援部隊や騎兵部隊を召集するため部隊をはなれる。その際、部隊の指揮をゆだねた青年ブルートゥスには、陣営から三日の行程を越えない範囲で、手元の騎兵をひろく四方へ略奪にやるよう指示した。

その後、みずからは最強行軍でウィエンナ（現ヴィエンヌ）へ向かい、不意の到着で味方を驚かせた。そしてそこで、かなり前に送っていた新鋭の騎兵部隊に出遭うと、これを連れ、昼夜兼行でハエドゥイ族の領土を通り、二個軍団が冬営していたリンゴネス族の領土をめざした。この行動もまた、ハエドゥイ族に計略の間もあたえないほどの速さであった。

冬営地に着くや、他の軍団にも伝令を発し、自分の到着がアルウェルニ族に伝えられるまえに全部隊を集結させた。

これを知ったウェルキンゲトリクスは、ビトゥリゲス族の領土からふたたび兵を退き、そこからボイイ族の城砦ゴルゴビナの攻略に向かった。ボイイ族は、ヘルウェティイ族との戦いに敗れたあと、カエサルによってここに置かれ、ハエドゥイ族の従属部族となっていたのである。

10　ウェルキンゲトリクスの動きは、カエサルの計画に大きな問題をなげかけた。残りの冬の間軍団を動かさないとすると、ハエドゥイ族に従属している者たちが征服され、カエサルの保護が有名無実なものとなって、全ガリアの蜂起を来たしかねない。ぎゃくに、軍団を早期に冬営地から出すとなると、輸送の問題で穀物調達に困難が予想される。だが、そのような屈辱をうけ、友邦の離反をまねくより、いかなる困難にも耐える方が増しではないか。

こう考えたカエサルは、ハエドゥイ族を説いて食糧をはこばせる一方、ボイイ族には使いをやって到着を知らせるとともに、忠誠を守って敵の攻撃に耐え抜くよう励ました。それから、二個軍団に全軍の輜重をあずけてアゲディンクムに残すと、ボイイ族をめざした。

11　翌日セノネス族の城市ウェッラウノドゥヌムに到ったカエサルは、攻撃を決意する。背後に敵を残さないためと、それに、穀物の調達を早めるためである。そして二日でここを包囲した。

すると三日目、町から降伏の使節がやってきた。これにたいしカエサルは、武器の回収や役畜の提供のほか、六百名の人質の差出しを命じ、これらの監督を副官トレボニウスにゆだねた。そしてみずからは、ただちにカルヌテス族の町ケナブム（現オルレアン）へと向かった。

ウェッラウノドゥヌムの包囲を聞いたカルヌテス族は、それが長引くものと考え、ケナブム防衛のために送る兵を募っていた。

カエサルは、当地へ二日で着いた。しかし、城市の前に布陣し終えたときには、日もすでに傾きかけていたので、攻撃を翌日へのばし、残りの時間はその準備にあてた。また、町からリゲル河（現ロワール河）には橋がかかっていて、住民が夜間に逃亡することが考えられたので、武装の二個軍団を警戒にあたらせた。

案の定、住民は夜半近くにひそかに町を出、河をわたりはじめた。偵察隊からそのことを知らされたカエサルは、城門に火をかけ、待機させていた軍団を突入させて町を陥とした。そしてごく少数をのぞき、全住民を捕らえた。多数の逃亡には、橋も道も狭すぎたのだ。

略奪のあと、カエサルは市中に火をはなち、戦利品を兵士らにあたえ、それから、部隊をひきいて河をわたり、ビトゥリゲス族の領土へ入った。

12　カエサルの接近を知ったウェルキンゲトリクスは、襲撃をやめ、カエサル本人をめざした。このときカエサルの方は、進軍途上にあるビトゥリゲス族の城市ノウィオドゥヌム（現ヴィラト）の攻略を考えていた。

ところが、その矢先、町から使節がやって来た。罪をみとめ、命乞いをしに来たのである。そこで、この件も速やかに処理すべく、武器の回収、荷馬の提供、人質の差出し、などを求めた。

まもなくして、その人質の引渡しが一部すみ、残りも手配が進んでいて、百人隊長ほか若干の兵士が町に入って武器の回収や荷馬の徴発にあたっていたとき、騎兵の姿が遠くにみとめられた。ウェルキンゲトリクスが送った先鋒部隊であった。

援軍の出現に望みをつないだ町の住民は、雄叫びをあげ、武器をとり、門をしめて城壁に立ちはじめた。

市中にいた百人隊長たちは、ガリー人の合図から不穏な動きに気づくと、剣をぬき、門を勝ちとって、全員無事陣営へもどることができた。

13　カエサルは、味方の騎兵部隊を出し、敵の騎兵部隊へ向かわせたが、しばらくして、こちらが劣勢にかたむくと、当初からひき連れていたゲルマニー人の騎兵を救援に送った。その数、約四百騎。敵の騎兵部隊は、かれらの攻撃に耐えきれず、多数の犠牲を出して本隊へと逃げかえった。

この潰走にふたたび恐慌をきたした町の住民は、造反の首謀者とみられた者たちを捕らえてカエサルのもとへ連行し、降伏した。

かくして右の件をかたづけたカエサルは、ビトゥリゲス族の領土でもっとも肥沃な土地にあって鉄壁の守りをほこる最大の町アウァリクム（現ブールジュ）をめざした。この町を奪還することによってビトゥリゲス族をふたたび支配下に入れようとの狙いからである。

2　アウァリクムの攻囲と占領

14　ウェッラウノドゥヌム、ケナブム、ノウィオドゥヌムと続けて三度も敗北を喫したウェルキンゲトリクスは、配下の者たちを集め、次のように、以後あらたな戦法でいくことを表明する。

「なんとしてでもローマ軍の糧秣調達の途《みち》を断つ必要がある。騎兵の数や季節のことを考えれば、それは難しいことではない。いま刈りとる秣《まぐさ》などなく、かれらはこれを方々で求めなければならない。とすると、騎兵でこれを各個つぶすことができる。なお、全体のためなら、私財の犠牲もやむ得ない。端的にいえば、ローマ軍が秣をもとめそうな範囲内にある村落の家屋や穀倉は、これを焼くのだ。われわれガリー人の方は、戦場となったところの部族の支援で、そうした物資を確保できる。

ローマ軍は窮乏には耐えられまい。あるいは、大きな危険をおかしてまで陣営から遠く離れざるを得まい。相手の命をうばうも荷をうばうも、大差はない。いずれにせよ、損害をこうむれば、攻勢は不可能なはずだ。

また、堡塁や地形にまもられているところを除き、町にはすべて火をかけよう。脱走者の避難やローマ軍の略奪を防ぐためである。こうした措置があまりに痛ましいというのなら、それよりはるかに痛ましいことをおもうがよい。敗れたときには、妻子が奴隷として連れさられ、われわれ自身も殺されるのだ」と。

15 この意見には皆が納得し、一日のうちにビトゥリゲス族の二十以上の町に火がはなたれた。他の部族もこれに倣った。そのため、いたるところで火の手がみられた。それはすべての者にとって耐えがたいことであったが、勝利をほぼ確実視していたことで、すぐに損失の埋め合わせができるという思いがあり、それが慰みとなっていた。

アウァリクムについては、これを焼くべきか守るべきか、全体会議で議論がなされた。ビトゥリゲス族は、列席者のまえにひれ伏し、同族の護りでもあり誇りでもある、ガリアでもっとも美しいこの町をみずからの手で焼くなど容赦してほしいと訴えた。そして言うには、地形だけで容易にまもることができる、ほぼいたるところが川や沼でかこまれており、接近路としては非常に狭いところが一ヶ所あるだけではないか、と。

ウェルキンゲトリクスも初めのうちは反対していたが、ビトゥリゲス族の哀願のまえに、ついには折れた。かくしてアウァリクムの防衛にあたる者たちが選ばれた。

16　ウェルキンゲトリクスは、わずかな距離をおいてカエサルの後を追い、アウァリクムから十六マイルの地点に陣をしいた。そこは、森や沼にかこまれたところであった。

そして昼間、毎時、偵察隊から町の様子についてうけた報告に応じて必要な指示をだす一方、ローマ軍の糧秣調達についても調べ、こちらがやむをえず遠く広く散開したときを狙って攻撃をしかけてきた。これにたいしローマ軍も、時刻や経路をさまざまに変えて対応したが、それでも多大の損害を余儀なくされた。

17　カエサルは、川や沼が途切れた、前述のせまい接近路のある地点に陣をおくや、接城土手をきずき、遮蔽《しゃへい》小屋を近づけて、二つの櫓を建てはじめた。そこでは、地形の点で包囲が難しかったからである。

食糧の調達については、この間ずっとボイイ族とハエドゥイ族にその供出を迫っていた。しかし、ボイイ族は弱小ゆえに十分な蓄えがなく、手元のものを食い尽くしている状況であった。またハエドゥイ族にしても、真剣には応えず、さしたる助けにはならなかった。

そのため、穀倉の焼失も加わって、穀物の調達が困難をきわめ、兵士らは何日も穀粒ひとつ口にせず、遠方から手に入れてきた家畜で飢えをしのいだが、しかしそれでも、ローマ人として、あるいは勝利者として、それにふさわしくない言葉など、いっさい聞かれなかった。

それればかりか、作業にあたる軍団の兵士に、窮乏が耐えがたければ攻囲をとく用意があることを伝えると、全員がそうしないよう求めたのであった。「長年カエサルの指揮下で一度も不名誉をこうむることなくやってきた。仕事を半ばでうち棄てたことは決してない、着手した攻囲をあきらめるのは不名誉なことではないか。ガリー人の裏切りによってケナブムで命をおとした同胞の復讐を思いとどまるより、あらゆる困難にさらされる方が増しだ」と。

そしてこのことをカエサルに伝えてくれるよう、百人隊長や大隊長らに頼んだ。

18　攻城櫓を城壁に近づけ終わったとき、カエサルは捕虜から、敵が移動したことを聞いた。ウェルキンゲトリクスが秣を使いはたして陣営をアウァリクム（現ブールジュ）寄りに移したことを聞いた。また、この捕虜によれば、ウェルキンゲトリクスは、騎兵のほか、騎兵とともに戦う軽装歩兵をつれて、翌日わが軍の糧秣徴発隊がやって来ると予想される地点で待ち伏せしているとのことであった。

そこでカエサルは、真夜中ひそかに発ち、翌日には敵陣に迫った。そしてウェルキンゲトリクスが偵察隊からすぐにローマ軍の接近を知らされて、荷車や輜重を森の奥にかくし、開けた高所に全部隊を配置したのを知ると、ただちに全兵士の背嚢を一ヶ所にまとめ、戦闘態勢に入るよう命じた。

19　その丘は麓からゆるやかな傾斜をなし、ほぼ全周を沼にかこまれていた。沼の幅は五十フィートほどしかなかったが、わたりにくい沼であった。敵は、その土手道を切りくずしたことで、いまや地歩に自信をもって丘の上に陣どり、部族ごとにわかれて沼周辺の茂みや浅瀬もおさえていた。ローマ軍が強行突破に及んだときには、足をとられているところを上から強襲する狙いであった。

敵がそうした近さでわが軍に臨んでいる様子は、いかにも対等な戦いをしようとしている印象をあたえたが、それは地の利を確保していたからにすぎず、両者の地形上の違いを知る者の目には、むしろ蛮族の虚勢が見てとれたことだろう。

兵士らは、ガリー人が至近距離から眺めているのを見て憤り、戦いの合図をカエサルに迫った。これにたいしカエサルは、勝利には深刻な被害と多数の戦死者をともなうことを指摘し、自分のために危険をも辞さない気持ちはわかるが、部下の命を軽視したとなれば、総司令官として非難をまぬがれないと言って、かれらを宥《なだ》めた。そしてその日に陣営へ兵を退き、アウァリクムの攻囲に必要な他の仕事にとりかかった。

20　本隊へもどったウェルキンゲトリクスには、裏切り者との非難が待っていた。ローマ軍の近くへ陣営を移したこと、全騎兵をひきいて出たこと、大軍を指揮官不在の状態で残し、その後すぐにローマ軍の急襲があったこと、などがその理由であった。こうしたことがなんの企てもなしに偶然に起こるはずはない、言いかえれば、同胞よりむしろカエサルによって王位につけられることを望んでいる証拠ではないか、と。

この非難にたいし、ウェルキンゲトリクスは次のように答えた。

「陣を移したのは、秣の不足にくわえて、騎兵一同の勧めもあったからである。また、ローマ軍へ近づいたのは、その地点が防御に適した場所であることを確信したからにほかならない。沼地では騎兵に用はなく、自分が向かった場所でこそ、騎兵は役に立つのだ。

本隊をはなれるに際して指揮権を他へゆだねなかったのは、故《ゆえ》あってのこと。すなわち、皆が忍耐を切らし、意志の弱さから戦いを望んでいることをよく知っていたので、代理の者が仲間の声におされて開戦の合図を出すことを懸念したためである。

ローマ軍の出現が偶然だったとすれば、それは幸運なことではないか。あるいは、それが密告者の招きによるものであったとすれば、その密告者に感謝しなければなるまい。なぜなら、敵が寡勢であることを丘の上からみとめ、かれらが戦いもせず陣営へ逃げ帰った臆病さをあざ笑うことができたからである。

カエサルの方へ寝返ってガリアの支配権を手に入れようという考えなど、毛頭ない。それはすでにわれわれの掌中にあるも同然の勝利によって果たすことができる。いや、もし皆がこのウェルキンゲトリクスから助けられているというより、むしろこれに名誉をあたえているというふうに考えているのなら、それを返上してもよい。わが言葉に偽りはない。疑うようであれば、ローマ人に訊いてみよ」と。

こう言って、ウェルキンゲトリクスはわが軍の陣営奴隷数人をひき出した。

数日前の糧秣挑発のときに捕らえられ、飢えや拷問で苦しめられていたかれらは、質問にたいする返答をすでに吹き込まれていて、自分たちのことを、穀物や家畜を探すために陣営を出てきた軍団兵だと称した。そしてローマ軍全体が窮乏に苦しんでいて、だれもが疲れはて、もはや労働できない状況にあり、そのため総司令官も、攻囲に進展がなければ三日後には兵を退くつもりでいるらしい、と語った。

ここでウェルキンゲトリクスがかれらの言葉をついだ。

「以上のような展開も、皆が言う、この『裏切り者』のためである。私の工作によって、皆の血を流すこともなく、あの常勝軍が飢えで全滅しようとしていることを聞いたか。それればかりか、敵が不名誉な敗走に転じたときには、いかなる部族の領土にも入れないよう、そうした手もうっておいた」と。

21　これにたいし全員が歓声をあげ、賛同したときに示すかれら独特なやり方で武器を鳴らし、ウェルキンゲトリクスをすぐれた指導者だとほめ称え、その信義には疑いがなく、かれ以上の機略で戦いができる者はいないと言った。そしてビトゥリゲス族だけに頼るべきではないとして、全軍から選抜した一万の兵をアウァリクムへ送り込むことを決めた。アウァリクムを死守できれば、最終勝利が得られるとの判断から。

22　ローマ軍の大いなる武勇にたいし、敵はありとあらゆる策略で対抗した。そもそもガリー人は創意に富み、なんであれ、見聞きしたことは巧みに真似る。たとえば、破城鉤に投げ縄をかけて引き離し、これを巻揚げ機で城内へ引っ張り込んだのも、そうだ。

より技術的なものとしては、接城土手の下に坑道を掘ってこれを陥没させたりもした。ガリアには大きな鉄鉱山がいくつもあって、各種の掘削技術に通じていたからである。

また、城壁のまわりに櫓を建て、これを革で被ってもいた。そして昼夜をとわず、頻繁に出撃して、接城土手に火をはなったり、工事中の兵士を襲ったりした。さらには、わが軍の櫓の高さが接城土手の工事によって高くなるごとに、自分たちの櫓も階層をふやして同じ高さにしたり、われわれの坑道に穴をあけ、先を焦がして尖らせた木材や熱くした瀝青《ピッチ》、あるいは大きな石で妨害するなど、このようにして城壁への接近をゆるさなかった。

23　ガリアの城壁は、だいたい次のように造られていた。まず、城壁の線にたいして直角に、二フィート間隔で木材を地面にならべ、それを内で相互につなぎ、これに大量の土を盛る。そして右の木材と木材の間の前面には大きな石をはめ込む。こうして第一層を固めると、その上に第二層をつくる。ここでも木材は等間隔にならべ、同じくその間に一つひとつ石を入れて、しっかりと固定する。このような方法で、城壁がしかるべき高さになるまで、次々と重ねていく。

こうして出来上がった城壁は、木材と石とが交互して直線にならべられたかたちで、見た目によいだけでなく、石が火災をふせぎ、木材が破城槌をうけ止めるので、町の防衛にもきわめてよく適している。たしかに、通常四十フィートの木材が内部で相互に固定された状態では、これを破壊することは難しい。

24　以上のような事情にくわえ、冷たい長雨もあって作戦に遅れはあったものの、しかし兵士らのたゆまぬ努力でこうした障害を克服し、二十五日後には幅三百三十フィート、高さ八十フィートの接城土手をつくり上げた。

城壁までは、あとわずかであった。片時も中断はゆるされない。カエサルは、いつものように夜も現場をはなれず、工事にあたっている兵士らを励ましていた。

第三夜警時少し前、接城土手から煙が立つのがみとめられた。敵も坑道を造って、下から火をかけたのだ。そして城壁全体で鬨の声が上がったとおもうや、突如、攻城櫓めざして二つの城門から出撃をかけ、同時に、城壁からも接城土手めがけて、松明《たいまつ》や木材、瀝青その他、火をあおる物を投げつけてきた。そのため、どこを攻め、どこを守るべきか、ほとんど判断できなかった。

しかし、カエサルの指示どおり、二個軍団が陣営前でつねに警戒するなか、大勢が交替で工事を行なっていたことで、一部が敵の襲来に立ち向かい、他の一部が櫓を後退させて土手を切りくずし、陣営からも全員が出てきて消火にあたるなど、すぐこれに対応することができた。

25　明け方になってさえ、いたるところで戦闘が続いていた。勝利を予感していた敵は、櫓の胸壁が燃えていることや、遮蔽なしでは救援が難しいことを知ると、全ガリアの救出がこの瞬間にあると見て、疲れた者を新たな者とたえず交代させていた。そのときのことだが、われわれの目のまえで記憶に価する出来事がおこったので、それを記しておこう。

城門のまえに一人のガリー人がいて、手渡された獣脂や瀝青の塊を燃えさかる櫓のひとつに投げつけていたが、このガリー人が投矢機で右脇をつらぬかれて倒れたところ、近くの一人が倒れている味方を跨《また》いで、同じ役目をひきついだのだ。そしてこの二人目が同じように投矢機で倒されると、また別の者がこれに代わり、つづいてこの三人目もさらに別の者によってひきつがれ、こうしてその持ち場は、接城土手の火が消え、敵兵がすべて駆逐されて戦闘が終わるまで死守されたのであった。

26　万策つきたガリー人は、ウェルキンゲトリクスの命令とも言える勧告にしたがって、いまや町からの脱出をはかる。夜中に逃げだせば、犠牲は少なくてすむだろう。ウェルキンゲトリクスの陣営までわずかの距離であり、しかもその間には沼が続いていて、ローマ軍も追撃できまい。そう考えたようだ。

ところが、かれらがすでにその準備に入っていたとき、突然、女たちが家から飛び出してきて、夫らの前に身を投げだし、涙ながらに、自分たちを敵の手にわたさないでほしいと訴えた。女や子供は、逃げるには体が弱すぎるのだ、と。

しかし、追いつめられた状況では、往々にして恐怖が同情を押しのける。男たちの決心は固かった。

すると、これを知った女たちは、いっせいに叫び声をあげ、逃亡しようとしていることをわれわれに知らせはじめた。そのため、男たちは、ローマ軍の騎兵に道をふさがれることを恐れて、脱出をあきらめざるを得なかった。

27　次の日、櫓を前進させ、先に指示していた工事の完成をみたカエサルは、おりからの豪雨を計画実行の好機ととらえた。悪天で城壁の警護がいつもより手薄だったからである。

そこで、兵士らに作業が大儀であるかのように振る舞わせ、計画を説明して、かれらを遮蔽小屋の中でひそかに待機させた。そしてこれまでの努力の成果である勝利が目前だとして、最初に城壁にのぼった者には褒賞を約束したあと、合図を出した。兵士らは、四方からいっせいに飛び出し、たちまち城壁を占領した。

28　敵は、恐慌におちいり、城壁や櫓から一掃されたが、広場や空き地で楔形の陣をくみ、どの方向からの攻撃にも正規の戦列で応じようとした。

しかし、ローマ軍が一人も降りて来ず、ただ城壁をとり巻いているのを見て、逃げ道をふさがれることを恐れ、武器をすてて町の向こう側へと必死に走った。その結果、一部は、城門のせまい通路に殺到したところをわが軍の歩兵に襲われ、他の一部も、城門から出たところを騎兵に襲われた。略奪は見られなかった。

しかし、ケナブムの虐殺や工事の労苦に逆上していた兵士らは、老若男女、いずれも容赦しなかった。そのため、当初いた四万人のうち、ウェルキンゲトリクスの陣営に無事たどり着くことができたのは、最初の叫び声をきいて町から飛び出した八百人足らずの者たちだけであった。

ウェルキンゲトリクスは、逃亡者の流入と一般兵士の同情とで騒ぎがおきるのをおそれ、夜も更けてから、かれらを静かに迎え入れた。自分の仲間や各部族の長を遠くまで路上に出し、逃亡者を迎えさせ、当初から部族ごとに割り当てていた陣営内のそれぞれの場所につれて行かせたのである。

29　翌日ウェルキンゲトリクスは、会議をひらき、今回の敗北に落胆したり動揺したりしないようにと、一同を励ました。

「ローマ人の勝利は、勇気のためでも戦闘のためでもなく、ガリー人が知らなかった戦術のためである。戦争で上首尾だけを期待するのは間違いだ。皆も知ってのとおり、私はもともとアウァリクムの防衛には反対であった。言いかえれば、今回の敗北は、ビトゥリゲス族の軽率とそれにたいする他部族の追随ゆえにほかならない。

だが、すぐにも大勝利をものにして、挽回をはかろう。これまで協力的でなかった部族についても、私がこれを合流させる。そして一人も反対できないような全ガリアの協力体制をうち立てる。これは、すでにほとんど実現していることだ。さしずめ、皆が救われるためには、敵の奇襲に難なく応じられるよう、陣地の強化が必須だろう」と。

30 この言葉を、ガリー人は斥《しりぞ》けなかった。それは、大敗北のあとも、ウェルキンゲトリクスが落胆したり、身を隠したり、あるいは皆の視線を避けたりするようなことがなかったからである。また、当初からアウァリクムを焼くことや、後にはその放棄を訴えていた、かれの洞察の深さが思われたからでもあった。

このように、他の指導者であれば、逆境によって権威をうしなうところを、ウェルキンゲトリクスは反対に、先の大災難によってますます威信をたかめた。

いまやガリー人は、かれの言葉から、他部族の合流に期待をつのらせた。そして、このとき初めて陣営の強化にのり出し、この種の労苦には不慣れながらも、いかなる指示にも従おうとしたのであった。

31　これにたいしウェルキンゲトリクスの方も、約束どおり、他部族の合流にむけて懸命に努力した。贈物や約束による誘いにくわえ、たくみな弁舌や親しい関係など、この目的に格好の者たちを選び、これも利用したのである。

その一方で、アウァリクムの陥落後にのがれてきた者たちには武器や衣服をあたえたり、部隊の減少分をおぎなうために、各部族から兵士を徴用するとともに、ガリアに豊富にいた弓兵もすべて自分のもとに送らせたりした。

アウァリクムでの損害は、こうしてすみやかに補塡された。

この間、ニティオブロゲス族の王テウトマトゥスが、自分がかかえている多数の騎兵とアクィタニアであつめた傭兵とをひきいてやって来た。このテウトマトゥスの父オッロウィコは、ローマの元老院から「友」とよばれていた人物である。

3 ゲルゴウィアの戦闘と攻略断念

32 カエサルは、数日アウァリクムに滞在している間に、そこで穀物その他の物資を大量に得て、兵士らを疲労と窮乏から救うことができた。

冬も終わりに近づき、季節は征戦の再開をうながしていたし、カエサルとしても、戦いをしかけてみて、敵を森や沼から誘《おび》きだすか、封じ込めを強めるか、いずれかの可能性をさぐるつもりでいた。

ところが、このとき、ハエドゥイ族の有力者がやって来て、同族の危機を訴え、次のようにカエサルに助けをもとめた。

これまでは一人の者が選ばれて一年間首長の地位につく慣わしであったが、いまは二人がその最高官職を占め、ともに合法的に選出されたと主張している。

その一人はコンウィクトリタウィスで、もう一人はコトゥスである。コンウィクトリタウィスの方は、評判のよい、優秀な若者である。一方、コトゥスの方も、きわめて由緒ある家柄で、本人自身も勢力家であり、有力な知己も多い。じじつ、前の年には兄のウァレティアクスが首長の地位についていた。

こうした二人のため、いまや部族全体が武器を手にし、長老会議も民衆も二つに分かれていて、しかも双方がそれぞれ被護民を擁している。もしこの争いが長引けば、内乱となる。ついては、カエサルの力でそうした事態をぜひ防いでほしい、と。

33　前線を離れるのは残念であったが、この種の争いが大きな災いをまねくことを、カエサルはよく知っていた。
ハエドゥイ族とローマとは密接な関係にある。自分もつねにこの部族を援助してきた。そのかれらが内乱におちいりそうだとすれば、不利な方がウェルキンゲトリクスに助けを求めかねない。であれば、その防止がなによりの優先課題ではないか。

こう考えたカエサルは、最高官職の者が領土外へ出るのを禁じたハエドゥイ族の法律を軽んじたとおもわれないよう、自分の方から出向き、長老や争いの当事者をデケティアに呼び集めた。

これにはほぼすべての長老が来たが、かれらによれば、同じ家門から二人が存命中に首長になることだけでなく、ともに長老になることさえ法律で禁止されているにもかかわらず、コトゥスの任命はかれの兄の発表によるものだとのことであった。それも、妙な場所で妙な時間にひらかれた内々の小さな会議においてらしい。

そこでカエサルは、コトゥスには退位をせまり、空位のときの慣習に則って聖職者が選んだコンウィクトリタウィスの方に首長の地位をあたえた。

34　以上の措置のあと、カエサルはハエドゥイ族にたいし、ガリア平定のあかつきには褒賞をさずける約束で、団結して当面の戦争にあたるよう訴えた。と同時に、穀物調達のための守備隊として、騎兵全員と歩兵一万のすみやかな供出をもとめた。

そして部隊を二分し、四個軍団をラビエヌスにあたえて、セノネス族とパリシイ族のところへ向かわせ、みずからは六個軍団でエラウェル河ぞいにアルウェルニ族の町ゲルゴウィアをめざした。騎兵については、一部をラビエヌスに付け、残りを自分がひきいた。

ウェルキンゲトリクスは、カエサルの動きを知るや、河の橋をすべて破壊し、対岸を河沿いに進みはじめた。

35　両軍は、たがいに見える距離にあり、それぞれがほぼ対峙するかたちで布陣した。ウェルキンゲトリクスは、ローマ軍が橋をかけて河をわたることを警戒し、各所に見張りを立てた。エラウェル河は通常、秋近くまで浅瀬をわたることができない河だが、この夏もほとんど同様におもわれた。これでは軍を進めることはできない。

カエサルは、事態の打開をはかる。敵が破壊した橋の一つと真向かいの森に陣をおくと、次の日、自分は二個軍団とともにそこに密かにとどまり、残りの軍団にはすべての輜重をつけて、いつものように先に行かせた。このとき、いくつかの大隊を分割して、軍団の数が減っていないようにみせかけた。そしてこの本隊をできるだけ遠くまで行かせ、次の設営地に着いたころを見はからい、下の部分が完全に残っていた橋杭の上にふたたび橋をつくらせて、手元の部隊をわたし、ただちに設営に適当な場所をみつけるや、先の本隊を呼びもどしたのである。

これを知ったウェルキンゲトリクスは、不利なかたちでの交戦を避けようと、強行軍で先へと進んだ。

36　カエサルは、そこから五日の行軍でゲルゴウィアへ着き、着いた日は騎兵に小競り合いを演じさせただけで、あとは地形の調査に費やした。

町は高い処にあり、どの方向からも接近が困難であることが分かった。そこで攻略を見送り、糧食を確保するまで封鎖をひかえることにした。

一方、ウェルキンゲトリクスの方は、町の近くに布陣し、周囲には各部族の部隊を小間隔で配置していた。見わたすかぎりの丘という丘の頂上が占拠されているその光景は、じつに威嚇的なものであった。

ウェルキンゲトリクスは、毎日夜明けに、作戦会議にかかわる各部族の首長をあつめて、協議や伝達をおこなう一方、ほとんど一日も欠かさず、騎兵と弓兵とに戦闘を演じさせて、仲間の士気や武勇を試すようなこともしていた。

町の真向かいの山の麓には、周りが急傾斜の丘があった。自然の要害であるこの丘をわが軍が占拠すれば、敵の飲み水や糧秣の補給線を寸断することができる。ただ、それほど強力ではないが、そこには守備隊がいた。

カエサルは、夜、静かに陣営を出、町から救援がとどく前に守備隊を一掃して、丘を占拠した。そしてそこに二個軍団をおき、その小陣営から本陣営の間に幅十二フィートの壕を二重に設け、一人ずつでも奇襲にさらされることなく行き来できるようにした。

37　こうしたことがゲルゴウィアで行なわれていた頃、カエサルによって最高官職にみとめられた前述のコンウィクトリタウィスが、アルウェルニ族に賄賂でつられ、名門のリタウィックスやその兄弟を中心とする青年の一団と交渉をもった。かれは、手にした賄賂をかれらに分けあたえ、自分たちが自由な支配者たるべき身であることを吹き込んだ。

「ガリー人の勝利をさまたげているのは、われわれハエドゥイ族の存在である。われわれの勢威ゆえに、他の部族は行動をためらっている。したがって、ハエドゥイ族が寝返れば、ローマ軍はガリアに踏みとどまることはできまい。

カエサルにはいくらか助けられた。だが、それは自分の主張に明白な正当性があったからにほかならない。しかし、個人的なことよりガリアの自由の方が重要である。

また、自分たちの権利や法律のことであるのに、なぜカエサルに裁断を仰がなければならないのか」と。

若者たちは、コンウィクトリタウィスの賄賂と弁舌にたちまち動かされ、真っ先に協力を申し出た。では、どうすべきか。それが問題であった。ハエドゥイ族を戦争にひき込むのは、容易なことではない。

協議の結果、カエサルの援軍にと目されていた一万の兵をリタウィックスが率い、兄弟たちは先にカエサルのもとへ駆けつけることになった。また、その他のことについても手はずが決まった。

38　前述の部隊を率いたリタウィックスは、ゲルゴウィアまでの途中、約三十マイルの地点で急に全兵士を集め、涙ながらに訴えた。

「兵士諸君、われわれはどこへ行こうとしているのだろうか？　わが部族の貴族や騎士ばかりか、首長のエポレドリクスもウィリドマルスも、裏切り者として、裁判もなしにローマ人に殺されてしまったのだ。殺戮の現場から逃げてきた者たちから、このことについて聴くがよい。自分は、兄弟や親戚を一人のこらず殺された悲しみで、事件のことをしかるべく伝えることができない」

こう言って、リタウィックスがその者たちを前に出すと、かれらは兵士らに向かって、あらかじめ言われた通りのことを口にした。

「ハエドゥイ族の多くの騎士が、アルウェルニ族と交渉をもったという言い掛かりで殺された。自分たちはローマ兵の中にまぎれて、その現場から逃れてきたのだ」と。

これを聞いた者たちは、いっせいに叫び、リタウィックスに指図をあおいだ。これにたいし、かれは答えた。

「ゲルゴウィアへ駆けつけてアルウェルニ族と合流する必要は必ずしもない。ああした残虐、非道なローマ人のことだ。かれらは、われわれも殺そうと、すでにこちらに向かっていることだろう。そこでだ。われわれに気概があるのなら、あの盗賊らを血祭りにして、非業の死をとげた者たちの仇を討とうではないか」と。

そこにはリタウィックスの保護を信じて同行していたローマ市民の一団がいたが、かれはこのローマ人たちを指さすや、大量の穀物その他の食糧を奪ったあげく、拷問にかけて殺してしまった。そしてハエドゥイ族の全土に使者を発し、かれらの騎兵や有力者が殺されたという、前と同じ虚偽の理由をあげて同族をあおり、自分が先にやったやり方でローマ人に復讐することをもちかけた。

39 騎兵部隊のなかには、カエサルの特別の要請に応じてハエドゥイ族のエポレドリクスとウィリドマルスが加わっていた。この二人の青年のうち、エポレドリクスが名門に生まれ、同族の間でもっとも勢力を有していたのにたいし、ウィリドマルスの方は、年齢や声望はエポレドリクスに同じでも、身分の点では開きがあった。しかし、カエサルは、そうした出自の低さにもかかわらず、ディウィキアクスの推薦をうけて、かれを最高の地位にまで引き立てていた。

二人は、首長の座をめぐる争いから、一方はコンウィクトリタウィスを、他方はコトゥスをそれぞれ支持して懸命に戦っていた。

エポレドリクスは、リタウィックスの策謀を知ると、真夜中ごろ、そのことをカエサルに報せた、良からぬ若者たちの暴挙のためにローマ人との友好が損なわれるような事態を防いでほしいと訴えた。もしリタウィックスの軍勢がウェルキンゲトリクスの方へ付くことにでもなれば、かれらの安全について、親族ばかりか、部族としても、座視できなくなるからである、と言うのである。

40　ハエドゥイ族にたいして常に鷹揚であったカエサルにとって、この報せは大きな衝撃であった。かれは、陣営の守りに二個軍団をあて、その指揮を副官のファビウスに託すや、すぐさま、全騎兵とともに四個軍団を軽装でひきいて発った。事の成否が迅速さにかかっている状況では、陣営を縮小している暇などなかった。

リタウィックス兄弟の逮捕を命じたところ、少し前に敵のもとに逃亡したことが分かった。

非常時の強行軍においても冷静でいよ、と兵士らを励まし、それに応えて全員が揚々として二十五マイルほど進むと、ハエドゥイ族の姿をみとめた。カエサルは、騎兵部隊をやって、かれらの行軍を阻んだ。しかし、殺すことは禁じた。そして死んだと思われていたエポレドリクスとウィリドマルスに騎兵の間を走らせ、同族に呼びかけさせた。

二人を目にし、リタウィックスの虚言を知ったハエドゥイ族は、もろ手をあげて降伏の意思を伝え、武器をおいて命乞いをはじめた。

リタウィックスは、被護民とともにゲルゴウィアへと逃れた。ちなみに、被護民がかれに従ったのは、苦境で主人を見捨てることを罪業と考えるガリー人の習慣によるものである。

41　カエサルは、ハエドゥイ族に使者をおくり、戦争の掟では殺してもよかった者たちを慈悲心から助命したことを伝えさせた。そして部隊を夜三時間ほど休ませ、その後ゲルゴウィアをめざした。

するとその途半ばで、ファビウスが送った騎兵が届き、陣営の危機を告げた。陣営が大軍に襲撃されたというのだ。疲れた者をつぎつぎと新手にかえて攻め寄せる敵のまえに、堡塁に立って大きな陣営をまもり続けざるを得ず、そのため、兵士たちは疲労困憊して、矢や槍などで多数が傷を負ったが、各種の飛び道具（発射機）が大いに役立って持ちこたえた次第であり、敵が退却した現在、二つの門以外すべての門を塞ぐとともに、堡塁には胸壁をもうけ、翌日の同じような襲撃に備えているところだ、と。

これを聞くと、カエサルはただちに進発。兵士らも懸命に努力した結果、夜明け前に陣営に着くことができた。

42　ゲルゴウィア方面でこうしたことが行なわれていたところ、リタウィックスから最初の報せをうけたハエドゥイ族は、それを鵜呑みにした。ある者は貪欲さから、ある者は怒ったときのガリー人特有の無謀さから、その情報を真にうけてしまったのだ。その結果、ローマ市民の財産を奪ったあげく、一部の者を殺害し、残りを奴隷にするという行動にでた。

コンウィクトリタウィスは、こうした暴挙をあおり、民衆に悪事をかさねさせて、正気にもどれないような事態へと追い込んだ。かれに唆《そそのか》された民衆は、軍団にもどる途中の大隊長アリスティウスを、身の安全を保証するとしてカウィッロヌムの町からつれ出し、そこに住んでいたローマの商人たちにも、同じことをしたのである。そしてその途上で襲って荷物をうばい、抵抗にあうと、一昼夜にわたって包囲し、双方に多数の死者が出るや、さらに多くの者たちを武装させたのだ。

43　この間に、ハエドゥイ族の兵士全員がカエサルの支配下におかれたとの情報が入った。慌てたかれらは、アリスティウスのところへ馳せ参じ、部族として右の事件への係わりを否定した。そして略奪された財産について調べさせ、リタウィックスとその兄弟の財産を没収するとともに、同胞をとりもどすため、カエサルのもとへ弁明の使者をおくった。

しかし、略奪品から上がる利益に味をしめるなど、すでに悪に手を染めており、しかも多くの者が関係していることから、厳罰は必至とみて怯え、ついにはそうした恐怖心ゆえに戦うことを模索しはじめると同時に、他の部族にも使節をおくって同調をもとめたのであった。

カエサルは、この動きに気づいていた。気づいてはいたが、使節には丁重な言葉をかけ、民衆の愚行のために部族を厳罰に処したり、これまでの優遇をひかえたりはしないと言って表《おもて》をとりつくろった。

だが、実際には、大きな反乱が予想された。そこでかれは、すべての部族に包囲されることがないよう、ゲルゴウィアからの撤退の仕方について考え、また、反乱をおそれて逃げたなどと思われないよう、全軍を集結させる方法についても思案した。

44 やがて思案中のカエサルの胸に、妙案らしきものが浮かんだ。工事を視察しようと、小さな方の陣営に行ったときに、敵の手にあった丘にだれ一人いないことに気づいたからである。それまでそこは、立錐《りっすい》の余地がないほど大勢で埋めつくされていたというに。

意外に思ったカエサルが、毎日大勢やってくる敵の脱走者に理由をたずねたところ、かれらの答えは、すでに偵察隊から得ていた情報を確認するものであった。すなわち、その尾根はほぼ平らだが、幅が狭く、町の反対側へ続くところは森になっていて、敵はこの一帯について極度に心配しているとのこと。他の丘にくわえ、この丘までローマ軍に占領されることにでもなれば、とり囲まれたのも同然の状態となり、全員の脱出も糧秣の確保もできなくなると考えているらしい。そのため、ウェルキンゲトリクスが全兵士をこの丘に配置したのだという。

45　そこでカエサルは、夜半に多数の騎兵をそこへ遣り、あたりを少し騒々しく駆けめぐらせた。さらに、夜明けとともに、陣営から多くの役馬や騾馬《らば》を出し、荷鞍を外させ、馭者《ぎょしゃ》には兜をかぶせて騎兵にみせかけ、これに若干の騎兵もくわえて、これ見よがしに遠くまで走りまわらせ、大きく迂回したあと同じ場所に集結させた。ゲルゴウィアからは陣地が見下ろすことができたので、敵はこうした動きをみとめてはいたものの、距離がかなりあって、こちらの意図をはっきりとは見極めることができなかった。

カエサルは、一個軍団を尾根の方へ向かわせ、少し進んだところで低地に止め、森のなかに隠した。これにたいし、敵は疑惑をつのらせ、守りのため全部隊をそこへ移動させた。

カエサルは、敵の陣営が空いているのを見るや、兜の前立てを隠させ、軍旗を被い、町の者たちに気づかれないよう、兵士を少人数ずつ大きな陣営から小さな陣営へと移した。

つづいて、各軍団を指揮する副官らにたいし、部下が戦闘や略奪に逸《はや》るあまり深追いするのを防ぐこと、また、地形の点ではきわめて不利であるから、奇襲のほか手がないことなどを告げた。そしてこうした指示をおえるや、進発の合図を出し、同時に、右手の別の道からもハエドゥイ族を登らせた。

46　坂がはじまる平地から町の城壁までは、直線距離で千二百パッスス（約千八百メートル）であったが、傾斜がゆるい回り道をたどると、距離はかなり延びた。

ガリー人は、ローマ軍の進撃をいくらかでも食い止めようと、ほぼ中腹に山の形状に応じて大きな石で高さ六フィートの防壁をきずき、丘の低い処をあける一方、高い処を町の城壁まで陣地で埋めつくしていた。

ローマ軍は、合図とともにその要塞にせまり、それを越えて、三つの陣地をおとした。そのあまりの速さに、天幕で昼寝をしていたニティオブロゲスの王テウトマトゥスは、上半身裸のまま、傷を負った馬にのり、略奪のため押し入った兵士の手からかろうじて逃れるといったありさまであった。

47　これで思いを遂げたカエサルが引揚げのラッパを鳴らさせると、かれが率いていた第十軍団は、その場で歩をとめた。

だが、深い谷の向こうにいた他の部隊には、その合図は聞こえなかった。副官や大隊長らは、カエサルの指示どおり、これを制止しようとしたが、それまでの勝利にくわえ、今また敵の逃亡を目にして勢いづいた兵士らは、ここで一気に片をつけようと、追撃をやめず、たちまち町の前まで来てしまった。

すると、町のあちこちから叫び声が聞こえた。この突然の騒ぎに、遠くにいた者たちは驚き、ローマ軍が突入してきたものと思い、町から飛び出した。

母親たちも、城壁から衣類や銀貨を投げ、胸をあらわにし、手をひろげて命乞いをしている。アウァリクムで行なったような、女子供まで殺すようなことはしないでくれ、と。なかには、手を借りながら城壁を降り、兵士らに身をゆだねる女たちもいた。

第八軍団の百人隊長の一人ファビウスは——その日仲間うちで、だれよりも先に城壁に上って、カエサルがアウァリクムで約束した褒美を手に入れるのだ、と語っていたらしいが——そのとおり、三人の部下に助けられて城壁にのぼり、次には自分が一人ひとりに手をかして、かれらを引き上げた。

48 町の向こう側に集まっていた前述の敵は、叫び声を聞いてからほどなくして、町がローマ軍に占領されたことをくり返し聞かされると、騎兵を送り、本隊の歩兵がこれに続いた。

ガリー人は到着するや、一人ひとり城壁の下に立ち、こうしてその数をふくらませていく。

すると、つい先ほどまでローマ軍の兵士に城壁から手をひろげていた女たちは、同族の男たちに向かって、ガリア風に髪をふり乱して助けをもとめ、子供の姿まで見せはじめた。

場所の点でも数の上でも、ローマ軍は不利なばかりか、走りつづけ戦いつづけて疲れはて、あらたな敵に応戦するのは困難であった。

49　味方が不利な場所で戦い、敵がしだいに増えているのを見て先行きを懸念したカエサルは、守りのため小陣営に残していた副官のセクスティウスに伝令を発した。すぐに数個大隊を出して、丘の麓に、敵の右翼と対峙するかたちで並べ、味方が退散してきた場合には、敵の追撃を阻止せよ、と。

そしてかれ自身は、手元の軍団をひきいてわずかに前進し、戦況を見まもることにした。

50　戦いは、壮烈な白兵戦となった。敵は地の利や人数を頼み、味方は武勇を頼んだ。

そのときのことである。カエサルが敵を分散させようと右から別の道をのぼらせていたハエドゥイ族が、わが軍の右側に突然あらわれ、味方を大いに慌てさせた。かれらの武器が敵のものと似ていたからである。援軍の徴《しるし》とされていた右肩の露出には気づいてはいたものの、それを敵の策略と勘違いしたのだ。

同じとき、先の百人隊長ルキウス・ファビウスと、かれとともに城壁を上った者たちが、敵にかこまれて殺され、城壁から投げ落とされた。

もう一人、城門を破ろうとしていた同じ軍団の百人隊長ペトロニウスも、多勢を相手に多くの傷をうけた。かれは、死を覚悟すると、従っていた部下に言った。「わが身とお前らとを同時には救えぬ。功名心から危機にさらすことになったが、お前らだけは助けたい。機会をつくるから、そのときに逃げよ」と。

そして次の瞬間、敵のなかに突っ込み、二人を殺して、他を城門からわずかに後退させた。部下が助けようとすると、「俺を救おうとしても、無駄だ。もう血も力もない。早く行け。できるうちに軍団のところへもどるのだ」と叫んだ。

こうして、まもなく倒れるまで戦いつづけ、部下を救った。

51　いまやわが軍は、いたるところで圧倒され、地歩をうしない、四十六名の百人隊長が命を落とした。しかし、このような時のために第十軍団がやや平坦なところに待機していたことで、敵のほしいままの追撃からはまぬがれることができた。そして今度は、小陣営から出て高い処を占拠していた、副官セクスティウスひきいる第十三軍団の数個大隊が、これを助けた。

平地にいたるや、各軍団ともそこで止まり、戦列をたて直した。これにたいしウェルキンゲトリクスは、丘の麓からふたたび堡塁のなかへ部隊を移した。

この日失った兵士の数は、七百名近くに上った[1]。

（注1）「この日失った兵士の数は、七百名近くに上った」カエサル自身がガリー人から蒙った大敗北としては、これが唯一のものである。兵士が各指揮官の指示に従わなかったことが大きな原因であるが、その前のラッパによる後退の合図（第七巻47節）が、実際上、聞こえない距離でなされたことも一つの誘因であったろう。

52　翌日カエサルは、兵士らを観閲し、かれらの無謀さをきびしく叱った。進むも退くもみずから勝手に判断し、退却の合図にも止まらず、副官や大隊長らの制止にも従わないとは何ごとか、と。

そして不利な地形がもたらす損害について説き、アウァリクムで考えたことを打ち明けた。すなわち、指揮官も騎兵もいない敵を襲いながらも、これを中断したのは、不利な地形によってわずかでも犠牲が出ることを案じたからにほかならない。要塞であれ、高所であれ、城壁であれ、ものともしない勇敢さは、大いに賞賛にあたいする。しかし、戦況や成り行きについて司令官より良く判断できるかのような振舞いは、断じて赦されるものではない。こう言って、兵士らに、武勇や意気におとらず、規律と自制とをもとめた。

53　そして最後に、このようなことで気落ちしたり、地形ゆえの不祥事を敵の武勇に帰したりしないようにと兵士らを励ましたあと、前に考えたとおり、部隊を陣営から出し、適切な場所に戦列を布《し》いた。しかし、ウェルキンゲトリクスが平地へ降りてこなかったので、騎兵同士の小競り合いを有利に進めただけで、全部隊を陣営にもどした。カエサルは、翌日も同じような勝利でガリー人の鼻を折り、味方を勇気づけると、ハエドゥイ族の領土をめざした。

敵は、それでも追ってこない。そこで、三日目にエラウェル河にいたるや、橋を直し、部隊を河むこうへ渡した。

4 ガリー人の蜂起

54　そこへハエドゥイ族のウィリドマルスとエポレドリクスがやって来た。二人によれば、リタウィックスが全騎兵をひきいて同族の扇動に出かけたという。したがって、造反を防ぐには、この男の先を越さなければならないとのことであった。

さまざまな事情からハエドゥイ族の裏切りを見ぬいていたカエサルは、二人の出発がその蜂起を早めるものと察したが、引き止めはしなかった。危害をくわえると思われたり、かれらを恐れていると思われたりしたくなかったからである。

ただ、二人が立ち去るとき、それまで自分がハエドゥイ族にあたえてきた援助について手短に述べただけであった。

かれらが城塞におし込められ、土地も財産もうばわれたうえ、税を課せられ、さらには、人質まで強要されるという惨めな状況にあったとき、かれらを助けて昔の地位にもどしたばかりか、以前のどの時代をも凌ぐほどに勢威を高めてやったではないか、と。こう言って、二人を去らせた。

55　ハエドゥイ族の町ノウィオドゥヌム（現ヌヴェール）は、リゲル河畔にある地の利のよい町であった。カエサルはここに、ガリアの全人質、穀物や軍資金、自分の行李《こうり》や軍の輜重の大部分を置いていたほか、今回の戦争のためにイタリアやヒスパニアで調達した多数の馬も、ここへ送っていた。

エポレドリクスとウィリドマルスは、この町に着くや、部族の状況を知った。すなわち、ハエドゥイ族のなかでもっとも有力な町ビブラクテ（現オータン）にリタウィックスが迎え入れられ、首長のコンウィクトリタウィスや長老の大部分がかれのもとに集まっていて、ウェルキンゲトリクスのもとへも講和の使節が送られたというのである。二人にとって、これは絶好の機会におもわれた。

そこで、ノウィオドゥヌムの守備隊やこの町にいたローマの商人たちを殺し、金や馬を山分けしたほか、諸部族の人質をビブラクテの長官のもとに送らせた。また、町を抑えることができないと見るや、ローマ人に利用されることのないよう、町に火を放ち、すぐに運び出せる穀物を船に積み込み、他は河へ投げ込んだり、焼き払ったりした。

つづいて、近隣から兵をあつめ、リゲル河ぞいに歩哨をたて、守備隊をおくと、四方に騎兵を走らせて威嚇《いかく》行動にでた。ローマ軍の糧道を断つか、もしくは食糧不足に追い込んで、「属州」へ撤退させようとの狙いからである。

おりしも、リゲル河（現ロワール河）は雪解けで増水し、歩いてわたることができる状況ではなかった。これは、二人の計画にとって大いに幸いなことであった。

56　これを知ったカエサルは、急ぐべきだと思った。橋の建設中に戦わざるを得ないとすれば、敵の数がふくらむまえに戦う必要がある。恐怖にかられた者たちからすれば、計画を変えて「属州」へ撤退するのもやむを得ないだろうが、それは屈辱以外のなにものでもない。くわえて、ケウェンナ山が立ちはだかり、途中の道もけわしい。それに、なにより、副官ラビエヌスとかれに付けた軍団のことが心配だ。

そこでカエサルは、昼夜をわかたず強行軍をつづけ、だれもが予想しなかった速さでリゲル河に達した。そして河をのぞむと、騎兵を放って、兵士が武器や肩を濡らさないくらいの浅瀬を見つけさせ、流れを弱めるために騎兵部隊をそこにならべて、驚く敵をまえに全軍を無事河向こうにわたし、つづいて、近隣で穀物や家畜をみつけて全軍の食糧を確保すると、次はセノネス族をめざした。

57　この間ラビエヌスは、最近イタリアから到着した補充部隊を輜重の護りとしてアゲディンクムに残し、四個軍団をひきいて、ルテティア（現パリ）へ向かった。ルテティアは、セクアナ河（現セーヌ河）の島の上にパリシイ族が造った町である。

敵は、カエサルの接近を知ると、近隣の諸部族から大軍をあつめ、全体の指揮権をアウレルキ族のカムロゲヌスにゆだねた。老弱であったにもかかわらず、カムロゲヌスが総司令官に請われたのは、軍事によく通じていたからである。

かれは、渡りにくい沼地がセクアナ河まで続いていることを知ると、そのところで止まり、ローマ軍の通過を阻止する作戦にでる。

58　ラビエヌスは最初、移動小屋を用意し、沼地を土や束柴《そくさい》でうめて道を造るつもりであった。しかし、それが難しいことが分かると、第三夜警時（夜半過ぎ）にひそかに陣営を出、来たときと同じ道を通ってメティオセドゥム（現ムラン）へ行った。メティオセドゥムは、先のルテティア同様、セノネス族がセクアナ河の島のなかに造った町である。このとき、町の住民の大部分は、戦いのため別のところに集められていた。ラビエヌスは、約五十隻の船をうばうや、それを船橋にして兵士を島へわたし、残っていた住民を奇襲で恐怖におとしいれ、一戦も交えることなく町を制圧。そして前日敵が破壊した橋を直して全部隊をわたらせ、ルテティアをめざして河を下った。敵は、逃げてきた者たちから事情を知ると、ルテティアの町に火をかけ、そこに架かる橋もすべて壊し、それから、沼地を出てセクアナ河にいたり、河をはさんでラビエヌス陣営の真向かいに布陣した。

59　このときにはすでに、カエサルのゲルゴウィア撤退が知れわたり、ハエドゥイ族の造反やガリアの蜂起についても噂が流れていた。ガリー人の話では、カエサルはリゲル（現ロワール河）渡河をはばまれ、食糧不足から「属州」へ退却したとのこと。この噂に、以前もローマに忠実ではなかったベッロウァキ族が、さっそく叛旗をひるがえす。かれらは、兵をあつめ、公然と戦争の準備をはじめた。

こうした状況の激変に、ラビエヌスの方も計画を変更する。敵地の占領や敵軍の撃破などより、部隊をアゲディンクムに無事帰還させることが急務だとの判断からである。

ベッロウァキ族は、ガリアの中でもっとも武勇の誉れが高い部族。そのベッロウァキ族が一方から迫っており、もう一方には、装備をととのえ、訓練をうけた部隊をひきいたカムロゲヌスがひかえている。しかも、軍団は大河によって輜重や守備隊から切り離された状態だ。

この突然の難局に、ラビエヌスは思った。大胆な行動以外に活路はない、と。

60 そこで夕方、作戦会議をひらき、命令の徹底した遂行をもとめた。そしてメティオセドゥム（現ムラン）から曳いてきた船を一隻ずつローマ騎士にあたえ、かれらにたいし、第一夜警時の終わり（午後九時）ごろから静かに河をくだり、四マイルほど下流で自分を待つよう指示した。

また、戦闘にもっとも不向きとおもわれた第五大隊を陣営の守備隊として残し、同軍団の残りの五個大隊にはすべての輜重をつけて、夜半に大騒音とともに上流へむけて進発させた。さらにまた、小船をあつめ、これも騒々しく漕がせて、同じ方向に向かわせたあと、みずからもすぐに三個軍団をひきいて発ち、船団の行き先として指示した地点をめざした。

61　着いてみると、敵の偵察兵が河ぞいに配置されていたが、かれらは折からの暴風に気をとられて、こちらに気づかなかった。そこで、これを奇襲でかたづけ、その後ただちに、ラビエヌスの指示どおり、ローマ騎士が指揮をとって、全部隊を河向こうへわたした。

夜明け前、わが軍の動きは、矢つぎばやに敵に伝えられる。ローマ軍陣営で異常な騒音が聞かれた、長蛇の列が川上へ向かっていて、櫂の音もする、少し下流では部隊が船で河をわたっている最中だ、と。

敵は、こうした報告に、わが軍が三つの地点にわかれて河をわたっており、ハエドゥイ族の寝返りで混乱し、逃走をくわだてているのだと判断。かれらも、すぐさま軍勢を三分した。すなわち、一つをローマ軍陣営の真向かいに守備隊として残し、もう一つ、こちらは小部隊をメティオセドゥムの方へ、船団が進んだ地点まで行かせ、残りをラビエヌスの方へさしむけた。

62　明け方、全部隊が渡河をはたすと、敵の戦陣がみとめられた。

ラビエヌスは、兵士らにたいし、これまでの武勇や戦績を讃えるとともに、皆を歴戦の勇士に仕立てあげたカエサルが今もここにいるのだと思えと述べて、かれらを励まし、それから戦いの合図をだした。

第七軍団が占めていた右翼は、緒戦で敵を撃破。敗走へと追いやった。一方、第十二軍団が占めていた左翼は、飛び道具で相手の前列こそ粉砕したものの、後列の、一人もひるむことのない熾烈な抵抗に苦しんだ。

敵方は、総指揮官のカムロゲヌスが戦場にのぞみ、みずから兵士らを督励していた。戦いの帰趨《きすう》はなおも分からず。そうしたなか、左翼の戦況を伝えられた第七軍団の大隊長らが敵の背後に部隊をおくり、これを攻撃させた。

それでもなお、敵は一人も逃げなかった。そのため、ついには囲まれ、全員が殺されてしまった。総指揮官のカムロゲヌスも、このとき同じく果てた。

ラビエヌス陣営の真向かいに残されていた守備隊は、戦闘がはじまったのを知ると救援にかけつけ、丘を占拠したが、わが軍の攻撃をささえきれず、敗走してきた仲間と混じり合った。こうして、森や丘に難をのがれた者以外は、すべてがわが軍の騎兵に討たれてしまった。

戦いを終えたラビエヌスは、全軍の輜重をおいていたアゲディンクムへもどり、そこから全部隊をひきいてカエサルのもとへ戻った。

63　ハエドゥイ族の造反が知れわたり、いまや戦火が拡大する。ハエドゥイ族は、四方へ使節を発し、恩顧、金銭、権威など、ありとあらゆる手段をつかって諸部族をさそう一方、ためらう部族にたいしては、カエサルから預かっていた人質を拘束し、これを殺すぞと脅すなど、脅迫でのぞんだ。

また、ウェルキンゲトリクスにたいし、自分たちのところへ来て作戦を立てるよう求めた。そしてこれに成功すると、今度はかれに総指揮権を譲るようせまったが、しかしこの問題については決着がつかなかった。そこで、ビブラクテ（現オータン）で全ガリア会議が開かれることになった。

会議には各地から多数が集まり、右の件が一同の票決に付された。その結果、満場一致でウェルキンゲトリクスが総指揮官に推された。

レミ族とリンゴネス族、それにトレウェリ族は、欠席していた。前者二部族は、ともにローマの友好を求めていたし、トレウェリ族の方は、遠距離であることやゲルマニー人の攻勢にさらされていたことで、直接にも間接にも、この戦争にまったく関わっていなかったからである。

総指揮権を拒否されたことに気落ちし、勢威の失墜を嘆くにいたったハエドゥイ族は、いまやカエサルの寵まで失ったことを悔やんだが、叛旗をひるがえした以上、他と袂《たもと》を分かつわけにはいかなかった。かくして、野心に燃えた二人の若者、エポレドリクスとウィリドマルスは、不承々々にもウェルキンゲトリクスに従うことになったのである。

64　ウェルキンゲトリクスは、期日を指定して諸部族に人質を課したほか、一万五千の騎兵すべてに即集結を命じた。つづいて、先の戦闘のときの歩兵で十分であること、賭けや会戦に及んだりするつもりがないこと、多数の騎兵ゆえに敵の糧道を容易に断つことができることなどを挙げ、最後に、みずからの手で穀物や建物をそこなう焦土作戦を敢行して恒久の自由を得るべきだと説いて、主張をしめくくった。

こうして右の決定がなされると、「属州」と隣合わせのハエドゥイ族やセグシアウィ族にも一万の歩兵と八百の騎兵が課され、エポレドリクスの弟の指揮のもとでアッロブロゲス族を攻撃することになった。

そのほか、ガバリ族や隣のアルウェルニ族の各郷の者たちがヘルウェティイ族のところへ、またルテニ族やカドゥルキ族がウォルカエ・アレコミキ族のところへ、それぞれ蹂躙のため、さし向けられた。

またその一方で、ウェルキンゲトリクスはアッロブロゲス族にも隠密裏に使者をおくり、かれらを誘うこともした。先年にローマ軍からうけた敗北のことが心の中にまだ燻《くす》ぶっている可能性を思ってのことである。そして有力者には金銭を約束し、部族には全「属州」の支配権を保証した。

65　こうした事態にそなえて副官のルキウス・カエサル(1)が当の「属州」で募っていた二十二個大隊が、守備隊として全地点に配置されることになった。

ヘルウェティイ族は、周辺の諸部族に戦いをいどんだものの、撃退され、カブルスの子であった首長のドムノタウルスその他多くが殺され、城塞などへの避難を余儀なくされた。

一方、アッロブロゲス族の方は、ロダヌス河（現ローヌ河）ぞいに多数の守備隊を配備し、境界の警備に万全をつくしていた。

騎兵については敵の方が優っているように思われたし、道もすべてが塞がれていて、「属州」やイタリアからの支援も期待できなかった。

そこでカエサルは、すでに平定していたレヌス河向こうに住むゲルマニー人の諸部族に使いをおくり、騎兵とそれに交じって戦う軽装歩兵とを集めさせた。しかし、集まった者たちの馬が良くなかったので、代わりに、大隊長や他のローマ騎士、それに再役兵などの馬をかれらに宛《あて》がった。

(注1)「副官のルキウス・カエサルが当の「属州」で募っていた二十二個大隊が」
ルキウス・ユリウス・カエサル。司令官カエサルとは従兄弟《いとこ》関係にあたる。前六三年の執政官。カエサルとともに内戦を戦い、カエサルの死後は甥のアントニウスに協力。しかし、その後二人は齟齬をきたす。アントニウスの母親ユリアはこのルキウス・カエサルの妹にあたる。

66 この間敵側では、ガリア全土から徴集された騎兵やアルウェルニ族からの部隊が集結していた。

「属州」から支援をうけやすくするため、カエサルがリンゴネス族の辺境を通ってセクアニ族の領土をめざしていたとき、ウェルキンゲトリクスは集結した大軍勢をひきいて、ローマ軍陣営から約十マイルの地点に三つの陣営をきずき、騎兵部隊の隊長らを集めて、勝利のときが来たことを告げた。

「ローマ軍は、ガリアを去って、属州へ逃げ込もうとしている。当座の自由であれば、これで十分確保されよう。しかし、将来にわたる安泰となれば、まだ不十分である。かれらは大軍を擁してひき返し、戦いは際限なくつづくことだろう。

したがって、敵が荷物をかかえているときを狙うべきだ。歩兵が輜重兵の救援に駆けつければ、ローマ軍は先へ進めない。おそらく有りそうなことだが、もしかれらが身の安全のため輜重を棄てることになれば、必要な物資も従来の名誉も失うことになる。なぜなら、敵の騎兵が隊伍をはなれてこちらへ向かってくるとは考えられないからである。

そこでだが、大いに士気を高めるため、全軍をローマ軍陣営の前にならべて、かれらを恐怖におとしいれようではないか」

ウェルキンゲトリクスのこの言葉に、全騎兵が喊声《かんせい》をあげ、ローマ軍の隊伍を二度駆けぬけることができなければ家族のもとには戻らないと誓うべきだ、と口にした。

67　提案がうけ入れられ、全員が宣誓した。翌日、騎兵部隊は三つに分かれ、うち二つがわが軍の両側にせまり、別の一つが前衛をはばもうとした。

これを知ったカエサルは、こちらも騎兵部隊を三分して敵にあたらせた。いたるところで戦闘がおこなわれた。隊伍は歩をとめ、輜重は軍団が囲んだ内に入れられた。わが方に苦戦しているところがあると、カエサルはそこへ軍団兵をおくって戦列をくませ、敵の追撃をはばみ、こうして味方を勇気づけた。

それから間もなく、わが軍のゲルマニー人騎兵部隊が右手にみえる丘の頂をうばい、敵を駆逐した。かれらは、ウェルキンゲトリクスが歩兵部隊とともにいた河岸めざして逃げる敵を追って、多数を屠った。

これを見た残りの敵が、囲まれるのをおそれて逃げはじめると、方々で殺戮が展開された。

こうして、ハエドゥイ族の貴顕《きけん》の者たち三名が捕らえられ、カエサルのもとへ連行された。その一人は、先の選挙でコンウィクトリタウィスと争い、この戦闘では騎兵部隊を指揮していたコトゥスであり、もう一人は、リタウィックスの造反から歩兵部隊の指揮をとることになったカウァリッルスであり、三人目が、カエサルの到来前におこなわれたハエドゥイ族とセクアニ族との間の戦いで指揮官をつとめたエポレドリクスであった。

68　騎兵部隊の潰走をみたウェルキンゲトリクスは、陣営前に配置していた部隊をつれて、ただちにマンドゥビイ族の町アレシアをめざすことにし、輜重もすぐに陣営から出させ、後に続くよう命じた。

カエサルは、近くの丘に輜重を移し、二個軍団をその守りにあてると、夕闇がせまるまで追撃して敵の後衛約三千を屠り、次の日にはアレシアの近くに陣をしいた。つづいて、周辺の視察をおこない、敵が最大の頼みとしていた騎兵の敗走で恐慌におちいっていることを知ると、包囲にむけ兵士らを激励し、工事に着手した。

69　アレシアの攻略には、包囲よりほか手立てがなかった。町自体が非常に高い丘の上にあったうえ、麓には両側に川が流れ、しかも三マイルほどの平原がひろがるその前面のほかは、どこも同じ高さの丘にかなり近い間隔でとり囲まれていたからである。

敵は、東側の城壁から麓にかけて、丘の斜面を軍勢でうめつくし、その前には壕と高さ六フィートの防壁をもうけていた。

これにたいしローマ軍がきずいていた堡塁は、周囲が十一マイルに及んだ。陣営は地の利の良いところに定め、そこに二十三の砦をきずき、そのおのおのに昼間は警備兵をおいて奇襲にそなえ、夜は歩哨と守備隊とをおいてこれを護った。

70　包囲の工事がはじまると、前述の三マイルの平原で両軍の騎兵が交戦。双方とも奮闘する。
やがて味方が苦戦しているのを見たカエサルは、ゲルマニー人の騎兵を救援におくる一方、敵の歩兵による不意の突撃をふせぐため、軍団兵を陣営の前にならべた。この後ろ楯に、味方の士気がたかまり、敵は敗走へと転じ、多勢のため互いに邪魔しあうかたちとなって狭い門へ殺到した。

ゲルマニー人の騎兵部隊は、これを堡塁のところまで激しく追う。大殺戮の始まりであった。敵のなかには、馬をすてて壕をわたり、防壁を越えようとする者たちもいた。

カエサルは、陣営の前にならべていた軍団兵をわずかながら前進させた。すると、堡塁の内にいた者たちまでが混乱におちいった。わが軍の突撃を予想したのだろう。かれらは叫び声とともに武器を手にし、一部は恐怖のあまり町へ逃げ込んだ。ウェルキンゲトリクスは、陣営にだれもいなくなることを惧れ、城門を閉じさせた。

大殺戮をはたしたゲルマニー人の騎兵部隊は、多数の馬をとらえて、陣営へともどった。

71　ここにいたってウェルキンゲトリクスは、ローマ軍の工事が完成するまえに、全騎兵を夜中に送り出すことを画策する。そしてかれらを送り出すにあたり、各自それぞれの部族のもとへ急行し、武器をとることができる年齢の者を全員召集するよう命じた。さらに、自分の功績について触れ、同時に、自分の身の安全についても迫った。

「民族の自由のために尽した男を、敵の手にわたすようなまねはしないでくれ。もし皆が任務をためらえば、八万の精鋭が自分とともに命をおとす。切り詰めた計算では、三十日ほどの穀物がある。配給量をなおも減らせば、もう少しはもつだろう」

こう述べると、かれは第二夜警時（夜半前）に、わが軍の工事の切れ目から騎兵を静かに送り出した。また、人々には穀物の供出を命じ、従わない者には死罪を予告した。こうして家畜——その多くはマンドゥビイ族が連れてきたものであった——を一人ひとりに分けあたえ、穀物も一度にわずかずつ配給しようとした。それから、町のまえに配置していた軍隊を残らず内に入れ、ガリア全土からの援軍を期待しつつ、戦いの準備に入った。

72　捕虜や脱走兵から右のことを知ったカエサルは、堡塁造りに着手。まず、外周として、幅二十フィートの壕を掘った。壕は断面を垂直に、つまり、上と底の幅を同じにした。そして他の堡塁はすべて、この壕から四百[1]パッスス（約六百メートル）ほど後退させたところに築いた。堡塁の本体自体があまりにも広く、周囲に兵士を配置することは困難だったので、敵の大軍による夜襲や昼間作業中の兵士にたいする飛び道具による攻撃を懸念しての措置である。

この間隔をおいて、幅も深さも同じ十五フィートの壕を二つ掘り、その後内側の壕には、低くて平らなところに川から水を引いた。壕の後ろには、防柵も含め、高さ十二フィートの土塁をきずいた。それから、これに狭間《はざま》を入れた胸壁をつくり、さらには、敵の登攀《とうはん》を防ぐため、そうした障壁と土塁とが合わさる部分には大きな逆茂木《さかもぎ》をならべたほか、全周にわたって八十フィートの間隔で櫓をもうけた。

（注1）「他の堡塁はすべて、この壕から四百パッスス（約六百メートル）ほど後退させた」写本では四百ペス（約百二十メートル）となっているものもあるが、発掘調査によって四百パッスス（約六百メートル）であることが分かった。ちなみに、一ペス（足幅）は二九・五七センチメートル、ほぼ英語の一フィートに相当する。一パッスス（歩幅）は一・四八メートルである。

73　資材や穀物の調達、それに広大な堡塁の構築のため、兵力を分散して陣営から遠くはなれたところへ出さなければならなかったが、そうしたとき、敵はしばしば複数の城門から討って出て、工事の現場を襲った。

そこでカエサルは、少数でも堡塁をまもることができるよう、障害物を追加する。すなわち、樹の幹や丈夫な枝を切り、先端の皮を剝いで尖らせ、これを深さ五フィートの長い壕にうめた。これらは、引き抜かれないよう、底のところで縛っておき、枝はそのまま突き出させた。こうしたものを各壕に五列、たがいに繫ぎ、絡み合わせたかたちで並べたのである。これに足をふみ入れた者は、串刺しとなる仕組みだ。兵士たちは、これを「墓」と呼んだ。

この「墓」の前には、底に向かって幅を狭くした、深さ三フィートの穴を五つ目形に配した。そして先をとがらせてから焦がした、人の太腿くらいの丸太を、地表から指幅四本だけ出したかたちで埋め、それから、丸太が動かないよう、一フィートほど地面を踏みかため、穴の残りの部分は、罠であることを隠すため小枝や柴でおおった。こうした落し穴を、三フィート間隔で八列作った。これはその形から「百合」と呼ばれた。

さらに、これらの前にも、鉄の鉤で固定した長さ一フィートの小杭を、いたるところに少しの間隔をおいて完全に埋めた。これは「刺」と呼ばれた。

74　こうした工事が完成すると、今度は外側の敵にも備え、地形のよいところを選んで、全周十四マイルの同じような堡塁をきずいた。これは、堡塁の守備隊が敵の大軍にかこまれる可能性を一掃するためである。

以上のほか、危険をおかしてまで陣営の外に出なくてもすむよう、各自三十日分の糧秣を用意させた。

5　アレシアの決戦

75　アレシアが右のような状況のとき、ガリー人は指導者会議をひらき、武器をとり得る者すべてを集めるべきだとするウェルキンゲトリクスの主張とは異に、各部族が一定数の兵員を出すことで一致した。大軍勢では、部下の統率はおろか、区別もできず、穀物の配給についても困難が予想されたからである。

かくして、諸部族に以下の割り当てがなされた。ハエドゥイ族とその従属部族のセグシアウィ、アンビウァレティ、アウレルキ・ブランノウィケス、ブランノウィイには三万五千。アルウェルニ族とその支配下にある周辺部族エレウテティ、カドゥルキ、ガバリ、ウェッラウィイの各部族にも同じく三万五千。セクアニ、セノネス、ビトゥリゲス、サントニ、ルテニ、カルヌテスの各部族にそれぞれ一万二千。ベッロウァキ族に一万。レモウィケス族からも同じく一万。ピクトネス、トゥロニ、パリシイ、ヘルウェティイの諸部族にそれぞれ八千。スエッシオネス、アンビアニ、メディオマトリキ、ペトロコリイ、ネルウィイ、モリニ、ニティオブロゲス族などにもそれぞれ五千。アウレルキ・ケノマニ族にも同数。アトレバテス族には四千。ウェリオカッセス、レクソウィイ、アウレルキ・エブロウィケス族にはそれぞれ三千。ラウラキ族とボイイ族には各二千。大洋に臨み、アレモリカエ族という総称のもとにある諸部族、つまり、コリオソリテス、レドネス、アンビバリイ、カレテス、オシスミ、ウェネティ、レモウィケス、ウェネッリには計二万。以上である。(1)

このうち、ベッロウァキ族だけは、割り当てを満たさなかった。ローマ人とは独自に戦い、他者の指示にはしたがわないというのが、その理由であった。しかし、その後コンミウスに懇請されたことで、かれとの誼《よしみ》から二千を送ることになった。

(注1)「諸部族に以下の割り当て……ウェネッリには計二万。以上である」写本間で数字に若干の違いがある。各種の既訳を参考にして選定した。

76　先に述べたように、コンミウスは前年、ブリタンニアで真にカエサルを大いに助けた。その功績にたいしカエサルは、かれの部族(アトレバテス族)には税を免除し、自治をみとめ、モリニ族をこれに帰属させていた。

しかし、自由の死守と武名の復興とをねがう今回のガリー人の団結には、きわめて固いものがあった。そのため、これまでの恩恵や友情にはうごかされず、全員がこの戦いに総力であたることになった。

八千の騎兵と約二十五万の歩兵が集まると、ハエドゥイ族の領地で閲兵がおこなわれ、点呼のあと各隊長が選ばれた。また、総司令官には、アトレバテス族のコンミウス、ハエドゥイ族のウィリドマルスとエポレドリクス、それにアルウェルニ族のウェルキンゲトリクスの従弟ウェルカッシウェッラウヌスがそれぞれ指名された。そして各部隊から選ばれた代表がこれに付き、幕僚を構成することになった。

こうして全軍、意気揚々とアレシアをめざした。このような大軍を目にして応戦できる相手など、だれも考えられなかった。とくに、町からの出撃と外からの大攻勢という両面攻撃をおもえば。

77　一方、アレシアで包囲されていた者たちは、ハエドゥイ族の領土で進行中のことを知るよしもなく、期待した援軍の到着日が過ぎ、穀物も尽きると、会議をひらき、自分たちの行く末を諮《はか》った。

いますぐ降伏すべきだという者、十分余力がある間に出撃すべきだという者、さまざまな意見が聞かれた。そのなかで特記すべきは、クリトグナトゥスの演説だろう。なぜなら、それがきわめて非道なものであったからである。

アルウェルニ族の名門の出で、大きな力があったこの男は、次のように主張した。

「降伏という名のもとに隷属を説く輩にたいしては、なにも言うことはない。こうした輩には、同胞としての資格も、この会議に出席する資格も、いっさい与えられるべきではない。自分は、出撃をとなえる者たちとだけ交渉をもつ。その考えにこそ、古来の勇武が残っているように思われるからだ。皆も同感だろう。

暫時の窮乏にたえられないなど、軟弱以外のなにものでもない。辛抱づよく苦しみに耐えるより、勇んで死地におもむくことの方がたやすい。もし命を失うだけで、ほかに何もなし得ないというのなら、権威ある者たちのそうした意見にしたがおう。

しかし、作戦をたてるには、われわれが助けを仰いでいる全ガリアのことを考えなければならない。八万の者が一ヶ所で殺され、そうした屍のなかで近親が戦いを余儀なくされることにでもなれば、その士気たるや、いかなるものか、思ってもみよ。

危険をおかしてまで汝らを助けた者たちを、いま見捨てるようなことをすべきではない。愚かさや軽はずみからガリア全土に永久の隷属状態をもたらすようなことがあってはならないのだ。

予定の日までに来なかったからといって、かれらを疑うのか？　では、あれを見よ。ローマ人が毎日ああしたところまで堡塁をきずいているのは、道楽のためだとでも言うのか？

すべての道がふさがれていて、伝令による確認ができないのなら、あれこそ援軍がやって来ている証拠ととれよう。だからこそ、敵は昼夜をおかず工事を急いでいるのだ。では、どうすべきか？

それは、こうだ。今回ほどの規模ではなかったが、われわれの祖先がかつてキンブリ族やテウトニ族と戦ったときに行なったことを行なえばよい。すなわち、祖先の者たちは籠城し、いまと似たような窮乏下で、年齢ゆえに戦いに役立ちそうもない者たちを食することによって命をつなぎ、あくまで降伏しなかったのだ。

しかし、たとえそうした先例がなくとも、自由のためにはそうしたことを行ない、そしてそのことを美談として子孫に伝えるべきだと思う。

あのときの戦争について、聞いたことがあるだろう。キンブリ族はガリアを荒らし、大いなる災難をもたらした。だが、やがて出て行き、われわれの権利も法律も、土地も自由もついには守られた。

ローマ人は、ああしたゲルマニー人とは違う。かれらを動かしているのは、羨望の念にほかならない。われわれが戦いを通して名声や権力を得たことを知って、いまやこの土地に移り住み、われわれを永久に支配しようとしているのだ。

ローマ人がこれ以外の目的で戦争をしかけたことは、いまだかつてない。遠国での出来事を知らないのなら、隣のガリアを見るがよい。ローマの属州にされ、権利も法律も変えられて、その支配下でまったくの隷属状態にあるではないか」と。

78 議論の末、次のようなことが決まった。
病気や年齢ゆえに戦いの役にたたない者は、町を出ること。クリトグナトゥスの意見を採るまえに、あらゆる手段をつくすこと。事態が緊迫し、それでもなお救援軍が到着しなかった場合にのみ、降伏やその種の条件をうけ入れるよりは、むしろクリトグナトゥスの案を採用すること、などである。

こうして、他のガリー人を迎え入れていたマンドゥビイ族は、女、子供とともに町を出ることを強要された。かれらは、ローマ軍の堡塁のところまで来ると、食べ物を乞い、自分たちを奴隷として使ってくれるよう、涙ながらに訴えた。[1]カエサルは、堡塁に見張りを立てて、受入れを拒否した。

（注1）「堡塁のところまで来ると、食べ物を乞い、……涙ながらに訴えた」マンドゥビイ族のその後の状況については一言も書かれていないが、多数の餓死者が出た大惨劇となったことは疑えない。どこへ行こうと、かれらを養える食糧源はなかったのであるから、右のように、本書に記されなかった深刻な部分が多くあることも、頭の片隅に入れておく必要があろう。

79 この間、総指揮権をゆだねられていたコンミウスほか全指導者が、全軍とともにアレシアに到着。外側の丘を占領し、わが軍の堡塁から一マイル以内のところに布陣した。そして翌日、陣営から騎兵部隊を出して、三マイルに及ぶ前述の平原をうめ、そこからやや離れた小高い一帯にも歩兵をならべた。

この平原は、アレシアの町から見おろすことができたので、援軍をみとめた町の者たちは、興奮して集まり、城内は歓喜にわいた。いまやかれらは、兵を城壁のまえに出し、一番近くの壕を柴でおおい、土で埋めると、出撃その他あらゆる攻勢の準備にとりかかった。

80　カエサルは、堡塁の両側に全軍を配置し、必要なばあいには各自が持ち場をまもることができるようにしたあと、騎兵部隊を陣営から出し、これに出撃を命じた。平原は丘の上のどの陣営からも見おろすことができたので、戦闘には兵士らの視線がそそがれた。

ガリー人は、退却してくる者を助けてわが軍の騎兵部隊に応戦できるよう、自軍の騎兵の間に弓兵や軽装歩兵を配していた。そのため、多くの味方が思わぬ傷を負って戦場をはなれた。

敵は、大軍による自分たちの圧倒的な攻勢をみて、堡塁でさえぎられていた者も救援にかけつけた者も、いたるところで雄叫びをあげて士気を高め合った。

皆が見ているところでは、名誉も不名誉も隠すことはできず、敵も味方も賞讃をもとめて、あるいは不面目をおそれて、必死に戦った。

正午から日没近くまで、勝敗の行方は分からなかったが、やがてゲルマニー人の騎兵が一ヶ所に集結して突撃をかけ、敵を潰走させた。つづいて、追撃にうつり、弓兵をかこんで全員を屠った。別のところでも、退散する敵をその陣営まで追いつめ、集結の余裕をあたえなかった。

この様子に、アレシアから出撃してきた者たちは、ほとんど勝利をあきらめ、落胆して町へと引きあげた。

81　敵の救援軍は、一日のうちに束柴《そくさい》や梯子、それに鉤竿などを大量につくり、真夜中しずかに陣地を出て、平地の堡塁に近づいた。そして突然、雄叫びをあげて籠城側に到着を知らせると同時に、束柴を壕になげ込み、飛び道具でわが軍兵士を堡塁から駆逐すると、それから本格的な攻撃の準備にとりかかった。一方、ウェルキンゲトリクスも、この叫び声をきくや、すぐに配下の者たちに合図を出し、町の外へと部隊を出した。

これにたいしローマ軍は、前日同様、各自がそれぞれ堡塁の持ち場へと近づき、槍を飛ばす発射機をはじめ、各種の飛び道具でかれらを追いはらった。

暗闇で見通しがきかず、両軍に多数の負傷者が出た。

そこの防衛をゆだねられていた二人の副官、アントニウスとトレボニウスは、味方が劣勢なところには、遠くの要塞から援軍を出して、そこへさし向けた。

82　ガリー人は、堡塁までかなり距離があるときには、飛び道具を大量に使って優勢だったが、近くまで来ると、突然、ある者は「刺《とげ》」をふみ、ある者は「百合」におちて身を貫かれ、ある者は堡塁や櫓からの重槍でたおれた。敵はいたるところで負傷し、堡塁の突破は成らなかった。そのため、空がしらむと、小高い陣営からの出撃部隊に右側を衝かれて囲まれる羽目になることをおそれ、仲間のもとへと引き揚げた。

一方、内側の者たちも、ウェルキンゲトリクスから命じられていた出撃のための道具を運び出し、手前の壕を埋めていたが、それに手間どったことで、堡塁へ近づくまえに味方の退却を知ることになり、むなしく町へと踵をかえした。

83　二度も深刻な敗北を喫したガリー人は、事後の対策を協議する。この協議には、土地にくわしい者たちを招き、かれらから高い陣地の地形や守りについても聞いた。

北の方には、丘があった。周囲が広すぎて工事に含めることができなかった丘であるが、ここでは、やむなくその斜面に陣営を設けざるを得なかった。この陣営は、副官のアンティスティウス・レギヌスとカニニウス・レビルスとが二個軍団とともに護っていた。

偵察隊によって地形を知った敵の指導者らは、勇武の誉れが高い部族のなかから六万の兵士を選ぶと、作戦についてひそかに打ち合わせ、正午ごろを出撃の時とさだめた。この大部隊の指揮は、ウェルキンゲトリクスの親戚で、四人の指導者のうちの一人である、アルウェルニ族のウェルカッシウェッラウヌスがとることになった。

ウェルカッシウェッラウヌスは、第一夜警時（夕方）に陣を出、夜明けごろには予定の行程をおえて丘の背後に身をかくし、部隊には休息をとらせた。そして正午近くであったろうか、前述の陣地へと突進してきた。また、これと同時に、敵の騎兵部隊も平原の堡塁をめざし、残りの部隊も陣地前で示威行動をはじめた。

84　ウェルキンゲトリクスは、アレシアの要塞から味方の動きをみると、町から出、攻撃にむけて用意していた束柴、長竿、遮蔽小屋、破城鉤などを城外へ運び出させた。

いたるところで同時に戦闘がおこなわれた。敵は、あらゆることを試み、わが軍の弱点とおもわれるところを衝いてきた。ローマ軍は守備範囲が広く、あちこちで困難な応戦を強いられた。

また、戦っている背後から上がる雄叫びは、聞く者をしてみずからの安全が他の者の掌中にあるように感じさせ、わが軍を怖じ気させた。何ごとであれ、人は見えないものにたいして大きな恐怖をおぼえるものらしい。

85 カエサルは、各地点の戦況がわかる場所をみつけ、苦戦しているところには救援部隊を送った。

両軍とも、この戦闘には死力をつくすべきだと感じていた。ガリー人には、堡塁を破ることができれば、状況を打開できるとおもわれたし、ローマ軍には、今を持ちこたえれば、すべての苦労が終わるとおもわれた。

最大の激戦は、前述のウェルカッシウェッラウヌスが送られていた丘の陣営付近での戦闘であった。そこの傾斜面が、わが軍にとって大いに災いしたのだ。

敵は、一部が投げ槍をはなち、他は亀甲陣でせまってくる。疲れた者と、新手がすぐに入れ替わる。全員が一体となって壕をうめ、突撃路をつくる。土のなかに隠されていたものも、いまやすべてが蔽《おお》われた。わが方は武器も気力も尽きはじめていた。

86　これを知ったカエサルは、ラビエヌスに六個大隊をつけて、苦戦しているところへ救援にさしむけた。その際、もし防ぎ切れなければ、大隊を出して突撃させよ、ただし、不要な攻撃はひかえよ、と命じておいた。

その後、みずからは残りの部隊のところへ行き、これまでの苦労の成果がこのときに懸かっているとして、兵士らを励ました。

内側の敵は、堡塁のあまりの大きさに平地をあきらめ、かわりに険しい斜面を登ろうと、準備していた道具をそちらへ移した。そして櫓の兵士に多数の槍をあびせ、土や束柴で壕をうめ、破城鉤で堡塁や胸壁を崩しにかかった。

87　カエサルは、まず青年ブルートゥスに数個大隊をつけて送り、次に副官ファビウスに他の大隊をつけて送った。それから、戦闘がいっそう激しくなったところで、待機していた部隊をひきいて、みずから救援に向かった。

こうして勢いをもりかえし、敵を撃退すると、ラビエヌスを送っていたところへ駆けつけ、近くの砦から四個大隊を出して、騎兵の一部を自分にしたがわせ、他の騎兵には、外側の堡塁をまわって敵の背後をつけと指示した。

ラビエヌスは、壕でも堡塁でも敵を支えきれないことが分かると、近くの守備隊から引き出していた十一個の大隊をまとめ、カエサルに伝令をやって打開策を伝えた。

カエサルは、戦闘に加わろうと、道を急いだ。

88　カエサルの到着は、戦いのときにまとう外套《がいとう》の色（深紅）で分かった。敵は、その小高い場所から見下ろせる傾斜面にカエサルが騎兵部隊や大隊をひきいているのを見るや、攻撃をしかけてきた。

敵も味方も鬨の声をあげ、堡塁からも同じく鬨の声があがった。わが軍は、槍をすて、剣をとった。

突然、敵の背後にローマ軍の騎兵部隊がみとめられた。別の大隊も迫っていた。敵は背をむけ、その逃げるかれらを騎兵が追い、大虐殺を展開した。

かくしてレモウィケス族の首長でもあり指揮官でもあったセドゥリウスが殺され、アルウェルニ族のウェルカッシウェッラウヌスも逃走中に捕らえられた。また、敵の軍旗七十四本がカエサルのもとへもたらされた。あれほどの軍勢のうち、無傷で陣営にもどり得た者はわずかであった。

仲間の惨死や潰走を目にした町の者たちは、この事態に絶望し、堡塁から部隊を引き揚げさせたが、これが分かると、陣営のガリー人もたちまち逃げだした。おそらく、頻繁な救援や終日の奮闘で疲れていなかったなら、わが軍は敵を全滅できたことだろう。

真夜中ごろ出されていた騎兵部隊は、敵の後衛を追い、多数を捕らえ、多数を屠った。逃げおおせた者たちは、それぞれ自分の部族のもとへ帰った。

89　翌日、ウェルキンゲトリクスは会議を開き、覚悟を述べた。「私が戦争をくわだてたのも、皆の自由のためであって、私利私欲からではない。だが、運命には従わなければならない以上、私を殺してローマ人に償うか、あるいは生き身のまま差し出すか、いずれとも好きなようにするがよい」と。

かれらは、この件について、こちらへ使節をよこしてきた。これにたいしカエサルは、武器の引渡しと首長らの連行を命じた。そして陣地前の堡塁で待った。そこへ指導者たちが連れてこられた。(1)ウェルキンゲトリクスも引き渡された。武器も投げ出された。

カエサルは、ハエドゥイ族とアルウェルニ族にはあらためて忠誠を期待し、かれらを留保したが、他の捕虜については、戦利品として全兵士におのおの一人ずつ分けあたえた。

(注1)「ウェルキンゲトリクスも引き渡された。武器も投げ出された」ウェルキンゲトリクスの投降は印象的なものであった。かれは指導者としての装いに身を正し、丁寧にブラシをかけられた馬に乗って城砦を出、カエサルのところに来ると、その回りを粛々として一周したあと、馬から降りてカエサルの足下に静かに座り、連れ去られるまで身動きひとつしなかったといわれる。かくしてウェルキンゲトリクスは、以降ローマ市の獄舎につながれ、六年後の前四六年、カエサルが凱旋式を挙行した折、見世物にされたあと、死刑に処されて散った。当時のこととはいえ、運命の過酷さよ。今日、このかつての憂国の壮士は、フランスの英雄となっている。

6　ハエドゥイ族とアルウェルニ族の降伏

90　右の件がかたづくと、カエサルはハエドゥイ族の領土へ入り、その降伏をみとめた。アルウェルニ族からも使節が届き、命令にしたがうことを約束した。そこで、かれらには多数の人質をもとめた。なお、そうした事情から、両部族には約二万の捕虜を返した。

軍団の冬営については、次のように割り当てた。

ラビエヌスには、二個軍団と騎兵部隊とをひきいてセクアニ族の領土へ向かうよう命じ、その際、かれにセンプロニウス・ルティルスを付けた。副官ファビウスとバシルスは二個軍団とともにレミ族の領土に駐屯させた。これはレミ族を隣のベッロウァキ族から護るためである。さらに、アンティスティウスをアンビウァレティ族へ、セクスティウスをビトゥリゲス族へ、カニニウスをルテニ族へと、おのおの一個軍団ずつ付けて送った。

また、穀物調達のため、キケロとスルピキウスをアラル河近くの町カウィッロヌムとマティスコにそれぞれ駐屯させた。そしてカエサル自身も、ビブラクテ（現オータン）で冬営することにした。

ローマでは、以上の戦績が伝えられると、二十日《はつか》間の感謝祭がもよおされた。

（注）――紀元前五二年の本国の状況

前年のミロによるクロディウス殺害の余波を、ポンペイウスが単独執政官としてひとまず鎮めた。だが、先行きはなお予断をゆるさない状況。資金力を増したカエサルの国内工作も続いていた。ポンペイウスはこの年、名門の元老院議員メテッルス・ピウス・スキピオ（元老院派）の娘コルネリアと再婚する。ちなみに、彼女の前の夫は、前年のパルティア遠征で父とともに命を落としたプブリウス・クラッススであった。元老院は、みずからがポンペイウスを単独執政官にしたものの、あるいは、それによって却ってかれが独裁官のような存在になりはしないかという恐れを抱いていた。そこで、任期の半ばにいたって、例年どおりの体制にもどることをポンペイウスに求めたところ、かれは右の舅《しゅうと》を同僚執政官に選んだ。これにともない、ポンペイウスのヒスパニアと北アフリカ（リュビア）の総督の任期が五年間延長された。これにたいして民衆派から、ガリアの地で祖国の領土拡大に貢献しているカエサルにも同じような任期の延長がみとめられて然るべきだという声が上がったのは、当然のことである。こうしてこの前五二年は、あらたな政争の危機をはらんで推移する。

カエサルの手記は、以上、全七巻をもって終わる。次の第八巻は、ガリア遠征にしたがった友人のアウルス・ヒルティウスによって書かれたものである。『ガリア戦記』の第二版を出す際に補足として加えられたものと考えられている。

第八巻

（紀元前五一〜五〇年）

紀元前51年　ガリア遠征8年目

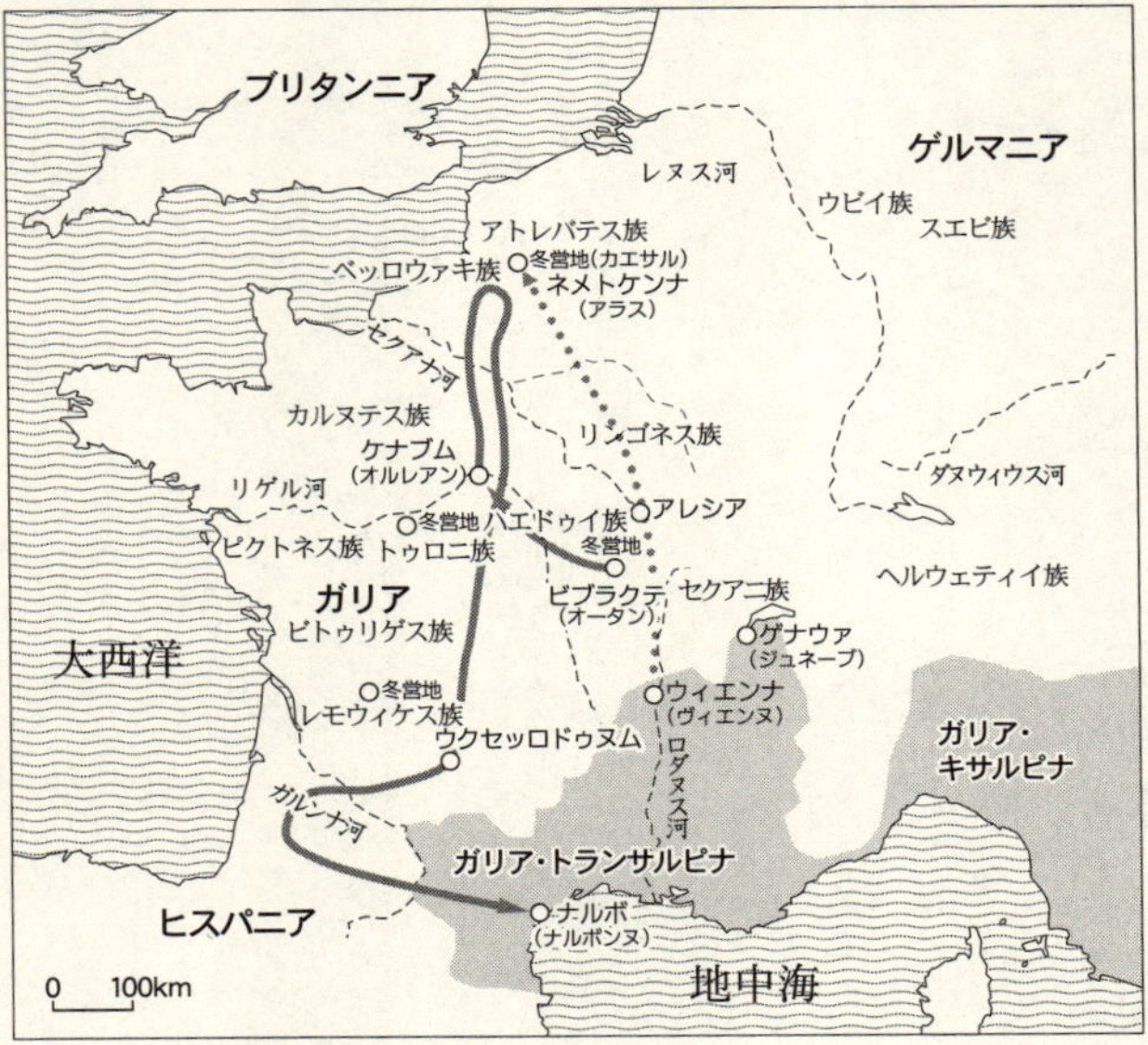

(　　)内は現代名を示す

1 序文

バルブス[1]よ、君のたびかさなる求めと、また、ずっと断わり続けてきたことが不精さのためだとは思われたくない気持ちもあって、とうとうこの困難な仕事をひきうけました。

カエサルの『ガリア戦記』とその後にかれが著わした『内乱記』との間の欠けている部分を埋め、さらに、『内乱記』でも書かれていないアレキサンドリア[2]戦役以後の部分についても、これを補ったのです。ただ、後者については、内乱が終わりそうもないので、結末までを書くことはできず、かれの最期をもって終わっています。

願わくば、読者には、私がこの仕事をいかに不承々々にひき受けたかを知ってもらいたいものです。そのことによって、カエサルの著作の中に自分のものを入れるという愚かさや思い上がりにたいする非難をまぬがれることができるのではと思うからです。

たしかに、かれの戦記ほど、見事な簡潔さをもって著わされたものは他にありません。そもそもカエサルがこれらの書き物を公にした動機は、あれほどの出来事に関して、歴史家が知識を欠くことのないようにとの考えからでした。ところが、それはそのままで世の絶賛を博し、歴史家に著述の機会をあたえるというより、むしろその機会をうばう結果となったのです。

しかし、われわれの感嘆の念は、それ以上のものです。なぜなら、われわれは、世間がみとめているその見事な出来栄えのほかに、それが易々と一気に書かれたものであることも知っているからです。じっさい、かれには、簡潔で品格のある文章を書く技量だけでなく、そのうえ、自分の考えを容易かつ明確に伝えることができる能力がありました。

私自身はアレキサンドリア戦役にもアフリカ戦役にも参加していませんが、こうした戦役については、カエサルから部分的に聞いています。けれども、珍しいことへの好奇心から聞くのと、証言として残すために聞くのとでは、事情が違います。

しかし、いずれにせよ、カエサルと比較されたくない理由をあれこれと挙げることでさえ、自分がかれと並べて考えられる可能性を思っての行為ですから、その意味では、たしかに不遜な行為と言えるでしょう。では、また。

（注1）「バルブスよ、君のたびかさなる求めと、また、ずっと断わり続けて」ヒスパニア出身のルキウス・コルネリウス・バルブスのこと。身分はローマ騎士。外国人としては初めての執政官（前四〇年）。カエサルが遠ヒスパニア総督のとき、カエサルからローマ市民権をあたえられて、ローマ軍の工兵隊長を務めた。カエサルのガリア遠征時もその後の内戦時も、ローマ市にいてカエサルのために尽力している。

（注2）「『内乱記』でも書かれていないアレキサンドリア戦役以後の部分」カエサルの『内乱記』が扱っている範囲は、前四九年のルビコン渡河から前四八年のポンペイウスにたいする勝利までだが、内戦はその後も十数年にわたって延々と続き、オクタウィアヌスがアントニウスをアクティウムの海戦で破り、ひとり絶大な実力者として勝ち残ったことによってようやく終息した。

2　ビトゥリゲス族、カルヌテス族、ベッロウァキ族などの反乱

1　ガリア全土を平定したいま、カエサルとしては、前年の夏以来ともに戦いにあけくれてきた兵士たちを冬の間は休ませたい考えであった。ところが、そう思っていた

矢先、いくつかの部族がふたたび開戦へむけ謀議をかさねているという報せが入った。

造反の理由とは、次のようなものらしい。たとえ大軍勢でも、一ヶ所に集まっては

ローマ軍に対抗できないが、多数の部族が別々の場所で同時に攻撃をしかければ、兵

力その他の点で、相手の攻勢に風穴をあけることができるだろう。したがって、そう

した作戦をとることによって他の部族に自由がもたらされるとなれば、その任務を負

うべき部族はそれを拒むべきではない。多くがこのように考えているというのである。

2　カエサルは、蛮族の間でそうした考えが深まるのを恐れた。そこで、ビブラク

テの陣営を財務官のアントニウスにゆだね、みずからは十二月二十九日、護衛の騎兵

部隊とともに町を発ち、ハエドゥイ族の国境からそれほど離れていないビトゥリゲス

族の領内に駐留させていた第十三軍団のもとへ行き、近くにいた第十一軍団をこれに

合流させた。

そして二個大隊を輜重の警備のために残すと、他をすべてひきいてビトゥリゲス族の

領内でもっとも肥沃な地帯へと入った。かれらの領土は広く、町の数も多かったので、

わずか一個軍団の駐留だけでは、かれらの戦争の準備や盟約の締結などを防ぐことが

できそうになかったからである。

3　カエサルの出現は、相手にとって突然の出来事であった。そのため、なんの心配もなく方々の畑に出ていた者たちは、町へ逃げこむ間もなく騎兵部隊に捕らえられてしまった。

侵略のときの通常の警告である穀倉の焼き払いをひかえたことが、そうした捕獲につながったのだが、今回カエサルがいつもの警告を禁じたのは、それ以降の万一の進攻に備えて糧秣の確保が必要であったことのほか、焼討ちで相手を恐怖におとしいれたくなかったためである。

住民が何千人も捕らえられたことで、ビトゥリゲス族は恐慌におちいり、ローマ軍の最初の攻撃をのがれた者たちは、個人的な関係や部族間の同盟をたよりに近くの部族のもとへ逃げ込もうとする。

だが、それは徒労であった。カエサルは強行軍でいたるところに現われ、どの部族にも他所のことまで考える余裕などあたえず、むしろ、こうした迅速な行動によって友邦をつなぎとめ、疑わしい部族については、脅しでもって講和を強いたのだ。

ビトゥリゲス族は、カエサルが慈悲ぶかく、もとの友好関係にもどることができることや、近隣の諸部族が罰をうけることもなく、人質の提供だけでふたたびローマの保護下に入れられたことを知って、自分たちもこれに倣った。

4 凍てつく寒さと困難な道のりをものともせず、兵士たちは冬の間よく頑張りとおした。これにたいしカエサルは、兵卒一人ひとりに二百セステルティウス、また百人隊長にもおのおの二千セステルティウスを戦利品の代わりとしてあたえることを約束し、それから、軍団を各冬営地にもどし、みずからは四十日ぶりにビブラクテに帰った。

こうして当地で裁判を行なっているとき、ビトゥリゲス族から使節が来て、カルヌテス族に攻撃されたことを訴え、助けをもとめた。

これを聞いたカエサルは、ここへ来てわずか十八日しか経っていなかったにもかかわらず、ふたたび腰を上げ、穀物調達のためにアラル河岸に駐屯させていた前述の二個軍団、つまり、第十四軍団と第六軍団(1)をひきいてカルヌテス族の懲罰に向かった。

(注1)「第十四軍団と第六軍団をひきいてカルヌテス族の懲罰に向かった」

「第六軍団」の名が出たのはこれが最初。この名称は前五四年の冬にポンペイウスから借りた軍団（当時の名称は「第一軍団」）を改称したものである。

5　先の敗戦で多くの町を失っていたカルヌテス族はこのとき、残った町や村で仮屋をつくり、そうしたところで冬をしのいでいたのだが、ローマ軍の接近を知るや、他の部族がこうむった災難を思い出し、そこから方々へ逃げ出した。

ちょうどその時は、天候が荒れ模様であった。カエサルは、兵士たちのためを思って、カルヌテス族の町ケナブム（現オルレアン）に陣を置くことにし、かれらをガリー人の住居に入れ、それができなかった残りの者たちには、冬季用の天幕に藁《わら》葺《ぶ》きの屋根をもうけた俄《にわ》か作りの小屋をあてがった。だが、追跡の手をゆるめることはなく、敵が逃げたとされるどの方面にも、騎兵と援軍の歩兵を送った。狙いどおり、かれらは期待にこたえ、大量の戦利品をもって帰還した。

カルヌテス族は、厳しい寒さや募る恐怖に苛《さいな》まされ、住み処《か》から追い出されたものの、どこにも留まる勇気がなく、ひどい悪天候にもかかわらず、森にさえ隠れることができず、ついには多数の同胞を失ったのち、散り散りになって周辺部族のもとへ身をよせた。

6　軍事行動にはもっとも困難な季節だったので、結集している相手を四散させることによって戦いの芽を摘むことができただけでも上出来であり、これで、おそらく夏ごろまでは大きな戦いはないだろう。

そう考えたカエサルは、自分がひきいていた二個軍団をトレボニウスに託してケナブムの陣営に置き、みずからは、不穏な動きが伝えられていたベッロウァキ族の対策にあたることにした。

何度も来訪していたレミ族の使節によれば、武勇の点でガリー人にもベルガエ人にも優っていたベッロウァキ族とその周辺部族が、コッレウス（ベッロウァキ族）とコンミウス（アトレバテス族）の指揮のもと、レミ族の従属部族であるスエッシオネス族の領土に侵攻するため兵を集結させているという。

かれとしては、自分の名誉のためだけでなく安全上からも、ローマに多大の貢献をしている同盟部族をまもる必要があった。

そこで、ふたたび第十一軍団を陣営から呼び出し、ファビウスにも書状を送って、手もとの二個軍団をひきいてスエッシオネス族の領土に入るよう指示したほか、ティトゥス・ラビエヌスにもその二個軍団のうちの一個を送らせた。

カエサルはこのように、各冬営地の状況や戦略上の事柄がもとめる範囲で、自分も努力する一方、遠征の負担については、これを各軍団の間に配分したのである。

7　さて、右の兵力を集めると、カエサルはベッロウァキ族の領土へ入り、そこに陣営をもうけ、ついで、敵の計画を知る必要から部族の者を捕らえさせるため、騎兵を四方へ放った。

騎兵は任務をよく果たした。報告によれば、家屋にいたのは少数で、しかもこの者たちは耕作のためではなく――ベッロウァキ族はすでに全領土から去っていたので――諜報のために送り返されたのだという。

カエサルがベッロウァキ族のおもな居場所や作戦についてこれらの捕虜に尋ねたところ、次のような答えが返ってきた。

戦闘能力のある部族民はすべて一ヶ所に集結していて、アンビアニ族、アウレルキ族、カレテス族、ウェリオカッセス族、アトレバテス族なども参集しており、陣地は沼にかこまれた森の中の小高い場所につくり、荷物もすべて森の奥にまとめている。

主戦論をとなえる首長のなかで部族民がもっとも信頼をよせているのは、コッレウスであるが、それはローマ人にたいするかれの憎悪を誰もがよく知っているからである。数日前には、アトレバテス族のコンミウスがゲルマニー人に援軍をもとめるため陣地を出た。ゲルマニー人はすぐ隣におり、その軍勢たるや夥《おびただ》しい。

さらにまた、全首長がみとめ、部族民も強く支持していることとして、もし噂のとおり、カエサルが三個軍団だけで来るのであれば、いまこそ戦うつもりでいるらしい。そうすれば、後になって過酷な状況下で戦うことを余儀なくされるような事態を避けることができるとの読みからである。反対に、大軍で来るのであれば、今の場所で応戦して持ちこたえ、季節がら疎《まば》らにしかない秣や乏しい穀物その他をローマ軍が探しにくるところを待ち伏せすべきだと考えている、とのことであった。

8　カエサルは、さらに数人の捕虜からも同じような証言を得た。それから判断すると、敵の計画は機略に満ちており、およそ蛮族の無謀さとはほど遠い。となれば、敵がわが軍の寡勢をあなどって戦いに逸るよう、あらゆる手段を講じるべきだ。かれはそう考えた。

このときの手元の兵力は、歴戦の強兵からなる第七、第八、第九の三軍団と、有望な青年たちからなる第十一軍団とであった。ただ、最後の若い軍団は、すでに兵役八年目であったとはいえ、経験や武勇という点では、まだ前三者ほどの名声はなかった。

カエサルは、軍議をひらき、入手したすべての情報を一同にも伝え、つづいて兵士らを鼓舞した。そしてわずか三個軍団で敵を会戦へとおびき出すため、かれらが望む軍勢だけしかその目に入らないよう、第七、第八、第九軍団を先に立て、全輜重――通常の遠征と同様、数はそれほど多くはなかった――部隊をこれに続かせ、第十一軍団を殿とする行軍隊形を編成した。このようにして、ほぼ方形の陣立てを採り、敵が予想していたよりも早くかれらの前に姿を見せたのである。

9　ガリー人は、ローマ軍が戦列をくんで向かって来るのをみとめると、その自信にみちた作戦とやらにもかかわらず、戦いを恐れてか、あるいは虚を衝かれてか、あるいはこちらの意図をさぐろうとしてか、いずれにせよ、陣営の前に兵をならべただけで、降りてこようとはしなかった。

カエサルは、会戦を望んではいたものの、敵のあまりの多さに交戦をひかえ、深い谷をはさんで敵陣の真向かいに布陣した。そして周囲を高さ十二フィートの堡塁で囲み、それに応じた高さの胸壁をこれに付け、壕は幅が十五フィートの垂直な壕を二重にもうけ、さらには、三層の櫓を短い間隔で配置して、これらを渡り橋でつなぎ、その前面をおのおの枝編細工の胸壁で蔽《おお》った。

これは二重の壕にくわえ、二重の対応を考えた防御である。つまり、これで橋の上の者は、その高さゆえになんの心配もなく投げ槍などを思い切って遠くへ投げることができるし、堡塁の者も、敵には近くとも、渡り橋があるため、敵の飛び道具を浴びることがない。そのほか、陣門にも扉と高い櫓をもうけた。

10　こうした防御態勢には、二つの目的があった。一つは、工事の規模からこちらが恐怖におちいっていると見せかけて、ガリー人を過信させること、もう一つは、糧秣調達のため遠くへ出かけなければならない場合に、少数で陣営をまもれるようにすることである。

とかくするうち、両陣営の間にある沼地でさかんに小競り合いがはじまり、あるときには、わが軍のガリー人補助部隊やゲルマニー人補助部隊が沼地をわたって敵を襲い、あるときには、敵の方がこちらに来てわが方の応戦部隊を蹴散らした。

毎日の糧秣調達には方々へ出かけなければならず、そのために分散した部隊がしばしば厄介な場所で敵の包囲にあったが、こうしたときの被害は軍夫や役馬だけの軽少なものであったにもかかわらず、ベッロウァキ族はそうした攻勢に有頂天になった。

それにくわえて、ゲルマニー人のところへ援軍をもとめに行っていた前述のコンミウスが騎兵の一隊をひきいて戻ってきたことで、数としてはわずか五百にすぎなかったのだが、かれらの高揚感はいっそう昂《こう》じた。

11　敵は沼地その他の自然にまもられた陣営に何日も籠もったままであった。これを攻めるとなれば、多大の損害をきたすだろうし、これを囲むには兵士の数が少ないとみたカエサルは、トレボニウスに書状をおくり、すぐに駆けつけるよう命じた。副官のセクスティウスとともにビトゥリゲス族の領土で冬営中の第十三軍団を至急よび寄せ、これと手もとの兵力とをあわせて三個軍団で馳せ参じよ、と。

また、レミ族やリンゴネス族その他の部族から集めていた多数の騎兵を、かわるがわる糧秣徴発隊の警護として送り、敵の奇襲に応戦させた。

12　同じようなことが毎日くり返され、慣れが生じてきたのか——このような場合によくあることだが——敵は警戒心をなくしはじめた。

わが軍騎兵部隊が毎日とどまる場所を知ったベッロウァキ族は、選抜の歩兵を森の中にひそませ、次の日には騎兵もそこに送り、それからこちらを誘い出し、これを囲むや、攻撃をしかけてきた。

この戦闘で、当日担当になっていたレミ族が大打撃をうける。かれらは、目にした騎兵の数が少数のため、これを侮り、追撃にはやるあまり、敵の歩兵に囲まれてしまったのだ。

そのときの混乱たるや、通常の騎馬戦ではみられないほど甚だしいもので、そのため、部族の首長でもあり騎兵部隊の隊長でもあったウェルティスクスが退却の際に命をおとした。

かれは高齢で、馬にもほとんど乗れない身であったが、ゲルマニー人の常として、年齢を理由に指揮を辞退したりせず、いかなる会戦にも臨もうとしたのである。

戦闘を制した敵は、名実ともにレミ族の指導者であった人物を倒したことで意気を揚げ、一方、思わぬ被害をうけたわが軍は、十分な調査後に前哨地《ぜんしょうち》をさだめるべきことや、追撃にも慎重を期すべきことを教えられた。

13　戦闘は両陣営から見える浅い沼地で連日つづいた。そうした中、あるとき、カエサルがレヌス河の向こうから援軍として集めていたゲルマニー人の歩兵部隊が、果敢に沼地をわたり、抵抗する少数の者たちを皆殺しにし、さらには、残る敵にたいしても執拗な追跡をかけた。

これには、白兵戦で圧倒されていた者たちや飛び道具で負傷していた者たちばかりか、遠くで待機していた予備軍までもが恐れをなし、全員ぶざまにも逃げ出す始末で、多くが有利な地歩を棄て、自陣にたどり着くまで逃げ足を止めなかったが、なかには、不名誉な身を恥じて、さらに遠くまで逃げた者たちもいた。

あれしきのことで全軍が混乱におちいるとは、かれらが小さな成功でも有頂天になりやすい性質なのか、あるいは、ささいな不運にも怖じ気づく性質なのか、どちらとも判断しがたい。

14　その後、敵は数日間、同じ陣営に籠もりきりであった。しかし、副官トレボニウスひきいるローマ軍団の接近を知ると、アレシアの二の舞となることを惧れ、包囲されるまえに手を打つべく動き出した。高齢者や弱小者、それに武器をもたない者たちを、夜間、すべての荷物とともに陣営の外に出したのである。

ところが、恐れおののく非戦闘員の混雑した行列――ガリー人は軽装のときでさえ、多くの荷車を引いて行くのが常であった――の整理に時間をとられるうち、はや夜が明けてしまった。そこで、荷物の列が遠くへ行かないうちにローマ軍に追跡をゆるすようなことがあってはならないと、陣営の前に兵をならべた。

しかし、カエサルは攻撃をひかえた。急な坂の上で応戦態勢にある敵を攻撃するのは賢明ではなく、まずは、敵に退却が困難だと思わせるくらいまで十分近づくべきだと考えたのである。

両陣営の間には厄介な沼地が横たわっていて、追跡の勢いが殺《そ》がれかねなかった。だが、敵の陣営までつづく沼地の向こうの尾根には、一ヶ所だけ切れ目として小さな峡《きよう》谷《こく》があった。

これに気づいたカエサルは、沼地に土手道をつくって軍団を渡し、両側とも急な傾斜になっている尾根の頂へ登った。そしてその平らな頂で軍団の編成をととのえてから、尾根の端までくると、飛び道具が敵の戦列までとどく地点に戦陣をおいた。

15　ガリー人は地形を頼み、ローマ軍が丘にのぼろうとする場合には一戦を辞さない考えだったが、各所に兵を分散させると味方の間に動揺をきたしかねないとして、戦列を維持したままであった。

カエサルは敵が動かないのを見ると、二十個大隊に戦列をくませる一方、他には陣営の構築を命じた。そして工事が完成すると、その前に軍団をならべ、騎兵部隊にも万全の用意をさせて、これを前哨に配置した。

ベッロウァキ族は、ローマ軍がいつでも追撃できる態勢をととのえたことを知ると、それ以上そこに留まり続けることはおろか、その夜でさえそのままでは危険であることを悟り、次のような方法で退却するに及んだ。

そのとき陣営に大量に蓄えていた藁や柴の束――かれらは座るときにこれらを敷き物とする――を手渡しで次つぎに戦列の前にならべ、夕方ごろ合図とともに一斉にそマ軍の視界を完全にさえぎるや、このときとばかり、脱兎《だっと》のように逃げたのであった。

16　カエサルは、煙幕にさえぎられて敵の動きが分からなかったが、そうした手段の背後には退却があるとみて、軍団を前進させ、騎兵部隊にも追跡を命じた。また、ガリー人が退却するとみせかけてわが軍を不利な場所に誘い込むことも考えられたので、かれ自身、敵の待ち伏せを警戒しつつ、慎重に歩を進めた。

ところが、煙も炎も凄まじく、騎兵がそうした中へ入ることを躊躇《ためら》い、あえて入った者も自分の馬の頭部さえ見分けがつかず、一方で待ち伏せを警戒するうち、敵に退却の余裕をあたえてしまった。

恐慌に駆られていたとはいえ、策をろうして完全な退却に成功したベッロウァキ族は、それから十マイルほど退き、有利な地歩にあらたに陣営をもうけた。そしてそこから騎兵や歩兵を伏兵として送り、待ち伏せによって糧秣調達のローマ軍部隊に深刻な被害をあたえた。

17　そうした被害がたび重なるなか、ベッロウァキ族の首長コッレウスが精鋭六千の歩兵と一千の騎兵を選び、これをわが軍の糧秣徴発部隊がやって来そうな場所に潜ませているということを、カエサルは捕虜から聞いた。

そこでかれは、いつもより多くの軍団を出すとともに、糧秣調達に際して常に支援部隊の役割をはたしていた騎兵部隊をこれに先行させたほか、さらには、かれらの間に軽装歩兵の援軍を入れ、その後みずからも、軍団とともに最大限、敵への接近を図った。

18　ガリー人が待ち伏せの場所としていたのは、四方が暗い森や深い川に囲まれた、どの方向にも一マイルほどしかない平原で、かれらはここを取り巻くようにして潜んでいた。

すでに伏兵に気づいていたわが方の騎兵は、小隊ごとにその平原へと進んだ。いつでも戦闘の準備ができていた。それに、軍団兵も後から来ている。

まもなくしてローマ軍騎兵部隊をみとめたコッレウスは、攻撃の時がきたと判断したのか、少数をひきいて姿をあらわし、近くの一隊を襲った。

これにたいしわが騎兵は、沈着に応戦。一ヶ所にかたまることはなかった。ちなみに、騎兵の戦闘では、恐怖のあまり寄り集まることがあるが、そうしたばあいにはかならず被害をこうむる。

19　わが軍の各騎兵小隊は各所に散開し、かわるがわるに側面を支援して、たがいに敵に包囲されるのは防いだものの、やがて他のガリー人部隊も森の中から飛び出してきたことで、非常な混戦となった。

混迷の状態は長くつづいた。しかし、やがて敵の歩兵部隊がしだいに森から現われたことで、わが軍の騎兵部隊は退却を余儀なくされた。

だが、このとき、軍団に先立ってともに送られていた前述の軽装歩兵部隊が、すぐさま騎兵の間に散開して沈着に戦い、かれらを助けた。

戦闘はしばらく互角の状態がつづいたが——戦いの道理からも分かるように——伏兵の最初の攻撃を大した被害もなく支え得たことで、ついにはわが軍が優勢へと転じた。

軍団もすでに近くまで迫っている。わが軍だけでなく敵側にも、最高司令官が軍勢をひきいてこちらへ急行しているとの報が矢つぎ早に入る。

この報せに、わが方はいっそう奮闘する。軍団兵を当てにはしているものの、勝利の栄光をかれらと二分する気にはなれなかったからである。

敵は戦う意欲をなくし、逃げ道を探しはじめたが、無駄であった。ローマ軍の包囲に格好の場所だとして選んだ難所が、ぎゃくに自分たちに災いしたのだ。かれらは大きな被害をうけた。受けながら、なおも森や川をめざして逃げ続けた。わが軍は、これを追い、次つぎと倒した。

それでも、コッレウスに怯《ひる》む気配はなかった。森へ退却することもせず、降伏の勧告にも応じず、ひたすら猛然と戦い、多数に傷を負わせた。わが軍の兵士たちは、怒り心頭に発し、この敵将めがけて投げ槍をあびせた。

20　カエサルが到着したのは、右の戦闘の跡がまだ生々しく残っていたときである。敵の陣営は、そこからわずかに八マイルほどしか離れていなかった。

敵は大敗北の報せをうけて陣営を棄てるにちがいない。こう考えたカエサルは、あえて一気に河をわたり、対岸へと軍をすすめた。

一方、その陣営にいたベッロウァキ族や他の部族は、森のために命拾いした逃亡兵や負傷兵の出現に驚くとともに、コッレウスの戦死をはじめ、騎兵部隊や精鋭歩兵の壊滅など、味方の大惨事を知るや、ローマ軍の来襲を予測し、ただちにラッパを鳴らして会議を招集。使節や人質をカエサルのもとへ送るべきだとの声が占めた。

21　右の意見が満場一致でみとめられると、アトレバテス族のコンミウスは、今回の戦いのために援軍を出していたゲルマニー人のもとへ逃亡した。

残った者たちは、すぐにカエサルのもとへ使節をやり、あらたな処罰はしないよう訴えた。カエサルの慈悲ぶかい性格からはとうてい考えられないほどの打撃をすでに受けていると言うのである。

「わが軍は、騎兵戦で壊滅させられた。選抜の歩兵にしても、何千人もが命をおとし、この敗北を伝えた者たちだけがかろうじて殺戮をまぬがれたにすぎない。ただ、そうした大惨事の中、ひとつ幸いであったことは、造反の首謀者コッレウスが殺されたことである。なぜなら、かれが存命中は、かれのために、長老会には無知な民衆ほどの力もない状態であったからである」と。

22　これにたいし、カエサルは答えた。

「前の年、ガリア中がいっせいに蜂起したが、なかでもベッロウァキ族は、もっとも敵愾心が強く、他の部族が降伏しても正気にもどることがなかった。死せる者に責任を転嫁するのは容易《たやす》い。指導者たちが乗り気でなく、長老会をはじめ、良識ある者たちが反対するなかで、民衆の貧弱な支援だけで戦うことなど、いったい誰ができようか。ではあるが、ともかく、あらたな懲罰はひかえることにしよう」と。

23　使節は、次の日の夜、カエサルの回答をもち帰り、人質をあつめた。

この間、ベッロウァキ族の挙動を見きわめようと、他の部族から使節が次つぎとカエサルのもとへやってきた。かれらは、人質をさし出し、命令にも従った。

だが、ひとりコンミウスだけは、警戒心から、身の安全を他に託そうとはしなかった。というのも、前年、カエサルが巡回裁判のためイタリアに行っているときに、コンミウスが他の部族と造反を画策していることを知ったラビエヌスが、反逆者の抹殺は誓約違反にはならないとの態度をとっていたからである。

このときラビエヌスは、コンミウスを呼び出しても来ないだろうと考え、そうしたことで相手の警戒心をあおるより、会談の口実でウォルセヌスを送ってかれを殺害させようとしたのである。

会談には、そのために選ばれた百人隊長の一団が出席し、打ち合わせどおり、ウォルセヌスがコンミウスの手をつかんだものの、不慣れなことに動揺していたためか、あるいは、コンミウスの側近がすばやく阻止したためか、かれを仕留めることはできず、第一撃で頭部に深手をおわせただけに終わった。たちまち双方とも剣をぬいたが、それはいずれも、闘うことよりむしろ逃げるためであった。われわれの方としては、コンミウスに致命傷をあたえることができたと判断したからであり、かたやガリー人の方は、謀られたことを知って、近くに多数伏兵がいるにちがいないと考えたからである。

この事件以後、コンミウスは、ローマ人のいるところには決して行かないと心に決めたそうだ。
24　とくに好戦的な部族はこれですべて平定したので、もはや歯向かう部族はいないように思われたが、ローマ人による支配から逃れようと、町や田畑を後にする者たちがかなりの数いるのをみて、カエサルは軍隊を諸方面におくることにした。

そこで、まず財務官マルクス・アントニウス[1]と第十二軍団を手元の軍勢に合流させた。また、副官ファビウスに二十五個大隊をつけて、これをガリアの南方へ送った。この派遣の理由は、その地方の部族のなかに反旗をひるがえした部族がいて、それへの対応には、当地に駐屯している副官カニニウス指揮下の二個軍団では不十分と判断したことによる。

さらに、副官ラビエヌスも自分のもとに呼びよせる一方、ラビエヌスとともに冬営していた第十五軍団については、前年にテルゲステ（現トリエステ）で起こったローマ市民にたいする原住民による略奪行為などのような事件を未然にふせぐため、これをイタリアへとさし向けた。

カエサル自身は、アンビオリクスの領土の蹂躙に向かった。しかし、恐れて逃げまわるアンビオリクスを捕らえることができそうにはなかったので、見せしめのため、部族民、建物、家畜など一切をその地から消し去ることにした。そうすれば、生き残った者たちがアンビオリクスを憎み、かれに帰還をゆるさないだろうと考えたからである。

（注1）「財務官マルクス・アントニウスと第十二軍団を……合流させた」後にクレオパトラとの恋で有名になるマルクス・アントニウスのこと。ガリア遠征ではこのとき財務官職。その後ローマで前四九年に護民官となり、前四四年には執政官となる。母親（ユリア）がカエサルの従姉にあたることから、カエサルには目をかけられていた。

25　カエサルは軍団や援軍を四方に送って、殺戮、略奪、放火など、あらゆる手でアンビオリクスの領土を荒廃させ、同時に、多数を捕虜とした。

つづいて、ラビエヌスに二個軍団をあたえて、これをトレウェリ族の討伐にさし向けた。この部族は、ゲルマニアに近いことから、日々ゲルマニー人との戦いで鍛えられていたうえ、かれら同様、きわめて気性が荒く、武力なしでは服従させるのが困難な相手であった。

26　一方この間、副官カニニウスのもとにピクトネス族のドゥラティウスから、同族の領土に大軍が集結しているとの報せが入った。ドゥラティウスは、かつて同胞の一部が造反に走ったときも、ローマへの忠誠を守り通していた人物である。

カニニウスはレモヌム（現ポワティエ）をめざした。そして町に近づいたところで、捕虜の口から、アンデス族のドゥムナクスが指揮する数千の軍勢がドゥラティウスのいるレモヌムを包囲しているとの情報を得た。だが、手もとの小勢で敵にあたるのは危険におもわれたので、防御に適した場所に陣営をきずいた。

これにたいし、ローマ軍の出現を知ったドゥムナクスは、全軍をこの陣営の攻撃にむけたが、数日間にわたる攻撃と多数の犠牲者にもかかわらず、堡塁の一つも落とすことができず、けっきょく、ふたたびレモヌムの包囲にもどった。

27　同じころ、多くの部族に帰順をみとめ、忠誠の証に人質をとるなどしていた副官のファビウスは、カニニウスからの書状でピクトネス族の領内でおきている出来事を知ると、ドゥラティウスの救援に向かった。

ファビウスの接近を知ったドゥムナクスは、ローマ軍と町と同時に二方面に対応するのは命取りになりかねないと判断し、あわただしく陣をたたんだが、十分な安全圏にまで退くにはリゲル河（現ロワール河）を越えなければならず、そのためには、川幅からして橋をわたる必要があった。

ファビウスは、この時点では敵の視界には入っておらず、カニニウスとも合流していなかったが、辺りに詳しい者たちから得た情報をもとに、敵が恐慌におちいっている現状や退却している方向を推測していた。

そこで、目的の橋へと兵を向けるにあたり、その際、後方の本営に馬が疲れずにもどることができる範囲で行動するよう指示して、騎兵部隊を先行させた。ローマ軍騎兵部隊は、指示どおり、荷物をたずさえて這《ほ》う這《ほ》うのていで逃げていたドゥムナクス軍を追尾してこれを襲い、多数を屠り、大量の戦利品を奪って、上々の首尾で陣営へともどった。

28 次の夜ファビウスは、騎兵部隊にたいし、自分が追いつくまで敵を攻撃して前進を遅らせよとの指示をあたえ、これを先行させた。

知勇兼ねそなえていた騎兵部隊の隊長アティウスは、作戦を指示どおり遂行すべく仲間を励まし、それからただちに追跡に入り、部隊の一部を適当な場所に配置したあと、他を交戦にあてた。

これにたいし、歩兵の後ろ盾を得て、敵の騎兵部隊が猛烈に応戦する。じじつ、敵の歩兵部隊はすべてが歩をとめて騎兵を支援した。

　戦闘は、激戦となった。わが軍の騎兵は、前日の勝利で相手を侮っていたうえ、軍団が後から来ていることを知っていたので、この戦闘を自力で片づけようと、敵の歩兵を相手に勇をふるったが、敵の方も、前の日に得た情報から、あらたな軍勢が現われることはないとみて、この戦闘をローマ軍騎兵部隊の殲滅の機会ととらえた。

29　熾烈な戦いがかなりの時間つづくなか、ドゥムナクスが騎兵部隊支援のため歩兵部隊に正規の戦列をくませていたとき、突然、戦闘態勢で迫ってくるローマ軍団の姿がみとめられた。
　これを見た敵は、騎兵も歩兵も恐怖にとらわれ、輜重部隊も混乱におちいるなど、全員が絶叫しながら算をみだした。

　一方、それまで必死に戦っていたわが軍騎兵部隊は、これを見て、四方で勝鬨《かちどき》をあげ、逃げゆく敵をかこみ、馬も右手も疲れはてるまで殺戮《さつりく》の限りをつくした。こうして、恐慌のあまり武器を投げすてた者も入れて、一万二千人を上まわる敵兵を殺し、輜重もすべてを手に入れたのであった。

30　この戦いの後まもなくして、セノネス族のドラッペスが「属州」へ攻め入ろうとしているとの情報が入った。ドラッペスは、ガリア全土が蜂起するや、自由を餌に奴隷を呼びよせ、諸部族から追放された者をまねき、ならず者を仲間に加えるなどして、これらの手勢でローマ軍の補給路を寸断していたが、今度は右の逃亡兵二千人ほどからなる軍勢をひきいて「属州」をめざしているというのである。また、ガリアの蜂起の当初、「属州」侵攻をたくらんでいたとして本『ガリア戦記』の前巻でも言及されているカドゥルキ族のあのルクテリウスも、同じような魂胆らしいとのことであった。

そこで副官のカニニウスは、そうした輩によって「属州」に被害や恐慌がもたらされては不名誉きわまりないとの思いから、二個軍団をひきいてかれらの追跡に向かった。

31　一方、ファビウスの方は、カルヌテス族や、その他、ドゥムナクスとの戦いの際に大打撃をうけていた諸部族のもとへ赴いた。先の大敗をおもえば、かれらが服従することに疑念はなかったが、間をおくと、ドゥムナクスに煽られてふたたび叛旗をひるがえすことも考えられたからである。

だが、結局のところ、ファビウスはこれらの部族をなんなく帰順させることに成功する。度重なる被害にもかかわらず講和を口にしたことがなかったカルヌテス族も、人質を出して降服してきたし、また、ガリアでもっとも遠い、大洋近くに住む、いわゆるアレモリカエと呼ばれている諸部族も、ファビウスが現われるや、カルヌテス族にならい、たちまち降ったのである。

いまやドゥムナクスは、自分の領土からも追われ、ガリアの最果てをめざして一人逃避行をせざるを得ない身となった。

3　ウクセッロドゥヌムの攻囲と占領

32　ドラッペスとルクテリウスの方は、カニニウスが軍団をひきいて迫っていることを知ると、「属州」内を自由に略奪してまわる機会が失われたばかりか、侵攻は身の破滅につながると判断し、カドゥルキ族の領内に踏みとどまった。

以前の平和なときにカドゥルキ族の中で大きな勢力を有していたルクテリウスは、事変のときの指導者として今も同胞の間で相当な影響力をもっていたが、その実力どおり、かつて自分の保護下にあった要害の城市ウクセッロドゥヌムを、ドラッペスと協力して落とし、住民を自分の軍勢にくわえた。

33　カニニウスはただちにそこに駆けつけたが、町は四方が切り立った崖にかこまれていて、たとえ敵がいなくても、登ること自体が困難におもわれた。しかし一方、町の住民がひそかに逃げようとしても、携えている大量の荷物のために、騎兵ばかりか歩兵でさえこれを阻止できそうであった。

そこで、兵力を三つに分け、高いところに三つの陣営をもうけ、そこから各部隊の能力に応じて、町をかこむ堡塁を徐々に築きはじめた。

34　住民はわれわれの意図に気づき、アレシアの災難を思い出して、自分たちも同じような目にあうのではないかと恐れはじめた。こうした状況をみて、そのアレシアでだれよりも辛酸をなめていたルクテリウスは、食糧の確保が急務であることを説くと、それから全員の同意を得て、兵力の一部を町に残し、ドラッペスとともに軽装の歩兵部隊をひきいて穀物の調達に向かうことにした。

二人は次の夜、計画どおり、武装した者二千名を町に残したほかは、他をすべて連れて町を出た。そしてカドゥルキ族の領内で数日の間に、かれらを支援する地域からの供給のほか、有無をいわせぬ強引な徴発などによって大量の穀物を手に入れ、しかもその間いく度もこちらの要塞に夜襲をかけてきた。

それにたいしカニニウスは、包囲へ向けて進めていた堡塁の構築を遅らせることにした。工事を完成させても、これを守りきれないことが考えられたし、なにより、少ない兵力をさらに分散させる事態は、これを避けなければならなかったからである。

35　ドラッペスとルクテリウスは、穀物を大量にあつめると、町から十マイルほどの地点に陣地をおき、集めた穀物をそこから少しずつ町へ運び入れようとする。そのため、ドラッペスが部隊の一部とともに残って陣地をまもり、ルクテリウスが町まで荷馬の護衛にあたるという、役割の分担が二人の間でとり決められた。

こうして各所に守備隊が配置されると、夜明け前、ルクテリウスの一隊は森の小道を通って穀物を運びはじめた。

だが、わが軍の歩哨が物音に気づき、偵察隊が送られた。これによって敵の動きを知ったカニニウスは、近くの砦から数個大隊をただちに呼びあつめ、夜明けと同時にその搬送隊を攻撃した。

敵は突然の出来事に慌てふためき、守備隊のところへ逃げ込もうとしたが、それを見たわが軍は武装した者たちに猛然と襲いかかり、一人残らずうち殺した。ルクテリウスは、わずかな手勢とともにその場からにげ去り、陣地にはもどらなかった。

36　このあとカニニウスは、ドラッペスと敵の兵力の一部が十二マイル先の陣地にいることを捕虜から聞き知った。この情報は、他の複数の者たちの話からも確認された。片方の指導者が逃げたことで恐慌状態にあるもう一方の敵部隊を撃ちやぶるのは簡単だろうし、先の殺戮をのがれて陣地にもどった者は一人もいないので、大災難の報はドラッペスの耳には入っていないはずである。これは絶好の機会ではないか。また、奇襲をかけることにも、なんら危険はないように思われた。

そこでカニニウスは、騎兵部隊と足の速いゲルマニー人の歩兵部隊とを敵陣にむけて先発させ、それから一個軍団を三つの陣営に割りふると、みずからは残りの一個軍団を軽装のままひきいた。

敵に近づくと、先に送っていた偵察隊から、敵がいつものやり方どおり陣地を高い場所から川沿いに移しているとの報告をうけた。また、騎兵部隊とゲルマニー人歩兵部隊がすでに奇襲をかけ、交戦に及んでいるとのことであった。

そこでカニニウスは、軍団兵に武装させ、戦列をくませるや、合図を出して各方面から一斉にその高地に奇襲をかけ、そこを占拠した。

騎兵部隊やゲルマニー人部隊は、軍団旗を目にするや、いちだんと奮闘した。軍団兵もすぐに四方から攻撃をかけ、一人残らず殺したり捕らえたりしたうえ、大量の戦利品まで手にいれた。ドラッペスも、この戦闘で捕らえられた。

37　ほとんど負傷者も出さず、大勝利をあげたカニニウスは、ふたたび町の封鎖に入る。それまでは包囲のために兵力を分散することが躊躇《ためら》われたが、外の敵が壊滅したいま、もはやなんの心配もなかったので、全周囲にわたって包囲の工事を着手させたのである。次の日、ファビウスも指揮下の兵力とともにこれに合流し、工事の一部を引きうけた。

38　カエサルはこの間、ベルガエ人が二度と叛旗をひるがえすことのないよう、財務官のアントニウスを十五個大隊とともにベッロウァキ族の領内に残すと、自分は他の部族を一つひとつ訪れ、人質の追加をもとめる一方、慰みの言葉をかけて、恐れているかれらを励ましていた。それから、カルヌテス族を訪ねた。かれらは、総蜂起の先陣をきった――本『戦記』の前巻に述べられているとおり――という罪意識から戦々恐々としている様子であった。

カエサルは、そうした恐れを一掃するため、あの暴虐の張本人であり、先の蜂起の首謀者でもあったグトゥアテルの処罰をもとめた。

この男は、仲間にさえ居場所を教えていなかったが、熱心な捜索によってほどなく見つかり、ローマ軍の陣営に連行された。グトゥアテルの逮捕に兵士たちが大勢集まった。カエサルは、自分の意に反して、かれを兵士たちの手で処刑させざるを得なかった。兵士たちが今回の戦争で蒙《こうむ》った危険や損害をかれの所為《せい》だと考えていたからである。

かくしてグトゥアテルは鞭でうたれて息絶えたあと、首を刎ねられたのであった。

39　このカルヌテス族の領内にいたとき、カニニウスからカエサルのもとへ、ドラッペスとルクテリウスに関する顚末のほか、ウクセッロドゥヌムの住民の執拗《しつよう》な反抗心について何度も報告が入っていた。

少ない相手とはいえ、かれらには厳罰でのぞむ必要があった。というのも、自分たちに欠けていたものが兵力ではなく不屈の意志であったとの思いがガリア全土に広がったり、あるいは、他の部族がかれらに倣《なら》って地の利を頼りに自由を死守する動きに出たりする可能性が考えられたからである。

(1)あと一夏《ひとなつ》が過ぎればカエサルの総督としての任期が切れることをすべてのガリー人が知っていることや、それまで持ちこたえれば危険は去るだろうとかれらが考えていることなど、これらをカエサルはよく心得ていた。

そこで、副官カレヌスに二個軍団をあずけ、標準の行軍速度で後から続くよう命じると、全騎兵をひきいてカニニウスのもとへ急行した。

（注1）「あと一夏が過ぎればカエサルの総督としての任期が切れることを」
つまり、カエサルの任期は前四九年三月一日を以って切れることになっていた。

40　カエサルの出現は、誰にとっても驚きであった。

わが軍はウクセッロドゥヌムを封鎖していて、どんなことがあっても攻囲を貫徹する覚悟のようにみえたし、脱走兵の話では、町には食糧が十二分にあるとのことであった。

そうした状況から、カエサルは水の補給路を断つという作戦にでる。

ウクセッロドゥヌムの町は丘の頂にあって、その丘をほぼ囲むかたちの谷の底には川が流れていた。地形上、流れを別方向にそらすことは不可能であった。つまり、川はもっとも低いところを流れているため、溝を掘って水を退かせるというわけにはいかなかった。

だが、町の者が川へ行くには崖を下るしかないということは、わが軍にとっては、いささかの危険もなく、かれらの登り降りを阻止できることを意味した。

カエサルは、この点に気づき、弓兵や投石兵を各所に配置したほか、もっとも傾斜のゆるい坂にむけて各種の発射機を備えつけ、町の水源を断つ方策にでた。

41　それからというもの、住民は水をもとめて、水量が豊かな泉があった、城壁の真下三百フィートほどの、川に囲まれていない部分に集まるようになった。

わが軍の誰もがこの水源も同じく断つことができないものかと思案する中、ただ一人その方法を知っていたカエサルは、泉の真向かいのところで、移動小屋を丘の方に前進させ、接城土手を築かせはじめた。

これを見た敵は、駆け下りてきて、安全な距離から攻撃し、接近を試みたわが軍の兵士たちを多数負傷させた。

だが、誰ひとり怯《ひる》むことなく、小屋を上へと進め、懸命の努力で不利な地歩を克服した。そればかりか、妨害もうけず、いや、気づかれもせず、小屋から泉まで坑道を掘ることにも成功した。

こうして接城土手を六十フィートの高さに築き、その上に十階層の櫓を建てたが、これは城壁の高さに達することが目的ではなく——そうしたことは不可能であった——、泉より高い位置を確保するためであった。

いまやわれわれは、泉に近づく者を櫓から飛び道具で攻撃できるようになった。逆にかれらは、水場に近づくことができなくなり、家畜や荷馬だけでなく、住民の多くが喉の渇きに苦しみ出した。

42　こうした事態に、敵は驚愕し、窮余の策にでる。樽に獣脂や瀝青《ピッチ》や木屑などをつめて火をつけ、これを攻城施設めがけてころげ落とすと同時に、火を消されないよう、妨害のため猛攻をかけてきたのだ。

たちまち攻城施設から大きな火の手が上がった。坂をころげ落ちた樽が、移動小屋や接城土手でくい止められ、あたりの障害物を炎につつむ。

これにたいしわが軍の兵士は、地形や状況の不利をものともせず、雄々しくこれに耐えた。高いところで展開されるこの戦闘を、全軍が注視していたからである。双方の側で大きな喚声が上がっていた。

こうした状況下では、武勇を見せつければ見せつけるほど、それだけ多く敵の火玉や飛び道具に身をさらすかたちとなった。

43　カエサルは、多くの負傷者が出たのを知ると、全大隊に命じて四方から坂を登らせ、城壁を占拠したかのように、いたるところで喚声をあげさせた。すると、これに驚いた町の住民は、他の場所で起こっていることにたいする不安から、城外で奮闘中の軍勢を呼びもどし、城壁の上に立たせた。

こうして戦闘が止むと、わが軍はただちに炎上している箇所の消火や破壊にあたった。

渇きから多数の者が斃れたにもかかわらず、町の抵抗はなおも続いた。

だが、わが軍が泉の水脈を断ち、流れを他の方向へ転じて泉をたちまち涸れさせると、かれらはそれを神の御業《みわざ》と考え、ついに絶望し、やむなく投降してきた。

44　そうしたかれらにたいし、カエサルは厳罰でのぞむことにした。自分の情け深さは広く知られているので、厳しい罰を科しても人でなしなどとは思われないだろうし、また何より、各地で同じような反乱が相次げば、収拾がつかなくなるので、あらたな反乱を未然にふせぐためには、見せしめが必要と考えたからである。

そしてこう決心するや、武器をむけた者たち全員の両手を切り落とし、悪業にたいする処罰がいかなるものかを見せつけた。(1)

ドラッペスがカニニウスに捕らえられたことはすでに述べたが、かれは捕虜としての屈辱からか、あるいはさらなる厳罰にたいする恐怖からか、数日食べ物を口にせず、そのまま果ててしまった。

また、戦場から逃げ去った前述のルクテリウスも、しきりと居場所を移して頼る相手を変えてはみたものの、どこでもすぐに身の危険をおぼえ、そのうえ、自分にたいするカエサルの憎悪をおもう念もあって、やがてアルウェルニ族のエパスナクトゥスに身をゆだねた。

このアルウェルニ族の指導者は、ローマをとりわけ強く支持していたので、即座にルクテリウスを拘束し、カエサルのもとへ連行した。

(注1)「両手を切り落とし、……処罰がいかなるものかを見せつけた」概してカエサルが寛大であったことは、同時代人の多くが証言している。だが、蛮族に対しては、かならずしもそうではなかった。

ラビエヌスのトレウェリ族討伐

45 一方、ラビエヌスの方も、トレウェリ族の領土で騎兵戦を制して多数を殺したほか、ローマ人への抵抗を支援していたゲルマニー人にも大打撃をあたえた。このとき捕らえられた指導者たちの中には、ハエドゥイ族のスルスもいた。かれは血筋だけでなく武勇の点でも筆頭にあげられる人物で、同族の中でただひとり抵抗を続けていたのである。

46 右の報告をうけ、これまでの征戦でガリア全土がいまや完全に平定されたとみたカエサルは、二個軍団をひきいてアクィタニアをめざした。当地はプブリウス・クラッスス[1]が一部すでに平定していたが、カエサルはまだ訪れたことがなかったので、視察もかねて、夏の終わりの期間を過ごすためであった。

アクィタニアでも、ことは速やかに、首尾よく進んだ。当地の全部族が使節をよこし、人質をさし出してきたのだ。

その後カエサルは、騎兵の護衛だけをともないナルボをめざしたが、軍団については、これを副官らに託し、それぞれ次のように各冬営地に向かわせた。四個軍団を、アントニウス、トレボニウス、ウァティニウスに預け、ベルガエ人の領土へ。二個軍団を、ガリアで大きな勢力をふるっていたハエドゥイ族の領土へ。また、大洋にのぞむ一帯を掌握しておくために、カルヌテス族の隣のトゥロニ族の領土にも二個軍団を。そして残りの[2]二個軍団は、アルウェルニ族の領土からそれほど離れていないレモウィケス族の領土へと、このようにしてガリア全土へ隈《くま》なく部隊を配置したのである。

カエサルが「属州」にいたのはわずか数日であったが、かれはこの間にすべての巡回裁判地を次々と廻り、公の争いごとを処理し、功労者にはしかるべく褒賞をあたえた。先のガリアの総蜂起を切り抜けることができたのも、当属州の忠誠と支援とがあったからであり、そしてそのとき各自がみせた態度について、じかに知る機会を得たからである。

このあとカエサルは、ベルガエ人の領土に駐屯している軍団に合流し、ネメトケンナ（現アラス）で冬を越す。

（注1）「当地はプブリウス・クラッススが一部すでに平定していたが」
前五六年のクラッススによるアクィタニア遠征のことである。

（注2）「残りの二個軍団は、……レモウィケス族の領土へと、……配置した」
カエサルがガリアに有していた兵力は、各冬営地に割り当てられた、これら全十個軍団である。もうひとつ、第十五軍団はすでにイタリアへ送られていた。あらたに徴募された軍団は第五軍団。ローマ市民ではなく属州民（ガリー人）からなる軍団としてはこれが最初である。現地の軍団兵が「属州」に多いヒバリの羽を兜《かぶと》につけていたことから、雲雀《ひばり》の添え名をつけて「第五ヒバリ軍団」とも呼ばれた。

コンミウスの降伏

47　カエサルは、当地に着くや、アトレバテス族のコンミウスとわが軍の騎兵部隊との間で交戦があったことを知らされる。アントニウスがこの冬営地にきて以来、アトレバテス族に不穏な動きはなかったのだが、あのコンミウスがふたたび問題をつくったのだ。

かれは、前述の負傷のあと、同胞の間に造反の動きがあればすぐにこれに呼応して、その際には指導者を買って出るつもりでいたが、アトレバテス族がローマ人に従順だったので、配下の騎兵をひきいて盗賊となり、要路に出没しては、ローマ軍の冬営地に運び込まれる糧食を略奪するようになっていた。

48　そこでアントニウスは、騎兵部隊の隊長として同じく冬営していたウォルセヌスにコンミウスの追跡を命じた。

生来の豪胆さにくわえ、コンミウスにたいする激しい憎悪があったウォルセヌスにとって、この命令は願ってもないことであった。かれは各所に伏兵を配置し、敵の騎兵を何度も襲って手柄を立てた。

だが、最後の戦闘はそれまでとは違い、凄絶なものとなる。

コンミウスを討ちとりたい焦りから、ウォルセヌスが少数の手勢で追跡すると、コンミウスは脱兎のごとく逃げた。そうしてウォルセヌスを誘い、遠くまで来たところで仲間にたいして呼ばわった。このローマ軍の隊長から負わされた深手の恨みをいまこそ晴らす、その手助けをしてほしい、と。そして突然向きを変え、大胆にも一人でウォルセヌスへ迫ってきた。すると、敵の騎兵もこれに倣い、小勢のわが軍へと踵を返した。

こうして猛然とウォルセヌスに迫ったコンミウスは、馬が並ぶと、渾身の力で槍を投げ、ウォルセヌスの太腿を射た。

だが、隊長の負傷にもかかわらず、こちらの抵抗はゆるがず、馬の向きを変えて敵を撃退する。わが軍の強力な突撃で、敵は多数が傷を負い、逃走中に落馬したり、あるいは槍や刃《やいば》に斃《たお》れた。

コンミウスは、馬の速さに助けられ、その場をのがれた。一方、重傷のウォルセヌスは、命の危険があったので、陣営へ送られた。

おそらく、怒りが収まったか、あるいは多数の配下を失ったためだろう、その後まもなくしてコンミウスからアントニウスのもとへ使者がとどき、いかなる命令にも服する用意があり、要求があれば、人質もさし出すつもりであることを伝えてきた。ただ、直接こちらに出頭することだけは容赦してほしいとのことであった。恐怖のためだという。

これにたいしアントニウスは、無理もない懇請《こんせい》だと判断し、かれの嘆願をうけ入れ、人質だけで赦した。

カエサルは、一年毎に巻をわけて『ガリア戦記』を著わしたが、私の場合、その必要はないと思う。なぜなら、次の年、つまりパウルスとマルケッルスが執政官の年になると、ガリアでは大きな戦役は何もなかったからである。ただ、そのときカエサルとかれの軍隊がいた場所を明らかにしておくため、そのことについて少し触れ、『戦記』に付けくわえることにしたい。

(注1) 「パウルスとマルケッルスが執政官の年になると」『戦記』第八巻にはマルケッルスという名で三人の人物が出てくる。いずれも従兄弟同士である。その区別は以下の通り。
・前五〇年の執政官ガイウス・クラウディウス・マルケッルス(第八巻48、55)
・前四九年の執政官、右と同名で、右の従兄(第八巻50)
・前五一年の執政官マルクス・クラウディウス・マルケッルス(第八巻53)

4 内乱の影——カエサルと元老院の思惑

49 カエサルがベルガエ人の土地で冬を過ごしていたときに思案していたことは、各部族の忠誠をつなぎとめて蜂起の可能性をなくそうということであった。というのも、自分が去った後にふたたび軍事行動が必要となるような事態だけは避けたかったからである。たしかに、反乱の火種を残したまま引き揚げれば、危険が去ったとして、ガリア全土が蜂起しかねない状況であった。

そこでカエサルは、かれらを名誉な言葉で呼び、各首長には豪華な贈りものをし、また、新たな要求はひかえるなどしてたくみに手なずけ、そしてこれによって、一連の敗北で疲弊していたガリアを平和裏に保つことができたのであった。

50 冬が終わると、カエサルは例年とは異《こと》に、イタリアへと道を急いだ。聖職者候補に推薦していた財務官アントニウスへの支持を求めに自治市や植民市を訪ねるためである。(1)

アントニウスには立候補のため少し先に発たせていて、この親しい友人のために一肌脱ぐつもりでいた。その一方、アントニウスを落選させることでカエサルの影響力を殺ごうとしていた少数の有力者にたいしては、激しい敵意をもやしていたようだ。

ところが、イタリアをめざしている途上で報せが入り、アントニウスが卜占官《ぼくせんかん》に選ばれたということであった。しかしそれでも、自治市や植民市への訪問を中止すべきではないと思われた。それは、アントニウスを多数が支持してくれたことに感謝の意をあらわし、と同時に、翌年おこなわれる執政官職の選挙にむけて顔をみせておくためであった。

後者については、カエサルから名誉や官職を奪うために、レントゥルスとマルケッルスとを執政官に選出したことや、影響力や推薦者の数では断然強かったガルバを、かれの友人であり、また副官であったという理由で落選させたことなど、こうしたことを政敵が公然と自慢していたからである。

（注1）「聖職者候補に推薦していた財務官アントニウスへの支持を求めに」卜占官とは、鳥の飛び方その他の挙動をもとに政治や軍事の吉凶を占うものである。共和政初期、こうした聖職者の任命はかれらの独占であったが、一転二転して、カエサルが最高神祇官のときにふたたびローマ市民の選挙によるものと改定した。そのため、各地のローマ市民にたいしてこうした選挙運動が必要だったのである。

51　カエサルの訪問は、全ガリア平定後はじめてということで、どの自治市や植民市からも信じられないほどの大歓迎をうけた。門や道路、それにカエサルが訪れるとされた所は、ことごとく飾り付けがなされ、そして全市民が子供ともども、このローマの将軍を出迎え、またこれに伴い、いたるところで生贄をささげる儀式がとりおこなわれ、広場や神殿では寝椅子がならべられて饗宴が催されていた。[1] それは、またとない素晴らしい凱旋式の喜びを先取りしたようなありさまであった。このように、裕福な者たちは豪華さをみせ、貧しい者たちは熱狂をみせたのである。

（注1）「広場や神殿では寝椅子がならべられて饗宴がもよおされていた」饗宴用の寝椅子には神々の像が置かれ、おのおの食べ物などが供えられた。ローマ人は、正式な食事のマナーとして、寝椅子に横になって食べたので、長い寝椅子（トリクリニウム）が並べられたのである。こうした催しは、レクティステルニウム（神々の饗宴）と呼ばれた。

52　カエサルは、「トガのガリア」（イタリア）のすべての地域を矢つぎ早に訪れると、ネメトケンナに残っている軍隊のもとへ急遽ひき返し、各軍団をそれぞれの冬営地からトレウェリ族の領土へと集結させ、みずからもそこへ赴いて全軍を検閲した。

その後、執政官職への立候補について多くの支持をとりつけるため、「トガのガリア」へラビエヌスを遣り、かれ自身は兵士の健康を考えて、土地柄が変わるところまで旅をつづけた。

その途上で、また思わぬ情報が入ったのである。政敵が[1]ラビエヌスに誘いをかけているというのだ。そればかりか、元老院勧告によって自分から軍隊の一部を取りあげようとしているとのことでもあった。しかし、かれはラビエヌスに関する噂を信じようとせず、元老院勧告にさからう行動をとることもなかった。元老院の採決に不正がないかぎり、自分の主張がすぐに通るものと考えていたからである。

たしかに、護民官のクリオもカエサルの主張や立場を擁護しようとして、何度も元老院に協力を約束していた。つまり、カエサルの軍事力を心配しているのであれば、同じく軍事力を背景としたポンペイウスの専横がすでに議員一同に戦慄をもたらしている状況であるから、二人の武装解除を支持する、二人を武装解除すれば、国家は自由と独立とを取りもどすことができるだろう、と伝えていたのである。

それだけではない。クリオはこの動議の採決まで促したのだ。だが、かれの提案は、ポンペイウスの友人や執政官らの反対にあい、かれらの引延ばし作戦によって実行されるには到らなかった。

（注1）「政敵がラビエヌスに誘いをかけているというのだ」元老院派にとり込まれたポンペイウスからラビエヌスに誘いがきたということである。二人の関係は、ずっと以前にまで遡る。じつは、もともとラビエヌス家はポンペイウス家の被護民であった。そのためもあってか、実直な軍人ラビエヌスは、以後カエサルと袂《たもと》を分かつことになる。言うまでもなく、苦渋の選択であったにちがいない。そして内戦ではカエサルと戦い、敗れて命を絶つことになる。

53　このことは、元老院全体の考えを如実に示すもので、それまでの態度となんら変わらない。つまり、その前の年、マルケッルスがポンペイウスとクラッススの法律を破って、カエサルの属州統治に関する動議を時期尚早の段階で元老院に提出したときのことだが、このときも、討議こそ行なわれたものの、反カエサル派からの賛同を当てにしていたマルケッルスの期待に反し、動議は満場の議会において完全に否決されてしまったのである。

だがそれでも、カエサルの敵対者たちはひるまなかった。かれらはその後も、元老院がみとめざるを得ないようなやり方でそれまでの主張を強引に展開する。

54　ほどなくして元老院は、パルティア[1]戦役のためにポンペイウスとカエサルに一個軍団ずつ送らせる決定をしたが、これは一人から二個軍団を取りあげる方便であることは明らかだった。なぜなら、ポンペイウスが自分の軍隊の中から出すかのようにカエサルのもとへ派遣していた第一軍団は、カエサル管轄の属州で募っていた軍団だったからである。

しかしカエサルは、敵対者たちの意図をよく承知しながらも、ポンペイウスのもとへその軍団を返し、さらに自分のものとしては、元老院決議にしたがい、イタリア（内ガリア）に置いていた第十五軍団を手放し、代わりに、第十三軍団をイタリアへ向かわせ、第十五軍団がそれまで務めていた守備隊の任務にあてた。

冬営に向けての軍団の配置については、トレボニウスに四個軍団をつけてベルガエ人の領土へ、また、ファビウスにも同数の軍団をつけてハエドゥイ族の領土へと行かせた。それは、きわめて好戦的なベルガエ人と大きな勢力を有するハエドゥイ族とをローマ軍が牽制しているかぎり、ガリアは安泰だ、との判断によるものである。

その後、カエサル自身もイタリアへ向けて発った。

（注1）「元老院は、パルティア戦役のためにポンペイウスとカエサルに」
前五三年にローマ軍が敗れ、クラッススが命を落とし、多くのローマ兵が捕虜として遠隔の地へ連れ去られたパルティア遠征の失敗は、以来ローマ人の心に重くのしかかっていた。そこでビブルスを指揮官としてふたたびパルティア遠征を試みることになったのだが、そのために、元老院はポンペイウスとカエサルにそれぞれ一個軍団の供出を求めたのである。

55　そして当地へ着くと、元老院決議をうけてパルティア遠征のためにと送り出していた先の二個軍団が、じつは執政官マルケッルスの指示でポンペイウスに引き渡され、イタリアに留めおかれていることを知った。
カエサルにたいする陰謀がくわだてられていることは、いまや誰の目にも明らかであったが、武力による解決ではなく合法的な解決の余地が残されているかぎり、カエサルはいかなる処置をも受けいれようとした。

そこでかれは……[1]

（注1）　写本は以上のように中途で終わっている。しかし、残る行《くだり》はわずかと見られており、その最後の部分について諸学者が推測している内容は、ほぼ次の通りである。
「そこでかれは、最後の手段として、元老院に書状を送り、自分の決心を伝えた。他の最高司令官も自分に倣うようであれば、軍隊の指揮権を放棄する用意があるが、そうでなければ、軍隊を解散せず、このまま本国に入る」と。

この文をもってすれば、次のカエサルの『内乱記』（全三巻）へと自然につながる。

（注）――紀元前五一年以降、内戦勃発までの本国の状況
この年の春、本書『ガリア戦記』（全七巻）が出る。国内の政情が安定しないことにくわえ、先のパルティア戦役の敗北で捕囚《ほしゅう》となっている多数の同胞の身を案じて心が沈みがちであったローマ市民は、カエサルの快挙にあらためて熱狂した。しかし、民衆派は、執政官職を完全に失ってすでに二年。この年も自派の候補を当選させることができず、翌年も――さらには翌々年も――元老院派に執政官職をゆるす。カエサルのガリア総督の任期は、あとわずかとなっていた。元老院派は、カエサルに任期切れと同時に総督職を手放すことを要求。これにたいし、私人となったときの身の安全を危惧したカエサルは、任期のさらなる延長をもとめた。国内の民衆派分子を通して、元老院との折衝が続く。だが、保守強硬派によって、カエサルの提案は元老院の承認を阻《はば》まれる。その結果、最後には、前の注でも述べたとおり、ポンペイウスも軍事権を手放すことを条件に、自分も同じようにするというところまでカエサルも折れたのだが、小カトーら一部の強力な反対で、けっきょく、この提案も実らなかった。交渉決裂のあと、事態はしばらく膠着《こうちゃく》したまま推移する（前五〇年後半）。首都では虚報が飛び

交い、日増しに緊張が高まる。そうした一触即発の状況のなか、元老院は前四九年の年明け早々、民衆派の議員を追放し、それに続いて、カエサルにたいしてはこれまでと同じ内容の最終命令を、ポンペイウスにたいしては無制限の大権付与を、それぞれ決議した。追い詰められたカエサルは、自分の採るべき途について沈思《ちんし》する。ギリシアの詩人メナンドロスの、当時よく知られていた言葉「賽《さい》を投げよ」が、ときおり脳裏をよぎる。こうして数日後（前四九年一月十二日）、カエサルはローマとの間の国境となっていた川、ルビコンを前にして、なおしばらく躊躇ったあと、自分を注視する側近にたいし、力強く決断を言い放った。「賽は投げられた」と。

以後ローマは、海外の属州を巻き込んで、内戦へと突入することになる。

あとがき

以上で『ガリア戦記』は完結した。さまざまな戦闘や出来事の場面が、深い感慨をともなって、いま脳裏に鮮やかによみがえる。〝活きた〟ローマ史がいまや各自のなかにうち建てられた。われわれは生涯、これらの心象をけっして忘れることはないだろう。

また、本書によって、世界史についても少なからず理解が深まった。なぜなら、その後かの地にうまれたガロ・ローマ文明こそ、今日《こんにち》ひろく世界が享受している西欧文明の直接の母体にほかならないからである。

ご存知のとおり、カエサルはこのあと、ポンペイウスを降し、元老院派を一掃して終身の独裁官となるものの、王にも近い支配者の出現によって共和政が崩壊するのを恐れたブルートゥスらの一団に、元老院内で暗殺される（前四四年三月十五日）。そしてカエサル亡きあと、三人の実力者（アントニウス、レピドゥス、オクタウィアヌス）で組織した国家再建三人委員会、通称「第二回三頭政治」でも対立が生じ、カエサルの縁者にあたるオクタウィアヌスがアントニウスに勝利して最後に残り、元老院から元首に推されて、アウグストゥス（「尊厳なる者」）という尊称のもと、今日われわれが言うところの「帝政」を開く。

これによって、カエサルの栄光は永久に不滅のものとなった。かれに歴史的な意味での大局観があったわけではなく、おのれの欲望をひたすら追求したにすぎなかったのだが、一人支配というその結末が時代の要請に適《かな》っていたことは幸いなことであった。

一方、ガリー人の悲劇には胸が痛む。あたかも狩猟のときの獲物のように、野心の標的にされて次々と斃れていった各部族の男たち。そして残された多数の女、子供、それに老人たちのその直後の生活のことを想うと、かれらの社会の惨状は容易に察せられよう。

もっとも、長い目でみれば、ローマ人の支配下に入ったことは、おそらく幸いなことであった。以来、ガリア全土から争いが消えただけでなく、人々はこの支配者の優れた指導のもとで殖産にはげむことができるようになり、やがて前述のガロ・ローマ文明の誕生につながる、豊かな生活や進んだ文化をも享受するようになっていったからである。

『ガリア戦記』は、著者カエサルの意図をはるかに超えて、生というものにおける人間の奮闘をよく伝えている。まさにすべての者がエネルギーにあふれている。しかし、この「生の躍動」とも言うべき事象は、ただ古代にだけ見られることではない。これは普遍的なものであって、現代においても同じようにみとめられる。すなわち現代においても、すべての者が例外なく——ゆえに社会も国家も含めて——本質的にはひとしくこの「生の躍動」のなかに在る。これには胸が熱くなる。

最後になったが、本書の完成までに一方《ひとかた》ならずお世話になった金田幸康編集長をはじめ、校閲や作画などで協力して頂いた関係者の方々にたいし、ここに深く感謝の意を表したい。

本書を母トシ子に捧ぐ

二〇〇七年十月一日　福岡にて

中倉玄喜

⁂

二〇〇七年に翻訳・解説した『〈新訳〉ガリア戦記』が、普及版として世に出され、広く読まれることを、改めて感謝すると共に、本書をお読みいただいたすべての方々に、心から厚く御礼申しあげます。

二〇一三年三月　福岡にて

中倉玄喜

文庫版あとがき

本書を読み終えられた読者諸賢におかれては、カエサル以後、世界の読者が抱いてきたような深い感慨を、同じように覚えておられるのではないでしょうか。あるいは、もし今でなければ、今後この戦記のいろんな場面を思い出すたびに、そうした感慨がやがて全ての読者の心に訪れることでしょう。

「詩歌とは、静かなるところにて思い起したる感動なりとかや」（島崎藤村）。――その通り。『ガリア戦記』は、壮大な叙事詩とも言える趣《おもむき》で、おそらく誰の胸にも迫ってくる。

本書の文庫化については、これに係《かか》わる複数の関係者から多大なご尽力を頂いた。作業全体の統括・調整を担当されたＰＨＰ研究所ビジネス・教養出版部の山口毅部長、優れた精緻さで文章その他を校正して下さった今川小百合氏、選択に困るほど多数の素晴らしい試作を出して頂いた表装家の一瀬錠二氏、読みやすい紙面にして頂いた月岡廣吉郎氏、そのほか、表紙の色校正にお手間を惜しまれなかった印刷工場のご担当者。

本書を閉じるにあたり、これら各位に対し心から深甚《しんじん》の感謝を申し上げます。

二〇二四年十一月吉日 福岡にて

中倉玄喜

⚜カエサルの言葉——Caesar's axioms

＊（　）内は訳者による補足

●「賽《さい》は、投げられた！」
（「決断は下された」の意。ローマの領内にもどる将軍は、国境近くの川ルビコンを兵を率いたまま渡ることは禁じられていた。単身渡れば、敵対していた元老院議員らによる嫌疑で身柄を拘束されることを恐れたカエサルは、この川の手前で沈思し、やがてギリシアの詩人メナンドロスの「賽を投げよ」の言葉を踏まえてこの言葉を発したのであった。）

●「苦境は、友を敵に変える。」
（人情の変転を、おそらくカエサル自身も自らの経験から痛感していたのだろう。）

●「何かを生み出す行動でなければ、行動とは言えない。」
（期待した成果がなかった行動にしても、その実、後の成果につながるという意味では、然るべき行動だと言えよう。カエサルはこの言葉で、長く躊躇《ためら》うことなく行動へ移ることの重要性をとくに強調したかったものと思われる。）

●「学習より創造である。創造こそ生の本質なのだ。」
（確かに、何かを創り出すことで人類は発展してきた。ただ、これもまた、学習の否定ではなく、創造の重要性を強調した言葉と捉えるべきだろう。「学びて思わざれば、即ち罔《くら》し。思うて学ばざれば、即ち殆《あや》うし」孔子。）

●「予測はされても目に見えない危険は、人の心を最もかき乱す。」

（この点、カエサルもわれわれと変わらなかった。こうした不安は、人生において事ある毎に、彼我《ひが》の別なく、誰もが見舞われていることだろう。）

●「人は喜んで自分の望むことを信じるものだ。」

（これもまた、人間の常情だろう。しかし一面、この常情は希望として創造・発展の契機ともなり得る。）

●「ローマで二番になるより、村で一番になりたいものだ。」

（任地へ向かう途次、ある寒村を通り過ぎようとしたとき、カエサルの側近が「こんな処でも人は長《おさ》になりたがるのだろうか?」と言った際にカエサルが答えた言葉。『史記』の「鶏口《けいこう》となるも、牛後《ぎゅうご》となるなかれ」に通じる。）

●「理性に重きを置けば、頭脳が主人になる。だが、感情が支配するようになれば、決定を下すのは感性である。」

（仮に自然の欲望もこの感性に含まれるとすれば、おそらく誰しもが頷《うなず》かずにはおれまい。その意味では、カエサルも例外ではなかったのだ。）

●「指示を与える者には責任があり、指示を受ける者には義務がある。」
（生死を別けた軍事における責任と義務。カエサルはこのことを誰よりも真剣に思わされたに違いない。）

●「私は自身の考えに忠実に生きたい。それは、他人も同じだろう。それ故、他人の生き方も認める。そして敵が私に再び刃《やいば》を向けることになったとしても、それは致し方ない。忠実に生きることこそが私の願いだから。」
（現代流に言えば、カエサルの思いは〝リベラル〟〈自由主義〉であったということか。寛容さは配下や蛮族に対する報償・懲罰にも表われていたのではないだろうか。『戦記』の中にはそれを思わせる件《くだり》がある。）

●「人間とは噂の奴隷であり、しかもそれを、自分で望ましいと思う色づけをして信じてしまう。」
（これもまた、人の常情だろう。）

●「文章は、用いる言葉の選択で決まる。」
（カエサルが文人でもあったことを物語る言葉である。かれが文人であったが故に、孜々《しし》として書きつけた記録が『ガリア戦記』となったのだ。）

●「来た、見た、勝った！」
（勝利をローマに知らせたときの言葉。ただ、この超短文が報告書のすべてであったとは思われない。文章に長《た》けたカエサルのことである、この一文はこれに続く報告の冒頭《ぼうとう》の句として、かれが工夫した表現だったのではないだろうか。）

●「ブルータス、お前もか！」
（カエサルが独裁者となることを恐れた者たちに暗殺された際、発した言葉。その暗殺者たちの中に、カエサルが日頃から目をかけていた青年ブルータスも入っていた。）

●「分断して征服せよ。」
（全体を部分に分けて処理するという方法は、軍事の分野だけでなく、ありとあらゆるわれわれの営為にも適用できる原理である。）

●「始めたとき、それが善意から発したことであったとしても、時が経てば、そうではなくなる。」
（この人情の変化も、あるいは状況の変転も、カエサルだけでなく、われわれ誰もが恐らく経験することだろう。人生は、今昔《こんじゃく》どこでも変わらない。）

ローマ史(共和政)年表

＊はユリウス・カエサルの生没年

西暦	出来事
紀元前	
七五三	ロムルスがローマを建国(伝説)
	七世紀末からエトルリアの支配下に
五〇九	七代目の王タルクィニウスを追放
	共和政の樹立
四九四	平民が貴族に反発して「聖山」に立て籠る
	平民の要求を容れて平民会と護民官職を設置
四五〇	成文法「十二表法」を制定
四〇六	近隣の町ウェイイを攻囲(〜三九六年)
三九〇	ガリア人、ローマを占領、略奪
三四三	サムニテス戦争(〜三四一年)始まる
三四一	ラテン戦争(〜三三八年)始まる
三一二	アッピア街道の建設始まる
二七二	イタリア半島を制覇
二六四	第一次ポエニ戦争(〜二四一年)始まる
二四一	最初の属州としてシシリーを得る
二一八	第二次ポエニ戦争(〜二〇一年)始まる

二一六	ローマ軍、カンネーの戦いでハンニバルに敗れ、全滅
二一四	第一次マケドニア戦争(～二〇五年)始まる
二〇二	スキピオ、ザマの戦いでハンニバルを破る
二〇一	西地中海における覇権の確立
二〇〇	第二次マケドニア戦争(～一九七年)始まる
一九七	ヒスパニアを属州化
一七一	第三次マケドニア戦争(～一六八年)始まる
一四九	第三次ポエニ戦争(～一四六年)始まる
一四六	マケドニアを属州化
	カルタゴを滅ぼす。アフリカを属州化
一三三	護民官ティベリウス・グラックスが土地問題の解決に乗り出すも、失敗(一三二年)
一二九	属州アシアの設置
一二三	護民官ガイウス・グラックス、兄ティベリウスの遺志をついで諸改革に乗り出す
一二一	ガリア・トランサルピナを属州化
一一三	ゲルマニー人の侵入
一〇七	マリウスの兵制改革
一〇四	マリウス、ゲルマニー人との戦いに勝利
*一〇〇	ユリウス・カエサル生まれる
九一	イタリア同盟市戦争(～八八年)始まる
八八	マリウスとスッラの抗争激化。イタリア諸都市にローマ市民権をあたえる

西暦	出来事
八六	マリウス、七度目の執政官に就任
八二	スッラが独裁官となる(〜七九年)
七三	スパルタクスの乱(〜七一年)起こる。クラッススが鎮圧
七〇	ポンペイウスとクラッスス、執政官に就任
六七	ポンペイウス、地中海の海賊を掃蕩
六四	ポンペイウス、シリアを征服(翌年にはユダヤ王国を降す)
六三	「カティリーナ陰謀事件」
六〇	ポンペイウス、クラッスス、カエサルによる密約。「第一回三頭政治」
五九	カエサル、執政官に就任
五八	カエサルのガリア遠征(〜五一年)始まる
五七	元老院、ポンペイウスに食糧確保(大権)を一任
五六	「ルカの会談」
五五	ポンペイウスとクラッスス、二度目の執政官就任
五三	クラッスス、パルティア遠征の失敗で戦死
五二	カエサル、ガリア征服をほぼ完了
五一	『ガリア戦記』(全七巻)が出る
五〇	元老院派と民衆派の抗争、最高潮に達する
四九	カエサル、ルビコンを渡河。内戦へ
四八	カエサル、二度目の執政官就任。ファルナコスの戦いでポンペイウスを破る。ポンペイウ

	ス、エジプトの地で姦計にあって殺害される。アレキサンドリア戦始まる
四七	カエサル、アレキサンドリア戦に勝利。『内乱記』を完成。アフリカ戦始まる
四六	カエサル、三度目の執政官就任。アフリカ戦に勝利。小カトー、自害。四回(ガリア、エジプト、ポントゥス、アフリカ戦にたいする)凱旋式を挙行。十年間の独裁官に任命される。ヒスパニア戦始まる
四五	カエサル、四度目の執政官就任。ヒスパニア戦に勝利。ラビエヌスの戦死。内戦、終わる
*四四	カエサル、五度目の執政官就任。同僚執政官にアントニウス就任。パルティア遠征を表明。カエサル、暗殺に斃れる
四三	ヒルティウス(『ガリア戦記』第八巻の著者)、執政官に就任。その後戦死。オクタウィアヌス、執政官に就任。アントニウス、レピドゥス、オクタウィアヌスによる「第二回三頭政治」。キケロ、殺さる
四二	元老院、カエサルを神格化
四〇	アントニウス、レピドゥス、オクタウィアヌスの三者間で勢力圏を分割
三七	アントニウス、クレオパトラと結婚
三六	アントニウス、パルティア遠征に失敗
三四	「第二回三頭政治」の解消。元老院、クレオパトラに東方領を割譲するとしたアントニウスのアレキサンドリア宣言を無効化
三一	オクタウィアヌス、アクティウムの海戦でアントニウスとクレオパトラの連合軍を破る
三〇	オクタウィアヌス、エジプトを征服。アントニウス、クレオパトラ死す(プトレマイオス朝亡ぶ)

西暦	出来事
二七	オクタウィアヌス、「アウグストゥス」の尊称を得て帝政を開く

フ

ブラトゥスパンティウム　**Bratuspantium**（Breteuil）　ガリア・ベルギカのベッロウァキ族の要塞都市。今日のブルトゥーユ付近　II-13
ブリタンニア　**Britannia**　今日のブリテン島　II-4, 14, III-8, 9, IV-20〜23, 26, 28, 30, 34, 38, V-2, 4, 6, 8, 12, 13, 23, VI-13, VII-76

ヘ

ヘルキュニアの森　**Hercynia silva**　ゲルマニアの大森林　VI-24, 25

マ

マゲトブリガ　**Magetobriga**　セクアニ族領内。ガリー人がアリオウィストゥスと戦った戦場の一つ　I-31
マティスコ　**Matisco**（Macon）　ハエドゥイ族の町。現マコン　VII-90
マトロナ河　**Matrona**（Marne）　今日のマルヌ河　I-1

メ

メティオセドゥム　**Metiosedum**（Melun）　セノネス族の町。現ムラン　VII-58, 60, 61

モ

モサ河　**Mosa**（Meuse）　今日のムーズ河　IV-9, 10, 12, 15, 16, V-24, VI-33
モナ島　**Mona**（Man）　今日の英国のマン島もしくはアングルシー島　V-13

ユ

ユラ山　**Iura**（Jura）　今日のジュラ山脈。今日のフランスとスイスの国境となっている山脈　I-2, 6, 8

リ

リゲル河　**Liger**（Loire）　今日のロワール河（フランス最長）　III-9, VII-5, 11, 55, 56, 59, VIII-27

ル

ルテティア　**Lutetia**（Paris）　現パリ　VI-3, VII-57, 58

レ

レヌス河　**Rhenus**（Rhein）　今日のライン河　I-1, 2, 5, 27, 28, 31, 33, 37, 43, 44, 53, 54, II-3, 4, 29, 35, III-11, IV-1, 3, 4, 6, 10, 15〜17, 19, V-2, 3, 24, 27, 29, 41, 55, VI-2, 5, 9, 24, 29, 32, 35, 41, 42, VII-65, VIII-13
レマンヌス湖　**Lemannus lacus**（Leman）　今日のスイスのレマン湖　I-2, 8, III-1
レモヌム　**Lemonum**（Poitiers）　ガリア・アクィタニアの町。現ポワティエ　VIII-26

ロ

ロダヌス河　**Rhodanus**（Rhone）　今日のローヌ河　I-1, 2, 6, 8, 10〜12, 33, III-1, VII-65

タメシス河　**Tamesis** (Thames)　今日のテムズ河（イングランド南西部コッツウォルド丘陵に発し、ロンドンを還流して北海に注ぐ）　V-11, 18

テ

ティグリヌス　**Tigurinus**　ヘルウェティイ族の郷名　I-12
デケティア　**Decetia** (Decize)　ハエドゥイ族の町。今日のフランス中部の町デシーズ　VII-33
テルゲステ　**Tergeste** (Trieste)　今日のイタリア北部の町トリエステ　VIII-24

ト

ドゥビス河　**Dubis** (Doubs)　今日のドゥー河（フランス東部のジュラ山脈に発し、スイスとの国境となり、南西に流れてソーヌ河と合流する）　I-38
ドゥロコルトルム　**Durocortorum** (Reims)　レミ族の町。今日のフランス北東部の都市　VI-44
トロサ　**Tolosa** (Toulouse)　今日のフランス南西部の都市トゥールーズ　III-20

ナ

ナルボ　**Narbo** (Narbonne)　現ナルボンヌ　III-20, VII-7, VIII-46

ネ

ネメトケンナ　**Nemetocenna** (Arras)　ガリア・ベルギカの町。現アラス　VIII-46, 52

ノ

ノウィオドゥヌム（ハエドゥイ族）　**Noviodunum** (Nevers)　ハエドゥイ族の町。現ヌヴェール（推定）　VII-55
ノウィオドゥヌム（ビトゥリゲス族）　**Noviodunum** (Neuvy-sur-Barangeon)　ビトゥリゲス族の町。現ヴィラト　VII-12, 14
ノウィオドゥヌム　**Noviodunum** (Pommiers)　スエッシオネス族の要塞。現ポミィエ　II-12
ノリクム　**Noricum**　今日のドナウ河とアルプス山脈との間の山岳地帯　I-5, 53
ノレイア　**Noreia** (Neumarkt)　ノリクム地方の首都。現ノイマルクトの地点　I-5

ハ

バケニスの森　**Bacenis silva**　ゲルマニア中部及び東部の大森林　VI-10
パドゥス河　**Padus** (Po)　今日のポー河。イタリア最長　V-24

ヒ

ヒスパニア　**Hispania**　今日のスペイン国　I-1, V-1, 13, 26, 27, VI-1, VII-55
ビブラクス　**Bibrax** (Viex-Laon)　ガリア・ベルギカのレミ族の町。現ヴュー・ラン　II-6
ビブラクテ　**Bibracte** (Autun)　ハエドゥイ族最大の町。現オータン　I-23, VII-55, 63, 90, VIII-2, 4
ヒベルニア　**Hibernia**　今日のアイルランド島　V-13
ピュレネー山脈　**Pyrenaei montes**　今日のピレネー山脈　I-1

オ

オクトドゥルス　Octodurus (Martigny)　ガリア・ナルボネンシスの町 (現マルティニ)　Ⅲ-1
オケルム　Ocelum (Drubiaglio)　ガリア・キサルピナの町　Ⅰ-10
オルキュニアの森　Orcynia silva　「ヘルキュニアの森」のギリシア名　Ⅵ-24

カ

カウィッロヌム　Cabillonum (Chalon-sur-Saône)　ハエドゥイ族の町 (現シャロン・シュル・ソーヌ)　Ⅶ-42, 90
カルカソ　Carcaso (Carcassonne)　今日のフランス南東部の町 (現カルカソンヌ) Ⅲ-20
ガルンナ河　Garumna (Garonne)　今日のガロンヌ河 (フランス南西部を流れる)　Ⅰ-1
カンティウム　Cantium (Kent)　ブリタンニア東南部の町 (現ケント)　Ⅴ-13, 14, 22

ケ

ケウェンナ山　Cevenna (Cevennes)　今日のセヴェンヌ山　Ⅶ-8, 56
ゲナウァ　Genava (Geneva)　現ジュネーブ　Ⅰ-6, 7
ケナブム　Cenabum (Orleans)　現オルレアン　Ⅶ-3, 11, 14, 17, 28, Ⅷ-5, 6
ゲルゴウィア　Gergovia (Gergovie)　アルウェルニ族の城市。今日のクレルモン・フェランの南約4マイルの地点　Ⅶ-4, 34, 36〜38, 40〜43, 45, 59
ゲルマニア　Germania　ゲルマニー人の国。ほぼ今日のドイツ国　Ⅰ-31, 40, Ⅳ-4, 16, Ⅴ-13, Ⅵ-11, 24, 25, 29, 31, Ⅷ-25

コ

ゴルゴビナ　Gorgobina　アクィタニアにあったボイイ族の町　Ⅶ-9

サ

サビス河　Sabis (Sambre)　今日のサンブル河 (フランス北部からベルギーに入り、ムーズ河に合流する)　Ⅱ-16, 18
サマロブリウァ　Samarobriva (Amiens)　アンビアニ族の町。今日のアミアン　Ⅴ-24, 47, 53

ス

スカルディス河　Scaldis (Scheldt)　今日のスケルト河 (フランス北部に発し、ベルギーを東流してオランダで北海に注ぐ)　Ⅵ-33

セ

セクアナ河　Sequana (Seine)　今日のセーヌ河 (フランス北部を流れ、パリを貫流してイギリス海峡のセーヌ湾に注ぐ)　Ⅰ-1, Ⅶ-57, 58

タ

ダヌウィウス河　Danuvius (Danube)　今日のドナウ河 (ドイツ南西部に発し、東流して黒海に注ぐ)　Ⅵ-25

ア

アウァリクム　**Avaricum** (Bourges)　現在のブールジュ　Ⅶ-13, 15, 16, 18, 19, 21, 29〜32, 47, 52
アクィタニア　**Aquitqania**　今日のフランス南西部、ガロンヌ河とピレネー山脈の間の地方　Ⅰ-1, Ⅲ-11, 20, 21, 23, 27, Ⅶ-31, Ⅷ-46
アクィレイア　**Aquileia**　イタリア北部、アドリア海北端近くにあった都市　Ⅰ-10
アクソナ河　**Axona** (Aisne)　今日のエーヌ河 (現フランス北部アルゴンヌ丘陵地帯に発し、コンピエーニュ付近でオアーズ河へ注ぐ)　Ⅱ-5, 9, 10
アゲディンクム　**Agedincum** (Sens)　ガリア・ルグドネンシスのセノネス族の都市 (現サンス)　Ⅵ-44, Ⅶ-10, 57, 59, 62
アトゥアトゥカ　**Atuatuca**　エブロネス族の城市　Ⅵ-32, 35
アラル河　**Arar** (Saone)　今日のソーヌ河　Ⅰ-12, 13, 16, Ⅶ-90, Ⅷ-4
アルドゥエンナの森　**Arduenna silva** (Ardennes)　カエサル時代のガリア最大の森 (現アルデンヌ)　Ⅴ-3, Ⅵ-29, 31, 33
アルプス　**Alpes**　今日の仏伊国境からユーゴスラビアにまたがる山脈　Ⅰ-10, Ⅲ-1, 2, 7, Ⅳ-10, Ⅶ-1
アレシア　**Alesia** (Alise)　カエサルが占領した町 (現アリーズ・サント・レーヌ)　Ⅶ-68, 69, 75〜77, 79, 80, 84, Ⅷ-14, 34

イ

イタリア　**Italia**　今日のイタリア北部。属州ガリア・キサルピナ　Ⅰ-10, 24, 33, 40, 54, Ⅱ-1, 29, 35, Ⅲ-1, Ⅴ-1, 29, Ⅵ-1, 32, 44, Ⅶ-1, 6, 7, 55, 57, 65, Ⅷ-23, 24, 50, 54, 55
イティウス港　**Itius portus** (Boulogne)　ガリア・ベルギカの港。カエサルはここからブリタンニアへ渡った　Ⅴ-2, 5
イリュリクム　**IIlyricum**　属州の一つ。今日のアドリア海東岸　Ⅱ-35, Ⅲ-7, Ⅴ-1, 2

ウ

ウァカルス河　**Vacalus** (Waal)　今日のワール河 (現オランダ中南部、ライン河下流の分流)　Ⅳ-10
ウィエンナ　**Vienna** (Vienne)　現ヴィエンヌ　Ⅶ-9
ウェソンティオ　**Vesontio** (Besançon)　今日のフランス東部の都市 (現ブザンソン)　Ⅰ-38, 39
ウェッラウノドゥヌム　**Vellaunodunum**　ガリア・ルグドネンシスのセノネス族の町 (現チャトー・ランドン)　Ⅶ-11, 14
ウェルビゲヌス　**Verbigenus**　ヘルウェティイ族の郷　Ⅰ-27
ウォセグス山　**Vosegus mons**　今日のヴォージュ山脈 (フランス北東部)　Ⅳ-10
ウクセッロドゥヌム　**Uxellodunum** (Puy d'Issolu)　ガリア・アクィタニアにあったカドゥルキ族の城市　Ⅷ-32, 39, 40

エ

エラウェル河　**Elaver** (Allier)　今日のアリエ河 (フランス中南部を北上するロワール河の支流)　Ⅶ-34, 35, 53

族 I-51
マンドゥビイ族 **Mandubii** ガリア中部にいた部族。その中心都市がアレシア Ⅶ-68, 71, 78

メ

メディオマトリキ族 **Mediomatrici** アルプス地方にいた部族 Ⅳ-10, Ⅶ-75
メナピイ族 **Menapii** 主に今日のオランダ南部にいたベルガエ人の部族 Ⅱ-4, Ⅲ-9, 28, Ⅳ-4, 22, 38, Ⅵ-2, 5, 6, 9, 33
メルディ族 **Meldi** 今日のパリの東方、現モー付近にいた部族 Ⅴ-5

モ

モリニ族 **Morini** 今日のベルギー沿岸及びフランス北部にいた部族 Ⅱ-4, Ⅲ-9, 28, Ⅳ-21, 22, 37, 38, Ⅴ-24, Ⅶ-75, 76

ラ

ラウラキ族 **Rauraci** 今日のバーゼル付近にいた部族。ヘルウェティイ族の集団移動に参加 Ⅰ-5, 29, Ⅵ-25, Ⅶ-75
ラトブリギ族 **Latobrigi** アルプス地方にいた部族 Ⅰ-5, 28, 29

リ

リンゴネス族 **Lingones** 今日のフランス北部、現在のラングルとディジョン付近にいた部族 Ⅰ-26, 40, Ⅳ-10, Ⅵ-44, Ⅶ-9, 63, 66, Ⅷ-11

ル

ルテニ族 **Ruteni** 今日のフランス南部にいた部族 Ⅰ-45, Ⅶ-5, 7, 64, 75, 90

レ

レウァキ族 **Levaci** ネルウィイ族に支配されていた部族 Ⅴ-39
レウキ族 **Leuci** 今日のムーズ河とモーゼル河との間にいた部族 Ⅰ-40
レクソウィイ族 **Lexovii** 今日のノルマンディー沿岸、現リジュー付近にいた部族 Ⅲ-9, 11, 17, 29, Ⅶ-75
レドネス族 **Redones** 今日のブルターニュ南部、現レンヌ付近にいた部族 Ⅱ-34, Ⅶ-75
レポンティイ族 **Lepontii** アルプス地方にいた部族 Ⅳ-10
レミ族 **Remi** 今日のフランス北東部、現ランス付近にいた部族 Ⅱ-3〜7, 9, 12, Ⅲ-11, Ⅴ-3, 24, 53, 54, 56, Ⅵ-4, 12, 44, Ⅶ-63, 90, Ⅷ-6, 11, 12
レモウィケス族 **Lemovices** 今日のオーヴェルニュ山脈の西、現リムーザン地方にいた部族 Ⅶ-4, 75, 88, Ⅷ-46

地 名

（ ）内は現代の名称

ハ

ハエドゥイ族　**Haedui**　ガリア・ベルギカにいた有力部族　Ⅰ-3, 9〜12, 14〜19, 23, 28, 31, 33, 35〜37, 43, 44, 48, Ⅱ-5, 10, 14〜16, Ⅴ-6, 7, 54, Ⅵ-4, 12, Ⅶ-5, 9, 10, 17, 32〜34, 37〜43, 45, 50, 53〜55, 59, 61, 63, 64, 67, 75〜77, 89, 90, Ⅷ-2, 45, 46, 54
パエマニ族　**Paemani**　ガリア・ベルギカにいた部族　Ⅱ-4
バタウィ族　**Batavi**　今日のオランダ中南部にいたゲルマニー人の部族　Ⅳ-10
パリシイ族　**Parisii**　現パリ付近にいた部族　Ⅵ-3, Ⅶ-4, 34, 57, 75
ハルデス族　**Harudes**　現ハンブルク付近にいたゲルマニー人の部族Ⅰ-31, 37, 51
バレアレス族　**Baleares**　地中海西部の諸島にいた住民　Ⅱ-7

ヒ

ピクトネス族　**Pictones**　アクィタニア、現ポワトゥー地方にいた部族Ⅲ-11, Ⅶ-4, 75, Ⅷ-26, 27
ビゲッリオネス族　**Bigerriones**　アクィタニア、現ビゴール付近にいた部族　Ⅲ-27
ビトゥリゲス族　**bituriges**　アクィタニア、現ボルドー付近にいた部族　Ⅰ-18, Ⅶ-5, 8, 9, 11〜13, 15, 21, 29, 75, 90, Ⅷ-2〜4, 11
ビブロキ族　**Bibroci**　ブリタンニアにいた部族　Ⅴ-21
ピルスタエ族　**Pirustae**　イリュリクムにいた部族　Ⅴ-1

フ

プティアニイ族　**Ptianii**　アクィタニアにいた部族　Ⅲ-27
ブランノウィイ族　**Blannovii**　ハエドゥイ族の従属部族　Ⅶ-75
ブリタンニー人　**Britanni**　ブリタンニアの住民　Ⅴ-11, 14, 21
プレウモクシイ族　**Pleumoxii**　ガリア・ベルギカにいた部族　Ⅴ-39

ヘ

ベッロウァキ族　**Bellovaci**　ガリア・ベルギカにいた部族　Ⅱ-4, 5, 10, 13〜15, Ⅴ-46, Ⅶ-59, 75, 90, Ⅷ-6, 7, 10, 12, 15〜17, 20, 22, 23, 38
ペトロコリイ族　**Petrocorii**　アクィタニアにいた部族　Ⅶ-75
ヘルウィイ族　**Helvii**　ガリア・トランサルピナにいた部族　Ⅶ-7, 8
ヘルウェティイ族　**Helvetii**　今日のスイスあたりにいた有力部族　Ⅰ-1〜4, 6〜13, 15〜19, 21〜31, 40, Ⅳ-10, Ⅵ-25, Ⅶ-9, 64, 65, 75
ベルガエ人　**Belgae**　ガリアの三大区分のひとつ、ガリア・ベルギカ（今日の北フランス、ベルギー、南オランダ、それにドイツのライン河西部を含む）の住民　Ⅰ-1, Ⅱ-1〜6, 14, 15, 17, Ⅲ-7, 11, Ⅳ-38, Ⅴ-24, Ⅷ-6, 38, 46, 49, 54

ホ

ボイイ族　**Boii**　ヘルウェティイ族とともに西へ移動し、ガリア中部に定住した部族　Ⅰ-5, 25, 26, 28, 29, Ⅶ-9, 10, 17, 75

マ

マルコマンニ族　**Marcomanni**　今日のマイン河下流域にいたゲルマニー人の部

ソ

ソティアテス族　**Sotiates**　アクィタニアにいた部族　Ⅲ-20〜22

タ

ダキ族　**Daci**　ドナウ河下流、今日のルーマニアあたりにいた部族　Ⅵ-25
タルサテス族　**Tarusates**　アクィタニアにいた部族　Ⅲ-23, 27
タルベッリ族　**Tarbelli**　アクィタニアにいた部族　Ⅲ-27

テ

ディアブリンテス族　**Diablintes**　アウレルキ族の一部　Ⅲ-9
テウトニ族（テウトネス族）　**Teutoni**　ゲルマニアにいた部族　Ⅰ-33, 40, Ⅱ-4, 29, Ⅶ-77
テンクテリ族　**Tencteri**　今日のライン河下流域にいたゲルマニー人の部族　Ⅳ-1, 4, 16, 18, Ⅴ-55, Ⅵ-35

ト

トゥリンギ族　**Tulingi**　ヘルウェティイ族の北東にいたゲルマニー人の部族　Ⅰ-5, 25, 26, 28, 29
トゥロニ族　**Turoni**　今日のロワール河畔にいた部族　Ⅱ-35, Ⅶ-4, 75, Ⅷ-46
トリノバンテス族　**Trinobantes**　ブリタンニアにいた部族。今日のエセックス付近に住んでいた。中心都市はカムロドゥヌム　Ⅴ-20〜22
トリボキ族　**Triboci**　ライン河河畔にいたゲルマニー人の部族　Ⅰ-51, Ⅳ-10
トレウェリ族　**Treveri**　ガリア・ベルギカにいた有力部族　Ⅰ-37, Ⅱ-24, Ⅲ-11, Ⅳ-6, 10, Ⅴ-2〜4, 24, 26, 47, 53, 55, 58, Ⅵ-2, 3, 5〜9, 29, 32, 44, Ⅶ-63, Ⅷ-25, 45, 52
トロサテス族　**Tolosates**　今日のガロンヌ河上流、現トゥールーズ付近にいた部族　Ⅰ-10, Ⅶ-7

ナ

ナムネテス族　**Namnetes**　今日のロワール河下流、現ナント付近にいた部族 Ⅲ-9
ナントゥアテス族　**Nantuates**　アルプス地方にいた部族　Ⅲ-1, 6, Ⅳ-10

ニ

ニティオブロゲス族　**Nitiobroges**　アクィタニア、現アジェン付近にいた部族 Ⅶ-7, 31, 46, 75

ヌ

ヌミダエ族　**Numidae**　北アフリカ、今日のアルジェリア地方の住民　Ⅱ-7, 10, 24

ネ

ネメテス族　**Nemetes**　ガリア・ベルギカにいたゲルマニー人の部族　Ⅰ-51, Ⅵ-25
ネルウィイ族　**Nervii**　ガリア・ベルギカにいたゲルマニー人の部族　Ⅱ-4, 15〜17, 19, 23, 24, 28, 29, 32, Ⅲ-5, Ⅴ-24, 38, 39, 41, 42, 45, 46, 48, 56, 58, Ⅵ-2, 3, 29, Ⅶ-75

ケ

ゲイドゥムニ族　Geidumni　ネルウィイ族に支配されていた部族　V-39
ケウトロネス族　Ceutrones　アルプス地方にいた部族　I-10
ケウトロネス族　Ceutrones　上記とは異なる、ネルウィイ族に支配されていた部族　V-39
ケニマグニ族　Cenimagni　ブリタンニア南東部にいた部族　V-21
ケルスキ族　Cherusci　今日のエルベ河とウェーゼル河の間にいたと思われる部族（ゲルマニー人）　VI-10
ケルタエ人　Celtae　ガリア中央部にいた人種（いわゆるガリー人のこと）　I-1
ゲルマニー人　Germani　ゲルマニアにいた人種　VII-65

コ

ココサテス族　Cocosates　アクィタニアにいた部族　III-27
コリオソリテス族　Coriosolites　今日のブルターニュ地方にいた部族　II-34, III-7, 11, VII-75
コンドルシ族　Condrusi　ガリア・ベルギカにいたゲルマニー人の部族　II-4, IV-6, VI-32

サ

サントニ族（サントネス族）　Santoni　アクィタニアにいた部族　I-10, 11, III-11, VII-75

シ

シブラテス族　Sibulates　アクィタニアにいた部族　III-27

ス

スエッシオネス族　Suessiones　ガリア・ベルギカにいた部族　II-3, 4, 12, 13, VII-75, VIII-6
スエビ族（スウェウィ族）　Suebi　ゲルマニアの有力部族　I-37, 51, 53, 54, IV-1, 3, 4, 7, 8, 16, 19, VI-9, 10, 29
スガンブリ族　Sugambri　ゲルマニアの有力部族　IV-16, 18, 19, VI-35

セ

セクアニ族　Sequani　今日のソーヌ河東岸にいた部族　I-1～3, 6, 8～12, 19, 31～33, 35, 38, 40, 44, 48, 54, IV-10, VI-12, VII-66, 67, 75, 90
セグシアウィ族　Segusiavi　ローヌ河西岸にいた、ハエドゥイ族の従属部族　I-10, VII-64, 75
セグニ族　Segni　ガリア・ベルギカにいたゲルマニー人の部族　VI-32
セゴンティアキ族　Segontiaci　ブリタンニア南部にいた部族　V-21
セドゥシイ族　Sedusii　ゲルマニアにいた部族　I-51
セドゥニ族　Seduni　今日のローヌ河上流、アルプス地方にいた部族　III-1, 2, 7
セノネス族　Senones　今日のパリの南東部にいた部族　II-2, V-54, 56 VI-2, 3, 5, 44, VII-4, 11, 34, 56, 58, 75, VIII-30

ウォルカエ・アレコミキ族　**Volcae Arecomici**　今日のピュレネー山脈近くにいた有力部族　Ⅶ-7, 64
ウォルカエ・テクトサゲス族　**Volcae Tectosages**　今日のフランス南西部、現トゥールーズ及びモントバン付近にいた部族　Ⅵ-24
ウシペテス族　**Usipetes**　今日のライン河右岸近くにいたゲルマニー人　Ⅳ-1, 4, 16, 18, Ⅵ-35
ウビイ族　**Ubii**　今日のライン河右岸、現コローニュ付近にいた部族　Ⅳ-3, 8, 11, 16, 19, Ⅵ-9, 10, 29

エ

エスウィイ族　**Esuvii**　今日のノルマンディー沿岸地方にいた部族　Ⅱ-34, Ⅲ-7, Ⅴ-24
エブロネス族　**Ebrones**　ライン河下流の西方及びムーズ河両岸にいた部族（ベルガエ人）　Ⅱ-4, Ⅳ-6, Ⅴ-24, 28, 39, 47, 58, Ⅵ-5, 31, 32, 34, 35
エルサテス族　**Elusates**　今日のフランス南西部、現ジェール付近にいたアクィタニー人　Ⅲ-27
エレウテティ族　**Eleuteti**　アルウェルニ族の従属部族　Ⅶ-75

オ

オシスミ族　**Osismi**　今日のブルターニュ地方にいた部族　Ⅱ-34, Ⅲ-9, Ⅶ-75

カ

カエロエシ族　**Caeroesi**　今日のリエージュ付近にいた部族　Ⅱ-4
カッシ族　**Cassi**　ブリタンニア南東部にいた部族　Ⅴ-21
ガテス族　**Gates**　アクィタニー人　Ⅲ-27
カトゥリゲス族　**Caturiges**　アルプス地方にいた部族　Ⅰ-10
カドゥルキ族　**Cadurci**　アクィタニアにいた部族　Ⅶ-4, 5, 7, 64, 75, Ⅷ-30, 32, 34
ガバリ族　**Gabali**　アルウェルニ族の隣にいた部族　Ⅶ-7, 64, 75
ガリー人　**Galli**　解説参照
カルヌテス族　**Carnutes**　ガリア中部にいた部族。アウトゥリクム（現シャルトル）はその中心都市　Ⅱ-35, Ⅴ-25, 29, 56, Ⅵ-2〜4, 13, 44, Ⅶ-2, 3, 11, 75, Ⅷ-4, 5, 31, 38, 39, 46
ガルンニ族　**Garunni**　今日のガロンヌ河上流域にいた部族　Ⅲ-27
カレテス族　**Caletes**　ガリア北東部にいた部族（ベルガエ人）　Ⅱ-4, Ⅶ-75, Ⅷ-7
カンタブリ族　**Cantabri**　ヒスパニア北部、カンタブリアにいた部族　Ⅲ-26

キ

キンブリ族　**Cimbri**　ゲルマニア北部にいた部族。ローマの将軍マリウスに征服された　Ⅰ-33, 40, Ⅱ-4, 29, Ⅶ-77

ク

グライヨケリ族　**Graioceli**　アルプス地方にいた部族　Ⅰ-10
グルディイ族　**Crudii**　ネルウィイ族に支配されていた部族（ベルガエ人）　Ⅴ-39
クレタエ人　**Cretes**　地中海クレタ島の住民　Ⅱ-7

Ⅱ-34, Ⅲ-17, 29, Ⅶ-4, 57, Ⅷ-7
アウレルキ・エブロウィケス族　**Aurelci Eburovices**　Ⅲ-17, Ⅶ-75
アウレルキ・ケノマニ族　**Aurelci Cenomani**　Ⅶ-75
アウレルキ・ディアブリンテス族→ディアブリンテス族
アウレルキ・ブランノウィケス族　**Aurelci Brannovices**　Ⅶ-75
アクィタニー人　**Aquitani**　アクィタニア（現在のフランス南西部）にいた諸部族　Ⅰ-1, Ⅲ-21, 26, Ⅳ-12
アッロブロゲス族　**Allobroges**　今日のローヌ河とイゼール河およびレマン湖の間に住んでいた有力な部族。その領土は「属州」（ガリア・トランサルピナ）の最北部に当たる　Ⅰ-6, 10, 11, 14, 28, 44, Ⅲ-1, 6, Ⅶ-64, 65
アトゥアトゥキ族　**Atuatuci**　今日のベルギーの南東部に住んでいた部族（ゲルマニー人）　Ⅱ-4, 29, 32, 33, Ⅴ-27, 38, 39, 56, Ⅵ-2, 33
アトレバテス族　**Atrebates**　今日のフランス北部、現アラス近郊にいた部族（ベルガエ人）　Ⅱ-4, 16, 23, Ⅳ-21, 27. 35, Ⅴ-22, 46, Ⅵ-6, Ⅶ-75, 76, Ⅷ-6, 7, 21, 47
アナルテス族　**Anartes**　今日のドナウ河近くにいた部族　Ⅵ-25
アルウェルニ族　**Arverni**　今日の中部フランス、現オーヴェルニュ付近にいた有力部族　Ⅰ-31, 45, Ⅶ-3, 5, 7〜9, 34, 37, 38, 64, 66, 75〜77, 83, 88〜90, Ⅷ-44, 46
アレモリカエ族　**Aremoricae**　今日のノルマンディからブリタニー地方にかけていた諸部族の総称　Ⅴ-53, Ⅶ-75, Ⅷ-31
アンカリテス族　**Ancalites**　ブリタンニア南東部にいた部族　Ⅴ-21
アンデス族　**Andes**　今日のロワール河下流の北方（アンジュ付近）にいた部族　Ⅱ-35, Ⅲ-7, Ⅶ-4, Ⅷ-26
アンバッリ族　**Ambarri**　今日のソーヌ河両岸にいた部族　Ⅰ-11, 14
アンビアニ族　**Ambiani**　今日のフランス北部（アミアン付近）にいた部族　Ⅱ-4, 15, Ⅶ-75, Ⅷ-7
アンビウァリティ族　**Ambivariti**　今日のフランス北東部（ムーズ河近く）にいた部族　Ⅳ-9
アンビウァレティ族　**Ambivareti**　ハエドゥイ族に従属していた部族　Ⅶ-75, 90
アンビバリイ族　**Ambibarii**　ハエドゥイ族の同盟部族。血縁部族でもある　Ⅶ-75
アンビリアティ族　**Ambiliati**　ウェネティ族の同盟部族　Ⅲ-9

ウ

ウァンギオネス族　**Vangiones**　中部ライン河左岸にいたゲルマニー人　Ⅰ-51
ウィロマンドゥイ族　**Viromandui**　今日のフランス北部、現ノアヨン付近にいたベルガエ人　Ⅱ-4, 16, 23
ウェッラウィイ族　**Vellavii**　今日のロワール河上流域にいた部族　Ⅶ-75
ウェネッリ族　**Venelli**　Ⅱ-34, Ⅲ-11, 17, Ⅶ-75
ウェネティ族　**Veneti**　今日のブルターニュ地方にいた部族　Ⅱ-34, Ⅲ-7〜9, 11, 12, 16〜18, Ⅳ-21, Ⅶ-75
ウェラグリ族　**Veragri**　今日のスイス、現ヴァレ付近にいた部族　Ⅲ-1, 2
ウェリオカッセス族　**Veliocasses**　今日のセーヌ河右岸、現ルーアン付近にいた部族　Ⅱ-4, Ⅶ-75, Ⅷ-7
ウォカテス族　**Vocates**　今日のバザスの南方にいたアクィタニー人　Ⅲ-23, 27
ウォコンティイ族　**Vocontii**　今日のローヌ河左岸にいた部族　Ⅰ-10

メ

メッサラ　M. Messala　執政官（前61年）　I-2, 35
メティウス　M. Metius　アリオウィストゥスの友人　I-47, 53

モ

モリタスグス　Moritasgus　セノネス族の王、カウァリヌスの兄　V-54

ユ

ユニウス　Q. Iunius　ヒスパニア人　V-27, 28

ラ

ラビエヌス　T. Atius Labienus　副官の中で第一人者　I-10, 21, 22, 54, II-1, 11, 26, III-11, IV-38, V-8, 11, 23, 24, 27, 37, 46〜48, 53, 56〜58, VI-5, 7. 8, 33, VII-34, 56〜59, 61, 62, 86, 87, 90, VIII-6, 23〜25, 45, 52

リ

リスクス　Liscus　ハエドゥイ族の指導者　I-16〜18
リタウィックス　Litaviccus　ハエドゥイ族の貴族　VII-37〜40, 42, 43, 54, 55, 67

ル

ルキウス・カエサル　L. Caesar　執政官（前63年）、カエサルの親戚　VII-65
ルカニウス　Q. Lucanius　首席百人隊長　V-35
ルクテリウス　Lucterius　カドゥルキ族の指導者　VII-5, 7, 8, VIII-30, 32, 34, 35, 39, 44
ルゴトリクス　Lugotorix　ブリタンニー人の指導者　V-22
ルティルス　M. Sempronius rutilus　士官の一人　VII-90
ルフス　P. Sulpicius Rufus　副官　IV-22

レ

レギヌス　C. Antistius Reginus　副官　VI-1, VII-83, 90
レビルス　C. Caninius Rebilus　副官　VII-83, 90, VIII-24, 26, 27, 30, 32〜37, 39, 44
レントゥルス　L. Cornelius Lentulus　執政官（前49年）　VIII-50

ロ

ロスキウス　L. Roscius　財務官　V-24, 53

部族名

ア

アウスキ族　Ausci　アクィタニアにいた部族　III-27
アウレルキ族　Aurelci　低セクアナ河と低リゲル河の間にいた部族（下の4支族）

バクルス　P. Sextus Baculus　首席百人隊長　II-25, III-5, VI-38
バシルス　L. Minucius Basilus　騎兵隊長、後のカエサル暗殺者の一人　VI-29, 30, VII-90
バルウェンティウス　T. Balventius　首席百人隊長　V-35
バルブス　L. Balbus　執政官（前40年）、ヒルティウスの友人　VIII-1

ヒ

ピソ　L. Piso　カエサルの義父　I-6, 12
ピソ　L. Piso　上記の祖父　I-12
ピソ　M. Pupius Piso　執政官（前61年）　I-2, 35
ピソ　Piso　アクィタニー人　IV-12

フ

ファビウス　C. Fabius　副官　V-24, 46, 47, 53, VI-6, VII-40, 41, 87, 90, VIII-6, 24, 27, 28, 31, 37, 54
ファビウス　L. Fabius　百人隊長　VII-47, 50
プッロ　T. Pullo　百人隊長　V-44
プラエコニヌス　L. Valerius Praeconinus　副官　III-20
フラックス　C. Valerius Flaccus　「属州」（ガリア・トランサルピナ）総督（前83年）　I-47
プランクス　L. Munatius Plancus　副官　V-24, 25
ブルートゥス　D. Junius Brutus　カエサル暗殺で有名なM.ブルートゥスの親戚、執政官（前43年）、同じくカエサル暗殺に加わった　III-11, 14, VII-9, 87
プロキッルス　C. Valerius Procillus　カブルスの息子　I-47, 53

ヘ

ペディウス　Q. Pedius　副官、カエサルの甥　II-2,11
ペトロシディウス　L. Petrosidius　軍旗手　V-37
ペトロニウス　M. Petronius　百人隊長　VII-50

ホ

ボドゥオグナトゥス　boduognatus　ネルウィイ族の指導者　II-23
ポンペイウス　Cn. Pompeius　大ポンペイウス　IV-1, VI-1, VII-6, VIII-52〜55
ポンペイウス　Cn. Pompeius　通訳　V-36

マ

マクシムス　Q. Fabius Maximus　I-45
マリウス　C. Marius　民衆派の指導者。ローマ軍制の改革者、執政官（7回：前107〜86年）　I-40
マルケッルス　C. Claudius Marcellus（Minor）　執政官（前50年）　VIII-48, 55
マルケッルス　C. Claudius Marcellus（Maior）　執政官（前49年）、上の従兄　VIII-50
マルケッルス　M. Claudius Marcellus　執政官（前51年）　VIII-53
マンドゥブラキウス　Mandubracius　トリノバンテス族の有力者　V-20,22
マンリウス　L. Manlius　「属州」（ガリア・トランサルピナ）総督（前78年）　III-20

スルス　Surus　ハエドゥイ族の指導者　Ⅷ-45
スルピキウス→ルフス

セ

セクスティウス　T. Sextius　副官　Ⅵ-1, Ⅶ-49, 51, 90, Ⅷ-11
セゴウァクス　Segovax　ブリタンニアの王　Ⅴ-22
セドゥリウス　Sedulius　レモウィケス族の首長　Ⅶ-88
セルトリウス　Q. Sertorius　ヒスパニアで本国に叛旗を翻したローマの将軍　Ⅲ-23

タ

タクシマグルス　Taximagulus　ブリタンニアの王　Ⅴ-22
タスゲティウス　Tasgetius　カルヌテス族の王　Ⅴ-25, 29

テ

ディウィキアクス　Diviciacus　ハエドゥイ族の有力者で、ドゥムノリクスの兄　Ⅰ-3, 16, 18〜20, 31, 32, 41, Ⅱ-5, 10, 14, 15, Ⅵ-12, Ⅶ-39
ディウィキアクス　Diviciacus　スエッシオネス族の王　Ⅱ-4
ディウィコ　Divico　ヘルウェティイ族の使節　Ⅰ-13, 14
テウトマトゥス　Teutomatus　ニティオブロゲス族の王　Ⅶ-31, 46
テッラシディウス　T. Terrasidius　ローマ軍士官　Ⅲ-7, 8

ト

ドゥムナクス　Dumunacus　アンデス族の指導者　Ⅷ-26, 27, 29, 31
ドゥムノリクス　Dumnorix　ハエドゥイ族の有力者で、ディウィキアクスの弟　Ⅰ-3, 9, 18〜20, Ⅴ-6, 7
ドゥラティウス　Duratius　ピクトネス族の指導者　Ⅷ-26, 27
ドゥールス　Q. Laberius Durus　大隊長　Ⅴ-15
ドミティウス　L. Domitius　執政官（前54年）　Ⅴ-1
ドムノタウルス　C. Valerius Domnotaurus　ヘルウェティイ族の指導者、カブルスの息子　Ⅶ-65
ドラッペス　Drappes　セノネス族の指導者　Ⅷ-30, 32, 34, 35, 36, 39, 44
トレビウス　M. Trebius Gallus　ローマ軍士官　Ⅲ-7, 8
トレボニウス　C. Trebonius　副官、後のカエサル暗殺者の一人　Ⅴ-17, 24, Ⅵ-33, Ⅶ-11, 81, Ⅷ-6, 11, 14, 46, 54
トレボニウス　C. Trebonius　ローマ騎士　Ⅵ-40
トロウキッルス　C. Valerius Troucillus　カエサルが信頼していた「属州」の有力者　Ⅰ-19

ナ

ナスア　Nasua　スエビ族の指導者　Ⅰ-37
ナンメイウス　Nammeius　ヘルウェティイ族の有力者　Ⅰ-7

ハ

パウルス　L. Aemilius Paulus　執政官（前50年）　Ⅷ-48

キケロ　**Q. Tullius Cicero**　副官、雄弁家キケロの弟　V-24, 38〜41, 45, 48, 49, 52, 53, VI-32, 36, VII-90
キタ　**C. Fufiusu Cita**　ローマ騎士　VII-3
キンゲトリクス　**Cingetorix**　トレウェリ族の指導者　V-3, 4, 56, 57, VI-8
キンゲトリクス　**Cingketorix**　ブリタンニアの王　V-22
キンベリウス　**Cimberiusu**　スエビ族の指導者　I-37

ク

グトゥアテル　**Gutuater**　カルヌテス族の指導者　VIII-38
クラウディウス　**Ap. Claudius**　執政官（前54年）　V-1
クラッスス　**M. Crassus**　「三頭政治」者の一人　I-21, IV-1, VIII-53
クラッスス　**M. Crassus**　クラッススの息子（兄）　V-24, 46, 47, VI-6
クラッスス　**P. Crassus**　クラッススの息子（弟）　I-52, II-34, III-7〜9, 11, 20, 21, 23〜27, VIII-46
クリオ　**C. Scribonius Curio**　護民官（前50年）　VIII-52
クリトグナトゥス　**Critognatus**　アルウェルニ族の有力者　VII-77, 78
クロディウス　**P. Clodius**　元老院派のミロと対立していた民衆派の無頼漢　VII-1

ケ

ケルティッルス　**Celtillus**　ウェルキンゲトリクスの父　VII-4

コ

コッタ　**L. Aurunculeius Cotta**　副官　II-11, IV-22, 38, V-24, 26, 28〜31, 33, 35〜37, 52, VI-32, 37
コッレウス　**Correus**　ベッロウァキ族の指導者　VIII-6, 7, 17〜21
コトゥアトゥス　**Cotuatus**　カルヌテス族の指導者　VII-3
コトゥス　**Cotus**　ハエドゥイ族の有力者　VII-32, 33, 39, 67
ゴバンニティオ　**Cobannitio**　ウェルキンゲトリクスの叔父　VII-4
コンウィクトリタウィス　**Convictolitavis**　ハエドゥイ族の有力者　VII-32, 33, 37, 39, 42, 55, 67
コンコンネトドゥムヌス　**Conconnetodumnus**　カルヌテス族の指導者　VII-3
コンシディウス　**P. Considius**　百人隊長　I-21, 22
コンミウス　**Commius**　アトレバテス族の王 IV-21, 27, 35, V-22, VI-6, VII-75, 76, 79, VIII-6, 7, 10, 21, 23, 47, 48

サ

サビヌス　**Q. Titurius Sabinus**　副官　II-5, 9, 10, III-11, 17〜19, IV-22, 38, V-24, 26, 27, 29〜31, 33, 36, 37, 39, 41, 47, 52, 53, VI-1, 32, 37

シ

シラヌス　**M. silanus**　副官　VI-1
シリウス　**T. Silius**　副官　III-7, 8

ス

スッラ　**L.Sulla**　独裁官　I-21

ウィリドマルス　**Viridomarus**　ハエドゥイ族の指導者　Ⅶ-38〜40, 54, 55, 63, 76
ウェラニウス　**Q. Velanius**　ローマ軍士官　Ⅲ-7,8
ウェルカッシウェッラウヌス　**Vercassivellaunus**　アルウェルニ族の指導者　Ⅶ-76, 83, 85, 88
ウェルキンゲトリクス　**Vercingetorix**　アルウェルニ族の指導者。アレシアの決戦における敵方司令官　Ⅶ-4,5, 8〜10, 12, 14〜16, 18, 20, 21, 26, 28〜31, 33〜36, 39, 44, 51,53, 55, 63, 64, 66〜68, 70, 71, 75, 76, 81〜84, 89
ウェルクロエティウス　**Verucloetius**　ヘルウェティイ族の指導者　Ⅰ-7
ウェルティコ　**Vertico**　ネルウィイ族の脱走者　Ⅴ-45, 49
ウェルティスクス　**Vertiscus**　レミ族の指導者　Ⅷ-12
ウォッキオ　**Voccio**　ノリクムの王　Ⅰ-53
ウォルカキウス　**C. Volcacius Tullus**　ローマ軍士官　Ⅵ-29
ウォルセヌス　**C.Volusenus**　大隊長　Ⅲ-5, Ⅳ-21, 23, Ⅵ-41, Ⅷ-23, 48
ウォレヌス　**L. Vorenus**　百人隊長　Ⅴ-44

エ

エパスナクトゥス　**Epasnactus**　アルウェルニ族の指導者　Ⅷ-44
エポレドリクス　**Eporedorix**　ハエドゥイ族の指導者　Ⅶ-38〜40, 54, 55, 63, 64, 76
エポレドリクス　**Eporedorix**　ハエドゥイ族のもう一人の指導者　Ⅶ-67
エラトステネス　**Eratosthenes**　紀元前三世紀のアレキサンドリアの地理学者　Ⅵ-24

オ

オッロウィコ　**Ollovico**　ニティオブロゲス族の王（テウトマトゥスの父）　Ⅶ-31
オルゲトリクス　**Orgetorix**　ヘルウェティイ族の有力者　Ⅰ-2〜4, 9, 26

カ

カウァリッルス　**Cavarillus**　ハエドゥイ族の歩兵隊長　Ⅶ-67
カウァリヌス　**Cawarinus**　セノネス族の王　Ⅴ-54, Ⅵ-5
カスティクス　**Casticus**　セクアニ族の有力者　Ⅰ-3
カタマンタロエディス　**Catamantaloedis**　セクアニ族のかつての王　Ⅰ-3
カッシウェッラウヌス　**Cassivellaunus**　ブリタンニー人の指導者　Ⅴ-11, 18〜22
カッシウス　**Cassius**　執政官（前107年）　Ⅰ-7, 12, 13
カトゥウォルクス　**Catuvolcus**　エブロネス族の王　Ⅴ-24, 26, Ⅵ-31
カニニウス→レビルス
ガビニウス　**A. Gabinius**　執政官（前58年）　Ⅰ-6
カブルス　**C. Valerius Gaburus**　ヘルウェティイ族の有力者　Ⅰ-47, Ⅶ-65
カムロゲヌス　**Camulogenus**　アウレルキ族の指導者　Ⅶ-57, 59, 62
カルウィリウス　**Carvillius**　ブリタンニアの王　Ⅴ-22
ガルバ　**Servius Sulpicius Galba**　副官　Ⅲ-1〜3, 5, 6, Ⅷ-50
ガルバ　**Galba**　スエッシオネス族の王　Ⅱ-4, 13
カレヌス　**Q. Calenusu fufius**　副官　Ⅷ-39

キ

索引

人名

ローマ市民は、個人、氏族、家系の三つの名を持っていた。ここではその内もっとも呼び習わされた名を用いる。個人名は、適宜、以下の頭字だけを記した。

- **A.** アウルス
- **C.** ガイウス
- **Cn.** グナエウス
- **D.** デキウス
- **L.** ルキウス
- **M.** マルクス
- **P.** プブリウス
- **Q.** クィントゥス
- **T** ティトゥス

ア

アエミリウス **L. Aemilius** 騎兵隊長 Ⅰ-23
アッコ **Acco** セノネス族の指導者 Ⅵ-4, 44, Ⅶ-1
アディアトゥアヌス **Adiatuanus** ソティアテス族の指導者 Ⅲ-22
アティウス→ウァルス
アトリウス **Q. Atrius** ローマ軍士官 Ⅴ-9, 10
アリオウィストゥス **Ariovistus** ゲルマニー人（スエビ族の王） Ⅰ-31〜50, 53, Ⅳ-16, Ⅴ-29, 55, Ⅵ-12
アリスティウス **M. Aristius** 大隊長 Ⅶ-42, 43
アルピネイウス **C. Arpineius** ローマ騎士 Ⅴ-27, 28
アンティスティウス→レギヌス
アンデクムボリウス **Andecumborius** レミ族の有力者 Ⅱ-3
アントニウス **M. Antonius** 財務官。後にクレオパトラとともにオクタウィアヌスと戦って敗れる Ⅴ-24, Ⅶ-65, 81, Ⅷ-2,24, 38, 46〜48, 50
アンビオリクス **Ambiorix** エブロネス族の王 Ⅴ-24, 26, 27, 29, 34, 36〜38, 41, Ⅵ-2, 5, 6, 9, 29, 30〜33, 42, 43, Ⅷ-24,25

イ

イッキウス **Iccius** レミ族の有力者 Ⅱ-3,6,7
インドゥティオマルス **Indutiomarus** トレウェリ族の指導者 Ⅴ-3, 4, 26, 53, 55〜58, Ⅵ-2, 8

ウ

ウァティニウス **P. Vatinius** 副官 Ⅷ-46
ウァルス **Q. Atius Varus** 騎兵隊長 Ⅷ-28
ウァレティアクス **Valetiacus** ハエドゥイ族の有力者 Ⅶ-32
ウァレリウス→カブルス
ウィリドウィクス **Viridovix** ウェネッリ族の指導者 Ⅲ-17, 18

本書は、二〇一三年五月にＰＨＰ研究所より刊行された『[新訳]ガリア戦記〈普及版〉』（上・下）を改題し、加筆・修正したものである。
文庫化に際し、新たに「カエサルの言葉」を巻末に掲載している。

第１巻～第８巻の冒頭に掲載している地図中のグレー網かけ部分は、「ローマの世界」を示す。

図版作成＝いのうえしんぢ

〈訳者略歴〉
中倉玄喜（なかくら・げんき）
1948年、長崎県平戸市生まれ。高知大学文理学部化学科卒。
翻訳家。本書のほか、エドワード・ギボン著『〈新訳〉ローマ帝国衰亡史』、ルイジ・コルナロ著『無病法』（共にPHP研究所）などの訳書がある。

PHP文庫　［新訳］ガリア戦記

2024年12月16日　第1版第1刷

著　者　ユリウス・カエサル
訳　者　中倉玄喜
発行者　永田貴之
発行所　株式会社ＰＨＰ研究所
東京本部 〒135-8137 江東区豊洲5-6-52
ビジネス・教養出版部 ☎03-3520-9617（編集）
普及部 ☎03-3520-9630（販売）
京都本部 〒601-8411 京都市南区西九条北ノ内町11
PHP INTERFACE https://www.php.co.jp/
組　版　月岡廣吉郎
印刷所　株式会社光邦
製本所　東京美術紙工協業組合

ISBN978-4-569-90455-9

PHP文庫

［新訳］ローマ帝国衰亡史

エドワード・ギボン　著／中倉玄喜　編訳

ローマ帝国1500年の歩みを描いた名著を一冊にまとめたダイジェスト版。希代の歴史家が綴る文明盛衰の物語をわかりやすい新訳で読む。